ДЕТЕКТИВ
ГЛАЗАМИ ЖЕНЩИНЫ

ТАТЬЯНА ПОЛЯКОВА

ЧАС ПИК ДЛЯ НОВОБРАЧНЫХ

→ ←

МОСКВА, «ЭКСМО-ПРЕСС», 2002

УДК 882
ББК 84(2Рос-Рус)6-4
П 54

Серийное оформление художника *С. Курбатова*

Серия основана в 1997 году

Полякова Т. В.

П 54   Час пик для новобрачных: Повесть. — М.: Изд-во ЭКСМО-Пресс, 2002.— 352 с. (Серия «Детектив глазами женщины»).

ISBN 5-04-009122-2

Молодую, красивую, обеспеченную женщину Полину Шабалину постигло горе — трагически погиб ее муж. Полине кажется, что все кончено. Но жизнь продолжается и даже приобретает неожиданные повороты: кто-то тайком посещает квартиру Полины, ей звонят неизвестные, подбрасывают какие-то странные записки. Полина понимает, что все это как-то связано с ее мужем, и начинает собственное расследование, чтобы выяснить, кто же был ее муж. Результаты ошеломляют: у каждого — свой скелет в шкафу, который имеет скверную привычку вываливаться в самый неподходящий момент. В том числе и из шкафа самой Полины...

УДК 882
ББК 84(2Рос-Рус)6-4

Я пила кофе, стоя у распахнутого настежь окна. После надоедливых затяжных дождей второй день светило солнце — в город пришла настоящая весна. Прохожие на улице беспричинно улыбались, а в еще не успевших высохнуть лужах купались воробьи.

Тюлевая занавеска надувалась пузырем, я щурилась на солнце и ощущала себя абсолютно счастливой. Такое чувство, точно за спиной выросли крылья. Казалось, влезь на подоконник, зажмурься, закричи погромче и непременно полетишь...

«Запросто», — усмехнулась я, напомнив себе, что у нас третий этаж, а летать можно по-разному. Но ощущение счастья не проходило, несмотря на всю мою самоиронию. И дело не только в том, что за окном весна, а...

Зазвонил телефон, я торопливо схватила трубку, поставив чашку на подоконник, и широко улыбнулась, услышав голос мужа.

— Это я, дорогая, — сказал он.

Мы расстались рано утром, так что сердцу вроде бы незачем было скакать галопом и замирать. Совершенно лишние волнения, но сердце, однако, летело галопом и замирало. В общем, выходило, что я безумно люблю своего мужа, как оно и было в действительности. Это я не без удивления смогла констатировать несколько месяцев назад, правда, тогда он еще не приходился мне мужем и некоторая романтичность была вполне уместна. Однако прошел почти год после нашей встречи и скоропостижного бракосочетания, а романтизм почему-то не убрался восвояси. Напротив, я смогла убедиться, что сейчас люблю мужа больше, чем в день нашей свадьбы. Если учесть, что любовная лихорадка долго и упорно обходила мою персону стороной, не приходится удивляться, что меня так занимают собственные чувства.

— Я тебя люблю, — улыбаясь, сказала я.

— Здо́рово, — совершенно серьезно ответил Глеб. — Есть еще новости?

— Нет. Я собираюсь немного прогуляться. Буду думать о тебе и читать стихи, мысленно, конечно, чтоб не удивлять прохожих.

— Почему бы тебе не почитать их мне?

— По телефону?

— Нет, я жажду личной встречи.

— Ты приедешь только завтра, а выйти на прогулку я собираюсь через полчаса. Обойдешься без стихов, мой дорогой.

— Знаешь, оказалось, рыбалка вовсе не такое увлекательное занятие, — со смешком сказал он. — Я скучаю без тебя, детка. Если честно, я уже забросил свои пожитки в машину и собираюсь отчаливать. Как ты на это смотришь?

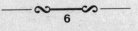

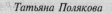

— Я в восторге, — искренне ответила я. — По-моему, рыбалка — довольно глупое времяпрепровождение.

— Почему же ты молчала об этом раньше?

— Не хотела, чтобы ты решил, будто я пытаюсь удержать тебя возле своего подола.

— А ты пытаешься?

— Конечно. Но, как женщина умная, стараюсь, чтоб это не бросалось в глаза.

— Могу тебя поздравить, задуманное тебе удается мастерски. Я думал, ты рада-радешенька избавиться от меня на сутки. В общем, через пару часов буду дома.

— Я тебя жду.

— Надеюсь, любовника в шкафу я не обнаружу.

— Конечно, нет, ты ведь такой милый и заранее предупреждаешь о своем возвращении.

— Береженого бог бережет, — засмеялся Глеб. — Ладно, детка, я услышал твой голос, и на душе стало легче, а домой захотелось со страшной силой. Целую.

— Эй, ты не сказал самого главного, — нахмурилась я.

— А что у нас самое главное? — с притворным удивлением спросил Глеб.

— Напрягись, — сурово посоветовала я.

— Совершенно ничего не приходит в голову...

— Глеб, я тебя убью...

— Дорогая, торопиться с этим не стоит, вдруг я тот самый единственный...

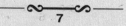

— Ты тот самый, но я убью тебя, если ты сию минуту не скажешь, что любишь меня.

— Ах, вот в чем дело... — Мы засмеялись, а потом он сказал: — Я люблю тебя. — И это прозвучало как-то странно, чересчур серьезно, что ли, и валять дурака сразу расхотелось.

— Я тебя жду, — тихо сказала я, испытывая нечто вроде беспокойства.

— Целую, — ответил он, помедлил и добавил: — Детка, я счастлив, как последний идиот. — И отключился.

Я положила трубку и вновь выглянула на улицу, но теперь происходящее там меня совершенно не занимало. Через пять минут я закрыла окно, задернула занавеску и, напевая что-то под нос, прошла на кухню. Однако очень скоро петь мне расхотелось. Я то и дело поглядывала на часы. Странно, ощущение счастья уступило место беспокойству. Что это со мной?

Я прошлась по огромной квартире, пытаясь уяснить неожиданно происшедшую перемену в настроении. Никаких причин. Совершенно. Птицы поют, солнце светит, мой муж возвращается ко мне... Я потянулась к телефону, ругая себя за глупость: надоедливая жена наскучит очень быстро. Глеб ответил не сразу, и на смену беспокойству вдруг пришел страх.

— Глеб! — едва не заорала я, услышав его голос.

— На повороте телефон улетел под сиденье, еле смог его достать, тормозить не хотелось.

— Ты меня напугал.

— Что? — не понял он.

— Не знаю, — честно ответила я. — По-моему, я спятила, два часа кажутся мне вечностью.

— Я постараюсь их сократить.

— Ну уж нет, меня всегда в дрожь бросает от твоего лихачества.

— Чепуха, дорога совершенно пустая. Лучше скажи, чем ты занята.

— Ничем. Ради бога, не гони как сумасшедший.

— Ясно, не можешь выпроводить любовника. Он что, в твоей шубе запутался и теперь ты тянешь время?

— В случае чего выброшу его в окно вместе с шубой, так что не беспокойся.

— Это разумно. Иногда я в самом деле верю, что ты меня любишь.

— Что за дурацкое «иногда»?

— Ну...

— Когда вернешься, поговорим на эту тему.

— Почему не сейчас? Мне так приятно слышать твой голос.

— Потому что ты летишь как угорелый, управляя машиной одной рукой. Пока.

— Как только доберусь до Ярцева, позвоню. Идет? Ты успеешь выбросить любовника и расстелить ковровую дорожку у подъезда...

— А еще заказать военный оркестр, — поддакнула я и отключилась.

На душе стало спокойнее, еще немного побродив по квартире, я решила удивить мужа и испечь торт. Достала поваренную книгу и углубилась в изу-

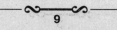

чение рецептов. Вскоре стало ясно, торт мне не по силам, и я остановилась на печенье по-домашнему. Кулинария никогда не была моим хобби, и времени я потратила предостаточно. Когда наконец печенье оказалось в духовке, я перевела взгляд на часы, а потом на телефон. Глебу уже давно было пора позвонить.

Я почувствовала что-то вроде укола в сердце и схватила трубку. Глеб не ответил. «Ну и что? — пробовала я рассуждать здраво. — Он мог его выключить или забыл подзарядить, и батарейки сели...» Но беспокойство не проходило, напротив, усиливалось с каждой минутой. Я замерла возле окна, ожидая, когда во дворе появится темно-зеленый «Шевроле» мужа. То и дело набирала номер телефона, с каждым разом испытывая все большее отчаяние. И вдруг заревела. Не помню, когда я плакала в последний раз. Я и в детстве не злоупотребляла этим. Слезы катились по щекам, а я, вцепившись в трубку, шептала: «Господи, ну пожалуйста...» — ожидая в любой момент увидеть машину Глеба и выругать себя за дурацкую истерику.

Зуммер плиты заставил меня вздрогнуть. Я испуганно оглянулась, успев к тому времени забыть о печенье. Выключила духовку и вновь уставилась в окно. Со страхом перевела взгляд на часы. Три часа двадцать минут. Еще один звонок остался без ответа. Он мог заехать в магазин за цветами... «Глеб, немедленно, слышишь, немедленно ответь мне». — «Телефон отключен или находится в зоне недосягаемости», — в который раз повторил оператор. «Я убью его,

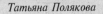

я убью его... только бы он вернулся». Четыре часа. Что с ним могло случиться? Может, машина сломалась или какая-то непредвиденная задержка и он не позвонил?

Ждать у окна больше не было сил. Я с трудом отыскала ключи от машины, в досаде вытряхнув содержимое сумки на пол, и бросилась к своему «Фольксвагену», стоявшему во дворе. Проверила, включен ли мой телефон. Когда мы встретимся, я буду чувствовать себя идиоткой. Ну и пусть, лишь бы встретиться.

На первом же светофоре я пролетела на красный, на счастье, бдительных граждан в форме поблизости не оказалось. «Так нельзя», — попыталась я себя урезонить и поехала медленнее.

Город остался позади. Вот и указатель на Ярцево. Я свернула с автострады, здесь дорога была узкой, в жутких колдобинах. Как обычно, по весне заниматься ремонтом никто не спешил. Вот колокольня ярцевской церкви, поворот... Ни одной машины не попалось навстречу. А если у Глеба сломался телефон? Разве такого не бывает? Может, он уже дома? Я набрала номер квартиры. Автоответчик моим голосом сообщил, что никого нет дома.

— Глеб, позвони мне, — попросила я и отключилась.

И вот тогда увидела машину «Скорой помощи», она, стремительно сокращая расстояние, неслась мне навстречу, мы поравнялись на выезде из Ярцева. Наверное, уже в ту самую минуту я и поняла, что

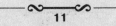

произошло, прижалась к обочине, пытаясь справиться с дыханием, потом заставила себя ехать дальше. За Ярцевом начинались места малообжитые — на ближайшие семьдесят километров ни одного населенного пункта вдоль дороги. Лес сплошной стеной, ближе к озеру луга. Еще один поворот. Впереди на дороге, возле обочины, стояли красные «Жигули», мужчина и женщина испуганно жались к своей машине. Я резко затормозила.

Сначала я мало что поняла. Кроме красных «Жигулей», на дороге больше не было никакого транспорта, потом внимание мое привлек указатель «Опасный поворот», опрокинутый на асфальт, а метрах в сорока от дороги в поле догорало то, что недавно было машиной. Искореженная груда железа, только номер, как будто в насмешку, выглядел вполне различимым. 320. Рядом стоял милицейский «газик», и несколько мужчин топтались по соседству. У меня хватило сил выйти из машины.

— Где он? — пролепетала я, но никто не обращал на меня внимания, женщина продолжала испуганно жаться к «Жигулям», а мужчину позвал милиционер, и они вдвоем устремились к дымящемуся остову машины.

— Я его вытащить не мог, — вроде бы сказал он.

Не помню, когда пошел дождь, в ту самую минуту, когда я это услышала, или гораздо раньше, я ничего не замечала вокруг. Я бежала к «Шевроле», увязая в земле, и дождь хлестал по лицу, я потеряла туфлю и заплакала, а потом увидела милиционера, он поддерживал меня под локти, без конца повторяя:

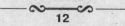

— Успокойтесь...

Я ответила:

— Там мой муж...

— Там никого нет, — ответил милиционер. Мне показалось, он бредит.

— Там мой муж! — заорала я, надеясь, что упаду в обморок и это все как-нибудь прекратится.

— Его увезли. Здесь никого нет. Успокойтесь. Володя, вызови «Скорую», женщине плохо.

— Он жив? — пробормотала я, цепляясь за чью-то руку и не слыша ответа. — Жив, — твердила я себе, а вокруг молчали. — Где он? Куда его увезли? Да что вы молчите? Помогите же мне... где он?

Следующие несколько часов я помнила крайне смутно, постоянно балансируя на грани сознания. Должно быть, это и спасло меня от сумасшествия, в противном случае пережить то время было бы мне не под силу. Первое отчетливое воспоминание: я сижу в коридоре больницы, вокруг какие-то люди, им нет до меня дела, и слава богу. Я забилась в угол, кутаюсь в кофту, пытаясь согреться. Нелепая оранжевая кофта, откуда она взялась? Меня бьет озноб, я стискиваю зубы, таращась на дверь прямо напротив. Вдруг она открывается, высокий мужчина в белом выходит мне навстречу, сосредоточенно хмуря лоб и избегая моего взгляда.

— Это вы Шабалина? — спросил он строго, я не могла ответить и молча кивнула, поднявшись. Он сунул руки в карманы халата и протянул: — Да-а-а... — Я ждала, секунды начали свой отсчет, время сделалось физически ощутимым, давило на плечи, заставляя подгибаться колени. Мужчина шагнул ко мне, подхватил под руки. — Сядьте. Вам плохо?

— Где он? — прошептала я, пытаясь поймать его взгляд. Он упорно отводил глаза, нелепо пожал плечами. Нелепо, потому что на мой вопрос должен быть ответ, а не это пожатие плеч... — Где он? — задыхаясь, спросила я, голова кружилась, подступала тошнота, я боялась, что меня вырвет прямо здесь, в этом сером унылом коридоре, пропитанном запахом лекарств и безнадежностью. — Послушайте, — я схватила его за руку, стиснула ее, должно быть, причиняя ему боль, потому что он недовольно поморщился, — у нас есть деньги... Все что угодно... Только ради бога...

— Вам не сказали? — кашлянув, спросил он и попытался вырвать руку, я уцепилась за нее, как за последнюю надежду.

— Простите меня, — горячо зашептала я, — простите... Я сама не знаю, что говорю... я люблю его... мы женаты одиннадцать месяцев, да поймите вы...

— Я понимаю... — Врач усадил меня на стул и сам сел рядом, он легонько похлопал меня по плечу. — Как вас зовут?

— Полина, — помедлив, ответила я.

— Вот что, Полина... У него не было шансов. Никаких. С такими ожогами невозможно выжить.

Я смотрела куда-то в угол, больше ничего не слыша. Он коснулся моего плеча.

— У вас есть родственники? Я позвоню из ординаторской. Вызвать вам такси?

— Что? — повернулась я к нему.

— Вам сейчас лучше побыть с кем-то из родных.

— У меня нет родных.

— Друзья...

— Мне никто не нужен, — захлебываясь от сдерживаемых рыданий, начала я. Он пожал плечами и поднялся. Я схватила его за руку. — Мне можно его увидеть?

— Нет. Давайте я вас провожу.

Я вскочила и, зажимая рот рукой, бросилась куда-то по коридору. Мне хотелось кричать во все горло. Увидев табличку на двери, я влетела в дамскую комнату, меня долго рвало, я стояла, согнувшись в тесной кабинке, и думала только об одном: я не хочу жить.

— Вам плохо? — испуганно спросили рядом, я повернулась и увидела в дверях полную даму в нелепой цветастой блузке.

— Извините, — спокойно ответила я, испытывая желание ее убить, ударить чем-нибудь тяжелым... Я спятила. — Извините, — повторила я и прошла к раковине. Торопливо умылась холодной водой. Из зеркала на меня смотрело бледное лицо Арлекина с темными подтеками туши под глазами, страдальческим ртом. — Это несправедливо, — пролепетала я и залилась слезами, прекрасно сознавая всю нелепость моего упрека господу.

Сумка висела у меня на руке и билась по ногам. Откуда она взялась? Впрочем, неважно. Я достала носовой платок, вытерла лицо. На смену рыданиям

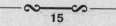

пришла опустошенность, хотелось забиться в угол, а еще хотелось уснуть. Я вытащила сотовый и набрала номер. Такси я ждала у ворот больницы, машина прибыла минут через пять, а еще через двадцать я вошла в свою квартиру, протопала в спальню и рухнула на кровать, открыла тумбочку, нащупала флакон со снотворным и выпила три таблетки.

«Сейчас все пройдет, — таращась в потолок, думала я, неизвестно на что надеясь. — Я усну, и все пройдет».

Солнце било в лицо, я повернулась на бок, уходя от его лучей, зажмурилась покрепче и подумала: «Это ночной кошмар, страшный сон и ничего больше. Глеб уехал на рыбалку и как раз сегодня вернется».

Но открыть глаза все равно пришлось. Его халат, небрежно брошенный на спинку кресла, книга рядом с настольной лампой. Я беззвучно заплакала, уткнувшись в подушку. Потом заставила себя подняться, выпила кофе, глядя в окно. Сквозь частые облака пробивалось солнце, играя на боках вазы на подоконнике, а мне опять захотелось плакать. Я безнадежно покачала головой, прикрыв глаза, и некоторое время сидела так, без чувств, без мыслей. Потом приняла душ, оделась и покинула квартиру.

Моя машина стояла во дворе, понятия не имею, кто ее сюда перегнал, но ключи обнаружились в моей сумке. Сесть за руль не было сил, я вызвала такси. Водитель попробовал завести со мной разговор, но вскоре умолк. Остановился возле корпуса, я

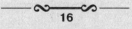

поднялась на второй этаж и вошла в отделение. Слева за столом сидела медсестра и, позевывая, листала журнал.

— Вы куда? — спросила она резко.

— Я... мой муж... его вчера привезли, — испуганно ответила я.

— Фамилия?

— Шабалин... Глеб Сергеевич...

— Так он в морге, — заглянув в журнал, сказала медсестра. — Если вам за свидетельством о смерти, то к Петру Васильевичу. Прямо по коридору последняя дверь.

Меня обдало холодом от этих слов, я съёжилась и бросилась по коридору в указанном направлении. Дверь была прикрыта неплотно, а комната оказалась пустой. Я вернулась в коридор и огляделась, прошла немного вперёд и увидела мужчину. Вряд ли я смогла бы узнать его, но он назвал меня Полиной, и я поняла — это тот человек, с которым я разговаривала вчера. Он торопливо шагнул навстречу и взял меня за руку.

— Как вы себя чувствуете?

— Что? — не поняла я. — Извините. Хорошо. То есть, я хотела сказать...

— Давайте пройдём в кабинет. — Меня раздражал его голос и его рука на моём локте. — Послушайте, не стоит вам его видеть. Попросите кого-нибудь из друзей. Бумаги готовы, закажите... все необходимое...

— Да вы спятили! — рявкнула я, выдернув локоть, и побежала по коридору.

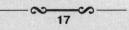

Здание морга, низкое, с закрашенными белой краской окнами, притулилось в глубине двора. Дверь была открыта, и я вошла. В комнате, выложенной голубой плиткой, толстая тетка мыла руки, стоя возле раковины ко мне спиной, и говорила кому-то, повернувшись к распахнутой настежь двери в соседнее помещение:

— Чего там обмывать, одна головешка...

Услышав, как хлопнула дверь, она повернулась и выжидательно уставилась на меня.

— Мой муж... — собравшись с силами, выдохнула я. — Вчера привезли...

— После аварии? — сморщив лицо, спросила тетка. — Вон там на стене прейскурант...

— Можно мне его увидеть?

Она растерянно моргнула, потом подошла поближе, молча глядя мне в лицо, и вдруг сказала:

— Ты вот что, милая, ты сядь... вот сюда на стул...

— Не беспокойтесь, я хорошо себя чувствую.

— Не похоже. Не надо тебе на него смотреть. Таких в закрытом гробу хоронят. Мы все сделаем...

— Я хочу его видеть, — зло повторила я.

Тетка попятилась.

— Ну... Идем...

В дверях мы едва не столкнулись с пожилой женщиной в грязном халате, она посмотрела на меня без одобрения и перевела взгляд на коллегу.

— Это его жена, — торопливо пояснила моя провожатая.

Я сделала еще шаг и увидела каталку, а вслед за этим... «Это неправда», — пронеслось у меня в голове, и я начала медленно оседать на пол.

Резкий запах нашатыря привел меня в чувство, я привалилась к стене, а взгляд мой искал каталку и то, что на ней.

— Все в порядке, — хрипло сказала я. — Не беспокойтесь. — И заставила себя подойти.

При виде того, что представлял собой труп, мутился рассудок. Я не должна была приходить сюда. Глеб остался бы в моей памяти красивым сильным мужчиной, а теперь, думая о нем, я буду видеть лишь то, что вижу сейчас. Я никогда не смогу избавиться от этого.

Я заплакала в бессилии, кусая губы, и вдруг поймала себя на мысли, что отказывалась верить в то, что до жути обгорелый труп передо мной — это Глеб. Все во мне протестовало, точно это злая шутка, которая ни при каких обстоятельствах не может быть правдой.

— Это не он! — решила я, не сразу сообразив, что кричу, а потом наступило спасительное беспамятство.

Когда я пришла в себя, за окном шел дождь. Я лежала на кушетке, надо мной склонился врач и монотонно что-то говорил. Я не очень-то слушала, боязливо косилась за его спину, где угадывалась дверь, и мысленно повторяла: «Это не Глеб. Я же знаю, это не он».

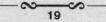

Мысль эта помогла мне собраться с силами. Я сделалась очень спокойной и даже договорилась с женщинами обо всем необходимом. «Это не имеет никакого отношения к Глебу», — думала я при этом и поторопилась уйти. Я почти смогла убедить себя в том, что так оно и есть на самом деле, но, вернувшись домой и собирая его вещи, я вновь почувствовала страшную тоску и отчаяние, и никакие спасительные мысли мне уже не помогали. Я каталась по полу и выла, отбрасывала прочь костюм, и зарывалась в него лицом, и вновь отбрасывала, и, как в бреду, твердила:

— Господи, господи... — не зная, что просить у бога.

Телефонный звонок прозвучал в осиротевшей квартире как набат. Я бросилась к телефону с нелепой мыслью, что труп в морге в самом деле кто-то другой, что все как-нибудь разъяснится и Глеб, живой и невредимый, вдруг скажет: «Как дела, дорогая?»

— Полина... — Голос звучал испуганно. — Это Володя. Можно, мы приедем?

— Да, — ответила я разочарованно и бросила трубку, жалея, что согласилась, мне никто не был нужен, никто, никто...

Они приехали очень быстро, должно быть, звонили уже по дороге. Я пошла открывать и увидела Володю с женой, ее звали Светлана. Владимир Сергеевич Калганов был нашим адвокатом, его рекомендовал нам один мой знакомый. Володя оказался не только хорошим адвокатом, но и приятным чело-

веком, и мы очень скоро подружились. Светлана, с красными от слез глазами, молча обняла меня и всхлипнула. Мне же это безмолвное выражение соболезнования было неприятно и даже тягостно. Впрочем, неизвестно, как бы я вела себя в подобной ситуации.

Я попыталась взять себя в руки, боясь, что позволю себе что-нибудь резкое и совершенно несправедливое в адрес моих друзей.

— Даже не знаю, что сказать, — пробормотал Володя. — Это... это как гром среди ясного неба. Я узнал полчаса назад. Почему ты не позвонила?

— Прости, — покачала я головой, — я плохо соображаю, что нужно делать. Вот собрала вещи, — кивнула я на кресло и зарыдала. Светлана бросилась ко мне, а Володя с потерянным видом пялился на костюм моего мужа.

Через какое-то время я понемногу успокоилась, Света заварила чай, и мы устроились в гостиной.

— Все, что связано с похоронами, — хмуро начал Володя, — я беру на себя. И не спорь. Так будет лучше. Экспертизу провели... можно забрать тело... Прости, что я говорю все это... — Он закрыл глаза ладонью, точно желая избавиться от наваждения. — Ты знаешь, что Глеб завещал себя кремировать?

— Что? — нахмурилась я.

— Он хотел, чтобы его кремировали. Такова его воля, выраженная в завещании, которое хранится у меня.

— Но по́чему? — пробормотала я, сама толком не зная, кому адресован этот вопрос.

— Я тебя понимаю, — кивнул Володя. — Решать, конечно, тебе. Но его волю я обязан...

— Если Глеб хотел этого... — растерялась я, закрыла лицо руками и беззвучно зарыдала.

— Тебе лучше пожить у нас, — обнимая меня, сказала Светлана.

— Нет, — резко ответила я. — Нет. Я хочу побыть одна. Извините. Обо мне не беспокойтесь, все в порядке... Только надо свыкнуться с мыслью...

Света заплакала, в глазах ее мужа тоже стояли слезы. Я торопливо отвернулась.

Они ушли уже за полночь, так и не уговорив меня поехать к ним. На предложение остаться у меня я тоже ответила отказом. Мне хотелось побыть одной, отдаться своему горю, выть и кричать, не сдерживая себя. Иначе можно лишиться разума.

Где-то около двух, когда я сидела на полу, раскачиваясь из стороны в сторону и тоненько поскуливая, зазвонил телефон.

— Ты не спишь? — виновато спросил Володя.

— Нет.

— Я вот что хотел... надо сообщить родственникам. Этим может заняться Светлана. Она приедет утром. Хорошо?

— Да-да, спасибо, — поспешно ответила я и бросила трубку.

Потом поднялась и прошла в комнату Глеба. «Родственники, — крутилось в голове, — родственники...» Насколько мне известно, родственников у него не было. Мать умерла шесть лет назад, другой родни просто не наблюдалось, если не считать отчима, с которым Глеб, кажется, поддерживал отношения. Я должна ему сообщить. Он живет в Екатеринбурге. Где-то в бумагах Глеба наверняка должен быть адрес. Я села за стол, выдвинула верхний ящик и достала записную книжку, судя по записям, муж начал ее всего месяц назад. Другой в столе не оказалось. Счета, кипа ненужных бумаг: гарантия на телевизор и прочая чушь, страховки, потрепанный фантастический роман и пособие начинающему рыболову. Никаких личных записей или просто клочка бумаги с телефонным номером. Не помню, чтобы Глеб получал письма или кому-то звонил, я имею в виду своих личных знакомых. Только отчиму. Но и с ним при мне не разговаривал, просто сообщал: «Пойду позвоню отчиму». Навестить же отчима никогда не предлагал, да мне бы и в голову не пришло ехать в Екатеринбург...

Я еще немного порылась в бумагах. Ничего существенного. Что-то вроде беспокойства закралось мне в душу: должно же было хоть что-то остаться. Впрочем, если заглянуть в мой стол, вряд ли там обнаружится что-то интересное. Никаких писем и открыток, потому что родственников у меня тоже нет. А телефоны и адреса общих знакомых в электронной книжке в прихожей.

Я потерянно оглядела комнату. Наша свадебная фотография на тумбочке. Ее сделали, когда мы выходили из загса, обычный любительский снимок. Я уткнула нос в букет цветов так, что лица почти не видно, Глеб в этот момент повернул голову ко мне, и на фото его лицо неузнаваемо. Часть щеки и затылок. Это единственная фотография. Я терпеть не могу фотографироваться, и Глеб, по-моему, этого тоже не любил. Отправляясь в загс, ни о видеокамере, ни о фотографиях он не позаботился. Володя, узнав об этом, расстроился и поймал какого-то самодеятельного фотографа. Теперь фотография — это все, что осталось у меня на память.

Мы познакомились год назад в Египте. Я приехала туда одна. Врачи настойчиво рекомендовали мне покой и смену впечатлений, сочетание, на мой взгляд, несколько неожиданное, но спорить я не стала. Наткнулась на объявление в газете «Отдых в Египте» и позвонила в турфирму. Оформлять визу не требовалось, загранпаспорт у меня был, в ближайшую субботу я вылетела в Хургаду и через несколько часов оказалась в отеле «Аладдин» с четырьмя звездочками на фасаде. Глаз радовали пальмы и экзотические цветы, так что с впечатлениями все было нормально. Отель представлял собой систему домиков, на два номера каждый, с симпатичной верандочкой, где было приятно посидеть вечером, глядя на небо с россыпью звезд.

Утром я отправилась на пляж, где и пробыла до двенадцати часов. После купания в море на меня напала лень, я сидела на веранде, разглядывала гирлянды цветов возле дома напротив и подумывала: не подремать ли немного?

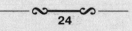

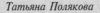
Дорожка между домиками была вымощена плиткой, я услышала шаги и вскоре смогла лицезреть мужчину в шортах с полотенцем на плече, который поднялся на веранду двести сорок восьмого номера, как раз напротив меня, и устроился в кресле, бросив полотенце на ручку двери. Нас отделяло друг от друга метров пять, не более. Два человека сидят напротив и, разумеется, испытывают неловкость, в такой ситуации надо либо уйти, либо заговорить.

— Здравствуйте, — сказал он, чуть улыбнувшись, и я ответила:

— Здравствуйте.

Однако чувство неловкости не проходило, и, должно быть, по этой причине мужчина продолжил:

— Отличная погода.

«Дельное замечание, — подумала я, — если учесть, что в это время года здесь другой не бывает».

— Да, погода прекрасная, — без намека на иронию согласилась я.

— Давно приехали?

— Вчера.

— В самом деле? Каким рейсом?

— В 14.20 из Шереметьева.

— Подумать только, я тоже. Странно, что я не видел вас в самолете.

— Ничего странного, столько народу отправляется в это время в Египет. — В этом месте я решила, что выполнила долг вежливости, и, поднимаясь, сказала: — Приятного отдыха. — После чего скрылась в своем номере. Заводить знакомства я не стремилась, особенно с мужчинами. Надеюсь, мы с ним будем встречаться нечасто. Впрочем, номер у него двухместный, очень возможно, что отдыхает он не один и я беспокоюсь напрасно. Такому типу вряд ли придет в голову отдыхать в одиночестве. Либо крепкая мужская компания (подальше от дел и осточертевшего семейства), либо юная любовница: деньги потратишь небольшие, а пыль в глаза есть чем пустить.

Я размышляла об этом, стоя под душем, и вдруг поймала себя на мысли, что чересчур много думаю о соседе. Должно быть, он произвел на меня впечатление. Я пожала плечами, вышла из ванной, включила телевизор и завалилась спать.

Вечером, во время ужина, я вновь встретилась с соседом. Не успела я занять столик на двоих возле окна, как появился он. В светлых брюках и бледно-салатовой трикотажной рубашке с коротким рукавом он выглядел сокрушительно, женщины откровенно глазели на него. Высокий, спортивный, с шикарным загаром, стильной стрижкой, мужественным лицом, которое так нравится дамам, да еще в дорогих тряпках. Большие деньги здесь присутствовали вполне зримо. Манеры указывали на то, что деньги для нас в жизни не главное, мы относимся к ним философски, а вот себе цену знаем.

В общем, в другое время он меня бы, вне всякого сомнения, заинтересовал, но в тысячах километров отсюда был человек, которому я месяц назад дала твердое обещание и намеревалась сдержать его, оттого появление соседа не вызвало в моей душе ничего, кроме легкой досады.

— Простите, у вас свободно? — спросил он, и я кивнула.

По тому, как он смотрел на меня, стало ясно: моя неземная красота успела произвести на него впечатление, парень наверняка расстарался и теперь знал, что отдыхаю я в одиночестве, и, несомненно, рассчитывал на успех.

Я попыталась определить, сколько ему лет. Двадцать семь? Скорее всего больше. Возраст выдают глаза. Я бы дала лет тридцать пять. Лицо красивым не назовешь, но было в нем нечто... в общем, бальзам на женскую душу. Обручальное кольцо отсутствует, впрочем, это лишь показатель того, что человек не желает афишировать свое семейное положение. Загорелые руки с хорошо развитой мускулатурой наводили на мысль о первородном грехе, то есть настойчиво напоминали о том, что есть такая штука — секс и заниматься им с подобным типом одно удовольствие, по крайней мере, на удовольствие рассчитываешь.

Я перевела взгляд на его тарелку. Куски мяса и гора риса указывали на то, что организм у соседа здоровый и аппетит тоже. Мужики, подходящие к шведскому столу за листиком салата и долькой апельсина, всегда вызывали у меня настороженность.

Между тем, устроившись за столом и ласково поглядывая на меня, сосед предложил:

— Давайте познакомимся. Меня зовут Глеб. А вас?

— Полина, — ответила я.

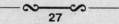

— Очень приятно.

— Взаимно.

— Чем собираетесь заняться после ужина?

Я пожала плечами:

— Никаких планов. Возможно, прогуляюсь или посижу на берегу.

— Я прочитал объявление. Сегодня здесь что-то вроде концерта. Танец живота. Не интересуетесь?

— Можно взглянуть, — опять пожала я плечами.

К нам подошел официант.

— Что будете пить? — спросил меня Глеб.

— Чай, — ответила я.

— Отлично. Значит, я тоже чай.

С официантом Глеб объяснялся по-английски, языком, похоже, он владел в совершенстве. «Какая-нибудь столичная фирма, солидный пост», — решила я. Принесли чай. Несмотря на мое внутреннее сопротивление, Глебу удалось меня разговорить. Чаепитие закончилось, мы болтали, курили и провели вместе часа полтора, после чего я напомнила о танце живота, и мы отправились к пляжу, где было устроено что-то вроде эстрады: навес из тростника, скамейки и выложенный плиткой круг, где и должно было состояться представление.

Выступление танцовщицы особого впечатления на меня не произвело, я продолжала сидеть лишь из вежливости, Глеб откровенно скучал. Он наклонился ко мне и заговорщицки прошептал:

— Что, если нам смыться?

Предложение показалось мне дельным, и мы потихоньку выскользнули из-под навеса и направились к бассейну, побродили по многочисленным импровизированным улочкам отеля, подсвеченным огнями, и в первом часу ночи простились, совершенно довольные друг другом.

Утром я обнаружила Глеба сидящим на веранде, он улыбнулся и поднялся навстречу мне.

— Вы еще не завтракали?

— Только собираюсь.

— Вот и отлично. Идемте.

Я взглянула на него с некой настороженностью: он что, сидел все утро на веранде, поджидая меня? Довольно глупое занятие. Тут же выяснилось, что я не права.

— Любите по утрам поваляться в постели? — спросил он.

— Есть грех, — усмехнулась я. — А вы чем занимались?

— Подводным плаванием. В основном из-за этого сюда и приехал. Вы когда-нибудь ныряли с аквалангом?

— Нет.

— Советую попробовать. Подводный мир здесь совершенно фантастический. Получите настоящее удовольствие.

Долго уговаривать меня не пришлось, и сразу же после завтрака мы отправились к инструктору. В общем, совершенно незаметно мы стали почти все время проводить вместе. Не то чтобы Глеб был навязчивым, вовсе нет, но как-то так получалось, что в нужный момент он всегда оказывался рядом. Сдержанный, улыбчивый, внимательный, о таком спутнике женщине оставалось только мечтать. Хотя Глеб не скрывал, что я ему нравлюсь, отношения наши оставались чисто дружескими. Я не испытывала желания переводить их в другую плоскость, а Глеб, то ли чувствуя это, то ли не стремясь форсировать события, тоже не пытался изменить что-либо. Каждый вечер, проводив меня до двери, он пожимал мне руку и говорил: «До свидания», — улыбаясь уголками губ. Поведение, прямо скажем, необычное. Возможно, парень выжидал, когда я созрею? Если так, выходило, что вел он себя, как профессионал. Может, я бы его в этом и заподозрила, не знай наверняка, что у бизнесменов нет времени заниматься подобной ерундой.

Только на четвертый день знакомства мы перешли на «ты». Этому сильно поспособствовало то обстоятельство, что Глеб спас мне жизнь. Возможно, это сильно сказано, но факт остается фактом. Неизвестно, чем бы все кончилось, не окажись Глеб рядом со мной.

А произошло вот что. Мы в очередной раз спустились под воду. На этот раз глубина была метров одиннадцать. Вообще-то новичку вроде меня положено плавать с инструктором, но так как я оказалась ученицей толковой, а Глеб был просто профи, инструктор нами практически не занимался, предоставив нас самим себе.

Оказавшись под водой, я испытала уже привыч-

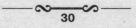

ное чувство восторга, Глеб коснулся моей руки и указал на глубокую расщелину. Оттуда появилась огромная рыба, и я едва не закричала от неожиданности, Глеб уверенно продвигался вперед, и я за ним. А потом... Что произошло потом, я так и не поняла. Увлекшись наблюдением за стаей рыб, я потеряла Глеба из вида, огляделась и, не обнаружив его, нырнула в расщелину. И вот тогда... Возможно, я нырнула слишком глубоко, а может быть, действительно столкнулась с электрическим скатом, как предположил позднее Глеб, в общем, что-то коснулось моей шеи, и это было последним, что я почувствовала перед тем, как потерять сознание.

Очнулась я на катере. Глеб испуганно таращил глаза, поддерживая мою голову, а вокруг толпились мужчины и быстро-быстро что-то говорили по-арабски.

— Слава богу, — пробормотал Глеб, заметив, что мой взгляд приобрел осмысленное выражение. — Что случилось?

Ответить на этот вопрос я не смогла. Между тем мы причалили к берегу, и Глеб настоял на том, чтобы я показалась врачу. На моей шее обнаружилась царапина, но ее происхождение так и осталось тайной. Мне был прописан покой. Я отправилась в постель, а Глеб устроился в кресле напротив, и часа два мы строили различные предположения.

— С подводным плаванием покончено? — спросил он, когда уже собирался уходить.

— Ничего подобного, — усмехнулась я.

И на следующее утро, к большому огорчению инструктора, вновь спустилась под воду. Правда, теперь я предпочитала все время держаться рядом с Глебом, чаще всего просто уцепившись за его руку. Говоря по чести, стоило мне оказаться под водой, как на меня наваливался страх, быстро переходящий в ужас, и, лишь собрав в кулак всю свою волю, мне удавалось справиться с ним. Последствием этого происшествия, как я уже сказала, стало то, что мы перешли на «ты», а Глеб начал проявлять заботу обо мне с удвоенным рвением.

О личной жизни мы впервые заговорили по дороге в Луксор. Посмотреть долину царей было моей идеей, но ехать на автобусе Глебу не хотелось, и он взял напрокат машину. Луксор находится километрах в трехстах от Хургады, дорога заняла много времени, туристы в целях безопасности могли передвигаться здесь лишь под охраной, и нам предстояло ехать с конвоем. Словом, времени для разговоров было сколько угодно, и Глеб вдруг спросил меня:

— Чем ты занимаешься?

— Несколько лет работала секретарем-референтом, — пожала я плечами. — Потом вышла замуж.

— И что?

— Муж предпочитал, чтобы я сидела дома.

— Ты говоришь о муже в прошедшем времени. Вы развелись?

— Он умер. Год назад.

— Извини.

— Все в порядке. Прошло довольно много времени.

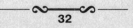

— Несчастный случай?

Я насторожилась, но взгляд Глеба ничего, кроме внимания и сочувствия, не выражал.

— Да-а, — неохотно кивнула я. — То есть вовсе нет... его убили. Застрелили в двух шагах от нашей квартиры.

— Бизнес?

— Не знаю. До сих пор толком ничего не выяснили.

— Тебе здорово досталось?

— Еще бы. Муж оставил мне кучу денег. Кое-кому это показалось подозрительным, хотя я в момент убийства уже месяц как лежала в больнице с двухсторонней пневмонией и сама едва не отправилась на тот свет. Когда все кончилось, я уехала оттуда. Не могла больше находиться в этом городе.

— Значит, ты богатая вдова? — спросил Глеб с улыбкой.

— Значит. Понемногу прихожу в себя. Подумываю устроиться на работу, жизнь в четырех стенах становится невыносимой. А пока решила развеяться и приехала сюда.

— Я рад, что это пришло тебе в голову, — кивнул Глеб, — иначе мы бы не встретились.

— Ты женат? — задала я, с моей точки зрения, вполне уместный вопрос.

— Нет. И никогда не был. Пару раз собирался, но в последний момент непременно что-то случалось.

— Например?

— Ну... мне пришлось накануне свадьбы отправиться в командировку, а невесте это не понравилось, мы поссорились, а помириться не сумели.

— Что ж, твою невесту можно понять.

— Конечно.

— Ты из Москвы?

— Да.

— А чем занимаешься, если не секрет?

— В настоящий момент я пенсионер... То есть я так это называю.

— Бывший военный? — спросила я, хотя на военного он вовсе не походил.

— Нет, — с усмешкой покачал он головой.

— Я полагаю, дальнейшие вопросы неуместны? — тоже усмехнулась я.

— Ну почему же... Могу пояснить, если это интересно.

— Интересно, — кивнула я.

— Несколько лет я работал в одной крупной фирме. Все было прекрасно, пока я не начал проявлять излишнее любопытство, вполне объяснимое, кстати. А проявив его, понял, что работа... как бы это выразиться... для меня не совсем подходящая.

— Криминал?

— Разумеется. И я счел за благо удалиться, пока это было возможно. Вот и все.

— Занятно. И что думаешь делать дальше?

— Понятия не имею. Для начала тоже решил отдохнуть. Я лет семь не был в отпуске. И, честно говоря, мне понравилось бездельничать. Денег мне хватит до самой старости, причем с лихвой. Возможно,

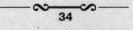

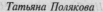

организую собственное дело, но пока думать об этом лень.

— Что ж, по-моему, разумно.

Он улыбнулся в ответ, и мы ненадолго замолчали.

К концу первой недели я начала задаваться вопросом: почему Глеб не стремится оказаться со мной в одной постели? Не то чтобы мне этого хотелось, нет, просто его поведение казалось странным. Сама я не делала никаких попыток к сближению. Влюбляться я не собиралась, а для курортного романа Глеб не казался мне особо подходящей кандидатурой.

Я лениво размышляла об этом, валяясь на пляже, а где-то на десятый день поняла, что неожиданно я увлеклась им. Открытие меня не порадовало. До конца поездки оставалось четыре дня, и я надеялась, что, расставшись с Глебом, я скоропостижно забуду о нем. Теперь выходило, что все не так просто.

В один из дней Глеб предложил прогулку на яхте, и я, конечно, согласилась. Не считая команды из трех человек, мы были одни, купались, загорали, болтали о пустяках и были абсолютно счастливы. Стоя на носу яхты и чувствуя за спиной Глеба, я беспричинно улыбалась, и вдруг... странное чувство охватило меня, в какой-то момент на меня напал лютый страх. Я вдруг подумала: «Вот сейчас, сию минуту он толкнет меня...» Я уже видела, как падаю, ударяясь головой о корму, теряю сознание, а потом винт разрубает меня на куски...

Видение было столь отчетливым, что я невольно попятилась, резко повернулась и увидела лицо Глеба. Глаза его были скрыты очками, но лицо выглядело чересчур серьезным, правда, в ту же секунду он улыбнулся.

— Потрясающе, правда?

— Правда, — кивнула я, но поторопилась убраться подальше от опасного места, мысленно ругая себя на чем свет стоит. С какой это стати Глебу желать моей смерти? Чушь...

В последний вечер мы отправились в Хургаду с намерением изведать прелести ночной жизни города. В отель вернулись под утро. Я едва держалась на ногах от усталости. На веранде по соседству шумная компания что-то отмечала... В общем, испытывая некоторую неловкость под любопытствующими взглядами, мы простились возле моей двери.

Автобус, который на следующий день должен был отвезти нас в аэропорт, отправлялся в шесть вечера, так что времени до отъезда было вдоволь, и Глеб за завтраком спросил:

— Чем займемся?

— Будем валяться на пляже. Номер необходимо сдать в двенадцать.

— Совершенно необязательно, — усмехнулся он и взял меня за руку. По тому, как он это сделал, стало ясно, что он имеет в виду.

По дороге в номер я рассудила, что это вполне логичное завершение знакомства. В конце концов, парень здорово потратился и имеет право на кое-какое удовлетворение. Развлекая себя циничными мыслями в том же духе, я отлично знала, что на самом деле хочу этого не меньше, чем он.

Мы вошли в его номер, он запер дверь, улыбнулся, точно извиняясь, а потом принялся меня целовать. Часа через два я с чувством воскликнула:

— Какого черта мы столько времени потратили впустую?!

А Глеб засмеялся.

На автобус мы, конечно, опоздали, пришлось ехать на такси. Регистрацию мы успели пройти за несколько минут до вылета, и, оказавшись в самолете, я самым бездарным образом уснула, уткнувшись носом в плечо Глеба (он и здесь проявил чудеса расторопности и сумел уговорить пожилую даму поменяться с ним местами).

Проснулась я, когда самолет пошел на посадку. В Шереметьеве началась суета, так что мы не успели сказать друг другу и трех слов. Меня встречал приятель с моим демисезонным пальто, перекинутым через руку, и прощание с Глебом вышло каким-то скомканным.

У него был номер моего сотового, у меня был номер его. По дороге домой, отвечая на вопросы своего приятеля об отдыхе в Египте, я вдруг почувствовала странную тоску при мысли, что никогда не увижу Глеба. Впрочем, я была совершенно уверена, что он позвонит в тот же день. Но он не позвонил. Это причинило мне невероятную боль. Я решила поскорее забыть о нем, но на третий день, ругая себя последними словами, позвонила сама. Совершенно напрасно, между прочим. Глеб не ответил. На вторую попытку меня уже не хватило. Сидя вечером одна в своей квартире и испытывая чувства, доселе мне неведомые, я вдруг с удивлением поняла, что влюбилась. Выходило, что Глеба стоило поблагодарить за то, что он не позвонил мне, потому что в чем в чем, а в любви, как мне тогда казалось, я нуждалась меньше всего.

Прошел еще один день. Я выходила из машины возле своего подъезда, когда услышала за спиной:

— Полина... — Повернулась и увидела Глеба. Он стоял, привалившись к новенькому «Шевроле», и выглядел немного смущенным.

— Это ты? — ахнула я и выронила ключи. Мы одновременно наклонились за ними. Глеб взял меня за руку и вздохнул:

— Наверное, надо было предупредить... — И без перехода добавил: — Я люблю тебя.

— Господи, — засмеялась я. — Господи... как я счастлива.

— Я с вещами, — заявил Глеб, как только мы вошли в квартиру. — В общем, на всю жизнь. Как ты на это смотришь?

— Я в восторге.

— А замуж за меня пойдешь?

— Куда ж деваться, если ты с вещами...

С тех пор мы не расставались. Через месяц поженились, и все это время я была абсолютно счастлива. Теперь, когда былое счастье оказалось утрачен-

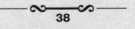

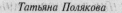

ным навсегда, эти несколько месяцев представля-
лись мне самыми невероятными в моей жизни, по-
вторить их никогда и ни с кем невозможно, и от
этого мое горе казалось мне безграничным, а даль-
нейшая жизнь никчемной.

Утро опять выдалось солнечным, и это причиня-
ло почти физическую боль, казалось, мне стало бы
легче, погрузись весь мир в беспросветную мглу.
Позвонила Светлана.

— Полинька, я заеду через полчаса.

Я безразлично буркнула:

— Конечно.

Она приехала и, взглянув на меня, заплакала.

— Поля, так нельзя, надо держаться. Тебе ни в
коем случае не следует оставаться одной...

— Нет-нет, — торопливо ответила я, боясь, что Светлана решит проводить со мной все время, а я теперь
просто не способна кого-то видеть. — На самом
деле все не так плохо. Пройдет месяц, два, и я начну
привыкать. Все привыкают. Какие у нас дела? — об-
лизнув пересохшие губы, спросила я, стараясь перевести разговор в другую плоскость. В сочувствии я
совершенно не нуждалась.

— Надо сообщить родственникам, — начала
Света, а я перебила:

— Получается, что сообщать некому. У меня
родни нет, и у него тоже, если не считать отчима. Но
ни его адреса, ни телефона в вещах Глеба я не нашла.

— Ясно, — вздохнула Светлана. — В конце концов, отчим не отец, можно сообщить позднее. Где он живет?

— В Екатеринбурге.

— Еще вопрос, смог бы он приехать... Скорее всего он пенсионер, дорога дальняя... — Светлана говорила что-то еще, но я не слушала, последнюю фразу ей пришлось повторять дважды, прежде чем я поняла, что она хочет. — Нужна фотография Глеба.

— Зачем? А, да... У меня только свадебная.

— Свадебная не подойдет. К тому же его лица на ней почти не видно...

— Другой нет.

— Как — нет? — не поняла она.

— Просто нет. И я, и Глеб терпеть не могли фотографироваться.

— Неужели нет ни одной фотографии?

— Нет, — теряя терпение, ответила я.

— На паспорте, на военном билете наконец...

— Документы он взял с собой.

— И военный билет?

— Наверное. В столе его нет.

— Все-таки это странно, — нахмурилась Светлана. — Ни одной фотографии...

— Странно, странно, — повторила я, цепляясь за это слово.

А ведь действительно странно. Человек умирает, и после него не остается никаких материальных подтверждений его недавнего присутствия на земле. Одна фотография, где он, точно нарочно, отвернулся. Странно... Отчего ж, все имеет свое объяснение. Умри я сегодня, и после меня тоже мало что оста-

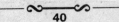

нется. Та самая фотография, где я уткнулась лицом в цветы... Вот именно. Должно быть объяснение, должно...

Я поторопилась отделаться от Светланы. Как только за ней закрылась дверь, я вернулась в комнату Глеба и еще раз тщательно просмотрела бумаги в его столе. Ничего интересного. Документы, в которых чаще всего фигурировало мое имя, договор на аренду ячейки в банке — все это составлено уже при мне, здесь, в этом городе. О прежней жизни Глеба, до нашей встречи, мне практически ничего не известно. Он, конечно, делился со мной детскими воспоминаниями, забавными рассказами из веселой юности, но по большому счету это ничего не значило. Теперь это вдруг меня испугало.

Вот тут мне бы проявить мудрость и оставить все как есть, но горе сыграло со мной злую шутку, здравый смысл отступил, и я с удвоенным рвением принялась рыться в бумагах. Вытащила все три ящика, встала на колени и вскоре была вознаграждена за усердие. К задней стенке стола прилип клочок бумаги. Я достала его. Обрывок какого-то текста, отпечатанного на компьютере. «Меня удивляет ваше сомнение. Более того, вы сами находитесь в опасности, сказать честно, я не дам за вашу жизнь и гроша, так что подумайте и сообщите свое решение не позднее...» Далее текст обрывался. Я прочитала текст раз пять, прежде чем до меня начал доходить его смысл. Глебу угрожали. Очень похоже на письмо шантажиста. Ну конечно. Его гибель вовсе не несчастный случай, это убийство...

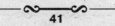

Телефонный звонок заставил меня вздрогнуть. Я схватила трубку и услышала незнакомый мужской голос:

— Полина Викторовна? Извините, что беспокою. Моя фамилия Горшенин, я занимаюсь делом вашего мужа. Вы не могли бы приехать? Я понимаю...

— Я приеду. Скажите, куда.

Он назвал адрес, а я начала лихорадочно собираться. Вернулась к столу и спрятала найденный только что клочок бумаги в секретер, заперев его на ключ.

Здание, куда мне предстояло явиться, находилось неподалеку — пешком можно было дойти минут за двадцать, но я поехала на машине. Найденный обрывок письма не шел из головы. Я была уверена, что вызов в милицию как-то связан с этим письмом, то есть не с ним, конечно, а с новым поворотом в деле. Наверняка у следователя появились сомнения в том, что это несчастный случай. Расследование — вещь, которая мало кому может прийтись по вкусу, но в настоящий момент я хотела лишь одного: узнать правду. Впрочем, жизненный опыт подсказывал, что правда — штука непростая и, как правило, малоприятная.

Горшенин оказался пожилым мужчиной в помятом костюме, с усталыми глазами и лысиной, которую он тщетно пытался замаскировать. При моем появлении он встал, представился и выразил сочувствие. Я кивнула, вглядываясь в его лицо, ожидая

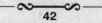

сногсшибательных известий, но наш разговор меня разочаровал. Для Горшенина Петра Васильевича дело было совершенно ясным. Несчастный случай. Машина шла на большой скорости, после дождей обочина была грязной и скользкой, машину занесло и отбросило в кювет, она несколько раз перевернулась, после чего взорвалась и выгорела дотла, что и неудивительно, в салоне находилась канистра с бензином, именно поэтому... Тут Горшенин несколько смешался, кашлянул и торопливо продолжил. Вскрытие показало, что мой муж скончался не от ожогов, как предполагалось вначале, хотя и ожогов вполне хватило бы, так как практически на сто процентов кожный покров поврежден и...

— Вы видели, в каком он состоянии, — точно извиняясь, добавил Петр Васильевич. Оказывается, Глеб умер от инфаркта. Приступ случился в машине, именно поэтому он и не справился с управлением. Налицо несчастный случай. Горшенин еще раз выразил мне сочувствие, и я поняла, что разговор окончен. Поднялась и, точно во сне, вышла из кабинета.

Что за чушь — у Глеба больное сердце? Он перенес операцию? Да это просто смешно. Какая, к черту, операция. Человек с больным сердцем избегает нагрузок. Глеб отличался отменным здоровьем, несколько часов в неделю проводил в тренажерном зале, а еще занимался подводным плаванием. Он легко сажал меня к себе на плечи и носился по пляжу, при этом не особенно задыхаясь. Разве такое возможно после операции? Чепуха... Все это подтверждает мои сомнения. К черту несчастный случай! Глеба убили... А канистра в салоне? Моему мужу в голову бы такое не пришло. Во-первых, он помешан на чистоте, во-вторых, всегда остро реагировал на запахи. Не помню, чтобы он когда-нибудь прихватывал канистру в салон.

Я села в машину и, не успев прикрыть дверь, набрала номер телефона.

— Слушаю. — Голос звучал завораживающе, чуть хрипловато.

— Это я...

— Черт возьми, что у тебя с телефоном? Я пытался тебе дозвониться...

— Извини, забыла включить.

— Где ты? Надо встретиться.

— Я только что из милиции. Ты сможешь подъехать к скверу возле собора?

— Конечно. Буду там через десять минут.

Я положила телефон на соседнее кресло и завела машину.

На дорогу я потратила гораздо больше десяти минут. Выезд с проспекта был перекрыт, пришлось добираться через мост. Когда я притормозила возле ограды сквера, Федор уже ждал меня, прогуливаясь по ближайшей аллее. Я бросилась к нему. Высокий, в длинном темном пальто нараспашку, с сурово сведенными у переносицы бровями, он выглядел хмурым и даже недовольным, но, несмотря на это, был фантастически красив.

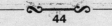

Яркий блондин, со стального цвета глазами и смуглой кожей. Что может быть привлекательнее для огромного числа женщин?

— Здравствуй, — пробормотала я, подходя ближе. Он терпеливо ждал, сунув руки в карманы пальто.

— Черт возьми, ты же мне обещала, ты клялась, что это в последний раз... Какого дьявола... Я едва не свихнулся, когда узнал. Почему ты ничего не сказала? — Я обняла его за шею и уткнулась носом в грудь. С некоторой неохотой он поднял руку и погладил мое плечо. — Успокойся.

— Ты ничего не понял, — тихо сказала я. — Я его люблю. Я люблю его.

— Я это слышал много раз, — отстраняясь, ответил он, невольно поморщившись.

— Я люблю его...

— Хорошо, хорошо. Я не силен в психологии, как ты знаешь. Но ты мне обещала...

— Ты с ума сошел, — резко сказала я. — Ты ничего не понял. — Слезы брызнули из моих глаз, я развернулась и бросилась к машине, Федор догнал меня, схватил за плечи и рывком прижал к себе.

— Прости... так, значит... бедная моя девочка...

— Я не знаю, как мне жить, Феденька, — зашептала я, давясь слезами. — Я не хочу жить. Я так люблю его... это никогда не кончится...

— Успокойся. Пойдем сядем, вон там скамейка. Я узнал только сегодня, два часа назад. Почему ты не позвонила?

— Не знаю. Я сама не своя. Федя, что делать?

— О господи, — вздохнул он, — ну что тут сделаешь? Только надеяться, что боль пройдет. Ты же сама отлично знаешь, все когда-нибудь проходит.

— Это несправедливо, — прошептала я, — ведь я так люблю его... — Федор отвернулся, а я схватила его за руку. — Почему ты молчишь? Ты ведь думаешь, я это заслужила? Ты ведь так думаешь?

— Совершенно не важно, что я думаю. Важно, что я люблю тебя. И мне больно видеть, как ты страдаешь. И больно вдвойне, оттого что я не знаю, как тебе помочь.

— Тут ничем не поможешь, — вздохнула я.

Он обнял меня и поцеловал в висок.

— Что в милиции? — спросил он минут через пять, когда я перестала всхлипывать и понемногу успокоилась.

— Ничего. Несчастный случай.

— Ты говоришь это таким тоном, точно тебя это не устраивает.

— Я не верю в несчастный случай.

— Что? — Глаза его полыхнули гневом. — Уж не хочешь ли ты сказать...

— Мне это даже в голову не пришло.

— Надеюсь, — усмехнулся он. — Должен тебе заметить, мне очень не нравится происходящее. Ты ничего от меня не скрываешь?

— Конечно, нет. — Он вглядывался в мое лицо, точно сомневаясь. Это вывело меня из терпения. — Какого черта ты так смотришь на меня? Ты что, мне не веришь?

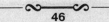

— Я уже сказал, мне очень не нравится происходящее. И мне невыносимо думать, что ты обманываешь меня.

— Не говори глупостей. Я клянусь.

— Твоим клятвам грош цена, и ты это знаешь не хуже меня.

— Замолчи...

— Разумеется. Ты не терпишь, когда я говорю об этом. Сколько раз ты меня обманывала?

— Замолчи, — повторила я, — сейчас совсем другое. Я сказала тебе правду, я сразу сказала тебе правду, как только он приехал сюда. Я его любила и сейчас люблю, и ничего с этим не поделаешь.

— Хорошо. Допустим, ты права, а я нет. Но происходящее мне по-прежнему не нравится. Эта авария выглядит очень подозрительно.

— Мне сказали, что он умер от сердечного приступа. Чушь собачья, — вытирая нос платком, тихо сказала я. — Глеба убили. Я уверена в этом.

— Ты уверена?

— Да. Сколько раз повторять? Я нашла в его столе письмо. Очень похоже на шантаж.

— Постой, кому это надо?

— Понятия не имею. Мне вот что пришло в голову: я ведь ничего о нем не знаю. Совсем ничего. У меня даже нет его фотографии...

— Ну, это неудивительно, — хмыкнул Федор, но тут же нахмурился. — Значит, что-то из его прежней жизни?

— Он намекал на какие-то проблемы...

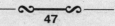

— Похоже на правду, — немного помолчав, вздохнул Федор. — Не хотел тебя пугать раньше времени... Видишь ли, сегодня я переговорил кое с кем... Версия о несчастном случае сомнений не вызывает, однако кое-какие странности и меня насторожили. Допустим, машину отшвырнуло в сторону... О господи, я спятил, что говорю тебе это...

— Продолжай, — потребовала я.

— В общем, если коротко, подозрительно выглядит сам пострадавший. Этот бензин в салоне и то, что труп в таком состоянии, даже опознать его практически невозможно. Отпечатки пальцев отсутствуют, а зубы были выбиты, когда он ударился о руль... Что ты на это скажешь?

— Я скажу, кому-то очень не хотелось, чтобы менты хоть что-нибудь узнали о Глебе. А отпечатки пальцев — это след.

— Ты...

— Я хочу знать, кто его убил и за что.

— Надеюсь, ты не делилась своими сомнениями в милиции? — насторожился Федор.

— Нет. И не собираюсь.

— Разумно. Иногда находишь то, чего совсем не ищешь. Извини, что говорю прописные истины. В твоих интересах, чтобы Глеба поскорее похоронили. У ментов нет причин тянуть с этим.

— Глеб настаивал на кремации.

— Опа! — зло крикнул Федор. — Я начинаю думать, что все даже хуже... Послушай моего совета — не лезь в это дело.

— Ты знаешь: я обожаю советы.

— Что с того, если ты узнаешь, за что его убили? Глеба не вернешь. Глупо совать голову в петлю.

— Я хочу знать правду. Я найду убийцу и...

— И что?

— Не знаю. Но я его найду.

— Отговаривать тебя бессмысленно. Что ж, постарайся хотя бы сохранить голову на плечах.

— Ты мне поможешь? — спросила я.

— А куда мне деваться? — усмехнулся он.

Я вернулась домой. Едва я переступила порог, тоска навалилась на меня с новой силой. Я не могу здесь находиться, просто не могу... А что мне еще остается? Переехать в гостиницу, снять квартиру? Что это изменит? Ничего. Глеба в самом деле не вернуть. Но я могу найти его убийц. Я верила, что могу. Вот этим и следует заняться. Если Федор прав, предприятие далеко не безопасное, следовательно, мне будет не до тоски.

Я решительно вошла в комнату мужа и огляделась, подошла к шифоньеру, распахнула створки. Теперь я проводила обыск по всем правилам: вывернула карманы, прощупала каждый шов на одежде. Ничего. Ни клочка бумаги, даже троллейбусного билета и то не нашлось. Впрочем, не помню, чтобы Глеб пользовался общественным транспортом.

Мы почти все время проводили вместе. Как только он переехал ко мне, сразу встал вопрос о том, чем он собирается заняться в нашем городе.

— Ничем, — пожал он плечами в ответ на мой вопрос. — Пока, по крайней мере. О деньгах не беспокойся, я тебе говорил...

— Я помню. И деньги меня совершенно не интересуют. Ты что, забыл: я богатая вдова. Просто мужчины быстро утомляются от безделья.

— Когда утомлюсь, начну думать. А сейчас мне просто хочется быть рядом с тобой. Как тебе такая перспектива?

— Я в восторге. Только одно меня смущает. Если я буду мозолить тебе глаза двадцать четыре часа в сутки, то очень скоро могу надоесть.

— Таким образом ты даешь понять, что видеть меня сутки напролет для тебя затруднительно? — усмехнулся он, а я захохотала.

— Вот уж нет, я чувствую себя невероятно счастливой. И, как человек здравомыслящий, боюсь за свое счастье.

— Совершенно напрасно. Но одна проблема у нас все-таки есть. — Он поднялся с кресла, в котором сидел до этого времени, вышел в холл, достал из шкафа сумку, с которой приехал, и вернулся с ней в комнату. Не торопясь, расстегнул «молнию» и вытряхнул содержимое сумки прямо на пол. А я открыла рот от изумления. Такого количества денег мне видеть еще не приходилось.

— Сколько здесь? — с трудом сглотнув, спросила я.

— Полмиллиона, — пожал плечами Глеб, вновь устраиваясь в кресле.

— Ты кого-нибудь ограбил? — пошутила я, но вышло как-то чересчур серьезно.

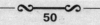

— Я похож на грабителя? — спросил Глеб.

— Нет, — помедлив, ответила я, приглядываясь к нему. — Ты не похож на грабителя.

— Надеюсь. Это мои деньги, добытые на совершенно законном основании. Конечно, налоговая инспекция может с этим не согласиться, но на то она и налоговая. В целом все законно, в том смысле, что других хозяев у этих денег нет.

— Я вовсе не... — торопливо начала я, но Глеб меня перебил:

— Я не хочу, чтобы у нас были тайны друг от друга. Я честно заработал эти деньги. Но хранить в доме такую сумму неосмотрительно. Вот тебе проблема: что с ними делать?

— Положить в банк, — пожала я плечами и, заметив усмешку на его лице, поспешно пояснила: — У меня есть знакомый... Дружбу с ним я не афиширую, на это есть причины, которые понять не так трудно. Этот человек кое-чем мне обязан, он был другом моего мужа, и... впрочем, это неважно. Думаю, он даст хороший совет. Деньги должны работать. Есть масса фирм, куда ты их можешь вложить, и налоговой полиции об этом знать необязательно. А какая-то сумма всегда будет у тебя под рукой.

— У нас, — поправил Глеб.

— Хорошо, у нас. Что скажешь?

Он пожал плечами.

— Лучшего предложения все равно нет. Поговори со своим другом. Кстати, хотелось бы узнать о нем побольше.

— Зачем? — удивилась я.

— А я ревнивый, — хмыкнул он.

— Да ты с ума сошел, — возмутилась я. — Мы видимся исключительно редко, и то по делу.

— Твои деньги в его банке?

— Да.

— Что ж, тогда и с этими решили.

Засовывая деньги обратно в сумку, я вдруг испытала нечто похожее на страх. Что-то шевельнулось у меня в душе и не отпускало. Глеб обнял меня и торопливо начал целовать, затем отстранился и прошептал:

— Я сказал правду.

— Да-да, я верю, — пробормотала я, и разговор на этом закончился.

В тот же вечер я позвонила Федору, и мы договорились о встрече. Проблем, как я и предполагала, не возникло.

На следующий день Глебу вдруг пришла в голову нелепая мысль отправиться на природу. Нелепая, потому что погода мало к этому располагала. Но я с готовностью согласилась, потому что поехала бы с ним хоть к дьяволу, лишь бы это доставило ему удовольствие.

— Куда бы ты хотел отправиться? — с легким удивлением спросила я.

— Понятия не имею. Я ведь гость в вашем городе. Что-нибудь романтически-безлюдное. Река, озеро, на худой конец годится болото.

— Ты шутишь?

— Вовсе нет. Надо обживаться на новом месте.

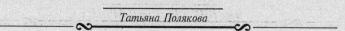

— И ты решил начать с болот? — развеселилась я.

Он притянул меня к себе и сказал ласково:

— Знаешь, о чем я мечтаю? О тихой, размеренной жизни, с долгими прогулками, разговорами ни о чем и вечерами у телевизора. Чтобы ты была всегда рядом и любила меня.

— С двумя последними пунктами — без проблем. Телевизор я терпеть не могу, а к прогулкам обещаю приохотиться.

— Отлично. Вот сегодня и начнем. Я пошел бриться, а ты пока подумай, куда мы поедем.

Когда он вернулся из ванной, у меня уже был план. Я даже нашла карту области и проложила маршрут, о чем с гордостью сообщила Глебу. Поездка в самом деле удалась. Мы немного погуляли в лесу, еще голому в это время года, затем выехали к реке (отправились мы на «Шевроле» Глеба, моя машина там не прошла бы) и устроились на высоком берегу.

— Если тебя интересует болото, оно в нескольких метрах отсюда, — сообщила я, разливая чай из термоса.

— Идеальное место, — усмехнулся он.

Через час, стоя на краю обрыва, Глеб вновь повторил эту фразу:

— Идеальное место.

— Идеальное для чего? — отозвалась я, закончив уборку после нашего импровизированного пикника.

— Ну, например, достаточно легонько толкнуть человека с этого обрыва и... А тут еще болото по соседству. Загнал в него машину, и вообще никаких следов.

— Кого ты собрался убить? — с притворной суровостью спросила я. — Если меня, подожди бракосочетания, тогда получишь наследство. А так, что за радость?

— Про наследство я и забыл. Зато тебе и регистрации ждать ни к чему.

— Если ты будешь так шутить, я в самом деле столкну тебя с обрыва, просто для того, чтоб не слушать всякие глупости.

Я направилась к машине, потому что шутка Глеба в самом деле мне не понравилась. Он догнал меня возле «Шевроле», у него было странное выражение лица... Трудно объяснить... Он начал меня раздевать, прямо там, в нескольких метрах от обрыва, под хмурым мартовским небом, на холодном ветру... Мы занимались любовью до самого вечера, и покидать этот богом забытый уголок нам совсем не хотелось...

— Он вел себя странно, — вслух сказала я, закончив вспоминать. Я сидела на полу в обнимку с его курткой и повторила торопливо, точно это могло подогнать мою мысль: — Вот-вот, иногда он вел себя странно... Но это не объясняет, почему он погиб.

Я огляделась еще раз. Кажется, я проверила все, никаких результатов. Невозможно, чтобы у Глеба за эти месяцы появились какие-то дела, а я о них не узнала. Впрочем, три месяца назад он вдруг увлекся рыбалкой. Меня с собой ни разу не приглашал. А что, если это как-то связано с его прошлым? Ко-

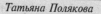
нечно, просто так уйти из дома, да еще на пару дней он не мог, вот и придумал себе хобби.

— Должно быть что-то, — пробормотала я и с удвоенной энергией продолжила обыск. Отодвинула софу, сняла картину, даже стены простучала и оторвала плинтусы. Ничего. Нетронутым остался лишь письменный стол, который я осматривала в прошлый раз. Я опять выдвинула ящики, тщательно пролистала все бумаги, затем встала на колени и начала водить рукой по верхней доске и вот тут... что-то нащупала. Изловчившись, я заглянула внутрь и увидела клочок бумаги, приклеенный скотчем к обратной стороне столешницы ближе к правому углу. В сильнейшем волнении я извлекла находку. Листок бумаги был совсем крохотный, квадратик в клеточку, аккуратно вырезанный из тетрадного листа. «Деревягин Александр Иванович», — было написано на нем почерком Глеба. И больше ничего. Никаких объяснений. Фамилия, имя, отчество неизвестного человека, которые Глеб, записав, зачем-то тщательно спрятал. Находка ничего не объясняла, скорее это даже походило на издевательство. Я с досадой отшвырнула листок, затем подумала, подняла его и сожгла в пепельнице. На память я не жалуюсь, а береженого, как известно, бог бережет.

Следующие несколько дней растянулись в вечность. Хотя стараниями Володи я и была избавлена от забот о похоронах, лучше от этого не стало, а возможно, было даже хуже, заботы отвлекают от горя.

В пятницу Глеба кремировали. К моему удивлению, народу собралось немало, за прошедший год мы уже успели обрасти знакомыми. Их присутствие меня тяготило. Я стояла в большом зале рядом с гробом и отказывалась верить в реальность происходящего. В момент прощания я не испытывала ничего, кроме чувства какой-то досады, хотелось, чтобы все поскорее закончилось. А получив урну с прахом покойного, я едва не хихикнула: это все, что осталось от моего счастья? Верх нелепости. Выходя на улицу, я услышала, как кто-то из служащих пошутил: «Покойный кремирован дважды». Но даже циничная шутка не нашла отклика в моей душе: ни возмущения, ни обиды.

Поминки оказались мучительнее похорон, надо было что-то говорить, выслушивать чужие речи... Когда все кончилось, я с облегчением вздохнула. Володя и Светлана намеревались остаться у меня, но я категорически отказалась от их предложения.

Всю ночь я не спала, чутко прислушиваясь. Вдруг рассказы о душах умерших не такая уж чепуха и Глеб даст мне знак? В квартире стояла мертвая тишина, лишь холодильник работал на кухне, а я тихо заревела и так встретила рассвет.

К обеду приехала Светлана, держа под мышкой сверток.

— Что это? — удивилась я.

— Я подумала... не знаю, может, стоило показать тебе позднее...

— Что это? — повторила я нетерпеливо, и она

начала распаковывать сверток. Стало ясно, это картина или большая фотография в рамке. Наконец, завершив работу, Светлана приставила рамку к спинке дивана, и я увидела портрет Глеба, выполненный карандашом. Кое в чем неизвестный художник ошибся, но сходство, безусловно, было.

— Откуда это? — спросила я, удивляясь своему спокойствию.

— Олег Кондрашов... он ведь не всегда бизнесом занимался... Вообще-то, он художник. Ты не знала? Я попросила его, и он нарисовал по памяти.

— Спасибо, — немного подумав, ответила я.

Светлана, выпив со мной кофе, уехала, а я устроилась в кресле напротив портрета и принялась рыться в своих воспоминаниях, но теперь уже не обливалась слезами, а оценивала некоторые события весьма критически. Влюбленные женщины, как известно, дуры, и я, к сожалению, не являлась исключением. Сознавать это было необидно, даже скорее удивительно, так как до сего времени я считала себя весьма здравомыслящим человеком. Где-то через пару часов я позвонила Федору.

— Я хочу приехать, — сказала я твердо.

— Сюда? Может, встретимся как обычно?

— Мне необходимо кое-что проверить.

— Что ж, приезжай.

Я быстро собралась, но, выйдя из подъезда, вспомнила, что оставила ключи от машины на тумбочке в холле, возвращаться не стала и направилась к стоянке такси. На углу дома остановилась, сделав вид, что ищу что-то в сумке, незаметно осматривая в витрине пространство улицы за своей спиной. Ничего такого, что можно было бы счесть подозрительным.

Такси выстроились длинной вереницей, я подошла к первой машине, назвала адрес и минут через пятнадцать выходила возле здания банка. Общий вид здания впечатлял. Выстроенный не так давно банк стал украшением площади. Колонны, огромная лестница, отделка под мрамор, с моей точки зрения, только в таких зданиях и должны храниться деньги.

Я вошла в холл. По обеим сторонам окошки с номерами, ровный гул голосов, сквозь который с трудом пробивались отдельные слова, — обстановка что ни на есть рабочая. Я свернула направо и стала подниматься по лестнице. На втором этаже меня ждал молодой человек с такой постной физиономией, точно готовился сообщить страшную весть.

— Я к господину Сабурову, — пробормотала я и для простоты общения сунула ему свой паспорт. Мельком взглянув на него, он расцвел улыбкой и предложил:

— Прошу вас, Федор Васильевич ждет.

Путь до кабинета занял не меньше пяти минут. Секретарша при моем появлении тоже расцвела улыбкой и незамедлительно впустила меня в святая святых. Федор сидел за столом, как всегда, сокрушительно красивый. При этом он умудрялся выглядеть так, что сразу хотелось доверить ему свои деньги, душу, а также грешное тело в придачу. Он поднял голову от бумаг, улыбнулся и пошел мне навстречу.

— Ты скверно выглядишь, — сказал он сухо.

— Тебя это удивляет?

— Меня это беспокоит. Хочешь, уедем куда-нибудь вдвоем. Ты и я, как в добрые старые времена.

— Как же твоя работа?

— Да плевать на нее...

— Только без жертв, я тебя умоляю, — усмехнулась я.

Федор недовольно поморщился и устроился на краешке стола, глядя на меня сверху вниз с излишней проницательностью.

Чтобы избежать его взгляда, я стала рассматривать безделушки на его столе, пресс-папье, которым никогда не пользовались, чернильный прибор: жуткого монстра из малахита с дарственной надписью. Две фотографии в рамках, на одной была жена Федора с сыном, на другой мальчик и девочка с пушистым котом на руках. Я немного повертела фото в руках и с тяжким вздохом поставила на место. Федор продолжал взирать на меня, только теперь в его глазах появилось беспокойство.

— Мне не нравится, как ты ведешь себя, — через некоторое время сказал он.

— Что именно тебе не нравится? — подняла я бровь.

— Насколько я помню, особая сентиментальность тебе не свойственна, а сейчас у тебя вид осиротевшего ребенка. Так нельзя, возьми себя в руки. Попробуй отнестись к происшедшему философски.

— Мне просто нужно время, — вздохнула я, сама не очень в это веря. — Ты слишком многого от меня хочешь. Прошло всего несколько дней...

— Ну хорошо, — кивнул он без особого, впрочем, доверия к моим словам.

— Ты сделал, что я тебя просила? — перешла я к теме, которая в настоящий момент интересовала меня значительно больше.

— Нет, — покачал головой Федор. — Я пытаюсь узнать, в какой фирме работал твой покойный супруг, но это займет очень много времени.

— Но почему? — нахмурилась я.

— По известным тебе причинам я должен действовать крайне осторожно. Если ты права и Глеба убили, мой интерес кому-то вряд ли придется по душе. Что касается убийства, у меня до сих пор сомнения... Боюсь, ты просто отказываешься поверить, что судьба так жестоко пошутила с тобой.

— Пошутила, — хмыкнула я.

— Извини. — Федор коснулся моего плеча, а потом легонько его сжал.

— Если ты прав, какого черта боишься наводить справки?

— Прежде всего потому, что подобные вещи, как правило, быстро перестают быть тайной, и кому-нибудь в правоохранительных органах может показаться подозрительным, с какой стати мы интересуемся прошлой жизнью твоего супруга. Конечно, если б я мог обратиться в официальные инстанции или, на худой конец, к частному детективу, тогда процесс поисков заметно ускорился бы.

— Почему бы в самом деле не обратиться к детективу? — оживилась я.

На лице Федора появилось выражение крайнего недовольства.

— Спятила? Неизвестно, что он накопает. У меня семья, не забывай об этом.

— Что же делать? — вздохнула я.

— Ждать, когда я смогу ответить на твой вопрос.

— Что ж, придется ждать, — поднимаясь с кресла, сказала я. — А сейчас я хотела бы заглянуть в ячейку, которую арендовал Глеб.

— Думаешь, там какие-то бумаги?

— Надеюсь.

В ячейке Глеб оставлял около восьмидесяти тысяч долларов, это мне было известно доподлинно, так как я сама сопровождала его в банк, а потом познакомила с Федором.

Мы спустились на первый этаж, а потом прошли в специальный зал. Федор кивнул дежурившему охраннику, сам взял второй ключ, мы подошли к ячейке № 1427, открыли дверцу двумя ключами. Федор достал небольшой ящичек и поставил его на стол по соседству, а я нетерпеливо подняла крышку. Ящик был пуст. Я провела рукой по дну, как будто надеясь что-то там обнаружить, и мысленно чертыхнулась, а вслух сказала:

— Благодарю вас.

Федор поставил ящик на место, запер его и вернул один ключ мне, после чего мы покинули зал.

— Что скажешь? — тихо спросил он, когда мы поднимались по лестнице.

— Глеба шантажировали, — хмуро отозвалась я.

Федор внимательно посмотрел на меня, но вопросы отложил до того момента, когда мы вновь оказались в его кабинете.

Я прошла к окну и замерла, глядя на улицу с вереницей машин и толпой прохожих.

— Там была приличная сумма, — начал Федор, — и она исчезла. А тебе об этом ничего не известно.

— Точно. Как видишь, вывод напрашивается сам: Глеба шантажировали. Сначала это письмо, точнее, обрывок письма, теперь исчезновение денег из ячейки. В его письменном столе я нашла клочок бумаги с именем: Деревягин Александр Иванович.

— Что за тип?

— Понятия не имею. Но очень рассчитываю, что ты поможешь это прояснить.

— Попробую. Ты хочешь знать, когда он забрал деньги? Посещения фиксируются в журнале.

— Да, хочу, — кивнула я.

Через десять минут Федор сообщил:

— За одиннадцать месяцев твой муж приходил лишь однажды. Как раз накануне своей гибели... Все даже хуже, чем я думал, — недовольно пробормотал Федор. — По-моему, тебе следует покинуть город.

Я повернулась к нему и нахмурилась, Федор подошел поближе и сказал с горечью:

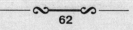

— Девочка, я только сейчас понял, какого дурака мы сваляли.

— Что ты имеешь в виду? — спросила я, хотя не хуже его знала, о чем идет речь, просто хотелось убедиться, что мысли наши работают в одном направлении.

— Что я имею в виду? — усмехнулся Федор. — Год назад ты встречаешь человека и скоропалительно выходишь за него замуж. При этом совершенно ничего не зная о нем. Вроде бы он из Москвы. Ты хоть раз была в его московской квартире?

— Нет. Я не любопытна и чужое любопытство не приветствую.

— А адрес квартиры тебе известен?

— Он есть в бумагах.

— Вот-вот... Парень является с полумиллионом в сумке, рассказывает нам какую-то байку, а мы купились и даже не попытались проверить... Я думаю, никакой московской фирмы, где он якобы работал, просто не существует.

— Глеб кого-то ограбил и пустился в бега?

— Вот именно. Хотя, возможно, фирма и впрямь существовала. Он решил выйти из игры, забрал денежки и уехал. Его нашли и...

— Нет, — подумав немного, заметила я. — Что-то тут не склеивается. Допустим, он позаимствовал эти деньги, неважно где, а их хозяева объявились. Вряд ли они удовлетворятся суммой в восемьдесят тысяч, если он свистнул у них пятьсот. Им уже давно пора появиться у меня.

— О господи, — пробормотал Федор и даже переменился в лице.

— А они не появились, — продолжила я. — Значит, тут скорее всего шантаж. Кто-то узнал о его местонахождении и сорвал куш. Но в этом случае убивать Глеба довольно глупо. Дойную корову берегут. Что скажешь? — обратилась я к Федору.

— Скажу, что тебе надо отдохнуть. Где-нибудь в Испании, а еще лучше в Австралии или на островах Океании. Туда добраться сложно.

— Именно по этой причине острова мне не подходят. Попробуй все-таки узнать, где работал Глеб, — вздохнула я и направилась к двери.

— Не скажешь, почему я всегда иду на поводу у тебя? — недовольно буркнул Федор, но я его уже не слушала.

Домой я отправилась пешком. Мне хотелось хорошенько подумать, а размышлять я предпочитаю прогуливаясь. Исходя из немногочисленных фактов, что у меня имеются, а также из собственных слов Глеба, он работал в фирме (предположительно, в Москве), узнал о каких-то неблаговидных делах и решил выйти из игры. Все более-менее ясно, если б не полмиллиона. Скорее всего, он позаимствовал эту сумму у хозяев. Но в этом случае убивать его, не вернув деньги, довольно глупо. Есть еще вариант. Некто, зная, чем занимался Глеб, нашел его, шантажом получил деньги, а затем решил с ним расправиться. Тоже не очень склеивается, но эта версия реальнее первой, не то у меня в гостях уже давно по-

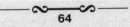

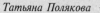

бывали бы грозного вида мальчики. Федор прав, соваться в такое дело — себя не любить, но остановиться я не могла: сидя в четырех стенах наедине со своим горем, недолго и свихнуться. Лучше попытаться найти убийц. Подумав это, я усмехнулась: легче сказать, чем сделать. Федор опять-таки прав, в милицию мне ни в коем случае нельзя, частный детектив тоже не подходит... Значит, придется самой. Сыщик из меня никудышный, но ничего другого все равно не остается.

Я попробовала составить план действий. Прежде всего надо попытаться узнать что-либо о прошлой жизни Глеба. Значит, следует отправиться в Москву. Если мне повезет, я смогу ответить на вопрос, где работал Глеб?

Ускорив шаг, я довольно быстро добралась до дома и вскоре уже входила во двор. Возле моего подъезда на скамейке сидел молодой человек с курносой физиономией, которую украшали реденькие светлые волосы и пушистые рыжие ресницы. Одет он был в ветровку и потертые джинсы, сидел нахохлившись и сунув руки в карманы. Заметив меня, белобрысый поднялся. Стало ясно: парень по мою душу. Так и оказалось.

— Полина Викторовна? — преграждая мне дорогу, спросил он.

— Да, а в чем дело?

Он извлек из кармана удостоверение и сунул мне под нос. Я мельком взглянула и пожала плечами.

— Чего вы хотите?

— Поговорить, — кашлянув, неопределенно ответил парень, точно сам толком не знал, чего хочет.

— Хорошо, — опять пожала я плечами, — пойдемте в квартиру, не на улице же нам говорить.

Мы поднялись на третий этаж — я впереди, парень чуть сзади, неотрывно глядя мне в затылок. Я распахнула дверь и сказала:

— Прошу. — Сбросила туфли и пальто, прислонилась к стене, выжидая, когда парень разденется. — Кофе хотите? — спросила я вежливо.

— Не откажусь, — кивнул он, и мы прошли в кухню.

— Вас как зовут? — проявила я интерес.

— Денис Сергеевич Коптелов. Можно просто Денис.

— А меня можно просто Полина.

Мы устроились за столом напротив друг друга и выпили по чашке кофе. Я не спешила с вопросами, и минут через пять Денису ничего не оставалось, как начать разговор самому.

— Полина Викторовна, где работал ваш муж?

— Я же говорила в милиции: фирма «Интерстрой», заместитель директора.

— Именно так и было записано в документах. Я заглянул в эту фирму, побеседовал с директором... господин Литовцев, кажется?

— Да, Литовцев Петр Петрович.

— Он сказал, что гибель вашего мужа для них большая утрата. Но вот что интересно, я также поговорил с рядовыми сотрудниками, и оказалось, что вашего мужа они видели крайне редко.

— Ну и что? — удивилась я. — Это означает только, что моему мужу общаться с рядовыми сотрудниками было без надобности.

— Да, конечно, — улыбнулся Денис Сергеевич. — А где до этого работал ваш муж?

— Почему вас так интересует работа моего мужа? — спросила я.

— Как вам сказать... у меня возникли кое-какие сомнения...

— А ваше начальство в курсе ваших сомнений? — глядя ему в глаза, снова спросила я и сама же ответила: — Думаю, нет. Иначе я вряд ли бы получила разрешение на кремацию.

— Кстати, а почему кремация?

— Обратитесь к моему адвокату, он вам объяснит... Денис Сергеевич, вы молоды, работаете недавно, и у вас, судя по всему... как бы это выразиться... присутствует нечто вроде охотничьего азарта. Вам что-то показалось подозрительным, и вы решили немного покопаться в нашей жизни. Я не против, только прошу не забывать: я только что похоронила мужа, и праздное любопытство мне переносить трудно. — В этот момент зазвонил телефон. — Извините, — бросила я и сняла трубку.

— Здравствуйте. — Голос был низким, с характерной начальственной интонацией. — Я хотел бы поговорить с Глебом Сергеевичем.

— А кто его спрашивает? — нахмурилась я. Денис, сидя за столом, прислушивался, не скрывая своего интереса.

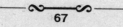

— Это его старый друг. Так я могу с ним поговорить?

— Нет.

— Нет? Его нет дома? А когда он будет?

— Глеб погиб. Несколько дней назад.

На том конце провода немедленно повесили трубку. Я взглянула на определитель номера, звонили из Москвы.

Я закусила губу, таращась в пространство, на какое-то время совершенно забыв о Денисе. Он продолжал сидеть за столом, наблюдая за мной.

— Извините, — сказала я, — у меня много дел.

— Я ухожу, — с готовностью кивнул он, поднялся и направился к двери.

Проводив его, я вернулась в кухню и замерла возле окна. Телефонный звонок не шел у меня из головы. Что это за старый друг? Не помню, чтобы за одиннадцать месяцев, прожитых вместе, Глебу кто-нибудь звонил, если не считать общих знакомых. Сообщение о гибели Глеба произвело на звонившего впечатление. Тип этот находится в Москве. Что ж, самое время и мне туда наведаться.

Я прошла в спальню, прихватив «Полароид», и сфотографировала портрет Глеба, а через несколько минут уже была в своей машине. Сворачивая на проспект, в зеркало увидела темные «Жигули» двенадцатой модели, ненавязчиво пристроившиеся следом. Я свернула на светофоре — и «Жигули» тоже, притормозила возле цирка — и они замерли неподалеку. Я чертыхнулась и собралась звонить Федору,

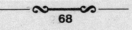

но тут «Жигули» на скорости пронеслись мимо и скрылись за поворотом.

Я немного выждала, а затем продолжила путь. Сколько я ни пялила глаза в зеркало заднего вида, но ничего подозрительного обнаружить не смогла. Понемногу успокоившись, я достала атлас Москвы. Глеб был прописан на улице Красносельской, пришлось потратить немало времени, чтоб отыскать ее. Однако сам факт ее существования придал мне уверенности, я бы не удивилась, если б вдруг оказалось, что улицы с таким названием в Москве не существует.

Через четыре часа, поплутав немного в хитросплетении переулков, я выбралась на Красносельскую. Нужный мне дом был стандартной пятиэтажной «хрущевкой» — возле подъезда скамейка, в настоящий момент пустующая, чуть в стороне детская площадка, трое детишек под бдительным оком женщины лет пятидесяти увлеченно носились друг за другом.

Я вошла в подъезд, достала из сумки ключ, не спеша поднялась на пятый этаж. Не знаю, чего я ожидала, но на пороге квартиры малость замешкалась. Дверь открылась легко, я вошла в крохотную прихожую и, почему-то передвигаясь на цыпочках, заглянула в комнаты. Слой пыли указывал на то, что здесь довольно давно никто не появлялся. Я вернулась в прихожую, заперла дверь на цепочку и приступила к осмотру.

Первое впечатление: квартира, а также ее внутреннее убранство мало подходили Глебу. Впрочем, холостой мужчина, занятый большую часть своего времени на работе, мог просто не обращать внимания на недостатки интерьера. Две комнаты, крохотная кухня. В спальне обстановка спартанская — кровать, шкаф и тумбочка, настольная лампа на подоконнике, плотные шторы на окнах. Воздух спертый, тяжелый. Я открыла форточку и прошла в гостиную. Невозможно было представить, что эту мебель образца семидесятых годов Глеб приобрел сам. Значит, она либо досталась ему от родителей, либо он купил ее вместе с квартирой.

В кухне с трудом уместился крохотный гарнитурчик. Холодильник отключен. Везде образцовая чистота, если не считать пыли, накопившейся за несколько месяцев. С легким вздохом я приступила к обыску. В шифоньере два мужских костюма, три рубашки и десяток галстуков. Никакой обуви. Зимние вещи отсутствуют. Комплект постельного белья, два полотенца. В ванной электробритва и кусок мыла. Ящики в стенке абсолютно пусты. Ни одного клочка бумаги. Документы на квартиру тоже отсутствуют. Что ж, оставалось констатировать, что Глеб тщательно подготовился к своему отъезду. Любой желающий осмотреть его жилище остался бы с носом: никакого намека на личность хозяина и его образ жизни. Обнаружив в прихожей ключ от почтового ящика, я спустилась вниз. Несколько рекламных газет и счета за квартиру. Я внимательно изучила их, возвращаясь на пятый этаж. За квартиру было заплачено вперед, переплата составляла тысячу во-

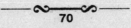

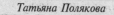

семьсот рублей. Похвальная предусмотрительность. Но не это обстоятельство произвело на меня впечатление, а фамилия владельца квартиры: Бычков В.Д. Я проверила адрес: никаких сомнений. Итак, квартира Глеба вовсе не была его квартирой. Она либо принадлежала какому-то родственнику, либо была записана на чье-то имя (к этой мысли я больше склонялась), либо Глеб ее просто снимал. Это надлежало проверить.

Я позвонила соседям и замерла напротив «глазка».

— Кто там? — поинтересовались из-за двери, голос явно пожилой женщины.

— Извините, — отозвалась я, — вы не знаете, когда ваш сосед вернется?

— Ничего я не знаю, — ответили из-за двери.

Беседовать с человеком, имея перед глазами железного монстра с «глазком», занятие не из приятных, но отступать мне не хотелось, и я попробовала еще раз:

— Может быть, он...

Дверь распахнулась. Сначала я увидела немецкую овчарку, которая настороженно замерла, таращ на меня медовые глаза, а уж потом худенькую старушку, которая одной рукой держала пса за ошейник, а другой ухватилась за ручку двери.

— Его в милицию забрали, — хмуро заявила старушка. — И что вы ко мне звоните? У него мать дома. Она в это время всегда дома.

— Простите, — растерялась я, — мы, видимо, говорим о разных соседях.

— Вы про Кольку спрашиваете? — насторожилась бабка, тут дверь квартиры напротив открылась, и появилась женщина в розовой куртке и юбке до пят, на ногах у нее были резиновые сапоги, на голове пестрый платок, а цвет лица прозрачно намекал на пристрастие дамы к горячительным напиткам. — Вера Михайловна, — с ноткой презрения в голосе обратилась к ней старушка, — вашего сыночка спрашивают. Сломали замок в подъезде, теперь будут бродить все кому не лень...

— Я его, что ли, сломала? — рявкнула женщина в розовом. — Замучила... вот иди и смени замок, а то только воспитывать. — Бабка захлопнула дверь, а женщина, пробормотав что-то себе под нос, начала спускаться вниз, но тут же повернулась ко мне, удивленно оглядела с ног до головы и спросила, нахмурившись: — А тебе Колька зачем?

Колька мне был без надобности, я прикидывала, что бы ей такого сказать, чтоб она задержалась и малость со мной побеседовала, и только собралась открыть рот, как женщина сообщила:

— Его вчера забрали. С Вовкой из седьмой квартиры подрался. Черт их знает, что не поделили. А какая-то гнида милицию вызвала. — В этом месте женщина возвысила голос и сверкнула глазами в сторону соседской двери.

— Меня, собственно, ваш сосед интересует, — вздохнула я.

— Какой сосед? — удивилась женщина.

— Из восемнадцатой квартиры.

— В восемнадцатой никто не живет, — сообщила она и продолжила спуск по лестнице.

Стало ясно: разговор окончен. С некоторым разочарованием я направилась к квартире Глеба, но тут дверь распахнулась, и на лестничную клетку выглянула старушка, на этот раз без собаки.

— Он уехал, — коротко сообщила она.

Дама в розовом остановилась, задрала голову и сказала:

— Кто уехал? Там никто не живет.

— Может, и не живет, — твердо стояла на своем соседка, — потому что уехал. В командировку в Швецию. У него контракт.

Женщина в розовом махнула рукой:

— Вы всегда все лучше знаете, — и охладела к разговору, а старушенция вышла на лестницу, с любопытством приглядываясь ко мне. Однако, заметив, что дверь в квартиру Глеба приоткрыта, насторожилась и теперь взирала на меня с подозрением. Стало ясно, если я не хочу, чтобы она вызвала милицию, следует спешно придумать вразумительную историю.

— Знакомая сказала, что я могу снять квартиру, ключ дала, а я без хозяина переезжать боюсь. Он вроде бы на днях должен появиться.

— Что за знакомая? — Взгляд старушки уже приобретал свойство рентгеновских лучей, милиции мне не миновать. Вот так номер, а у меня даже документы на квартиру отсутствуют, как пить дать заберут в каталажку. Отчаяние придало мне силы, и я без улыбки заметила:

— Вы что, всех его знакомых знаете? Она за

квартирой приглядывает. Работает в фирме по найму жилья. Договор я уже заключила, но все равно без хозяина занимать ее не хочется. Если увидите его, передайте, пожалуйста, что я позвоню.

Я прошла в прихожую, взяла сумку и спешно покинула жилище. Заперла дверь на ключ и демонстративно убрала его в карман. Бабка продолжала наблюдать за мной, поджав губы.

— Я видела, как он вещи из дома выносил, — сказала она, — и собственными ушами слышала, что он уехал в Швецию, в командировку. И ни про какую знакомую ничего не говорил.

— Значит, не счел нужным, — отрезала я и посоветовала себе поскорее уносить отсюда ноги. Удивительно, как еще старая карга до сих пор не бросилась звонить по телефону.

Выйдя из подъезда, я едва не столкнулась с женщиной в розовой куртке. В руках у нее была бутылка красного вина, которую она бережно прижимала к груди.

— Узнали что-нибудь? — спросила она, взглянув на меня с любопытством.

— Нет, — покачала я головой.

— Да и узнавать-то нечего. Не живет никто в восемнадцатой. Как Петровы съехали, так никого и нет. Здесь мать с дочерью жили, Ленка замуж вышла, муж у нее умер, и она мать к себе забрала. А квартиру продали.

— Кому продали? — не особенно рассчитывая на удачу, спросила я.

— Кто ж знает. Мужику какому-то. Видела его

раза два, не больше... И в квартире тишина, у нас же стенка общая.

— Это он? — решилась я, достала фотографию и протянула женщине.

— Фотография какая-то чудная... вроде похож... только тот в очках был и с усами. А может, я чего путаю... Нет, точно в очках.

— Значит, похож? — уточнила я.

— Как будто...

В этот момент дверь подъезда распахнулась, появилась овчарка, а следом и ее хозяйка. Я мысленно выругалась и поторопилась убрать фотографию, но старушенция успела ее заметить. Зрение, несмотря на возраст, у нее было отличное. Фотография ее очень заинтересовала.

— Это наш сосед, — с места в карьер заявила она.

Пробормотав что-то себе под нос, женщина в куртке поспешно ретировалась, а мы остались с бдительной старушкой один на один, если не считать собачки, которая настороженно следила за каждым моим движением.

— Тут вот какая история, — вздохнула я. — Я познакомилась с молодым человеком, пару месяцев он жил у меня. Потом уехал в командировку и больше не вернулся. Московский адрес я знала, а ключ в его вещах нашла. Уезжая, он не все вещи забрал. Командировка затянулась, он не звонит, не пишет. Вот я и приехала. — На всякий случай я шмыгнула носом и напустила в глаза тумана. Оказалось, бабка не только любит смотреть всяческий «криминал», но и мексиканские сериалы.

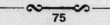

— Надо же, а с виду такой порядочный... сказал, в Швецию уезжает.

— А когда он вам об этом рассказывал? — боясь поверить в удачу, подступила я к ней с расспросами.

— Дайте-ка вспомнить... В прошлом году, в апреле или в марте... снег еще не сошел. У него вещей много было, вот я и обратила внимание, тут-то он про Швецию и сказал...

— Вы часто виделись?

— Нет. Петровы квартиру в январе продали, то есть прошло-то два месяца, как ему в командировку уехать. Он так и не обустроился как следует. Появлялся редко, а до этого где-то в Подмосковье жил.

— Это он вам сказал?

— Да...

— А про работу он ничего не говорил?

— Нет. Я с ним и разговаривала-то всего один раз. Не жил он тут, заходил иногда и то нечасто. Свет в квартире редко горел.

— А Петровы, у которых он квартиру купил, может, они что-нибудь о нем знают?

— Может, — пожала плечами старушка.

— У вас, случайно, нет их телефона?

— Есть. Я, правда, ни разу не звонила. Марья Павловна человек малоприятный, а с ее дочерью мне говорить вовсе не о чем. А вот она звонила пару раз, жаловалась, что на новом месте никак не привыкнет.

— Вы не могли бы... — начала я, но старушка уже извлекла из сумки объемистую записную книж-

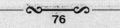

ку и начала ее листать. Потом вдруг нахмурилась и спросила:

— А почему вы меня обманули, про какую-то знакомую наплели?

— Так ведь неловко же рассказывать, что тебя в дураках оставили.

— Он что, у вас деньги взял? — ужаснулась она. Я кивнула со вздохом, а она покачала головой: — Ведь сколько предупреждают, кругом одни мошенники, хотя этот на мошенника совсем не похож. Дайте-ка я еще раз на фотографию взгляну. — Я протянула фото, бабка повертела его в руках, а я торопливо пояснила:

— Я сама по памяти нарисовала, а потом сфотографировала, неудобно с рисунком-то.

— А чего в милицию не сообщили?

— Что толку? Деньги он не крал, я их ему сама отдала без расписки. А то, что уехал, так мы не зарегистрированы.

— Как же он ключ-то оставил?

Я уже решила, что номер телефона Петровых так и не увижу, но бабка, покачав головой, уткнулась в свой талмуд и вскоре сказала:

— Вот, записывайте. Только не говорите, что его вам дала я. Марья Павловна такой человек... — Она резко повернулась и, держа собаку на поводке, отправилась восвояси, даже не кивнув на прощание.

— Спасибо! — прокричала я вслед, вернулась к машине и набрала номер Петровых. Мне сразу же ответила женщина, голос у нее был тихий и явно

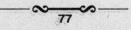

простуженный. Что ей сказать, я понятия не имела, тут главное, чтоб она меня выслушала и сразу трубку не бросила.

Пришлось угостить ее очередной сказкой, которая свелась к следующему. Я вышла замуж, и мой благоверный чуть больше года назад купил у них квартиру, если верить его словам, но переезжать сюда категорически отказывается, и документов на квартиру я не видела, а так как деньги частично были мои, в душу мне закралось сомнение, не водит ли меня муженек за нос. Вот я и приехала во всем разобраться.

— Так что вам надо? — удивилась женщина. Хотя история была хуже некуда, но она выслушала ее до конца.

— Я хотела бы узнать фамилию человека, которому вы продали квартиру.

— Все это странно как-то, — заметила женщина. — Я посмотрю в бумагах...

Минут через десять я опять позвонила и услышала фамилию:

— Бычков Вячеслав Дмитриевич. — Что меня не удивило, так как именно ее я видела на бланке счета.

— Простите, как он выглядел?

— Кто? — не поняла женщина.

— Бычков. Высокий, симпатичный...

— Да, интересный мужчина.

— А как вы встретились? Давали объявление в газету?

— Нет. У нас сосед, Максим, как раз работает в

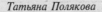
фирме, занимающейся недвижимостью, вот он и помог.

— А вы не могли бы дать телефон Максима? — Было ясно, что я испытываю чужое терпение, но что делать? Однако здесь мне не повезло.

— Визитка вряд ли сохранилась. Извините.

— Ну вот, — вздохнула я, положив телефон на сиденье. Высокий и симпатичный — очень похоже на Глеба, однако с таким же успехом это может быть кто-то другой. Высоких и симпатичных много. Я немного поглазела на детскую площадку. Женщина сказала, что Максим, который помог ей с продажей квартиры, — ее сосед. Следовательно, должен жить в этом же доме или в соседнем. Вдруг мне повезет и я его найду?

Пока я гадала, вернулась старушка с овчаркой, на этот раз в руках у нее, кроме дамской сумки, была авоська с молоком. Я вышла из машины, а она, заметив меня, сама направилась навстречу.

— Ну что, до Петровых дозвонились?

— Да. Но ничего толком узнать не удалось. Она сказала, что с продажей квартиры им помог Максим, кажется, сосед. Это он покупателя нашел...

— Максим? Как же... Он на втором этаже живет, третий подъезд. Хотите с ним поговорить?

— Попробую. Вдруг ему что-нибудь известно.

Я зашагала к третьему подъезду, а старушка к первому. Вряд ли мне удастся застать этого Максима дома, по вечерам у агентов полно работы. Что ж, придется дожидаться утра.

Однако беспокоилась я напрасно. Дверь мне открыл не совсем трезвый рослый молодой человек в купальном халате. Он взглянул на меня и заявил:

— Боже, какой подарок. Только не говорите, что вы ошиблись квартирой.

— А вы Максим?

— Точно. У меня легкая простуда, масса времени и жгучая тоска по женскому обществу.

— Общество я вам обеспечу, — кивнула я, нахально прошествовав в квартиру. Максим закрыл за мной дверь и посмотрел на меня со все возрастающим интересом. — Ваш адрес мне дала бывшая соседка, Петрова, вы ей квартиру помогли продать.

— Так вас квартира интересует? А я-то обрадовался... Не каждый вечер в дверь звонят такие красавицы.

— Точно. И далеко не каждый вечер вы можете заработать пятьсот долларов, ответив на пару вопросов.

Он продолжал улыбаться, но в его глазах появилось беспокойство. Между тем я извлекла доллары и положила их на тумбочку.

— Занятно, — усмехнулся он. — Что конкретно вас интересует?

— Человек, которому вы продали квартиру Петровых.

— Вячеслав? — он вроде бы удивился. — Можно узнать, чем вызван ваш интерес?

— За пятьсот баксов вы еще вопросы задаете? — усмехнулась я.

— Любопытство, как известно, широко распространенный порок. А как зовут вас, прекрасная незнакомка, я смогу узнать?

— Хотите кофе?

— Хочу, — кивнула я.

Стандартная трехкомнатная хрущоба была перестроена хозяином и теперь являла взору удобное жилище в стиле модерн. Максим прошел к стойке, отделявшей кухню от гостиной, и спросил:

— Может быть, коньяк?

— Спасибо, я за рулем.

Готовить кофе он не умел, но указывать на это я ему не стала. Сделала несколько глотков, отодвинула чашку и напомнила:

— Я вас слушаю.

— Ага. Ну, значит, так. Петровы решили продать квартиру и обратились ко мне. Вячеслав появился в нашей фирме, и я предложил ему эту квартиру. Он приехал, посмотрел, и квартира была продана, то есть куплена.

— Значит, раньше вы с ним не встречались?

— С Вячеславом? Не встречался. Он вообще прибыл издалека, жил в Подмосковье, снимал квартиру, а работал в Москве и, само собой, хотел перебраться в столицу.

— Вы сказали «издалека». А поточнее?

— Из Иркутска, кажется.

— Должна заметить, что пятьсот долларов вы не отработали.

— А что вы, собственно, хотите?

Я протянула ему фотографию.

— Он?

— Над...

усы и очки.

— Когда он купил квартиру?

— Сейчас скажу точно. — Максим порылся в шкафу, извлек на свет божий ежедневник и принялся его листать. — Нотариат провели двенадцатого января, — сообщил он.

Выходит, Глеб, или Вячеслав, купил квартиру за месяц до того, как отправился в Египет, где мы с ним и встретились.

— Он сразу же переехал?

— На этот вопрос ответить трудно, — усмехнулся Максим. — У меня сложилось впечатление, что квартира его не очень интересовала. Он надеялся уехать за границу, в командировку, а квартира — хорошее вложение денег, опять же есть место, куда можно вернуться, плюс московская прописка.

— Он вам что-нибудь говорил о своей работе?

— Менеджер, кажется. Занимался компьютерами...

— И ничего конкретного?

— Да вы что, шутите? Я с ним по душам не разговаривал, некогда, да и ни к чему. Мы встретились пару раз, посмотрели квартиру. Конечно, болтали о чем-то. Он мне понравился, к тому же предполагалось, что мы будем соседями. Но никакой особой информации. Я и про командировку узнал случайно. Квартиру он купил вместе с мебелью, Петровым она была не нужна. Я, конечно, удивился. Такой парень, как Вячеслав, и вдруг эта рухлядь. Хотел ему

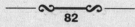

посоветовать фирму, которая занимается ремонтом, классные ребята и берут недорого. А он сказал, что ремонт и мебель его сейчас мало интересуют, со дня на день ждет решения и, скорее всего, уедет. Вот и все. Сюда он, по-моему, так и не перебрался. Я его встречал пару раз, только вряд ли он здесь жил.

— А машина у него была?

— Да. «Опель».

— Это точно?

— Ну... А последний раз я в окно видел, как он садился в «Шевроле»... да... темно-зеленого цвета.

— А когда это было?

— В начале марта прошлого года. И с тех пор он здесь ни разу не показывался, по крайней мере, я его не встречал.

— В договоре купли-продажи указываются паспортные данные обеих сторон.

— Совершенно верно.

— Так вот. Мне нужны паспортные данные этого Вячеслава.

— Это не так просто.

— Постарайтесь. — Я написала на листке бумаги номер своего сотового. — Уверена, что через пару дней вы мне позвоните и порадуете новостями.

— Неужели я даже имени вашего не узнаю? — усмехнулся он.

— Придумайте его сами, это гораздо романтичнее. — Я направилась в прихожую, Максим провожал меня до двери.

Выйдя на улицу, я увидела, что он стоит у окна,

обозревая двор. Прятаться не имело смысла, раз я сама оставила ему номер сотового, и я потопала к машине. Делать мне в Москве было больше нечего. Вряд ли я смогу найти фирму, в которой работал Глеб, если эта фирма существует вообще.

Итак, за месяц с небольшим до нашего знакомства Глеб приобретает квартиру, будучи еще Вячеславом. Затем под другим именем отправляется в Египет. Через три дня после возвращения появляется у меня с кучей денег и сомнительной историей. Очень похоже, что Москву он покинул, рассчитывая где-то укрыться. Выходит, наше знакомство пришлось как нельзя кстати. Глеб провернул какую-то махинацию, причем заранее, и довольно хорошо подготовился, а потом исчез, но вовсе не в Швецию, а уехал за пару сотен километров от Москвы. Но кто-то оказался еще умнее и его там обнаружил. Выходит, не было никакой любви? Там, в Египте, я просто подвернулась под руку, и он немного подкорректировал свои планы?

Я грязно выругалась, но желание докопаться до истины у меня отнюдь не исчезло, напротив, я поняла, что не успокоюсь до тех пор, пока не разберусь со всем этим.

Домой я вернулась за полночь. Бросила машину возле подъезда и поднялась к себе. Выпила чаю, закурила, глядя в окно, потом прошлась по кухне, теперь казавшейся мне нелепо огромной. Оставив на столе чашку с недопитым чаем, я выключила свет в кухне и отправилась в ванную. Оказавшись в теплой

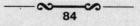

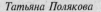

воде, сразу почувствовала, как устала за день, и едва добрела до спальни. Там меня ждал сюрприз. На полу валялось разбитое стекло, которое еще утром было вставлено в раму с портретом Глеба, а сам портрет был изрезан в клочья.

В первое мгновение я замерла, приложив руку к груди и тараща глаза на осколки и обрывки бумаги. Потом испуганно огляделась. Черт возьми, кто-то был в квартире в мое отсутствие, и ему страшно не понравился портрет Глеба.

Схватив трубку, я быстро прошла по квартире. Не похоже, что здесь что-то искали. С некоторым страхом я распахнула дверцы шкафов. Повторный осмотр квартиры немного меня успокоил. Враги не притаились по углам, поджидая, когда я усну. Из вещей тоже ничего не пропало. Выходит, кто-то нагрянул в мою квартиру только для того, чтобы искромсать изображение Глеба? Ничего глупее вообразить невозможно. Кому это понадобилось, а главное — зачем?

На ум пришло весьма оригинальное объяснение: некто проник в квартиру, ожидая обнаружить там Глеба, и в сердцах на его отсутствие изрезал портрет. Глупость несусветная, но ничего другого в голову не приходило. Я вернулась в спальню, чтобы взглянуть на свадебную фотографию. Она стояла там, где ей положено было стоять. Чудеса. Если мои догадки верны, логичнее было и фотографию изрезать.

Нет, это глупо. Зачем уничтожать портрет, если

есть человек, который может нарисовать Глеба еще и еще... О черт, а что, если... Я уже метнулась к телефону, но вовремя себя одернула: «Не сходи с ума». Существует множество людей, с которыми Глеб общался, в конце концов, есть такая штука, как фоторобот. Выходит, это предупреждение. В квартире ничего не тронули, не считая портрета, даже деньги не взяли. Кто-то хотел мне намекнуть: не суй свой нос куда не просят. Что ж, это вовсе не так уж скверно, потому что, если предупреждают, значит, я на верном пути.

Я не торопясь смела мусор, определила покореженную раму в прихожую и легла спать. Знать бы еще, кто шлет мне это предупреждение. Человек, не заинтересованный в том, чтобы я знала, кем был мой муж на самом деле. А кто в этом не заинтересован? Убийца? Или шантажист, если он действительно существует? Возможно, есть еще некто, о ком я даже не догадываюсь.

Пока мне достоверно известно следующее: Глеб одновременно фигурировал под именем Вячеслав. Какое из двух имен настоящее, предстоит выяснить. Судя по паспорту, мой муж родился в деревне Борино Ярославской области, вот ее и стоит посетить. Может, там еще есть кто-то, хорошо его знающий. Мне годится любая зацепка, и тогда я непременно распутаю клубок. Вот и начнем с биографии мужа.

Утром, сев за стол с намерением позавтракать, я не обнаружила хлеба и потому отправилась в магазин. Он находился в соседнем доме. Я накинула

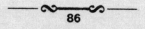

пальто и, схватив кошелек, бегом припустилась туда. Покупка хлеба и еще кое-каких продуктов много времени не заняла, я вышла из магазина и увидела Дениса Сергеевича, который с лучистой улыбкой поприветствовал меня.

— Доброе утро, Полина Викторовна.

— Вы здесь случайно или выслеживаете меня? — не очень любезно осведомилась я.

— Ну что вы... просто шел мимо, увидел вас и решил подождать. Можно я вас провожу?

— Провожайте, вы же все равно не отстанете.

— Полина Викторовна, я вот все думаю, почему вы ко мне относитесь с такой неприязнью? Я ведь искренне хочу помочь.

— Кому? — удивилась я.

— Вам, — тоже удивился он.

— И как же вы намерены помогать?

— Разобраться в гибели вашего мужа. Вы ведь этого хотите?

— Допустим. Хотя мой муж погиб в автомобильной аварии, произошедшей из-за сердечного приступа. По крайней мере, ваше начальство так считает.

— Начальство оно на то и начальство... А у меня своя голова на плечах. Вы вчера в Москву ездили?

— О господи, вы что, следите за мной? — усмехнулась я.

— Просто я интересуюсь, чем вы заняты.

— А есть разница?

— Конечно. Следят за подозреваемым.

— Намекаете, что это я убила своего мужа? Опоила какой-нибудь дрянью или как-то иначе до инфаркта довела?

— Честно говоря, такая мысль мне в голову не приходила. Все ваши знакомые называют вас идеальной парой.

— Но вы отнеслись к их словам с сомнением?

— Почему? Я думаю, вы его в самом деле любили. И сейчас хотите разобраться, что произошло... Ведь пытаетесь?

— Вот мой подъезд. Всего доброго, — с улыбкой сказала я.

— Полина... — Он вроде слегка растерялся, слова подбирал с заметным напряжением. — Я делал запрос. Ни в одной московской фирме Шабалин Глеб Сергеевич соответствующего возраста никогда не работал. Вы понимаете, что это значит? Человека с такими данными в Москве нет.

— Допустим. — Я вздохнула, отводя взгляд. — Допустим, нет никакой фирмы и даже нет квартиры, где он предположительно жил...

— Для того чтобы возбудить уголовное дело... — Он не договорил и взял меня за руку. — Если вы мне поможете, если расскажете все, что вам известно, я разберусь в этой истории.

— Я вам не помогу, — честно ответила я.

— Почему?

— Потому что хочу сохранить светлую память о моем муже.

— Значит, есть еще что-то, о чем я не знаю?

— Слушайте, мы уже довольно давно стоим воз-

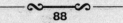

ле подъезда... И я понятия не имею, о чем вы знаете, а о чем нет.

— Там была вторая машина, — скороговоркой выпалил он. — У меня есть свидетели.

— Идемте в квартиру, — недовольно буркнула я.

Мы молча поднялись по лестнице, и, только когда устроились на кухне, я спросила:

— Ну так что за вторая машина?

— Машину вашего мужа обнаружили дачники, мужчина с женой. Именно они сообщили в милицию и вызвали «Скорую». После аварии прошло довольно много времени. Места там глухие, хорошо, если пяток машин за день проедет. Но в тот раз там точно была еще одна машина. То ли «девятка», то ли «Москвич»-комби, видели ее на приличном расстоянии. Шла она следом за «Шевроле» вашего мужа. Но не это, конечно, любопытно. А то, что, когда дачники увидели «Шевроле», он уже вовсю полыхал, и ваш муж... извините. Значит, времени прошло с момента аварии немного. А вот если верить свидетелям, в реальности временной промежуток занял где-то около пятнадцати минут.

— Что-то я не очень понимаю...

— Я думаю, было вот что... Ваш муж ехал на скорости, машину занесло, она несколько раз перевернулась... извините.

— Прекратите извиняться и рассказывайте.

— «Шевроле» от удара не загорелся, пока там не появилась еще одна машина. Я думаю, автомобиль вашего мужа подожгли специально. Чтобы никто никогда не смог его опознать. Тем более что авария особых подозрений не вызвала. Хотя у меня и авария вызывает подозрения, жаль, проверить их уже невозможно.

— Вы что, в милиции самый умный? Никому все произошедшее подозрительным не показалось, только вам?

— Вы же помните, пошел дождь, на асфальте никаких следов, да и вообще... говоря по правде, их не очень-то искали, все выглядело настолько обыденно. К тому же вскрытие показало, что умер он от сердечного приступа...

— Остается только гадать, почему авария заинтересовала именно вас?

— Я любопытный. Во все сую свой нос.

— Значит, Глеба хотели убить, подстроив аварию, да еще сожгли машину и его вместе с ней, чтоб никто не узнал... что?

— Что за человек ваш муж на самом деле. Неужели ваша поездка в Москву не навела вас на те же мысли?

— Допустим, — вздохнула я.

— Как у вашего мужа было со здоровьем? — спросил Денис. Я нахмурилась, а он продолжил: — Вы знали о том, что у него больное сердце, или для вас это новость?

— Послушайте, — забеспокоилась я. — Но ведь патологоанатом не мог ошибаться. Если Глеб умер от сердечного приступа, при чем здесь какие-то машины... да и вообще...

— Я вас понимаю, — кивнул Денис. — Если человек умирает от инфаркта, при чем здесь убийство? Но ведь сердечный приступ нетрудно спровоцировать. Например, очень напугать...

Глеб не походил на человека, которого легко запугать, однако сердечный приступ — реальность, и с ней необходимо считаться.

— Значит, вторая машина, — задумавшись, произнесла я вслух.

— Тут вот еще что. На посту, который находится в нескольких километрах от места аварии, никакая машина с той стороны в означенный период не появлялась. Я беседовал с сотрудниками ГИБДД, они в этом совершенно уверены.

— Куда же она могла деться?

Он пожал плечами.

— Повернуть назад или... там по соседству болота, спрятать машину труда не составит, причем навеки. А по тропинке возле Ярцева легко можно выйти на шоссе, ведущее к городу. Если заранее приготовить машину... Впрочем, попутный транспорт тоже годится.

— Что ж, — поразмыслив немного, сказала я, глядя ему в глаза. — Мне казалось, что я хорошо знаю Глеба, хотя он не любил воспоминания и о себе рассказывал мало. Теперь выходит, что работа, квартира в Москве — все неправда. Совершенно уверена я только в одном, год назад мы встретились в Египте, расстались в Шереметьеве, через три дня он приехал ко мне, и почти год мы жили счастливо.

— У вашего мужа были деньги?

— Не знаю. Мне хватает своих.

— Понятно. Вы пристроили его к друзьям на звучную и совершенно бесполезную должность и за весь год ни разу...

— Слушайте, у меня не было повода сомневаться в его честности. Он не был похож на человека, который чего-то боится или от кого-то скрывается. И только когда его не стало... я проявила запоздалое любопытство.

— Значит, в Москве вы ничего не узнали?

— Нет. Теперь я уверена, Глеб меня обманывал, по крайней мере, в том, что касается московского периода его жизни. Если следствие...

— Какое следствие? — невесело усмехнулся Денис. — Ваш муж погиб от сердечного приступа.

— Но вы только что сказали...

— Если честно, я занимаюсь самодеятельностью, не очень-то рассчитывая на результат. А что собираетесь делать вы?

— Не знаю, — ответила я и в тот момент говорила правду.

Минут через пять он ушел, а я, забыв про завтрак, уставилась в окно. Значит, Глеба действительно убили, мои сомнения теперь подтвердились. Ни о каком больном сердце речи быть не может. Наверняка Глеба отравили какой-то дрянью, что и спро-

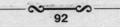

воцировало приступ. Я покачала головой, закурила и вновь уставилась в окно.

Телефонный звонок нарушил мои размышления.

— С кем я разговариваю? — властно спросили на том конце провода. Голос я узнала сразу, именно этот тип звонил накануне и спрашивал Глеба.

— А кто вам нужен? — не очень любезно отозвалась я.

— Я полагаю, вы госпожа Шабалина?

— Правильно полагаете.

— Нам надо встретиться, — сказал он, а я усмехнулась:

— Нам надо?

— Послушайте, вам стоит принять мои слова к сведению. Встретиться со мной в ваших интересах.

— Любопытно, только на сегодняшний день у меня нет никаких интересов.

— Не испытывайте мое терпение. Вы будете неприятно удивлены, если оно вдруг иссякнет. Жду вас в семь вечера в ресторане гостиницы «Золотой лев».

— Как я вас узнаю?

— Я вас узнаю, не беспокойтесь.

Он повесил трубку, а я задумалась. Ну вот, а я не так давно удивлялась, почему, убив Глеба, его враги не проявляют ко мне интереса. Вот и объявились.

Я подумала, нужно ли сообщить о телефонном звонке Федору. Пожалуй, не стоит. Сначала встречусь с этим типом и послушаю, что он скажет.

До встречи было еще слишком много времени, и я отправилась в парк. Прогулка пошла мне на пользу. Вернувшись домой, я приготовила обед и с аппетитом его съела, потом разговаривала по телефону с многочисленными знакомыми. Все считали своим долгом меня развлечь. По большому счету, надо было сказать типу с неприятным голосом «спасибо»: не будь этого звонка, я, сидя в привычной обстановке, где все напоминает о Глебе, непременно бы захандрила, а теперь все мои мысли вертелись вокруг предстоящей встречи. В шесть часов я уже вышла из дому, решив добираться до «Золотого льва» пешком.

Возле гостиницы я увидела Дениса, он курил с постным видом, поглядывая по сторонам.

— Это становится забавным, — сказала я. Денис снисходительно улыбнулся, но ответить не пожелал. — Только не говорите, что оказались здесь случайно, — не выдержала я. — Вы что, по пятам за мной ходите?

— А куда деваться? — пожал он плечами. — Вы очень скрытная женщина, а я хочу докопаться до истины.

— И что, по-вашему, я скрываю?

— Не знаю. Но очень хотел бы узнать. У вас здесь назначена встреча?

— Допустим, что с того?

— С кем-нибудь из знакомых? Или вам позвонил по телефону неизвестный?

— Послушайте, Денис, что, если мне позвонить вашему начальству и предложить дать вам какую-нибудь работу, чтобы ваш талант сыщика не пропал понапрасну?

Денис ничего не ответил. Я направилась к дверям, и он, чуть помедлив, тоже. В ресторане были заняты только несколько столиков, в основном молодыми людьми. Я устроилась за столом возле окна, тут же подошел официант. Пока я делала заказ, появился Денис, сел за соседним столом, старательно изображая отсутствие ко мне всякого интереса.

— Должна вам заметить, Денис Сергеевич, — сказала я, когда официант отошел, — ужин здесь довольно дорогое удовольствие. Ваша зарплата это позволяет?

— Полина Викторовна, я начинаю думать, что вы нервничаете. А говорите, вам скрывать нечего.

Я усмехнулась, взглянула на часы, до семи оставалось еще несколько минут. Я смотрела в окно и чертила вилкой узоры на салфетке. Прошло минут пятнадцать, мне принесли заказ, Денис за соседним столом пил минералку, а человек, назначивший мне свидание, так и не появлялся. Еще через полчаса стало ясно: жду я напрасно. Я выпила кофе, закурила и взглянула на часы. Сомнения меня оставили: он не придет. Ну и кому понадобилась эта глупая шутка? Или не шутка? Кто-то хотел выманить меня из дома и быть уверенным, что в течение часа я там не появлюсь? Или, напротив, именно в это время меня должны увидеть в данном месте? Например, один человек хотел показать меня другому человеку. Эта мысль мне особенно не понравилась. Пожалуй, Федор прав, мое расследование может стать опасным. «Что ж, — вздохнула я, — в настоящий момент я не слишком высоко ценю свою жизнь и готова рискнуть».

— Хотите я угощу вас ужином? — спросила я Дениса. — Нет, в самом деле... Что вы сидите там со своей минералкой?

— Я на диете. Значит, встреча не состоялась?

— О чем это вы? — удивилась я и решила быть доброй. — Видите ли, Денис Сергеевич, находиться сейчас в одиночестве в своей квартире для меня не слишком полезно. Я стараюсь развеяться. Побольше бывать на людях. Вот в ресторане ужинаю.

— А вы знаете, что за вами следят? — спросил он.

— Так вы будете ужинать или нет? — после паузы спросила я.

— Спасибо. Я уже ужинал.

— Ну как скажете.

Я подозвала официанта и расплатилась. Денис последовал за мной.

— Насчет слежки я не шутил, — заявил он уже на улице. — Я бы на вашем месте был поосторожнее.

— А куда милиция смотрит? — подняла я брови. — Вы знаете, что за мной следят...

— Прекратите паясничать, — перебил он, — светлые «Жигули» торчали сегодня под вашими окнами, парень делал вид, что возится с машиной, а глаз с подъезда не спускал.

— Так, может, он действительно возился с машиной, — засмеялась я. — Вы бы, Денис Сергеевич, поменьше детективы читали.

Я остановила такси, оставив Дениса возле гостиницы с крайне недовольным выражением лица. Однако его слова произвели на меня впечатление. Что-то вокруг меня, безусловно, происходит, понять бы еще что...

Утром я встала очень рано и принялась осваивать атлас автомобильных дорог. Деревня Борино, должно быть, за своей малостью в атласе не была обозначена. Ничего, доберемся до нужного района, а потом начнем искать деревню, если она до сих пор существует.

Дорога заняла у меня гораздо больше времени, чем я предполагала; да и деревню оказалось отыскать не так легко. Но труды мои были вознаграждены, я наконец обнаружила вожделенный указатель «Борино — 2 км», свернула и вскоре увидела россыпь домишек, живописно разбросанных возле большого пруда. По соседству важно выхаживали гуси, вымощенная камнем тропинка вела к резному колодцу, березовая роща начиналась сразу за последним домом, в целом картина радовала. Мечта дачника.

Я притормозила неподалеку от первого дома и огляделась. Не похоже, чтобы жизнь здесь била ключом. Я немного прошлась и вскоре увидела женщину, она стояла возле палисадника, опершись на него рукой, и внимательно наблюдала за мной.

— Здравствуйте, — сказала я, подходя ближе.

— Добрый день, — кивнула она.

— Я ищу Шабалиных, не подскажете, в каком доме они живут?

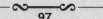

— Шабалины? А кто вам нужен? Здесь, считай, все Шабалины.

— Шабалин Глеб Сергеевич, — сказала я.

Лицо женщины приняло недоуменное выражение:

— Это какой Глеб Сергеевич, Глебка, что ли?

— Ну... — немного растерялась я.

— А зачем он вам понадобился?

— Послушайте, я просто хотела узнать, где он живет, — теряя терпение, заявила я.

— На кладбище, — ответила тетка. — Уж скоро год, как схоронили.

Новость произвела на меня впечатление, хотя чего-то подобного я подсознательно и ожидала.

— Отчего он умер?

— В пруд свалился по пьяному делу, а на дворе ноябрь. Двухстороннее воспаление легких... Так ведь ему и тогда спокойно не лежалось, он все водкой лечился. Ну и умер... Он кума моего брат. А на что вам Глебка понадобился?

— Хотела поговорить с ним об одном человеке.

— Вы из газеты, что ли? К нему тут все из газеты ездили, да и вообще всякого народу... С братом его поговорите, он тоже поболтать любит. Если, конечно, бутылку поставите.

— А где найти этого брата?

— Поди, дома спит. У него всех дел — нажраться и на диване лежать, да вот еще охота. Но сейчас непременно дома. Зовут его Семен. Вон на той стороне дом зеленой краской крашенный.

— Спасибо, — кивнула я.

Дверь, выходящая на высокое крыльцо, была

распахнута настежь. Я с некоторой опаской заглянула в сени.

— Хозяева! — позвала я громко. Слева что-то с шумом упало, судя по звуку, ведро или какая-то эмалированная посуда, дверь в кухню открылась, и я увидела рослого детину в телогрейке и почему-то босиком. — Здравствуйте, — пролепетала я, — мне бы с Семеном поговорить.

— Это я, — с гордостью ответил мужчина, с любопытством разглядывая меня. Пока я соображала, что бы такое ему сказать, он заговорил сам: — Вы из города, что ли? Из газеты?

— Да, — не задумываясь, соврала я.

— А чего без фотографа?

— Я, собственно, предварительно побеседовать.

— Ага. — Мужчина вышел на крыльцо и устроился на верхней ступеньке, мне ничего не оставалось, как сесть рядом. Любопытство меня так и распирало, с какой это стати господам газетчикам интересоваться этим типом, но предполагалось, что я это знаю, оттого с вопросом на данную тему пришлось подождать. — Вы из какой газеты? — спросил он.

— Из «Московского комсомольца», — брякнула я.

— Э вон... из самой Москвы или...

— Нет, я из Ярославля, — продолжила я вранье.

— Ага. Так, может, мы пойдем... это... сами взглянете?

Никуда идти мне не хотелось, и я, собравшись с силами, спросила:

— У вас ведь брат был. Глеб Сергеевич?

— Да, — нахмурился Семен. — Помер. Вон дом

его рядом, теперь мать в нем одна хозяйничает. Да и мне без брата просто беда... да, жаль, — вздохнул он.

— Глеб постоянно жил в деревне? В командировки не ездил?

— Какие командировки? — весело фыркнул Семен. — Откуда ж им взяться? Совхоз и тот давно развалился. Работы нет... У брата одна радость была — охота. К нему такие люди приезжали... А потом НЛО это...

— Что? — растерялась я.

— Ну, тарелка... туристов понаехало... и из газет тоже... интересуются. Но от тарелок одна маета, а вот охота... А вас чего интересует?

— Значит, брат никуда отсюда не отлучался? — игнорируя его вопрос, спросила я.

— Ну... в райцентр. В Ярославле был раз пять. Ну и в армии служил в Заполярье. Но это давно.

— Сколько ему было лет, когда он умер?

— Ну... тридцать шесть вроде. Да. Он меня на пять лет моложе. А чего?

Вопрос я вновь проигнорировала.

— Ваш брат терял паспорт?

Семен некоторое время смотрел на меня с недоумением.

— А вы откуда знаете? Неуж нашелся?

— Значит, терял?

— Черт его знает, терял или нет. Паспорт в шкафу валялся, а когда Глеб помер, мы с мамашей намучились, никак не могли этот паспорт отыскать, а дом-то на Глеба оформлен. Просто беда, все вверх дном перерыли, а найти не смогли.

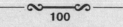

— Значит, паспорт исчез?

— Чего ему исчезать? Глеб сунул его куда-нибудь, да и забыл по пьяному делу.

— А кто-нибудь из приезжих в его доме останавливался?

— Само собой. Где ж здесь еще останавливаться?

— Вот этого человека не припомните? — Я протянула фотографию мужа, и Семен принялся очень внимательно ее разглядывать.

— Вы из милиции, что ли? — спросил он совсем другим голосом.

— Нет, из газеты. Так вы раньше видели этого человека?

— Похож на одного парня. Приезжал года три назад. Хотя, может, и не он...

— А имя его вы помните?

— Вроде Алексей... но утверждать не берусь. Тут за три года столько народу перебывало, разве всех упомнишь...

— А как он вообще здесь оказался? Откуда узнал о вашей деревне?

— Ну... просто приехал. Кума моя его на постой взяла. Охотой он поначалу не интересовался, больше по окрестностям бродил, турист, одним словом. С бабками нашими беседовал про стародавние времена. Вроде книгу собирался писать, уж не знаю о чем. А потом они с Глебом скорешились, вот Глеб его охотой и увлек.

— И долго он здесь жил?

— Может, неделю. Не помню я, говорю, у нас столько народу перебывало... А зачем вам этот парень понадобился? — задал Семен вполне здравый вопрос. Мне стало ясно, пора убираться отсюда по-добру-поздорову, пока у граждан не возникли со-мнения по отношению к моей личности.

— Извините, что отняла у вас столько време-ни, — с улыбкой сказала я, поднимаясь, достала из кошелька деньги и сунула их Семену. Он посмотрел на меня, на купюры в своей руке, крякнул, почесал в затылке и сказал:

— Вы куму о нем спросите. Может, она чего зна-ет. Зовут Анна, вон первый дом. Если настроение у нее хорошее, так ее за день не переслушаешь.

Мы простились, и я направилась к куме. Жен-щина все еще стояла возле палисадника, ожидая моего приближения.

— Ну что, побеседовали?

— Он меня к вам направил, — сообщила я. — Говорит, вот этот человек останавливался у вас.

Я протянула женщине фотографию. Она с инте-ресом взглянула и вроде бы удивилась:

— Как же, Алеша... Только он здесь чудной ка-кой-то... много старше.

— Фамилию его помните?

— Фамилию? Нет. Простая какая-то... Волков. Точно. Или не Волков. Нет, не вспомню.

— Откуда он приехал?

— Из Москвы. Студент, хороший такой парень. Все дрова мне переколол, забор поправил, ступень-ка на крыльце сгнила, и ее заменил. Мне и деньги-то с него брать было неудобно. Уж так он мне по-

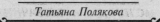

нравился. Симпатичный, уважительный, меня по имени-отчеству. Моей бы Таньке такого мужа, а то вышла за алкаша, теперь мучается.

Из всей тирады меня заинтересовало только одно слово «студент». Я считала, что Глебу на момент гибели было тридцать семь лет, выходит, три года назад он был студентом-переростком.

— Он вам что-нибудь о себе рассказывал?

— Да уж я сейчас и не вспомню. Учился в Москве, а сюда приехал на практику. Не помню, как это по-правильному называется, бабки наши ему песни пели да про молодость рассказывали, как гуляли, как свадьбы играли, а он все в тетрадку записывал и на магнитофон. Маленький такой магнитофон, это осенью было, бабкам делать нечего, они и рады. А потом с Глебкой на охоту подался, но так, из интереса. Никого не подстрелил. Мне, говорит, живность жалко.

— Сколько ему было лет?

Женщина пожала плечами.

— Молодой совсем, двадцать с небольшим... А что вы им интересуетесь, неуж натворил что-нибудь?

— Его родители ищут. Уехал к другу год назад и с тех пор пропал.

— О господи, страсти-то какие. Неуж убили? Больно парень-то хороший, хотя хороших-то как раз и убивают.

— Извините, — решилась я, — вы меня чаем не напоите? Я с дороги. Вы не волнуйтесь, я заплачу.

— Чего ж за чай-то платить? Я вас и так напою.

Мы пошли в дом. Хозяйка по дороге сокрушалась о пропавшем Алексее, а я пыталась переварить сведения. Если женщина ничего не путает, Глеб три года назад был Алексеем, да еще студентом. Чудеса. То у него проблемы с сердцем, то неразбериха с возрастом. Будь Глеб намного моложе, чем мне представлялся, патологоанатом это несоответствие смог бы определить. Я не знаю как, но была уверена, что смог бы. Выходит, Глеб зачем-то изображал студента. Что ж, при его внешности это нетрудно, допустим, надел человек что-нибудь молодежное, бейсболку надвинул на ухо... Для человека в возрасте все, кто моложе двадцати пяти лет, почти что дети... Вопрос, что ему здесь могло понадобиться? Воспоминания старушек или он НЛО интересовался?

Между тем мы устроились в кухне, хозяйка включила электрический самовар и посмотрела на меня с любопытством.

— Значит, вы его ищете? — спросила она, вздохнув.

— Пытаюсь найти людей, с которыми Алеша последние годы общался. Вы мне расскажите поподробнее, с кем он здесь чаще всего виделся?

— А с кем тут видеться? Бабки, я, да вот с Глебом на охоту ходил. А так — уйдет в лес и гуляет. Хорошо, говорит, здесь у вас. Дышится легко. Далеко уходил. Вовка, сын мой, он в областном центре шофером работает, однажды видел его возле одинокого дома. Вон в какую даль забрел.

— А что за одинокий дом?

— Деревня Лоскутово, только от всей деревни один дом остался. Стоял на пригорке, тоже, считай, брошенный, потом в нем вдова поселилась, сын у нее погиб, и она вроде как чокнулась, вот и приехала сюда из Ярославля. Жила одна, в округе на десять километров ни одной живой души, сын мой ей раз в неделю продукты привозил, а она, точно сыч, кроме как с Вовкой, ни с кем не разговаривала. Совсем от горя помешалась. А страх-то в таком месте одной жить. Мало ли что... в наше-то время... ну и случилось. Убили ее, — перешла вдруг на шепот женщина. — Вовку моего полгода в милицию таскали. Он ее и нашел, она несколько дней в доме пролежала. А какую смерть приняла, не приведи господи. А Вовке моему страдать за что? Уж, думали, не добьемся правды, посадят. Слава богу, обошлось.

— Когда погибла женщина?

— Уж года три... да, в ноябре три года будет.

— Выходит, она погибла примерно в то время, когда здесь был Алексей?

— Нет, Алеша уехал. Вовка его в город отвез и на поезд посадил. А уж где-то недели через две и нашел ее. Вы чай-то пейте, пейте.

Я глубоко задумалась, не обращая внимания на женщину. Глеб болтается здесь по окрестностям, выдавая себя за студента на практике, а через несколько дней после его отъезда погибает женщина... и как раз к ее дому Глеб совершал одинокие прогулки...

— Женщину ограбили? — спросила я.

— Из дома ничего не пропало, ее домработница

приезжала... Одно время тоже с ней жила. Но разве ж нормальный человек такую жизнь выдержит? Очень она хозяйку жалела, но уехала. Так вот, домработница сказала, что ничего из вещей не пропало. А вещи были хорошие, шубы, и золото было, она ведь дама состоятельная, актриса, и муж у нее большим начальником был. Ничего не пропало из вещей, и в милиции решили, что не ограбление это, а какой-то маньяк. Там, говорят, полдома кровью залито было... Ужас. Ну, поискали, поискали, да никого не нашли. Слава богу, от Вовки моего отстали.

— А фамилию убитой вы помните?

— Еще бы не помнить. Кондратьева Вера Григорьевна. А домработницу зовут Люда, отчество не знаю, фамилия Логинова. Хорошая женщина, добрая. Она к нам сюда приезжала. Я, говорит, нисколько не сомневаюсь, что Володя ваш не виноват. Он, говорит, хороший молодой человек. И то верно, про моего Вовку никто сроду дурного слова не сказал, ну выпивает, это да, врать не буду, но убить... да он курицу не зарубит...

— А как получилось, что ваш сын познакомился с этой Кондратьевой?

— Так их Люда и познакомила. У нее сестра диспетчером в Вовкином ПТП. Когда хозяйка сюда приехала, за продуктами ей Люда ездила, пока сама здесь жила. Вот сестра их и познакомила. Вовка в пятницу к нам, он в городе в общежитии живет, а машину на выходной ему брать разрешают, вот он по дороге завозил продукты. Поначалу Люда с ним ездила в город на электричке, а обратно с Вовкой. А уж как она в город вернулась, так приходилось ему самому. Люда все закупит, а он доставит. И пенсию за хозяйку она получала, да и так деньги у покойной водились, уж не знаю откуда, но водились. А Вовка ни в жизнь себе ни гроша не взял, все до копеечки отчитается, только уж то, что Люда за труды даст. Сама Люда сюда дважды в месяц приезжала, беспокоилась за хозяйку, та совсем чудить начала, из дома по нескольку дней не выходила. Разве можно больному человеку одному? Ни телефона, ни соседей, ведь никакой помощи, вот и случилось...

— А сын ваш до сих пор на этом транспортном предприятии работает?

— А куда ж ему деться. Женился недавно.

— Телефона этой Люды у вас случайно нет?

— У сына есть. А зачем он вам?

— Хочу с ней поговорить. Может, она с Алексеем встречалась?

— Нет, что вы, откуда? Милиция всех допрашивала. Такое убийство, да тут вся округа полгода по ночам спать не могла, все маньяка боялись.

— Вдруг все-таки виделись?

— Я вам телефон сына дам, позвоните в обед на вахту, его позовут, он рядышком, в первой комнате. А вы в город поедете?

— Да, собираюсь.

— Так, может, я чего сыну соберу? Вы ведь на машине? Не затруднит?

— Нет, конечно. Я с удовольствием все ему передам.

Хозяйка начала торопливо собирать сумки, рассказывая мне о житье-бытье сына. Я допила успевший остыть чай и вскоре, сопровождаемая хозяйкой, направилась к машине. Подарков набралось предостаточно, я поставила две увесистые сумки в багажник и простилась с женщиной. От своего дома шел Семен, его слегка пошатывало, он помахал рукой, намереваясь что-то сообщить мне. Я завела машину, он приблизился, и стало ясно, что он уже успел выпить, причем основательно.

— Ну как, все выяснили? — спросил Семен весело. — Пропечатаете статейку, не забудьте нам газетку прислать.

— У, рожа бесстыжая, опять бельмы залил, — в сердцах сказала женщина, а я поторопилась уехать.

Мысли в моей многострадальной голове путались. Глеб в образе студента Алеши, золотого мальчика, а тут еще зверское убийство одинокой пенсионерки. Поверить в то, что Глеб как-нибудь к нему причастен, было свыше моих сил, но ведь для чего-то он бродил по округе? С бывшей домработницей встретиться мне придется хотя бы для того, чтобы убедиться, что никакого отношения к погибшей женщине Глеб не имел.

В город я прибыла ближе к вечеру и, едва миновав пост ГИБДД, стала звонить в общежитие. Мне повезло. Сначала я услышала детский голосок, который важно сообщил: «Вас слушают». Я изложила свою просьбу, и девчушка сказала:

— Сейчас я дядю Вову позову.

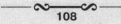

После чего с интервалом в полминуты в трубке возник мужской голос:

— Да.

— Володя, ваша мама попросила меня кое-какие вещи передать.

— Ага... куда подъехать?

— Вы мне адрес свой скажите, я сама подъеду.

Адрес я получила и в течение часа кружила по окраине, разыскивая общежитие. То ли Володя плохо объяснил, то ли я оказалась не очень толковой, но нужное мне здание нашла с трудом. Обшарпанный двухэтажный дом притулился между свалкой и забором какого-то предприятия и представлял собой довольно унылое зрелище. Непосредственно к общежитию было не подъехать: разбитую, в жутких колдобинах дорогу украшала гигантская лужа. Я оставила машину рядом с ней и пошлепала к подъезду.

Нижнюю ступеньку лестницы залило водой, обойти ее возможным не представлялось, и я, зло чертыхаясь, прыгнула, едва не тюкнувшись носом в обшарпанную дверь.

В сумрачном холле за стареньким столом старушка и девочка лет семи играли в лото при свете настольной лампы, рядом стоял телефонный аппарат, перетянутый изоляционной лентой. Услышав, как хлопнула дверь, старушка отвлеклась от своего занятия и взглянула на меня.

— Я к Рязанову Володе, в первую комнату, — сообщила я.

Девчушка бросилась в боковой коридор и громко позвала:

— Дядя Вова, к вам пришли.

Через минуту в холле появился парень лет двадцати пяти в застиранном спортивном костюме и с удивлением уставился на меня.

— Это я вам звонила, — сообщила я. — Сумки у меня в машине.

— Ага, я сейчас, — засуетился он, посмотрел на тапочки, в которые был обут, хотел вернуться в комнату, но потом махнул рукой и пошел к двери. — Как там мамаша? — спросил он, все еще приглядываясь ко мне.

— Хорошо. Привет вам передает.

Ловко перемахнув через лужу, Володя помог переправиться мне и поинтересовался:

— А вы какими судьбами в нашем Борине? Что-то я вас не припомню.

— Я из газеты, — соврала я, все больше входя во вкус. — Меня интересует убийство в Лоскутове. — Выражение его лица мгновенно переменилось, теперь оно стало хмурым, даже враждебным. — Я бы хотела встретиться с Людмилой Логиновой. Ваша мама сказала, у вас есть ее телефон.

— Ну есть. А зачем она вам?

— Не так давно произошло очень похожее убийство. И преступник тоже не найден. Мы проводим журналистское расследование.

— Ясно, — вздохнул он. Как видно, воспоминания о тех событиях никакого удовольствия ему не доставили. — Записывайте телефон, только ничего нового она вам не скажет, ее сто раз спрашивали-переспрашивали, никакого толку.

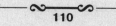

— Может быть, для начала вы ей сами позвоните, чтоб я не свалилась как снег на голову? — Я набрала номер и, пока он решал, стоит ли делать мне одолжение или нет, сунула ему трубку в руку.

— Люда, — заговорил он, — это Володя. Да, я... Тут вот девушка из газеты хочет поговорить с вами об убийстве. Да... журналистское расследование, говорит, ага... Спасибо, хорошо. Да... и вам того же... Поезжайте к ней, — сказал он, возвращая мне телефон, — она сейчас дома. — Я записала адрес, затем открыла багажник, и Володя забрал сумки. — Мамаша их гирями набила, что ли, — пробормотал он, поставив сумки на землю с намерением перехватить их поудобнее.

— Володя, — все-таки спросила я, хоть чувствовала, что говорить он не захочет, — той осенью в доме вашей мамы жил студент из Москвы?

— Ну жил. Зачем вам студент?

— Вы ведь рассказывали, что видели его возле Лоскутова.

— Я его с дороги видел, смотрю, человек идет к лесу, куртка зеленая. Такая у Лешки была. Вот и все. Он ли, нет, я не знаю. Чего б ему там и не ходить. А про то, что видел, говорил только мамаше, так, к слову пришлось.

— А в милиции про это не сказали?

— Про что? — вздохнул он.

— Про то, что видели вблизи дома человека.

— Там, между прочим, не запретная зона, ходи кто хочешь. И студента я сам на поезд посадил за несколько дней до убийства. Студент совсем ни при чем. Я хоть и пару раз с ним встречался, но людей чувствую. Парень он хороший...

— Хорошие иногда тоже убивают, — пожала я плечами, а он неожиданно засмеялся.

— Да вы хоть представляете... Вы знаете, что в этом доме творилось? Вера Григорьевна к стулу была привязана, весь пол и даже стены в крови. Там был псих. Это ведь я ее нашел, понимаете?

— Понимаю, — кивнула я.

Он подхватил сумки и, не попрощавшись, пошел к общежитию.

Я села в машину и только тут сообразила, что искать нужную мне улицу в чужом городе довольно затруднительно, однако окликнуть Володю и спросить, как проехать к Логиновой, не рискнула. Ладно, у меня есть номер ее телефона, в крайнем случае позвоню.

Выбравшись к очагу цивилизации, приземистому зданию, с одной стороны которого было написано «Кафе», а с другой — «Продукты», я притормозила и пошла выяснять, как мне проехать. Продавщица, девица лет двадцати, о такой улице вовсе не слышала, а грузчик, скучавший на подоконнике вблизи прилавка, сообщил только, что она на другом конце города. Не очень рассчитывая на удачу, я поехала прямо, посматривая на указатели, в центре города обратилась к постовому, и он очень доходчиво объяснил мне, в каком направлении нужно двигаться. Следуя его указаниям, я через двадцать минут уже тормозила возле девятиэтажного дома,

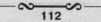

стоявшего в окружении таких же типовых домов. Несмотря на это, район выглядел вполне уютным и даже живописным.

Загнав машину на стоянку возле подъезда, я позвонила, и женский голос пропел:

— Слушаю. — Я сообщила, что нахожусь возле дома и готова подняться в квартиру для беседы. — Я вас жду, — сказала женщина.

Так как в разговоре Володя называл ее Люда, я ожидала встретить женщину молодую, потому слегка опешила, увидев перед собой худенькую старушку лет эдак под семьдесят, которая куталась в пуховый платок.

— Людмила... простите, не знаю вашего отчества...

— Зовите Людой, меня так все зовут. Берите тапочки и в комнату проходите. У меня холодно, отопление отключили. — Мы прошли в единственную комнату и устроились на диване. — Значит, вы интересуетесь убийством Веры Григорьевны? — спросила она с улыбкой, это выглядело довольно странно.

Я молча кивнула. Чего доброго, бабка спросит удостоверение, а там, глядишь, и милицию вызовет, вот и объясняйся с ними, зачем мне понадобилось врать. Я всерьез забеспокоилась и оттого сразу перешла к делу.

— Люда, расскажите мне, пожалуйста, о Вере Григорьевне, что она была за человек и вообще...

— Верочка — человек очень непростой. Талантливая, красавица, с такими нелегко. Она сюда из Москвы приехала после смерти второго мужа. В молодости балериной была, но что-то не задалось, знаете как бывает... Но она всю жизнь отдала искусству, работала с детьми, написала прекрасную книгу. А потом Иван Ильич умер, и она приехала сюда к сестре, квартиру в Москве оставив дочери. Они, знаете, тогда не очень ладили. Дочка увлеклась молодым человеком, а он оказался женатым, и она покончила с собой. Вера так переживала, не знаю, как она вынесла все это. Потом погиб сын, ее любимый Ванечка. Ужасная история. Бедная женщина не вынесла потрясения, в голове у нее все перепуталось, она иногда считала себя маленькой девочкой... С сестрой они тоже не ладили, разница в возрасте... Именно сестра Надя попросила меня присматривать за Верой Григорьевной. Я согласилась, потому что очень жалела Веру. Ей становилось все хуже и хуже, она по целым дням не выходила из комнаты, иногда совсем теряла голову, кричала на меня и швырялась подушкой. Надя не хотела отправлять ее в больницу, говорила, что это ее убьет. Конечно, ее лечили. Надя не жалела денег, и на какое-то время Вере стало лучше. Потом ей вдруг пришла в голову фантазия жить летом в деревне. У Нади был дом, доставшийся от родственников первого мужа, в этом самом Лоскутове, и Вера принялась его отделывать. Сестра не препятствовала ее фантазиям, считая, что это как-то отвлекает Веру. Летом она жила в Лоскутове, а в начале сентября возвращалась в город. Мне там было скучновато, людей в округе нет, да и страшно. Вера целыми днями сидела в кресле-качалке, смотрела в сад и вспоминала свою молодость, мужей или своих детей.

— А на что она жила?

— Как же, у нее пенсия хорошая, но пенсия, конечно, не главное. Оба ее мужа занимали важные посты, у Веры имелись сбережения. И сестра ей помогала... Уже после гибели Нади Вера стала продавать вещи, кое-какую мебель, несколько картин. Коллекционеры охотно покупали.

— Вы сказали, что Надя погибла? — нахмурилась я.

— Да. И вправду поверишь, что над этой семьей тяготел злой рок. Когда это случилось с Надей, разум Веры помутился. Она сказала, что никого не желает видеть, и осталась зимовать в Лоскутове, закрыла в доме все ставни и иногда целые сутки даже свет не включала.

— Почему же ее не отправили в дом инвалидов? — спросила я.

— Вы знаете, Вера временами проявляла удивительное здравомыслие. Вы поймите, она не была сумасшедшей, вовсе нет. Просто она не могла смириться со своим горем. Разговаривала с погибшей сестрой или сыном, но при этом прекрасно помнила, что сколько стоит, учитывала каждую копейку. Она просто хотела быть одна. Я очень беспокоилась за нее, но жить зимой в такой глуши... Некоторое время у нее жила собака, потом пес пропал, а другого она брать не хотела, боялась привыкнуть. Так и говорила: «Все, кого я люблю, погибают».

— А как погибла сестра? — спросила я.

— Она отравилась. — Я едва не усмехнулась, услышав это, в семействе была явная склонность к суициду. — Из-за несчастной любви. Второй муж оставил ее, и она...

— Если вам не трудно, расскажите поподробнее... — Я и сама не знала, зачем мне это, но обилие смертей начало вызывать у меня подозрения.

— Первый муж Наденьки был намного ее старше и умер от инфаркта. Некоторое время она жила одна, пригласила к себе сестру, но, как я уже говорила, они не очень ладили. А потом Надя познакомилась с Павлом. Конечно, она в него влюбилась, в него невозможно было не влюбиться. Они прекрасно подходили друг другу. Ему было тридцать девять, Надя на год старше. Словом, они поженились и какое-то время жили вполне счастливо, а потом... Я не знаю, что произошло между ними, но отношения ухудшились, и Павел уехал в другой город. Для нее это было трагедией. Она пыталась его вернуть. Однажды ее нашли в кресле с его письмом в руках, она приняла огромную дозу снотворного. В письме говорилось, что простить ее Павел не может и окончательно порывает с ней.

— Ясно, — кивнула я, — а сколько длилось их счастье?

— Они прожили чуть меньше года.

— До золотой свадьбы далеко, — пробормотала я себе под нос.

— Надя его очень любила, даже в завещании ука-

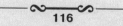

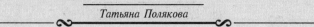

зала его наследником, сестре оставив только этот дом в деревне.

— А было что завещать? — насторожилась я.

— Довольно странно, но оказалось, что, кроме квартиры и нескольких тысяч рублей, у Нади ничего нет. Павел от наследства отказался и уехал за границу.

— А вы считали, что денег у покойной Нади должно было быть больше?

— Я не считаю чужие деньги, просто... разные слухи... Ее первый муж был большим начальником в сфере торговли. Говорили о каких-то махинациях. Собственно, инфаркт приключился потому, что им начали интересоваться соответствующие органы. В общем, если б он не умер, неизвестно, чем бы дело кончилось. Знающие люди говорили, что на черный день у него припрятано немало. И Надя жила на широкую ногу, так что...

— Но когда Надя умерла, выяснилось, что никаких особых средств нет. То есть почти все наследство мужа она прожила?

— Знаете, — понизила голос Люда, — когда в ее квартиру въехали новые хозяева, они там все стены поломали, искали ценности.

— Выходит, по слухам, ценности имели место быть?

— Разное болтают, — нахмурилась Люда. — Про Веру тоже говорили, что она хранит несметные сокровища. Даже собственная сестра ворчала, что Вера вполне обошлась бы без ее поддержки, и обвиняла ее в скаредности.

— А с чем такие слухи связаны?

— Ну как же, ее муж был директором алмазного прииска, вот и болтали о том, что у нее якобы есть бриллианты.

— Болтали, или бриллианты были?

— От самой Веры я о них никогда не слышала. Я ведь уже сказала: золотые украшения, антиквариат — это да, а бриллианты...

— А от кого вы о них услышали?

Люда ненадолго задумалась и ответила:

— От сестры... от Нади.

— А Павел? Что стало с ним?

— Он уехал за границу, и следы его затерялись. В связи с убийством Веры с ним пробовали связаться. Так вышло, что он оказался единственным наследником, ведь с Надей они так и не успели развестись, но найти его не удалось.

— А когда умерла Надя?

— Это случилось в апреле, да... а осенью погибла Вера Григорьевна.

Я немного поразмышляла, стоит ли показывать Люде фотографию Глеба, и в конце концов решилась.

— Люда, взгляните, вы случайно не встречали в доме Веры Григорьевны этого человека?

Она надела очки и посмотрела на фотографию.

— Так ведь это Павел, — с некоторым недоумением заметила она. — Только он здесь выглядит моложе... Откуда у вас это?

— Этот рисунок выполнил по памяти мой знакомый. Мужчина, что изображен здесь, погиб в автомобильной аварии и до сих пор не опознан.

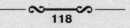

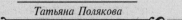

— Так это Павел, совершенно точно... то есть невероятно похож... хотя, конечно, рисунок... и Павел был старше. Все-таки мне кажется, это муж Нади: Корнилов Павел Ильич.

— Что ж, спасибо, попробуем проверить... — заторопилась я. Люда проводила меня до двери. — В убийстве Веры Григорьевны, кроме Володи, еще кого-нибудь подозревали?

— По-моему, нет. А насчет Володи я сразу им сказала, что это полная чепуха. Там орудовал маньяк, ведь ни деньги, ни ценности не взяли. У нее было кольцо с бриллиантом необыкновенной красоты, так даже оно нашлось в коробочке из-под чая. Убийца, похоже, ничего не искал.

— А Володя сказал, женщину пытали...

— Там был маньяк, все это... вы меня простите, у меня мурашки по спине бегут, стоит лишь подумать об этом.

— А про бриллианты вы в милиции рассказали?

— Конечно, нет. Я сплетни не повторяю, меня спросили, что пропало, и я...

— Спасибо вам большое, — кивнула я, выскальзывая за дверь.

— Вы ведь даже мне не сказали, откуда вы... и не познакомились.

— Я думала, Вова предупредил, — сбегая по ступенькам, сказала я. — До свидания.

Через полчаса я покинула этот город, делать здесь мне было больше нечего. Даже если я узнаю, куда уехал Павел после разрыва с женой, мне это ничего не даст, раз Люда сказала, что его следы затерялись. А если и возник где-то, то уже под другим именем. Результаты поездки впечатляли. Глеб, Алексей, а теперь еще и Павел — и все это один человек, мой муж. Он не только с легкостью меняет имена, но и возраст. То он муж Нади — лет под сорок, то через несколько месяцев студент двадцати с небольшим лет. Талантливый парень, ничего не скажешь. Разумеется, милиция никак не связала мужа сестры убитой с этим самым студентиком. Впрочем, и Володя, и хозяйка о нем вообще промолчали.

Итак, что мы имеем: Глеб появляется в этом городе (скорее всего, ниоткуда), знакомится с Надеждой Григорьевной и вскоре становится ее мужем. У леди первый супруг — мошенник, и сбережения в банке она, скорее всего, не держала. Доллары, золотишко, а может, и камушки припрятала на черный день. Когда женщина безумно влюбляется, она теряет осторожность. Надя запросто могла выболтать не только свою тайну, но и тайну сестры. Дальше просто, Павел сознательно довел жену до самоубийства, хотя я склонна считать, что он ее попросту убил, а письмом и отказом от наследства отводил от себя подозрения. Забрал ценности и исчез.

Но мысль о бриллиантах второй сестры не давала ему покоя, и осенью он появился здесь под видом студента и начал наблюдать за домом в Лоскутове. Ему повезло, женщина жила одна, кроме Володи и Люды, ее никто не навещал, те появлялись в строго определенные дни, и даже собака пропала. Парень обеспечил себе алиби, то есть в присутствии Володи сел на поезд, а через несколько дней вернулся наверняка под другим именем и в другом обличье, выбрав день в начале недели. Несчастную жертву обнаружили, когда уже прошло много времени, соответственно, Глеб успел отчалить очень далеко. Старушка не выдержала истязаний и рассказала, где спрятаны ее бриллианты, а может, его постигло разочарование, и он в сердцах пролил много крови. Если бриллианты были, она ему их отдала, в этом можно не сомневаться, а вся эта кровавая вакханалия имела одну цель: ввести в заблуждение следствие.

Где был Глеб весь следующий год, остается только догадываться, а вот потом он появляется в Москве, через месяц отправляется в Египет и там встречает меня. Далее — большая любовь и бракосочетание. Я ведь рассказала ему, что получила наследство... Судя по всему, парень специализировался на богатых вдовах. Очень возможно, что, не погибни Глеб в аварии, вскоре пришла бы моя очередь скончаться.

Я грязно выругалась и ударила кулаком по рулю. Что ж, открытие не из приятных: человек, которого я любила, — аферист и убийца, и только чистая случайность спасла меня от гибели. Стоп, не надо давать волю эмоциям. В случае с Надеждой и ее сестрой он знал, где искать деньги, мои же средства хранятся в банке Федора или раскиданы по многочисленным фирмам, получить их было бы не так просто. Мало того, он и собственные деньги доверил мне... Значит, после неизбежного несчастного случая со мной ему бы пришлось ждать минимум полгода, к тому же под пристальным оком милиции и Федора, которому несчастный случай вряд ли бы понравился. Выходит, парень чувствовал себя в нашем городе в абсолютной безопасности, а безопасностью на самом деле и не пахло, раз он позаимствовал паспорт у какого-то пьяницы. Чудеса...

Есть другое объяснение. Он воспользовался этим паспортом, чтобы отдохнуть в Египте, но тут под руку подвернулась я, и ему пришлось импровизировать. Тогда какого черта он отдал мне свои деньги? Что-то тут не так, и это что-то не дает мне покоя.

Домой я вернулась уже к вечеру. Постояла под душем, пытаясь привести нервы в порядок, выпила стакан сока и легла спать. Дело это было безнадежным, мыслями я тут же возвратилась к Глебу. Я лежала, сцепив зубы, изо всех сил стараясь не разреветься. Господи, я так любила его. Мне бы сказать судьбе «спасибо», что я сейчас давлюсь слезами, а не отдыхаю на кладбище.

Неужели все это притворство? Я не хотела думать об этом, но воспоминания нахлынули на меня и больше не отпускали. Я ведь готова была поклясться, что он безумно любит меня. Впрочем, погибшая Надежда могла думать так же.

— Сукин сын. — рявкнула я, зарываясь в подушки. Самое невероятное: если б он сейчас вошел в эту спальную, я бы все простила ему... или не простила? Приходилось признать, что я человек, не слишком отягченный нормами морали: судьба двух несчастных женщин занимала меня много меньше, чем вопрос, любил ли меня Глеб или это было чистой воды притворством? Неужели можно так притворяться? «Можно», — премерзко хихикнул внутренний голос, и я матерно выругалась. Глеба не вернешь, а ответить на данный вопрос мог только он. Что ж, теперь я знаю, что мой муж был мошенником и погиб, скорее всего, случайно... А эта записка, прикрепленная к столу? И телефонный звонок? Изрезанный портрет? Утверждение Дениса, что за мной следят? Кто-то из прежних жертв или из их родственников смог обнаружить Глеба и вышел на тропу войны? С этой мыслью я и уснула.

Утро началось с крайне неприятного события — у меня вновь появился Денис. Открыв ему дверь, я криво усмехнулась и спросила:

— Денис Сергеевич, а вы не слишком злоупотребляете моим гостеприимством?

— Я к вам не в гости, а по делу, — буркнул он.

— По делу, насколько мне известно, приглашают в милицию или вызывают.

— Хотите, чтобы я вас вызвал?

— Попробуйте. Калганов Владимир Павлович в нашем городе считается неплохим адвокатом.

— Вот, — протянул мне Денис листок бумаги.

Я прочитала: «На ваш запрос от такого-то числа отвечаем, что Шабалин Глеб Сергеевич, уроженец села Борина, скончался...» Далее следовала дата безвременной кончины.

— Что ж, — вздохнула я, — проходите. Могу предложить вам кофе, а если не откажетесь, то и завтрак.

— Что-то вы сегодня подозрительно добрая, — улыбнулся он.

— У каждого свои недостатки.

Мы прошли в кухню, Денис устроился за столом, я подала ему салат и бутерброды, сама села напротив с чашкой хлопьев.

— Новость на вас особого впечатления, похоже, не произвела, — заметил он.

Я усмехнулась и согласно кивнула.

— Не произвела.

— Вы что, вчера в Ярославль ездили?

— Да вы ясновидящий.

— Полина Викторовна, прекращайте вы в сыщиков играть, — вздохнул он, а я разозлилась:

— Слушайте, я почти год прожила с человеком, которого очень любила. А потом вдруг выяснилось: все, что он мне говорил...

— Да я понимаю, — опять вздохнул Денис, — только это может быть опасным...

— Каким образом? — насторожилась я.

— Не знаю, — пожал он плечами. — Вы свои тайны бережете, а без информации трудно понять, что происходит.

— Ладно, — кивнула я, — давайте обменяемся информацией. Я действительно ездила в деревню, где предположительно родился мой муж, хотя могла бы и не ездить, раз вы успели сделать запрос. В Москве тоже никаких следов моего мужа. Конечно, можно проверить, где он приобрел путевку в Египет, но что это даст, я и сама не знаю. Теперь я поняла, почему он настаивал на кремации и на этот счет даже позаботился о письменном распоряжении. Он не хотел, чтобы после смерти кто-то был посвящен в его тайну.

— А может, он опасался за вас? — вдруг спросил Денис, а у меня вырвалось удивленное:

— Что?

— Допустим, кому-то очень хотелось отыскать вашего мужа, а он погиб. Что тогда делает неизвестный?

— Ну и что он делает? — пожала я плечами.

— Он может иметь претензии к жене, то есть к вам. Оттого ваш муж и боялся, что его опознают после смерти.

Данная версия не показалась мне убедительной, особенно в свете того, что я узнала о Глебе. Но спорить я не стала.

— Допустим, — согласилась я, подливая в чашки кофе. — Если хотите курить, пожалуйста, не стесняйтесь. — Я подвинула к нему пепельницу.

Он закурил, минуту молчал, разглядывая меня, а потом продолжил:

— Предположим, кто-то с какой-то целью действительно разыскивает вашего мужа, и мне кажется, что люди эти не очень похожи на законопослушных граждан.

— Кроме приятных воспоминаний, мой муж мне ничего не оставил, если вы об этом, — усмехнулась я. — Ищет его кто-то или нет — это лишь ваши домыслы...

— Полина Викторовна, позавчера вечером в гостинице «Золотой лев» в номере 214 был обнаружен труп мужчины. Его звали Деревягин Александр Иванович, бизнесмен. Прибыл в наш город утром, а предположительно около двух часов дня был убит. Его задушили. На ручку двери повесили табличку «Не беспокоить», так что обнаружили бы труп не скоро, если б не секретарь Деревягина, который никак не мог ему дозвониться и поднял тревогу где-то около двадцати трех часов, позвонив администратору.

— И при чем тут я? — спросила я, скрестив на груди руки.

— Это не Деревягина вы ждали вчера в ресторане?

— Что он за человек? — вопросом на вопрос ответила я.

— Я же сказал, бизнесмен. Приезжал в Москву в командировку, как и по какой надобности оказался в нашем городе в настоящее время, выясняется.

— Я не знаю никакого Деревягина, — покачала я головой. — Никогда о нем не слышала.

— У него был сотовый, но в номере его не обнаружили, так же как и записную книжку, хотя у такого человека она, как правило, есть.

— Убийцу заинтересовал сотовый?

— И записная книжка.

— Хотите сказать, в ней были компрометирующие убийцу сведения?

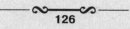

— Ага, например, номер телефона. Или фамилия. Полина Викторовна, если выяснится, что Деревягин вам звонил, вы окажетесь в довольно двусмысленном положении.

— Я никогда не слышала эту фамилию, — спокойно сказала я.

— Но вам кто-то звонил и назначил встречу?

— Возможно. Это совершенно не обязательно был ваш Деревягин.

— И на встречу человек не явился?

— Вы же видели.

— А что он сказал по телефону?

— Предложил встретиться и назначил время и место.

— И вы даже не поинтересовались, кто он?

— Поинтересовалась. Мне ответили, что имя мне ничего не скажет. Обещали все объяснить при встрече. Так как ресторан «Золотой лев» — это не подворотня на окраине, я согласилась и пришла.

— И после этого он не звонил?

— Пока нет.

— Я почти уверен, это был Деревягин.

— Мне от этого не легче, раз я понятия не имею, что ему от меня понадобилось.

— Полина Викторовна, — поморщился он, — неужели вы не понимаете... человека убили. Что, если убийцы на этом не успокоятся?

— Хотите сказать, следующей жертвой могу стать я? Но почему?

— Возможно, мы найдем ответ на ваше «почему?», но будет уже поздно.

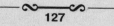

— Да вы оптимист, Денис Сергеевич, — фыркнула я и потянулась за сигаретой.

— Вам лучше все рассказать мне. Все, что знаете.

«Ему можно рассказать о том, что я узнала в Лоскутове, ведь при желании он все равно докопается, — размышляла я. — С другой стороны, делать ментам такой подарок, как раскрытие двух убийств, не в моих правилах. Нет уж, пусть сами побегают». Я молча курила, глядя куда-то поверх плеча Дениса.

— Не понимаю, откуда такая скрытность, — покачал он головой. — Ведь ваш муж...

— Подите к черту, — грубо сказала я и отвернулась.

— Вы всерьез пытаетесь сохранить его доброе имя? — спросил он, а я неожиданно заревела. Уткнулась лицом в ладони и долго не могла успокоиться. Денис подошел, коснулся моего плеча и пробормотал: — Извините... Полина Викторовна, я ведь помочь хочу, честно.

— Чем вы мне поможете? — рявкнула я. — Докажете, что Глеб — преступник, что он жил под чужим именем? Благодарю покорно.

— Извините, — повторил он и пошел к двери.

Я вытерла глаза полотенцем и пошла за ним, Денис обувался, мы старательно избегали взглядов друг друга. Уже собираясь уходить, он вдруг сказал:

— Горничная в гостинице видела мужчину примерно в то время, когда было совершено убийство. Высокий, светлые волосы, довольно длинные, на руке татуировка: крылатый змей. Лица она не разглядела, а вот татуировку хорошо запомнила. Может быть, вы...

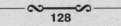

— Нет, — твердо ответила я, — у моих знакомых нет татуировок.

— Возможно, я кажусь вам навязчивым, — вздохнул Денис, — но вам лучше немного пожить у родственников.

— Спасибо за заботу, — буркнула я и захлопнула за ним дверь.

Вот черт... Я заметалась по прихожей, поймала себя на том, что грызу ноготь, и лишь покачала головой. Это никуда не годится, распускаться не следует.

Откуда взялся этот Деревягин, и почему его убили за несколько часов до встречи со мной? Что такого он намеревался сообщить мне?

Я потратила на размышления часа полтора, но так ничего и не придумала. Оставалось лишь ждать развития событий. В том, что испытания только начались, я теперь нисколько не сомневалась. Не хотелось лишний раз встречаться с Федором, но обстоятельства того требуют. Я позвонила ему на работу.

— Есть новости? — коротко спросил он.

— Есть, — ответила я.

— У меня тоже. Встретимся через час в «Ласточке».

«Ласточка», недавно открывшееся кафе в центре города, находилась неподалеку от банка, где работал Федор. Я быстро собралась и, прихватив ключи от машины, вышла из квартиры. Почти сразу же я обратила внимание на светлые «Жигули», которые пристроились за мной у светофора. Возможно, машина и не вызвала бы у меня подозрений, если бы не слова Дениса о том, что кто-то проявляет интерес к моей особе.

Едва дождавшись зеленого сигнала светофора, я рванула вперед, затем резко притормозила, перестроилась и свернула в переулок. «Жигули» исчезли. На всякий случай я некоторое время петляла по узеньким улочкам, понемногу успокаиваясь. Минут через пятнадцать выехала на проспект и очень скоро вновь обнаружила ту же машину.

Теперь парень вел себя осторожнее, держался на расстоянии, на следующем светофоре свернул, но я была уверена, что он продолжает двигаться в том же направлении, что и я, и оказалась права. А если это менты? Но с какой стати им следить за мной?

Я затормозила возле химчистки, оставила машину прямо напротив дверей и вошла в здание. Прошлась по вестибюлю, незаметно оглядываясь. К счастью, возле высокой стойки выстроилась внушительная очередь, приемщице было не до меня, и это позволило мне беспрепятственно войти в дверь с надписью «Служебное помещение».

Отсюда начинался длинный коридор с множеством дверей. Одна из них открылась, и появилась женщина в форменном халате. Я мысленно посоветовала ей провалиться ко всем чертям и ускорила шаги, скроив такую злобную физиономию, что женщина только посмотрела мне вслед, но окликнуть не посмела.

Через минуту я уперлась в дверь, обитую желе-

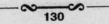

зом, толкнула ее и оказалась на улице. Прямо передо мной была стоянка, где в настоящее время находились две легковые и грузовая машины. Я ускорила шаг, за грузовой машиной начиналась детская площадка, огороженная низким заборчиком, я пересекла ее и вышла во двор соседнего дома, а потом, миновав калитку, оказалась на улице.

Теперь поскорее убраться отсюда. Если парень на «Жигулях» не совсем идиот, он быстро сообразит, в чем дело, и обнаружит меня. По этой причине я не стала выходить на проспект, а, повернув в один из многочисленных дворов, достала телефон и вызвала такси. Машина подъехала через десять минут, все это время я провела на скамейке возле подъезда, зорко поглядывая на улицу.

— Еле отыскал ваш дом, — сообщил таксист, молодой человек с девичьим румянцем, с интересом глядя на меня. — Понастроили домов как попало, сразу и не разберешься.

— Да, — неопределенно ответила я и объяснила, куда хочу попасть. Всю дорогу парень трещал, как сорока, чем очень меня нервировал. Наконец перед нами возникло здание кафе, и я с облегчением вздохнула.

Небольшой зал был почти пуст. Федор сидел в глубине зала за круглым столиком на двоих, при моем появлении он недовольно взглянул на часы.

— Опаздываешь.

— Не хотела привести с собой одного любопытного.

— Черт, — фыркнул Федор, отбрасывая в сторону салфетку. — Ты уверена?

— Номера машины местные, попробуй узнать, кто это проявляет любопытство.

Федор достал авторучку и записал номер на салфетке.

— Чем еще порадуешь?

— Глеб Сергеевич Шабалин скончался почти год назад.

— Убит?

— Нет. Воспаление легких. Боюсь, мы здорово влипли. — Я коротко поведала ему о результатах своих изысканий, в продолжение моего рассказа Федор все больше мрачнел.

— Просто невероятно, — покачал он головой. — Надо же так вляпаться. Если менты узнают...

— Уже знают. Шустрый тип Денис Сергеевич послал туда запрос и сегодня показал мне присланный ему ответ.

— Может, тебе стоит уехать на какое-то время? — покусывая нижнюю губу, задумчиво произнес Федор.

— Пока не вижу причин.

— Сегодня же поговори с адвокатом. Я со своей стороны подумаю, что можно сделать в данной ситуации. Шустрого мента не худо бы одернуть. Думаю, мы справимся.

— Это не все, — вздохнула я. Очень не хотелось огорчать Федора, но ничего не поделаешь. — Позавчера мне позвонил один тип, представиться отка-

зался, назначил встречу в ресторане гостиницы «Золотой лев», на встречу не пришел, а вечером в одном из номеров обнаружили труп. Отгадай, чей?

— Деревягина Александра Ивановича, — ответил Федор, хмуро разглядывая меня. Я со вздохом кивнула.

Мы на некоторое время замолчали, думая об одном и том же.

— Знать бы еще, при чем тут Деревягин, — вздохнул Федор.

— Ты что-нибудь узнал о нем? — спросила я. Федор извлек из кармана пиджака листок бумаги и протянул мне.

— Это мои новости, — сказал он недовольно.

Я быстро пробежала глазами текст. Короткая биографическая справка: Деревягин Александр Иванович, место и дата рождения и так далее. Дочитав до конца, я вернула листок Федору и покачала головой.

— Может, бизнесмена убрали из-за его дел, а наш город выбрали случайно?

— Хотелось бы в это верить. Однако настораживает его желание встретиться с тобой. И еще кое-что... — Я удивленно подняла брови, не понимая, что Федор имеет в виду, он вновь протянул мне листок и сказал: — Место учебы. И возраст подходящий.

— Ты думаешь?.. — пролепетала я, чувствуя, что бледнею. — Нет, не может быть...

— Не мне тебе рассказывать, что может быть, а

чего быть не может. Я думаю послать человека навести справки...

— Нет, — твердо ответила я. — Я сама.

Федор немного поразмышлял и кивнул:

— Пожалуй, посвящать кого-то еще не следует. Подумай над моим предложением, я имею в виду отъезд.

— В любом случае ментам будет очень трудно связать его кончину со мной.

— Иногда им везет. Это не стоит сбрасывать со счетов. И еще. Я не стал бы особенно спешить, лучше выждать некоторое время и прояснить ситуацию. Иногда излишняя поспешность хуже промедления.

— Я учту твои замечания, — кивнула я.

— Отлично, а теперь, может, мы пообедаем и просто поболтаем, как в добрые старые времена?

Поболтать, как в добрые старые времена, все-таки не удалось, хотя мы честно старались, но мысли обоих то и дело возвращались к дню сегодняшнему. Через полчаса Федор отбыл на службу, а я еще немного посидела в полупустом кафе, потом вспомнила, что бросила машину возле химчистки, и усомнилась, смогу ли найти ее там. Я вышла на улицу, хотела остановить такси, но передумала. Если парень, что следил за мной, все еще дежурит возле химчистки, вычислить, с кем я встречалась, будет не так трудно. Достаточно побеседовать с таксистом, а потом прогуляться по данному району. В кафе столпотворения не наблюдалось, значит, официантка наверняка нас запомнила, следовательно, описанием внешности Федора он будет располагать. Хорошо одетый мужчина, с хорошими манерами, за которыми угадываются хорошие деньги и встречу с которым я тщательно скрываю.

Вздохнув, я направилась к троллейбусной остановке, улочки старого города в это время полны пешеходов, я шла, приноравливаясь к ритму толпы, пока не увидела троллейбус. Он как раз подходил к остановке, я ускорила шаг, перешла на легкую рысь, обходя группу молодых людей, и тут кто-то больно задел меня плечом. Я вскрикнула, повернулась и увидела стриженый затылок рослого парня в бежевой куртке, который поспешно удалялся, ловко лавируя в толпе.

— Придурок, — пробормотала я и машинально сунула руку в карман, проверяя, на месте ли кошелек.

Кошелек был на месте, но, кроме него, там теперь лежал листок бумаги, скатанный в шарик. Откуда он взялся? Не мог же этот тип сунуть мне его в карман? Это что, глупая шутка? Вместо того чтобы выбросить бумагу в урну и поспешить на троллейбус, я принялась ее расправлять, труды мои были вознаграждены. Клочок бумаги оказался запиской, печатными буквами в ней значилось: «Завязывай совать свой нос».

— Черт, — громко выругалась я, привлекая к себе внимание прохожих, и торопливо огляделась. Парень скрылся в направлении арки, ведущей во двор, вдруг мне повезет и он не успел уйти далеко? Я бросилась бежать в том направлении, не забы-

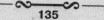

вая оглядываться. Бежевой куртки нигде не было. Я нырнула в арку, двор не был проходным, если парень вошел сюда, деться ему некуда. Справа вход в магазин «Игрушки», прямо пункт приема макулатуры. Я бросилась туда. Флегматичного вида мужчина сидел на стуле возле двери и разгадывал кроссворд.

— Вы здесь не видели парня в бежевой куртке? — выпалила я.

Мужчина поднял голову и взглянул на меня с недоумением, а я сообразила, что, должно быть, сейчас являю собой довольно странное зрелище.

— Что случилось? — спросил он.

Я перевела дух и попыталась успокоиться.

— У меня кошелек из кармана вытащили только что на проспекте. Парень в бежевой куртке, стриженый, высокий.

— Я никого не видел, — покачал головой мужчина.

— Но он свернул в арку...

Мужчина выразительно посмотрел на меня, а я, чертыхнувшись, вышла на улицу. Из упрямства заглянула в «Игрушки», там было довольно многолюдно, но парень в бежевой куртке отсутствовал. Ничего не оставалось делать, как вернуться на проспект.

Я подходила к остановке, когда от нее только что отошел троллейбус. На задней площадке я заметила знакомую фигуру, видимо, парень тоже меня заметил, потому что сделал мне ручкой, пряча лицо за стоявшего рядом мужчину.

В крайней досаде я топнула ногой, находившаяся по соседству женщина испуганно шарахнулась, а потом сказала:

— Они ходят с интервалом в пять минут.

Я не сразу сообразила, что она имеет в виду, а поняв, о чем речь, кивнула и буркнула: «Спасибо».

Подошел троллейбус, до конца не успокоившись от неожиданно свалившегося на меня приключения, я доехала до площади Свободы и к химчистке направилась пешком. Итак, меня предупреждают. Выходит, некто неплохо осведомлен о моих перемещениях по матушке России. Или предупреждение относится к неизвестно откуда возникшему господину Деревягину, в настоящий момент покойному? Если все-таки к моим разысканиям в биографии мужа, значит, я ошибалась, и он действовал не один. У него есть сообщник, и он отнюдь не заинтересован в том, чтобы тайны извлекали на свет божий.

Если немного продолжить логическую цепочку, то вполне вероятно предположить, что именно этот некто и виновен в гибели Глеба. Оттого и поспешили с кремацией. Впрочем, здесь я передергиваю, на кремации настаивал сам Глеб. Возможно, что-то вроде договора на этот счет существовало между компаньонами.

— Все это вилами на воде писано, — в сердцах на безудержный полет собственной фантазии пробормотала я, сворачивая к химчистке.

Моя машина стояла там, где я ее бросила, а «Жигулей» по соседству не наблюдалось. Я немного прошлась вокруг машины, поймав себя на мысли, что боюсь сесть за руль. А что, если мне приготовили сюрприз?

Ситуация становилась комичной. И в машину сесть боюсь, и оставлять ее здесь не хочется. В конце концов, мысленно махнув рукой, я устроилась на водительском кресле и завела мотор. Ничего не случилось. А чего я, собственно, ожидала? Да, Полина Викторовна, нервы у тебя пошаливают, так и до видений недалеко.

Понемногу приходя в себя, я битый час каталась по городу, высматривая в зеркало заднего вида «Жигули», и совершенно напрасно. «Жигули», конечно, попадались, и в большом количестве, но совсем не те, что сопровождали меня до химчистки. Конечно, раскрывать карты не стоило, теперь парень будет осторожен, раз я дала понять, что засекла его слежку, но допустить, чтобы он увидел Федора, я не могла.

Что ж, он будет осторожнее, а мне придется быть хитрее. Я достала сотовый и набрала номер Володи. На днях меня, скорее всего, вызовут в милицию, следовало подготовиться и заблаговременно предупредить адвоката. Володя был в офисе, я сообщила о своем желании с ним встретиться, и мы договорились, что минут через десять я подъеду.

Володя ждал меня в холле. Как только я вошла, на лице его появилось выражение сочувствия, он приблизился, взял меня за руку и поцеловал в висок, совершенно не зная, что сказать. Мне вдруг сделалось жаль его, несколько месяцев он считал Глеба если не другом, то хорошим знакомым, и вдруг оказывается...

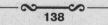

— Пойдем в кабинет, — сказал он, — или, может быть, в кафетерий, там отличные пирожные.

— Лучше в кабинет.

В глазах его мелькнуло беспокойство, сейчас он наверняка пытается отгадать, зачем я пожаловала.

Кабинет был просторным, обставлен добротной мебелью. Обстановка, да и сам хозяин должны были вызывать у клиентов мысль о респектабельности и надежности. Я села в предложенное мне кресло и решила не тянуть с новостями.

— Я была в Москве, — сообщила со вздохом. — Никакой квартиры у Глеба там нет, так же, как нет и его самого, причем уже длительное время. Он умер несколько месяцев назад. — У Володи при такой новости отвалилась челюсть, он смотрел на меня, не мигая, пытаясь понять, с какой стати мне пришла на ум идея так шутить. — Один мой знакомый сотрудник милиции, кстати, очень деятельный молодой человек, сделал официальный запрос и получил официальный ответ. Так что меня ожидают не лучшие времена.

— Я ничего не понимаю, — испуганно сказал Володя. Пришлось его просветить.

Когда я закончила свой рассказ (а рассказала я далеко не все, лишь то, что он и без меня узнал бы очень скоро), лицо у Володи сделалось точно у маленького ребенка, которого обидели, причем совершенно незаслуженно.

— Не может быть, — буквально простонал он.

— Боюсь, что может.

— Боже мой... — Он извлек из стола трубочку с таблетками, сунул одну под язык, прикрыл глаза и повторил: — Боже мой... — Потом вдруг вскочил и нагнулся ко мне: — Полина... я просто не знаю, что сказать. Бедная девочка, тебе и так досталось, а теперь еще и это...

Я мысленно поморщилась, но тут же сделала то, что от меня ожидали, — горько заплакала. Володя принялся метаться по комнате со стаканом воды, бормоча что-то невразумительное, а я продолжала рыдать, прикрыв лицо носовым платком.

Наконец он набегался, а я нарыдалась, и мы оба успокоились. Как только я, в последний раз высморкавшись, убрала платок и томно вздохнула, потупив глазки, Володя моментально превратился в человека, которого я привыкла видеть: деятельного и энергичного.

— Мы любым способом должны избежать скандала. Глеб... то есть... он умер, и ты не несешь никакой ответственности за его поступки, а уж тем более не обязана объяснять в милиции, с какой стати он выдавал себя за другого человека. У меня есть кое-какие связи, и я добьюсь, чтобы эти деятели не терзали тебя по пустякам. Теперь главное: ваше имущество. Извини, что я говорю об этом, но...

— Я понимаю, продолжай, — кивнула я.

— Так вот. Если человек скрывал свое подлинное имя, значит, у него имелись на то основания. Соответственно, законность тех средств, что он имел, автоматически вызывает подозрение. Но и в этом случае я не вижу ничего опасного. Официально Глебу принадлежит лишь часть денег в фирме, где он числился. В крайнем случае ты рискуешь только этими средствами, скажем прямо, довольно незначительными, если учесть... ты ведь понимаешь...

— Конечно, я понимаю, — опять перебила его я.

— Все остальное — твое личное имущество, приобретенное до замужества, и ты в этом плане можешь быть абсолютно спокойна.

— Я не могу быть спокойна, — всхлипнула я. — Володя, скажи, как это могло произойти? Я... ведь Глеб... ты же знал его, как он мог... — Володя опять кинулся за стаканом, а я еще раз зарыдала. Правда, на этот раз успокоилась я значительно быстрее, а Володя поклялся сделать все возможное и невозможное, лишь бы я не переживала так из-за роковой ошибки (что он конкретно имел в виду, осталось неясным), в заключение он произнес фразу: «Ты же знаешь, как я к тебе отношусь», — глядя на меня, как Ромео на Джульетту в известной сцене на балконе. Не могу сказать, что это меня порадовало. В роли очередного воздыхателя видеть я его не желала, но без его помощи мне теперь было не обойтись, оттого я с благодарностью легонько пожала ему руку и прошептала: — Спасибо. — После чего поспешила убраться восвояси.

— Я все устрою, — заверил он, проводив меня до двери, и я, ни минуты не сомневаясь в его компетентности, злорадно подумала, что Денису Сергеевичу придется умерить свой пыл.

Мысли о Денисе Коптелове занимали меня всю дорогу. Пожалуй, я взяла неверный тон в беседах с ним. Давай пораскинь мозгами, как приручить парня, чтобы он из потенциального врага стал лучшим другом. Дела твои хреновые, ты до сих пор не знаешь, во что умудрилась вляпаться и кто те люди, что всю эту свистопляску устроили. Мне бы получить хоть какую-то зацепку, хоть что-то из биографии Глеба, что поможет понять, кому понадобились его скоропостижная кончина и эти дурацкие игры в записки и слежки. Впрочем, не такие дурацкие, если уже успел появиться труп. Неведомый Деревягин продолжал сильно беспокоить меня, особенно после разговора с Федором. Впрочем, Федор прав, торопиться особо не следует, надо выждать и посмотреть, как будут развиваться события далее.

Зазвонил сотовый, и я услышала мужской голос, который поначалу не узнала.

— Я отработал ваши деньги, — весело сообщил он. — Клочок бумаги под рукой есть? Записывайте. Квартира оформлена на Бычкова Вячеслава Дмитриевича, сорока лет, адрес, указанный в документах... — Я прижалась к тротуару, нашла авторучку и листок бумаги и все подробно записала.

— Теперь мы в расчете? — спросил Максим.

— Разумеется.

— А жаль.

— С какой стати? — удивилась я.

— Ну как же, у меня не будет повода позвонить красивой женщине. Или, например, встретиться...

— Встречаться нам точно ни к чему, — усмехнулась я. — А вот вопрос у меня есть. Когда вы работали с данным клиентом, вам ничего не показалось подозрительным?

— Ей-богу, я бы решил, что вы из милиции, не знай точно, что граждане начальники деньгами не разбрасываются. Туго у них с этим делом.

— Ну так ответите или нет? — вздохнула я.

— Отвечу, потому что рад поболтать с вами. Ваша красота произвела на меня неизгладимое впечатление. Так вот. Ничего подозрительного я ни тогда, ни сейчас не усмотрел, если б не ваши вопросы. Клиент произвел самое благоприятное впечатление, его паспортными данными я не очень интересовался, это не мое дело, в тот день у меня было четыре нотариата подряд, и я мечтал только об одном: побыстрее со всем этим покончить. С юридической точки зрения сделка сомнений не вызывает, все законно, за это я ручаюсь, нотариус — человек уважаемый, в общем, мы сюрпризов не ждем.

— Что ж, завидую вам, — сказала я, и мы простились.

Бычков Вячеслав Дмитриевич, на имя которого была оформлена московская квартира Глеба, если верить Максиму, жил со мной в одном городе. В его честности в данном вопросе я не сомневалась, а вот найду ли я Бычкова по данному адресу, неизвестно. Скорее всего, Глеб воспользовался чужим паспортом, как это было однажды. А если я ошибаюсь, и Бычков как-то связан с моим мужем, то есть был с ним связан?

Я взглянула на часы, самое время нанести визит. По дороге я прикидывала и так и эдак, что скажу Бычкову, как объясню ему свое появление. Город не деревня, особо с человеком не разговоришься, могут просто дверь не открыть. Если Бычков как-то связан с Глебом, встреча с ним может быть делом опасным. Чем больше я об этом размышляла, тем решительнее мне хотелось повернуть назад, но любопытство пересилило, находиться в неведении мне уже надоело. В конце концов, если заставить граждан шевелиться, то понять, чего они хотят, а чего боятся, будет значительно проще. Правда, еще проще лишиться головы, но кто не рискует, тот не пьет шампанского. Разумный риск придает жизни необходимую остроту. Думай я иначе, сидела бы сейчас в какой-нибудь конторе, перекладывала никому не нужные бумаги и таращилась в окно, изнывая от скуки.

Через пять минут я была полна решимости встретиться хоть с самим чертом. Найти нужную улицу оказалось делом непростым, она находилась в новом районе, где дома не отличались разнообразием и названия улиц тоже. Первая кольцевая, Вторая кольцевая, мне была нужна Третья. Пришлось немного покататься по кругу, пока я не догадалась спросить у прохожего, как проехать.

— Да вот же она, — удивился мужчина и ткнул пальцем туда, где начиналась улица, которую я умудрилась пропустить никак не меньше двух раз. С домом было проще, я уже свернула во двор, и тут с

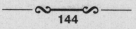

тротуара бросился мальчишка прямо под колеса моей машины. Столкновение было неизбежным. Я закричала, вывернула машину вправо и нажала на тормоза, дорога здесь была узкая, правое колесо ударилось о поребрик, и меня здорово тряхнуло. Я зажмурилась от ужаса, а когда вновь открыла глаза, прямо перед машиной стоял мужчина в клетчатой фланелевой рубашке, схвативший в охапку того самого озорника, причем никаких увечий у обоих не наблюдалось.

Я открыла дверь, едва не вывалилась на дорогу и попыталась отдышаться. Мужчина опустил мальчишку на тротуар, наградив его шлепком, и тот задал стрекача, мгновенно скрывшись за ближайшим углом. Мужчина подошел ко мне.

— Как вы? — спросил он участливо.

— Пытаюсь прийти в себя, — с трудом смогла ответить я. Вышла из машины, меня качнуло так, что пришлось опереться на дверь. — Хорошо, скорость была небольшая.

— Сможете ехать дальше? — разглядывая меня, спросил мужчина.

— Попробую...

— У вас лицо белее мела. Здорово испугались? Вот ведь чертенята, сколько им ни говори... Может быть, вам лучше переждать немного?

— Нет, нет, все в порядке.

— Знаете что, давайте поставим машину вон там, возле подъезда, и зайдем ко мне. Я вас чаем напою. Не стоит вам сейчас ехать. — Я только собралась отказаться, как он добавил: — Я живу на первом этаже, двадцать восьмая квартира вот в этом доме.

Неведомому мальчишке мне стоило сказать спасибо, передо мной дом за номером сто тридцать два, а двадцать восьмая квартира как раз та, где проживал господин Бычков, и скорее всего сам он стоит передо мной.

— Если вас не затруднит, — промямлила я.

— Да что вы... буду рад.

Я поспешно перегнала машину на указанное им место, и мы вместе направились к подъезду. Мужчина подхватил мусорное ведро, так что стало ясно, по какой нужде он вышел во двор.

— Мне вас сам бог послал, — сказала я, ничуть не лукавя. Правда, бог или кто другой, еще вопрос.

— Я уже не раз участковому говорил, повесьте «кирпич» на въезде, дети целый день носятся, а здесь машины одна за другой. Слушайте, может, «Скорую» вызвать, что-то вы меня беспокоите.

— Что, выгляжу скверно? — улыбнулась я.

— Очень уж бледны, и руки дрожат.

Он распахнул передо мной дверь, и мы вошли в темную прихожую.

— Вон туда, на кухню. — Я хотела сбросить туфли, но он не позволил. — Нет, нет, что вы, не разувайтесь. — Помог снять мне куртку, продолжая говорить: — Я один живу, ленив, знаете, иногда месяцами не убираюсь. Проходите.

Мы оказались в маленькой кухне, в которой, несмотря на сетования хозяина, было чисто и уютно. На плите весело фыркал чайник, на столе стояла вазочка с печеньем и лежала книга, заложенная обрывком газеты.

— Присаживайтесь, сейчас чаек заварю. Вас как зовут?

— Полина.

— Прекрасно, а меня Вячеслав, можно Слава. Какой чай предпочитаете? Есть зеленый, есть ароматизированный.

— Вы из-за меня не хлопочите, — усовестилась я. — Вам ведь тоже досталось.

— Признаться, у меня сердце в пятки ушло, когда этот сорванец кинулся прямо под колеса... А вы молодец... Ну вот и румянец постепенно возвращается. Чай готов. Прошу.

Он подал мне чашку, устраиваясь напротив, а я едва не свалилась со стула: на внешней стороне его ладони синела татуировка: крылатый змей — характерная примета, на которую обратила внимание горничная в гостинице. Похожая татуировка была у человека, который посетил убиенного господина Деревягина. Я отвела взгляд, пытаясь собраться с мыслями. Выходит, Бычкова я искала не напрасно, он сидит в этом деле по самые уши, конечно, если это не совпадение. Поверить в совпадение было нелегко, татуировка редкая, ранее мне таких видеть не приходилось.

— Чай прекрасный, — заметила я, прикидывая, как подступиться к интересующей меня теме.

— Понравился? Очень рад. Вы где-то здесь по соседству живете или просто мимо проезжали?

Может, это вовсе не я искала встречи с ним, а он

со мной? Забавно. Но допустить, что происшествие с мальчишкой подстроено, я все-таки не могла, даже если учесть, что Максим специально подкинул мне этот адресок. Чересчур уж все театрально.

— Я ищу одного человека, — глядя в глаза своему спасителю, заявила я. — У меня есть только его описание да портрет, выполненный карандашом. Не хотите взглянуть?

— Ну... что ж, — растерялся он, — давайте посмотрим. Правда, я... — В этот момент я выложила на стол фотографию, Бычков посмотрел на нее, нахмурился, потом взял в руки и с интересом принялся рассматривать. — А вы знаете, мы ведь встречались... я почти уверен. Его зовут Аркадий.

— Возможно, — кивнула я, а про себя подумала: «Ну вот, теперь еще и Аркадий. Сколько же имен было у моего благоверного?»

— Он ваш друг? — опять спросил Бычков. — То есть я хотел сказать... Извините, я, кажется, лезу не в свое дело. Так, значит, вы его разыскиваете? Он живет где-то по соседству?

— Вы его здесь встречали?

— Мы встретились в поезде года два назад, ехали в одном купе. Интереснейший человек, скажу я вам. Умеет разговорить и вообще... располагает к себе. Я и не заметил, как выложил ему буквально всю свою подноготную. Он, знаете ли, умеет слушать. И сам прекрасный рассказчик. Много путешествовал и здесь, и за границей. Жаль было с ним расставаться. Я ему адрес оставил, просил заглядывать в любое время, без стеснения.

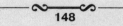

— А откуда вы ехали?

— Из Москвы. В Сибирь, в командировку. Дорога дальняя, было время многое обсудить. Он большой знаток истории, хотя по образованию технарь, как и я. Организовал свою фирму, занимается компьютерами. Видно, что состоятельный человек, я еще удивился: почему поездом? А он говорит: «Летать боюсь».

— Значит, он из Москвы? — спросила я.

— Ну... наверное. Впрочем, у меня почему-то сложилось впечатление, что родом он из Тулы. Я ведь сам в Туле учился, так вот Аркадий прекрасно знает город.

— А что еще он о себе рассказывал?

Бычков задумался.

— Как вам сказать... Истории разные смешные, сейчас не вспомнишь. Странно, — вдруг заметил он, — столько было разговоров, а вот вы сейчас спросили, и выходит, что ничего я об Аркадии не знаю. Даже куда он ехал и зачем. Вроде бы в командировку, как и я... Большое он на меня впечатление произвел, мы ведь тогда визитками обменялись, я все ждал, может, позвонит...

— А сами звонили?

— Ему? Нет. Со мной тогда история вышла. Приезжаю в гостиницу, а паспорта нет. В автобусе полно народу было, вот кто-то и позаимствовал вместе с деньгами и визиткой, конечно, тоже, она в паспорте лежала. Я эту командировку долго не забуду.

— А не мог ваши паспорт с деньгами Аркадий позаимствовать? — усмехнулась я.

— Да что вы, он порядочный человек, и бумажник я проверил перед тем, как из вагона выйти. Аркадий меня до остановки проводил, а сам на вокзал вернулся, его должны были встретить, но почему-то не встретили. Он позвонил, и за ним машину послали. Он предлагал мне дождаться ее, хотел до гостиницы довезти, ну а я не послушал, потом, конечно, каялся... Знаете, я ведь его в прошлом феврале здесь, у нас, встретил. Окликнул, но получилось неловко, он меня не узнал. Улыбнулся, кивнул, а взгляд растерянный, видно, так и не вспомнил. А навязываться не в моих правилах, я извинился и отошел. Наверное, опять в командировке был, столкнулись возле «Золотого льва»... Занятно, что вы ко мне пришли, — вдруг заявил он. — То есть, что мы встретились. Чего только в жизни не бывает.

— Да, занятно, — согласилась я и кивнула на его ладонь. — Интересная у вас татуировка.

— А... грехи молодости. Теперь иногда чувствуешь себя неловко, но уж, как говорится, ничего не поделаешь. Еще чаю? — предложил он.

— Нет, спасибо.

Я поднялась из-за стола, а Вячеслав вскочил, точно всерьез предполагал, что без его поддержки я могу рухнуть в обморок в любое мгновение.

— Как ваше самочувствие? — участливо спросил он.

— Значительно лучше, — ответила я. — Спасибо вам и до свидания.

Он все-таки проводил меня до машины и приглашал заглянуть на чай, если я вдруг окажусь в этом районе.

Не будь на его руках этой татуировки, я бы решила, что передо мной безобиднейший чудак, который не прочь поболтать. Историю встречи с Глебом он изложил так естественно, что не поверить ему было трудно. Однако мошенники могут выглядеть исключительно порядочными людьми, когда захотят.

Я выбралась на проспект и сразу позвонила Федору. Должно быть, позвонила не вовремя, его голос звучал недовольно:

— Что там у тебя?

Я коротко изложила события и свои соображения на этот счет.

— Что делать? — спросила я в заключении.

— Я подумаю... А сейчас извини.

В досаде я отбросила телефон на сиденье рядом и сосредоточилась на дороге. Никаких дел на сегодня я для себя придумать не могла и отправилась домой. Вошла в квартиру, бросила ключи на тумбочку и растерянно уставилась в зеркало. Зеркало треснуло.

Я подошла ближе и как следует рассмотрела его. В самом центре след от удара чем-то тяжелым. Это что, еще одно предупреждение? Я усмехнулась, но прошлась по квартире, заглянув во все комнаты и даже шкафы. Никаких иных следов вторжения. А может, зеркало треснуло как-то само по себе? Я бы, наверное, смогла убедить себя в этом, если б кто-то не разорвал портрет Глеба. Как они или он оказались в квартире? Орудовали отмычками? Ключи Глеба были обнаружены в сгоревшей машине, воспользоваться ими никто не мог. Что же, придется поставить квартиру на сигнализацию. Надо выбрать время и заняться этим.

Я налила в стакан сок и устроилась возле окна, поглядывая во двор, пила сок маленькими глотками, чувствуя пустоту в душе. Безделье для меня непереносимо. Надо срочно подыскать себе занятие, в четырех стенах я просто свихнусь.

А что, если съездить в Тулу? Вряд ли я найду там что-то интересное, скорее всего, след вновь никуда не ведет. А вдруг повезет, и я...

Зазвонил телефон. Я сняла трубку и услышала голос Федора:

— Ты считаешь, что этот тип с татуировкой убийца Деревягина?

— Коптелов сказал, у убийцы была татуировка «крылатый змей». Я не очень верю в совпадения. Не забывай, на его имя оформлена московская квартира Глеба.

— Он мог просто воспользоваться паспортом. Но татуировка — это серьезно. Хорошо. Я поговорю с одним человеком, он им займется.

— Что ты имеешь в виду?

— Я имею в виду, что мой человек установит за ним наблюдение. Если что-то в его поведении покажется подозрительным...

— Может быть, стоит рассказать о нем Коптелову?

— Менту? Ты с ума сошла. Только ментов нам не хватало. Сегодня я переговорил кое с кем, надеюсь, свой пыл они умерят.

— Ты сказал, что знаком со мной? — испугалась я.

— Я сказал, что ты наша клиентка, и мы не заинтересованы в скандале. Есть еще новости?

— Кто-то разбил зеркало в моей квартире.

— Черт, — выругался Федор, а я продолжила:

— Какой-то тип подкинул мне в карман записку типа «не суй свой нос».

— Ну так не суй, — не сдержался Федор. — Поживи у знакомых и прекрати копаться в прошлом Глеба. Он — убийца, и у него опасные друзья.

— Ты что-нибудь узнал о парне, который следил за мной?

— Пока только имя. Борис Алексеевич Никольский, двадцать пять лет.

— Откуда он вообще взялся?

— Он в этом городе родился.

— Я не это имела в виду...

— Дорогая, ты слишком много от меня хочешь. Не забывай, мне следует проявлять осмотрительность, раз от тебя этого не дождешься...

— Извини, — промямлила я.

— Давай не будем никуда спешить, сделаем паузу и посмотрим, что будет дальше. Хорошо?

— Хорошо, — ответила я, но как только повесила трубку, поняла, что сделать паузу не получится. Что-то гнало меня из дома, что-то, сотканное из боли и любопытства, и еще: пока я выспрашиваю о Глебе, по крупинкам собираю сведения о нем, он вроде бы еще жив...

Бычков сказал, что встретил Глеба год назад возле

«Золотого льва». Он сказал, в феврале. В феврале мы еще не были знакомы, и Глеба не могло быть в городе. Бычков ошибся или сознательно ввел меня в заблуждение? Впрочем, ничто не мешало Глебу раньше бывать в этом городе. Почему нет? Хотя я бы на его месте рисковать не стала, сменив имя, глупо приезжать туда, где тебя знают под другой фамилией, слишком велика вероятность встретить старых знакомых.

Мыслями я вновь возвратилась к разговору с Бычковым, и чем больше я думала о нем, тем меньше он казался мне похожим на преступника. При всем уважении к чужому артистизму, я вынуждена была признаться себе, что не могу его представить в роли убийцы. Если допустить, что Бычков говорил мне правду, то визит в Тулу вовсе не лишен смысла. По его словам, Глеб очень хорошо знал город, возможно, он там родился. Распутывать клубок с самого начала намного легче. Вот только под какой фамилией его там искать? Той самой, что он назвался Бычкову? Вряд ли. Аркадием Глеб стал после Ярославской области. Так-так... Он покидает место преступления и через какое-то время оказывается в Сибири. Что ж, очень разумно. На год с небольшим следы его теряются, а потом он объявился в Москве с паспортом Бычкова. Где он провел этот год? Логично предположить, что обтяпывал очередное дельце. Отчего бы и не слетать в Сибирь, чтобы все это прояснить?

Сибирь далеко, а вот в Туле я могу оказаться

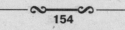

через несколько часов. Конечно, сейчас не самое удобное время для начала путешествия, но мне ничто не мешает переночевать в гостинице. Что меня здесь держит?

— Ничего, кроме тягостных воспоминаний, — вслух сказала я, быстро собрала кое-какие вещи и покинула квартиру.

В Тулу я приехала поздно ночью. Номер в гостинице показался мне убогим, но лишь только голова моя коснулась подушки, я уснула и проспала почти до полудня. Позавтракала в кафе и поразмышляла, где искать Глеба, то есть следы его пребывания в этом городе. На сей раз у меня нет ни адреса, никакой другой зацепки, кроме утверждения Бычкова, что Глеб хорошо знал этот город. В милицию мне дорога заказана, обращаться в какое-нибудь сыскное агентство тоже неразумно, к тому же все это займет много времени.

В конце концов я не придумала ничего лучше, как отправиться в библиотеку. Пожалуй, стоит и в этом городе поискать следы преступления. Два убийства, о которых я знаю, произвели на граждан впечатление, об одном писали все местные газеты. Как правило, от дурных привычек трудно избавиться, очень возможно, что и в этом городе он оставил кровавый след. В любом случае ничего умнее в голову не приходит.

Вскоре я оказалась в зале периодики областной библиотеки с подшивками местных газет. Их коли-

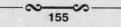

чество вызывало у меня трепет, я решила, что искать надо, начиная с газет трехлетней давности, до убийства в Лоскутове. С Бычковым Глеб встретился где-то через месяц после этого, значит, не позднее января. Отбросим десять месяцев, что он прожил в законном браке с Надеждой... Вздохнув, я принялась изучать газеты. Довольно любопытное занятие. Я листала их, постепенно уходя в собственные воспоминания, не замечая, как быстро идет время. Когда глаза начало ломить от напряжения, а на столе оказалась гора новых газет, я взглянула на часы и совсем было собралась отказаться от своей затеи, но, вытащив наугад подшивку, решила закончить свои изыскания, когда закроют библиотеку, и вновь принялась листать пожелтевшие страницы.

Заметка была маленькая, если б не фотография, я бы наверняка ее пропустила. В заметке сообщалось о похоронах Людмилы Петровны Грачевской, видного общественного деятеля и так далее, безвременно ушедшей от нас... Женщина погибла в автомобильной аварии в возрасте тридцати семи лет, и было это десять лет назад. На фотографии возле гроба среди скорбящих родственников и друзей стоял Глеб. В сильнейшем приступе горя он закрыл лицо ладонью, должно быть, безуспешно пытаясь справиться с рыданиями, но я все равно его узнала. То есть я не сомневалась, что это он, мой муж... Погибшей было тридцать семь лет, Глебу двадцать семь — двадцать восемь. Брак явно неравный и должен был вызвать кривотолки.

Я внимательно вглядывалась в фотографию и вдруг поняла: Глеб здесь вовсе не блондин, у него седые виски. Вот это да! Я полистала газеты. О самой аварии заметка была помещена тремя днями раньше. Женщину похоронили через несколько дней, значит, никаких подозрений ее гибель не вызвала.

Если гибель жены, или кто она ему там была (скорее всего жена, среди скорбящих он на первом плане), — дело рук Глеба, значит, он опять смог выйти сухим из воды. Десять лет... Сколько еще было женщин в этом промежутке? Или некоторое время он выжидал, пока не подвернулась Надя из Ярославля? Вряд ли. Чересчур деятельная натура. Я кое-что выписала себе в записную книжку, решив заняться поисками с утра. Возможно, с кем-то из знавших покойную удастся встретиться.

Я вернулась в гостиницу, поужинав в том же кафе, устроилась в номере у окна и таращилась в небо без особых мыслей. В комнате стало темно, а я продолжала сидеть, мне не хотелось подниматься, чтобы лечь в постель. Мне ничего не хотелось. Может быть, только плакать, но на свете нет ничего бесполезнее слез.

Выйдя из такси, я не спеша огляделась. Меня поджидал сюрприз: теперь на первом этаже располагалась компьютерная фирма, я вошла и, немного поболтав с молодым человеком, выяснила, куда переехали прежние хозяева, и порадовалась, что не отпустила такси. Грачевская являлась председателем некой общественной организации. После ее гибели для организации, как видно, настали тяжелые времена, теперь они занимали бельэтаж старенького здания едва ли не на окраине.

Я вошла и долго бродила по пустым коридорам, прежде чем услышала стук машинки за одной из дверей. Я заглянула в маленькую комнату с пыльными занавесками на окнах и увидела женщину лет пятидесяти за письменным столом. Я поздоровалась, женщина подняла голову и посмотрела на меня с улыбкой.

Видимо, посетители здесь были редкостью и потому не раздражали.

— Вы кого-то ищете? — спросила женщина.

— Я хотела бы встретиться с кем-то, хорошо знавшим Грачевскую Людмилу Петровну.

— Людмилу Петровну? — повторила женщина, вроде бы сомневаясь в моих словах.

— Да. Ведь исполнилось десять лет с момента ее гибели, и мы бы хотели...

— Да-да, скоро десять лет, как ее не стало. Присаживайтесь. Я работала с Людой очень долго, вам не найти человека, знавшего ее лучше, чем я.

Ободренная таким приемом, я устроилась напротив и в течение часа слушала женщину, которую звали Анна Витальевна. Ничего интересного я за этот час не узнала, но изо всех сил изображала величайшее внимание, никто на протяжении данного времени нас ни разу не побеспокоил, даже в кабинет не заглянул. Я поняла, что могу сидеть здесь до самого вечера, не почерпнув для себя ничего полезного, и решилась приступить к вопросам.

— А как сложилась личная жизнь Людмилы Петровны?

— Первый брак был не совсем удачным. Сергей Людочку не понимал. Ему хотелось, чтобы она была обычной женщиной, стирала ему рубашки и готовила обеды, а Люда видела свое призвание в другом и не хотела замыкаться на доме. В общем, они расстались, и долгое время она была одна. А потом появился Кирилл. Вы знаете, это была романтическая история. Они познакомились на отдыхе в Сочи. Их комнаты оказались рядом. Он был без ума от нее. Конечно, роман... Потом отдых подошел к концу, они простились. Людочка была сама не своя, и вдруг он приехал. Представляете, бросил все: работу, квартиру — и однажды позвонил ей в дверь... — «Странно, что не ждал во дворе, — я зло хмыкнула, мысленно, разумеется. — Что ж, сценарий отлаженный, если зрители в восторге, незачем каждый раз менять репертуар». — Людочка была так счастлива. Конечно, злые языки говорили, что он ей не пара, слишком красив. Людочка сама красотой не блистала, у нее другое: ум и золотое сердце. Кирилл их оценил по достоинству. Он был младше ее на два года и просто боготворил жену. А потом произошла эта ужасная трагедия...

— Кирилл был в городе, когда это случилось?

— Нет, в командировке. Он ведь стал работать в

фирме жены, во всем ей помогал. Когда ему сообщили... он поседел за одну ночь. Ужасно...

— Откуда он приехал, то есть где жил до встречи с Людмилой Петровной?

— Из Прибалтики. Сейчас уже не помню, откуда точно. Очень красивый мужчина, воспитанный, умный... Людочке повезло, жаль, счастье их длилось недолго...

— Сколько они прожили вместе?

— Свадьба была в сентябре, а несчастье случилось в июне. Десять месяцев.

Должно быть, Глеб больше не выдерживал прелестей семейного счастья и торопился избавиться от дражайших половин. Что ж, разумно. Несколько месяцев пылкой любви, за это время можно не спеша все подготовить. Опять же окружающим в голову не придет, что муженьку супруга как кость в горле, и сама супруга в эйфории от счастья коекаких странностей разглядеть не успеет. Я вот не успела, а должна бы...

Мне хотелось зло рассмеяться, но вовсе не ненависть жгла мне душу, а обида. Интересно, я бы тоже разбилась на машине, или меня бы зарезал случайный грабитель, а муж поседел бы за одну ночь от горя?

— Где теперь Кирилл, с ним можно встретиться?

— Он вернулся в Прибалтику через полгода после смерти Люды. Сказал, что не может привыкнуть, здесь все напоминает о ней. Квартиру, дачу продал. У Люды ведь никого не было, ни детей от первого брака, ни близких родственников.

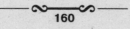

«Совсем как у меня, — я вновь усмехнулась. — Значит, на этот раз не было ни бриллиантов, ни наличных денег в доме, или сумма не впечатляла, пришлось ждать, когда можно будет распорядиться наследством».

— Людмила Петровна была состоятельной женщиной? — спросила я.

— Конечно, у нее были средства, но она помогала очень многим, откликалась на любую просьбу...

Далее мне было неинтересно. Я еще немного поспрашивала о судьбе Кирилла. Перед отъездом в Прибалтику он распрощался с фирмой, за приличные деньги продал все, что мог продать, и исчез. Уверена, что в Прибалтику он так и не вернулся, хотя...

Что ж, я узнала еще об одном эпизоде из жизни своего мужа, и вновь мои разыскания никуда не привели. След обрывался. Через несколько месяцев совсем в другом городе Глеб появится вновь под очередным именем и очередной женщине будет объясняться в любви, женится и исподволь начнет готовить ее трагическую кончину.

«Мне просто повезло, — повторяла я себе. — Мне повезло, что он погиб в аварии». Но счастливой себя я не чувствовала. Делать мне в этом городе больше нечего, даже если я и найду кого-то, кто десять лет назад часто встречался с Кириллом, то есть Глебом, вряд ли от этого будет толк. Ясно, что город не был для него родным, иначе он просто не рискнул бы появиться здесь под чужим именем. Скорее

6 Час пик для новобрачных

из упрямства я записала его данные, решив попросить Федора разузнать об этом человеке, и на этом сочла свою миссию выполненной. Мы простились, я покинула кабинет Анны Витальевны, а затем и город.

Какого черта я рыскаю по всей России в поисках следов бурной деятельности погибшего мужа? Зачем мне это? Доказать самой себе, что он мерзавец и мне здорово повезло, что там, на дороге, его машина взорвалась и он сам превратился в головешку? Федор прав, надо прекратить все это, начать жизнь с нуля, забыть... Возможно, я бы так и поступила, не будь этих дурацких угроз и еще одного убийства. Деревягин не шел из головы. Как вообще связать воедино Деревягина, человека с татуировкой и моего мужа? Пока я не разберусь, в чем тут дело, я не успокоюсь, даже если в моей квартире будут бить зеркала каждый день. Я хочу знать о нем все. Не знаю, зачем мне это, но я хочу.

Об этом я думала по дороге домой. Когда я подъезжала к городу, зазвонил телефон. Голос Володи звучал возбужденно:

— Полина, я нигде не могу тебя найти...

— Извини, случайно выключила сотовый.

— Слава богу, я уже беспокоился. Где ты? В три нам надо быть у следователя.

— Это как-то связано с Глебом?

— Конечно. Волноваться не стоит. Даже если он в розыске, теперь сложно что-либо предпринять: ни документов, ни отпечатков, фотографии, и той нет.

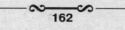

— А портрет, который принесла твоя жена, кто-то изрезал.

— Господи, и ты об этом молчала? Нам надо поговорить, — твердо сказал он. — До визита в правоохранительные органы. Тут такое творится, а я не в курсе. Где ты? Давай встретимся через полчаса в моем кабинете.

— Через час, — прикинув свои возможности, сказала я.

— Хорошо, жду.

В квартиру я входила с опаской, однако никаких признаков вторжения не обнаружила. Может, им просто надоело меня пугать? А может, они решили от угроз перейти к делу? «Кто это «они», интересно?» — усмехнулась я. У Глеба мог быть помощник, человек, который непосредственно приводил его план в действие. Я имею в виду убийство. Ведь Глебу необходимо было алиби. Если это так, то бывший помощник совершенно не заинтересован в том, чтобы кто-то проявлял интерес к прошлому Глеба. А убитый Деревягин как-то с этим прошлым связан. Допустим, помощник Глеба — Бычков, если я ничего не намудрила с татуировкой. Но ведь есть еще парень в бежевой куртке, сунувший мне записку в карман, и, возможно, есть еще один тип, тот, что следил за мной, хотя мог следить Бежевый, ведь парня я не видела, только машину. Значит, по меньшей мере двое. Если Глеб тот человек, за кого я его принимаю, помощников чересчур много. Чем больше людей знает о деле, тем легче его провалить. Я бы на его месте в помощниках держала только одного человека, в преданности которого не сомневалась. Но обстоятельства, конечно, могут быть разными. К тому же Бычков мог привлечь этих людей уже после смерти Глеба, почувствовав опасность.

Я постояла под душем, пытаясь таким образом избавиться от усталости, наскоро перекусила и отправилась в офис Володи. Он ждал меня с заметным нетерпением.

— Дорогая, почему ты не сказала мне об этих угрозах? — начал он, а я мысленно поморщилась, его «дорогой» мне быть совсем не хотелось. Пришлось рассказать ему о записке, разбитом зеркале и слежке. — Тебе необходима охрана, — заволновался он. — Как ты думаешь, что этим людям от тебя надо?

— Кому-то просто не нравится, что я копаюсь в чужой жизни.

— В жизни Глеба?

— Разумеется.

— Как это все... неприятно, — долго подбирая нужное слово, выпалил Володя. — После случившегося еще и это...

Мы немного посетовали на несправедливость судьбы и перешли к делу. Володя подробнейшим образом проинструктировал меня, что я должна говорить, а о чем молчать. Я, со своей стороны, посоветовала ему помалкивать о портрете, а также о художнике, что его написал. Если портрет изрезали в клочья, как бы такая мысль не пришла кому-то и в

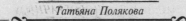

отношении художника. Володя побледнел, но, к его чести, следует заметить, вел себя очень решительно.

Обо всем договорившись, мы поехали в центр города, где прямо напротив сквера, заросшего сиренью, стоял дом с колоннами, сооружение весьма внушительного вида. Я всегда испытывала почтение к правоохранительным органам и незамедлительно начала волноваться.

Вскоре выяснилось, что для волнений особых оснований у меня не было. Встретили нас милостиво, если не сказать ласково. Я в роли жертвы бессердечного преступника всплакнула и поведала, как, где и при каких обстоятельствах познакомилась с Глебом. Следователь сочувственно кивал. Еще бы, молодая вдова, а тут красавец с ласковыми речами, плюс море, солнце и безделье. Голова у вдовы закружилась, и она выскочила замуж, позабыв поинтересоваться биографией возлюбленного. Я добросовестно пересказала все истории, которыми меня потчевал Глеб, не очень рассчитывая, что они принесут пользу. Затем поведала о поездке в Москву с целью прояснить ситуацию с квартирой, но таковой не оказалось, по московскому адресу, указанному Глебом, проживали совсем другие люди. О Бычкове я промолчала. Испугавшись, я решила поискать родственников мужа и с этой целью поехала в Ярославскую область, вот там-то и выяснилось, что мой муж не мог быть Шабалиным Глебом Сергеевичем, раз тот благополучно скончался год назад. Эта новость повергла меня в шок, и в нем я пребываю по сей день.

Не знаю, как отнесся к моему рассказу страж закона, внешне он выглядел весьма сочувствующим. Меня попросили при появлении каких-либо знакомых Глеба немедленно сообщать в соответствующие органы и вежливо известили о том, что хотели бы осмотреть мою квартиру на предмет возможных документов, способных пролить свет на то, кем в действительности был мой муж. Я согласилась, очень сомневаясь, что гражданам повезет. Так впоследствии и оказалось.

О Деревягине не было сказано ни слова, так что выходило, с этим покойным меня в отличие от шустрого Дениса здесь никто не связывал. Далее взял слово Володя и проникновенно говорил минут десять, перечислил неприятности, которые преследовали меня последние дни, записки с угрозами и особенно разбитое зеркало. Хозяин кабинета выслушал нас, поинтересовался, где та самая записка. Услышав, что я ее выбросила, покивал, но особо не проникся, должно быть, приписав все глупым вдовьим страхам. Расстались мы вполне довольные друг другом.

— Чего следует ждать от жизни? — спросила я Володю уже в машине. Он пожал плечами.

— Не думаю, что они будут носом землю рыть. Конечно, обыск это неприятно, но меня больше беспокоят люди, которые тебе угрожают. Я бы на твоем месте подумал об охране. Знаешь что, переезжай к нам.

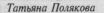

— Спасибо, — поблагодарила я и поторопилась проститься с ним.

На следующий день у меня появились люди и занялись осмотром вещей Глеба. Надо сказать, вели они себя исключительно вежливо и вроде бы даже стыдились. Особого энтузиазма не проявляли и, разумеется, ничего не нашли, что неудивительно, раз я тоже ничего не нашла, причем занимаясь этим с большей тщательностью и времени потратив, соответственно, тоже больше.

Извинившись, они покинули квартиру, а я отправилась пить кофе. Мне бы радоваться, что для меня все так благополучно закончилось, поскорее забыть Глеба и жить в свое удовольствие, но я упорно возвращалась к мысли о нем. Вряд ли я когда-нибудь узнаю, кем он был на самом деле. Ведь было же у него имя, данное ему при рождении, были мать, отец, и сам он был маленьким мальчиком, гонял по двору на велосипеде, ходил в школу, играл в футбол, а, может, напротив, сторонился сверстников, садился где-нибудь в укромном уголке и мечтал, как он станет отважным пиратом, лихим разбойником... А может, все было иначе, и не о приключениях он мечтал, а о том, чтобы раз в жизни поесть досыта или купить себе все тот же велосипед? Или вообще все получилось случайно — он женился на богатой женщине, и эта жизнь вовсе не показалась вечным праздником, а стала затяжным кошмаром, когда начинаешь ощущать себя вещью, купленной по сходной цене, и, кажется, мало про-

сто послать к черту все, чтобы вернуть самоуваже-
ние. И вот тогда приходит мысль избавиться от дра-
жайшей половины, тем самым убив двух зайцев: об-
рести свободу и получить деньги, потому что свободы без денег не бывает.

Сначала эта мысль копошится где-то на грани-
цах сознания, потом становится все заманчивее, все
настойчивее, пока полностью тебя не захватывает,
да так, что ни о чем другом ты уже думать не можешь. И в один прекрасный день ты понимаешь:
это придется сделать.

Я испытывала жалость к своему мужу. Да-да, к
тому самому мужу, который, скорее всего, планиро-
вал убить меня в ближайшее время. Я простила ему
даже это. Ведь я была счастлива с ним. Не важно,
что чувствовал он, важно, что чувствовала я.

Такие мысли, как правило, далеко заводят, и я
попыталась избавиться от них. Почему бы мне не
продолжить поиски? К примеру, не слетать в Сибирь? Неплохо бы узнать, кто такой Деревягин, с
какой стати он свалился на мою голову? Бычков
встретился с Глебом в поезде, когда отправился в
командировку опять же в Сибирь. Возможно, там и
надо искать следы Глеба, ведь где-то он пробыл
целый год до встречи со мной. Что, если как раз в
это время и пересеклись их пути с Деревягиным?
Если я узнаю, что их связывало, смогу понять, что
происходит в настоящий момент.

Я взглянула на часы и решила съездить в аэропорт, заказать билет. Федору об этом лучше не знать,

он советовал не спешить и был, конечно, прав, но иногда я его не слушаю, не послушаю и сейчас.

Поездка в аэропорт заняла довольно много времени. Но в конце концов я вернулась домой. И лишь переступила порог квартиры, сразу поняла, что не могу здесь находиться. Я села в машину и долго болталась по городу. Меня мучила тоска. Я уговаривала себя, что время пройдет, а вместе с ним и те чувства, что я сейчас испытываю, и это было правдой, потому что все проходит. Но в настоящий момент мне было от этого не легче, и я начинала реветь, как мне казалось, без причины, но причина-то была, и, может быть, поэтому слезы не приносили мне облегчения.

Я не заметила, как стемнело. На улицах зажглись фонари. Не спеша прогуливались прохожие, горели огни реклам многочисленных кафе и баров, машины обгоняли друг друга, из джаз-клуба доносилась музыка. В другое время я бы непременно вышла из машины, чтобы немного потолкаться в толпе, поглазеть на людей, выпить кофе на открытой веранде... Сейчас меня раздражало все это, вызывало отвращение, близкое к ненависти, и я заспешила домой.

Поставила машину в гараж и побрела к своему подъезду, машинально взглянув на окна своей квартиры. Надо было оставить свет в коридоре, была бы иллюзия, что меня кто-то ждет...

Я набрала код замка, потянула на себя тяжелую дверь и на мгновение замешкалась: в подъезде не

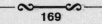

горел свет. Такое было впервые. Что же мне теперь, на улице ночевать или бежать к знакомым из-за того, что в подъезде лампочка перегорела? Я решительно шагнула вперед, захлопнула дверь и уже поднялась на первую ступеньку, когда почувствовала, что за спиной кто-то есть. «Бежать, — вспыхнуло в мозгу, — преодолеть три ступени и позвонить в первую же квартиру». Но в ту же секунду кто-то схватил меня за плечи, ладонь стиснула мне рот, и я замерла, парализованная страхом. Кажется, очень долго ничего не происходило. Мы просто стояли, и я не могла шевельнуться. Мужчина, стиснув мои плечи, очень крепко прижимал меня к себе. Мне было трудно дышать. Он чуть передвинул свою ладонь, и я смогла глубоко вздохнуть, и тут он тихо сказал:

— Ехать туда — плохая идея. Очень плохая.

Он отпустил меня, легонько толкнул вперед, но сил удержаться на ногах у меня не было, и я повалилась на ступеньки, больно ударившись коленом. На втором этаже горела лампочка, и туда, где я сейчас была, доходил слабый свет, и в этом свете я на какой-то миг увидела мелькнувшую передо мной ладонь с татуировкой. Крылатый змей. Никакого сомнения, точно такой, как у Бычкова. «Ах ты сволочь», — разозлилась я, забыв про недавний ужас, встала, резко повернулась, но увидеть его не успела, пальцы коснулись моей шеи, ступеньки выскользнули из-под ног, а мир вокруг куда-то уплыл.

— Полина Викторовна, — настойчиво звал мужской голос, я разлепила глаза и едва не заорала: прямо передо мной была чья-то окровавленная физиономия. — Не бойтесь, это я, Коптелов. Вы меня слышите?

Теперь я не только слышала, но и начала понимать, что происходит. Я сижу на ступеньках, привалившись спиной к перилам, а рядом стоит Денис Сергеевич, вытирая разбитое лицо платком. Вокруг толпятся мои соседи в пижамах и халатах и с испуганными лицами.

— Я вас слышу, — с трудом произнесла я и начала подниматься. Сразу же несколько человек пришли мне на помощь. — Спасибо, — пробормотала я в крайней досаде. Мало мне проблем, так теперь соседи на все лады будут обсуждать случившееся со мной. Черт бы побрал этого Дениса: незачем было устраивать сборище в подъезде. Впрочем, очень возможно, что Денис спас мне жизнь, так что злюсь я на него совершенно напрасно. — Идемте, — сказала я ему, поднимаясь по лестнице. Денис двинулся следом. Соседи еще некоторое время постояли и начали расходиться.

Я нашла ключи от входной двери и протянула их Денису, руки у меня дрожали, так что вряд ли я попаду ключом в замок.

— Может быть, вызвать врача? — испуганно спросил Денис, распахивая передо мной дверь. — На вас лица нет.

— На вас тоже, — вздохнула я. — Что произошло? Как вы вообще здесь оказались, и почему вы весь в крови?

— Я... — начал он, но я перебила:

— Подождите. Идемте в ванную, у меня спирт есть, промоем ваши раны.

— Ничего промывать не надо, — вроде бы испугался он. — Мне бы только умыться... Может, стоит позвонить кому-то из ваших знакомых?

— Это еще зачем? — удивилась я.

— Чтобы они остались у вас. Честное слово, вы меня здорово напугали. Бледная, как мел, и вообще...

— Вы милицию вызвали? — спросила я, чувствуя себя значительно лучше.

— Между прочим, я сам милиция.

— Вот и отлично, а я «Скорая помощь».

Он умылся, осторожно вытер лицо полотенцем. Лоб его был сильно рассечен, вновь начала сочиться кровь.

— Садитесь вот здесь, — тоном, не терпящим возражений, заявила я. Он покорно сел, а я осмотрела рану. Она была не очень глубокой и, по-видимому, неопасной. — У вас голова не кружится? — спросила я на всякий случай. — Надо бы показаться врачу, вдруг сотрясение.

— Хряснулся башкой о батарею, эка невидаль. Со мной случались вещи и похуже.

— Надо же. Как-нибудь расскажете. А сейчас терпите, будет немного неприятно.

— Что это такое? — принюхавшись, поинтересовался он.

— Спирт, естественно. Сейчас промою вашу рану и заклею пластырем. — Он оказался очень терпеливым пациентом, иногда морщился, но в общем вел себя образцово. — Ну вот, — заметила я, закончив процедуру, — до свадьбы заживет. Или вы уже женаты?

— Нет, бог миловал.

— Вы что, женоненавистник? — усмехнулась я.

— Наоборот. Просто при моей работе, прежде чем жениться, надо хорошо подумать.

— Ах, ну да, конечно. Суровые милицейские будни. Сериалы я смотрю... Ладно, выметайтесь на кухню, вскипятите чайник, в холодильнике бутерброды, на столе пирожные. А мне надо привести себя в порядок.

Денис Сергеевич покорно вышел, а я разделась и немного постояла под душем. На коленке кровоподтек, на шее синеватый след чужих пальцев. Можно считать, легко отделалась... Я умылась и еще раз посмотрела на себя в зеркало. Надо что-то решать с этим парнем. Может, стоит ему рассказать про Бычкова? Федору это вряд ли понравится. Я бросила полотенце в корзину и тяжко вздохнула. Мента лучше держать на глазах, к тому же от него может быть существенная польза.

Я надела пижаму, халат и прошествовала в кухню. Денис Сергеевич суетился, накрывая на стол. Выглядел он подозрительно довольным, точно премию получил, а не хряснулся, по собственному меткому выражению, о батарею.

— Чай, кофе? — спросил он по-хозяйски.

— Для кофе, пожалуй, поздновато, давайте чай.

Денис Сергеевич засмеялся, разлил чай по чашкам и устроился напротив.

— Рассказывайте, что случилось, — вздохнула я.

— Я думал, вы мне расскажете... У вас событий больше. — Он усмехнулся, а я согласно кивнула:

— Вошла в подъезд, испугалась, что свет не горит, и тут вдруг он... подошел сзади, схватил меня за плечи, зажал рот ладонью, а потом, кажется, ударил вот сюда, — показала я на шею. — Больше ничего не помню.

— Негусто, — улыбнулся Денис. — Мне тоже особо хвастаться нечем. Заехал с вами поговорить, дома не застал, устроился в машине, решив подождать. Если честно, вздремнул немного, чуть вас не проворонил. Вы вошли в подъезд, я подумал выждать немного и тоже подняться, потом вдруг забеспокоился. Мне показалось подозрительным, что вы так долго по лестнице поднимаетесь, свет в прихожей так и не включили... Ну, я и бросился в подъезд, как последний дурак, — фыркнул он.

— Это в том смысле, что женщин нынче спасать не принято? — засмеялась я.

— Это в том смысле, что мог бы сообразить... Короче, вбежал в подъезд, тут же схлопотал по затылку, да еще и к батарее припечатался. Когда на улицу выскочил, этого гада уже и след простыл. Самое обидное, я его даже не видел...

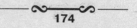

— Я тоже, — со вздохом заметила я и стала помешивать чай без всякой на то надобности.

— Очень испугались? — немного понаблюдав за мной, спросил Денис.

— Очень, — призналась я.

— Теперь-то вы меня хоть немного послушаете?

— Что вы имеете в виду? — нахмурилась я.

— С милицией сотрудничать надо, а не устраивать игры с секретами.

— Да подите вы к черту, — в сердцах сказала я, но на Дениса Сергеевича это особого впечатления не произвело, он продолжал ораторствовать:

— Своих всемогущих друзей на меня натравили. Мне начальство по шапке... без понимания отношусь к ситуации, ну и все такое прочее...

— И правильно вам начальство по шапке... — съязвила я.

— А вот и неправильно. Послушай я начальство, и неизвестно, чем бы сегодня дело кончилось. — Он вздохнул, посмотрел на меня с видом побитой собаки. — Зря вы, Полина Викторовна, меня невзлюбили, я вам добра желаю.

— Не хочу я вашего добра, — опять съязвила я, а он вроде бы обиделся.

— Почему не хотите?

— А вы до сих пор не поняли? — Я покачала головой.

— Ну так объясните, если не понял, — миролюбиво предложил он. Вообще сегодня Денис Сергеевич выглядел подозрительно покладистым, может, это на него так батарея повлияла?

— Хорошо, — вздохнула я. — Объясняю: мало мне того, что человек, которого я любила, оказался... жуликом, вам еще надо раструбить об этом на весь свет, чтоб от меня все отвернулись.

— Умный человек не отвернется. А кому нужны друзья-дураки?

— Занятно. Среди ваших друзей умных много? — усмехнулась я. — Ладно, делайте свое дело, а со своими друзьями я как-нибудь разберусь.

— Меня, если честно, больше беспокоит ваша безопасность, а не то, почему вашему мужу взбрело в голову позаимствовать чужое имя. И сегодняшний инцидент мои опасения подтвердил. Вас ведь убить хотели.

— Нет, — немного подумав, покачала я головой. — Если б хотели, давно бы убили. Тут другое...

— Что «другое»? — насторожился он.

— Слушайте, вы водку пьете? — поднимаясь из-за стола, спросила я.

— Какой же мент водку не пьет? — удивился он.

— Ну так давайте выпьем, говорят, водка стресс снимает. — Я достала бутылку из холодильника, а из шкафа две рюмки. Денис наполнил рюмки и спросил:

— За что пьем?

— За удачу.

Мы выпили и некоторое время молчали. Денис приналег на закуску, а я жевала ломтик лимона, удивляясь про себя, что хорошего находят в водке люди.

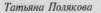

— Я вас очень внимательно слушаю, — вдруг заявил Денис.

— Хотите, чтоб я анекдот рассказала?

— Нет, Полина Викторовна, хочу, чтоб вы мне объяснили, что вы имели в виду, когда сказали, что убивать вас сегодня не собирались. Вам ведь и до этого угрожали, верно? — Я неохотно кивнула. — Вот и расскажите все как есть.

— Я бы рассказала, не будь вы ментом, а так себе дороже...

— Да что за предубеждение такое, почему все милицию как огня боятся?

— Это вы не у меня спрашивайте, а у всех. Пусть они и ответят.

— Вы за эти дни ни с кем из друзей не виделись. Так?

— Откуда знаете? — нахмурилась я. — Следите за мной, что ли?

— Я не знаю, я спрашиваю. Ну так прав я?

— Правы. И что?

— Нет у вас друзей, которым можно тайну доверить. И родственников нет, от милиции шарахаетесь. Вот и выходит, что в трудную минуту вы остались одна, посоветоваться не с кем и не на кого опереться. В сыщиков играете, головой рискуете... Вы его очень любили?

— Кого? — зло спросила я и поспешно отвернулась, налила еще водки, выпила, не дождавшись Дениса, и стала катать хлебный шарик. — Да, очень, — ответила я тихо. — Сначала было так больно — жить не хотелось, а теперь еще больнее, потому что... — Я все-таки заревела, прикрыв глаза ладонью, но довольно быстро справилась с эмоциями: неловко распускаться перед чужим человеком.

— Полина, — кашлянув и пряча глаза, сказал Денис, — вы ни в чем не виноваты. Есть такая штука — судьба. Иногда от нее здорово достается.

— Вам-то откуда знать? — раздраженно спросила я.

— У меня мать с отцом погибли, когда мне одиннадцать лет было. Жил у тетки. А у той своих двое и муж пьяница. Так что жизнь у меня была не безоблачная, и кое-что я понять могу.

— Вы меня извините, — вздохнула я. — За все эти колкости, за то, что вам «спасибо» не сказала, и вообще...

— Так сейчас скажите, — улыбнулся он.

— Что вам сказать?

— Спасибо, конечно.

— Спасибо вам, Денис Сергеевич, — засмеялась я.

— Пожалуйста, помочь красивой женщине мой долг.

— Вот уж не думала услышать это от вас.

— Насчет долга?

— Насчет красоты.

— Это вы хитрите. Знаете прекрасно, что красивы, на комплименты напрашиваетесь?

— Вы бы лучше водку пили, а не болтали глупости.

— Водки я выпью, а вы мне расскажите, что тут вокруг вас происходит.

— Этому в школе милиции учат? — улыбнулась я. — Комплимент сделали, душевно поговорили, а потом не спеша вытянули всю подноготную?

— Из вас вытянешь. А комплимент я сделал совершенно искренне. И еще бы сделал, да боюсь выгоните. Вы, когда сердитесь, на расправу скоры, а водки еще больше полбутылки и закуска хорошая...

— Ладно, — кивнула я. — Поваляли дурака, и хватит. Предупреждаю сразу: никаких заявлений писать не буду, и ничего из того, что сейчас скажу, в милиции повторять не стану. Вы правы, посоветоваться мне не с кем, да и вообще... У того, кто сегодня меня встретил в подъезде, на ладони татуировка: крылатый змей. Свет со второго этажа падал, и я увидела на секунду всего, но татуировку узнала сразу, потому что не так давно очень хорошо ее рассмотрела. — Денис молчал, выжидающе глядя на меня, и я продолжила: — Я вам в прошлый раз не всю правду сказала. Московская квартира есть, только оформлена она не на мужа, а на Бычкова Вячеслава Дмитриевича. Он живет в нашем городе. Одно это меня должно было насторожить, а я с фотографией Глеба к нему попёрлась.

— Со свадебным снимком? Так там его узнать невозможно...

— Нет. Один художник нарисовал его портрет по памяти. Портрет в спальне стоял, а потом его кто-то в клочья изрезал. Перед поездкой в Москву я сфотографировала его «Полароидом», фотография осталась у меня.

— И вы пошли с ней к Бычкову? — простонал Денис.

— Да. Я думала, может быть, ему что-то известно о моем муже. Должно быть известно, раз квартира оформлена на его имя. Глеба он узнал, два года назад ехали в одном купе.

— И до сих пор помнит?

— Глеб произвел на него впечатление. Тогда же Бычков и паспорт потерял. Думаю, Глеб им и воспользовался.

— Очень похоже на правду.

— Я была в этом уверена, пока господин Бычков не продемонстрировал мне свою ладонь.

— Крылатый змей?

— Ага. Говорит, грехи молодости. По виду человек он совершенно безобидный, болтливый немного, но, безусловно, порядочный. Я не знала, что и думать.

— Но в милицию, конечно, не сообщили?

— Конечно. А если человек здесь ни при чем, и татуировка — простое совпадение. Ведь о татуировке на руке убийцы я от вас услышала, а сама ее не видела. Может, у того она и не такая вовсе, мало ли татуировок...

— А сегодня в подъезде?

— Это был он, то есть татуировка точно такая же, как у Бычкова.

— Ясно. Что еще? Давайте, Полина Викторовна, рассказывайте все...

— На улице меня толкнул парень, я на него сна-

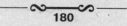

чала внимания не обратила, какой-то тип в бежевой куртке, а потом нашла в кармане записку, что-то вроде: «Не суй свой нос, куда не просят».

— Записка у вас?

— Нет, конечно. Выбросила.

— Напрасно...

— Что ж мне ее, как талисман хранить? Бычков рассказал, что познакомился с Глебом, когда ездил в Сибирь, в командировку. Вот я и решила слетать в тот город.

— Зачем? — не понял Денис.

— Попытаться узнать, что там делал мой муж.

— И как, интересно, вы собирались это сделать?

— Пройдусь по гостиницам с фотографией, вдруг кто-то его запомнил?

— Вы прекращайте сериалы смотреть... — съязвил Денис.

— Я поехала в аэропорт, — продолжила я рассказ, не обращая внимания на его реплику, — заказала билет на самолет. А вечером меня встретили в подъезде. Этот тип сказал: «Лететь туда — плохая идея».

Денис Сергеевич нахмурился и смотрел на меня некоторое время с недоумением.

— Что-то я не очень понимаю. Сначала этот тип разболтал вам про этот город, а потом стал угрожать, чтоб вы туда не ездили?

— Я тоже не очень понимаю, — медленно произнесла я, прикидывая, стоит ли говорить Денису самое главное, наконец решилась и сказала: — Тут вот еще что. Человек, которого убили в гостинице...

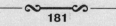

— Деревягин?

— Да. У вас была версия, что именно он назначил мне свидание в «Золотом льве».

— Я в этом убежден. Хоть меня начальство и отбрило, вдоволь посмеявшись над моей интуицией.

— Допустим, интуиция вас не подвела. Деревягин ведь тоже из Сибири... Я посмотрела в энциклопедии городов России, аэропорта у них нет, и если б я решила посетить его славный город, мне бы пришлось лететь до...

— Стоп. Вы что, хотите сказать, Бычков узнал о том, что вы заказали билет, и решил, что вы собираетесь покопаться в личной жизни Деревягина?

— По-моему, это не лишено логики.

— А вы собираетесь покопаться в личной жизни Деревягина?

— Честно? Да. Расстояние между городами двести километров, ходит рейсовый автобус.

— И зачем вам личная жизнь убиенного?

— Хочу понять, что их связывало с моим мужем.

— Да, Полина Викторовна, насчет сериалов я был не прав, да вам Мегрэ и в подметки не годится. А откуда вам, кстати, о Деревягине известно? Например, откуда он?

— Я справки наводила. Слава богу, знакомые еще есть...

— Не сомневаюсь... Интересное кино...

— Не прикидывайтесь, ваши менты и разболтали...

— Ну и что теперь? Билет сдадите?

— Нет, — ответила я.

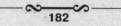

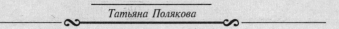
— Ага. Я так и подумал. Слушайте, не лезьте вы куда не просят, дайте людям спокойно работать.

— Я никому работать не мешаю.

— А если эти угрозы не пустой звук?

— Вот на месте и выясню.

— Отчаянная вы женщина... Будет грустно, если с вами произойдет несчастье.

— А вы не каркайте, — отрезала я.

— Я не каркаю. Я с вами полечу. Группа поддержки, как на соревнованиях.

Теперь нахмурилась я, разглядывая его.

— Это как же понимать?

— Так и понимайте. У меня, кстати, отпуск с понедельника, вот и полечу отдыхать. У нас ведь если начальство разгневается, так на полную катушку, и тогда на глаза лучше не попадаться, а отпуск у меня по графику.

Я засмеялась, и он засмеялся. Я шутя заметила:

— Еще неизвестно, кто из нас больший авантюрист.

— Можно от вас позвонить? — спросил он.

— Конечно, — кивнула я, пододвинув ему трубку.

Он набрал номер, немного поболтал о том о сем с каким-то Димой, потом сказал:

— Тут информация любопытная промелькнула. Помнишь, горничная говорила о парне с татуировкой на руке? Так вот, есть похожая у одного типа. Бычков... — Он прикрыл рукой трубку и спросил: — Адрес помните? — Я продиктовала адрес. — Отлично. — Денис дал отбой и весело посмотрел на меня. — Еще какие-нибудь соображения?

— Сколько угодно. Вы это так просто спрашиваете или в самом деле моим мнением интересуетесь?

— В самом деле.

— Этих типов, по меньшей мере, двое. Парень в бежевой куртке и Бычков. Есть еще парень, который следил за мной.

— На «Жигулях»?

— Да. Значит, уже трое.

— И они не хотят, чтобы вы совали нос в дела мужа?

— Выходит, так.

— Денег не требовали? Какие-нибудь звонки, письма?

— Нет, ничего. Я ведь вам сказала, что было в записке. И этот тип сегодня...

— Хорошо. А зеркало?

— Что — зеркало? — не поняла я.

— Ведь его кто-то разбил? А еще портрет... Кому-то он так не понравился, что его разрезали на кусочки. И этот «кто-то» свободно расхаживает по вашей квартире... — Я невольно огляделась. — То-то. Говорю вам, в детективы играть — занятие опасное. Сейчас можете не бояться, я с вами, а вообще стоило бы у друзей пожить. Хотя, сказать честно, особого толка я в этом не вижу.

— Думаете, все равно достанут?

— Ну... как сотрудник милиции могу заявить, что мы, со своей стороны, всемерно готовы... Парень, что следил за вами, работает в частной сыск-

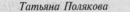

ной фирме, специализируется на слежке за неверными супругами.

— Ничего не понимаю, — растерялась я.

— Да уж понять-то очень мудрено. Я с ним сегодня поговорил, поначалу он, конечно, заартачился, мол, в интересах клиента будет молчать в тряпочку. Я немного вправил ему мозги, объяснив, что речь идет об убийстве и, если парень не хочет пойти за соучастие, придется господину Никольскому, а именно так зовут молодого человека, рассказать мне все как на духу. Что тот и сделал.

— И что вы узнали?

— Собственно, то, что и ожидал узнать. Некий человек заподозрил вас в измене и захотел иметь документальное тому подтверждение.

— Что за человек?

— Господин Никольский предполагает, что это муж.

Я зло рассмеялась.

— А этот господин Никольский давно покинул дошкольное учреждение? Он берется доказать факт моей измены и при этом не дает себе труда установить: а есть ли кому изменять?

— Дилетанты, — пожал плечами Денис. — Им бы только бабки содрать.

— Бог с ними, меня лично больше интересует заказчик, — заметила я.

— Меня тоже, — кивнул Денис. — И тут интересная штука получается. Заказчик беседовал с Никольским по телефону. Деньги перевел на счет фирмы, а вот сам там ни разу не появлялся.

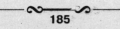

— Куда Никольский посылал отчеты? — спросила я.

— Никуда. Заказчик сам ему звонил. Ежедневно, но в разное время.

— Ясно, — кивнула я, закусив губу.

— А мне вот ничего не ясно, — наклонившись ко мне, заговорил Денис. — Допустим, вы правы, их здесь целая банда, двое, по крайней мере, точно. Тогда зачем для слежки за вами привлекать человека со стороны?

— Не так это и глупо. Вы засекли номер, вышли на Никольского и что узнали о заказчике? Ничего. А если б следил парень в бежевой куртке или сам Бычков и слежку заметили я или вы? — Денис продолжал мило улыбаться, я не выдержала и сурово спросила: — Что там у вас еще? Давайте, выкладывайте.

— Парень убежден, за вами еще кто-то следит.

— Что? — растерялась я.

— Не он один болтается за вами по городу. Кто-то есть еще. Говорит, засечь не мог, но нюхом чует, а нюх, говорит, очень у него отменный, потому что в армии служил в разведке.

— Может, у него там крыша и поехала? Как это, не заметив ничего подозрительного, он мог прийти к такому выводу?

— Говорю, у него нюх.

— Чушь все это.

— А если нет? — серьезно спросил Денис.

— Тогда выходит, что мною интересуются сразу две группы людей.

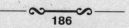

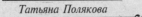
— Ага. Еще б понять, что у них к вам за интерес такой? Денег не требуют, в гости не напрашиваются... Правда, бывает, без спроса заходят...

— Здесь как раз все ясно, они каким-то образом были связаны с моим мужем и вовсе не заинтересованы в том, чтобы я копалась в его прошлой жизни. Я начала проявлять к его прошлому интерес, и меня припугнули. Но если нюх у Никольского есть, то чепуха получается. Кому еще могло прийти в голову следить за мной? А что, если это ваши коллеги?

Брови Дениса приподнялись на возможную высоту, должно быть, так он демонстрировал бесконечное изумление.

— Ни о чем подобном мне неизвестно.

— Допустим, они топают следом за мной в надежде узнать что-нибудь полезное.

— Интересная версия, но я бы ее во внимание принимать не стал.

— Почему? — обиделась я.

— Потому что о действиях коллег я узнал бы от тех же коллег. А я не узнал.

— Ну так узнавайте.

— Хорошо, — усмехнулся он.

— Что еще вам поведал Никольский?

— Что ничего особенного с вами не происходит. Носитесь по городу, чуть мальчишку не сбили, правда, тот сам под колеса сиганул... — Я нахмурилась, так, значит, я зря рассчитывала, что парень прекратил слежку, он просто стал осторожнее. — Один раз вы его засекли, но очень ловко сбежали.

Он убежден, у вас была с кем-то назначена встреча. Он прав?

— Прав.

— И вы не хотели, чтобы кто-то этого человека увидел?

— Конечно.

— И что это за человек, можно узнать? — вкрадчиво спросил Денис.

— А для чего я, по-вашему, от слежки уходила?

— Ну хоть по-дружески намекните...

— Один из ваших коллег.

— Который и снабдил вас кое-какой информацией?

— Точно.

— Имя не назовете?

— Если только в гестапо.

— Это ваш друг или друг мужа?

— У моего мужа здесь друзей не было. Его друзья — это мои друзья.

— Ага. Вроде бы все выяснили. Мне, правда, ничего понятнее не стало. А вам?

— И мне.

— Что ж, махнем в Сибирь?

— Вы в самом деле собираетесь лететь со мной? — не поверила я.

— Конечно.

— А ментовской зарплаты на это хватит?

— Я ж за отпуск получу.

— Много вы там получите, — фыркнула я. — Не знаю, будет ли от вас толк, но, если честно, лететь одной страшновато.

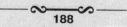

— Так не летите, пошлем официальный запрос.

— И что вам ответят? — усмехнулась я. — Мы даже не знаем, под какой фамилией искать моего мужа.

— Значит, будем бродить с фотографией?

— Будем.

— Не сказал бы, что процент удачи чересчур высок.

— А вот тут вы не правы. Если б шансов что-то обнаружить у меня не было, чего б им тогда волноваться и запугивать меня?

— Хорошо. Будем бродить с фотографией и приставать к людям с расспросами. А я к вам в охранники пойду за харчи и билеты, идет? Раз уж меня начальство в отпуск отправило...

— Идет, — согласилась я, а потом спросила: — Денис Сергеевич, со мной все понятно, а вас-то что в этом деле так занимает? Думаю, и без того дел немало, вон вчера, в новостях передавали, бизнесмена убили...

— Любопытство меня мучает, — покаялся он. — Уж очень все здесь... как бы это выразиться... неправильно. Оттого и хочется докопаться до истины.

Я не успела ответить, зазвонил телефон. Я сняла трубку и послушала тишину.

— Алло, — позвала я, но на том конце провода говорить не пожелали. Услышав короткие гудки, я пожала плечами. Если честно, я этому звонку никакого значения не придала, а вот Денис вроде бы насторожился. Минут через десять позвонили вновь.

Тишина, мое «алло» и короткие гудки. После третьего звонка стало ясно: кто-то испытывает мое терпение. — Может, детишки дурачатся? — предположила я.

— Для детишек поздновато, — взглянув на часы, заметил Денис, он только что собирался уходить, а теперь вроде бы передумал. — Полина Викторовна, — сказал со вздохом, — у меня есть предложение. Конечно, звучит оно, прямо скажем... короче, давайте я у вас на эту ночь останусь? В том смысле, что...

— Что это вы покраснели, Денис Сергеевич? — засмеялась я. — Я вас прекрасно поняла, вы ж за харчи в охранники нанимались. Дома вас не хватятся?

— Так я ж одинокий. Сирота и неженатый.

— А любимая девушка?

— Любимая меня покинула. Мысль о моей зарплате вызывала у нее стойкое отвращение. В конце концов оно победило даже высокие чувства, и наш роман приказал долго жить как раз накануне того дня, когда я собрался сделать любимой официальное предложение.

— Представляю, как вы расстроились.

— Ничего подобного. Я обрадовался. Вдруг бы она согласилась?

— Вы жуткий тип, — усмехнулась я. — Полотенца в ванной чистые, я постелю вам в гостиной.

— Премного благодарен, — шутливо поклонился он.

Я вымыла посуду и отправилась спать. Однако уснуть не удалось. Только я легла, как телефон за-

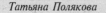

звонил вновь. Говорить и на этот раз не пожелали. Я в сердцах швырнула трубку и закрыла глаза. Следующий звонок раздался через полчаса. Кто-то продолжал испытывать мое терпение. В дверь постучали, я сказала «да», и Денис возник на пороге.

— По-прежнему игра в молчанку? — спросил он хмуро. Я кивнула. — Попробуем узнать, кто это по ночам шутки шутит.

Он закрыл дверь, протопал по коридору и стал куда-то звонить по телефону, находившемуся в прихожей. Мне стало ясно, что уснуть вряд ли удастся, я включила настольную лампу и стала читать любовный роман, поглядывая на часы. Следующий звонок прозвучал в половине второго.

— Алло, — сказала я. — Прекратите это безобразие, иначе я позвоню в милицию. — Тишина. — Вы меня слышите? Глупые шутки иногда заканчиваются для шутников весьма неприятно. — Я еще что-то говорила, но в ответ не услышала ни слова. Потом надела халат и вышла из спальни. Денис в джинсах и футболке стоял возле телефона в прихожей. Опять позвонили, он снял трубку и с минуту с кем-то разговаривал.

— Звонок был из автомата, — простившись со своим собеседником, сообщил он мне. — Может, мне самому стоит поговорить с шутником?

Я пожала плечами и пошла в кухню заваривать чай. Денис присоединился ко мне.

— По-моему, это ужасно глупо, — сказала я,

имея в виду ночные звонки. — Чего он или они добиваются?

— Страха нагоняют, человек всю ночь не спит, нервничает...

— Телефон можно отключить, и нервничать не придется.

— Если отключите телефон, начнете прислушиваться к каждому шороху. Кончится тем, что всю ночь простоите возле двери. Да и держать телефон все время отключенным тоже не годится. Легче сменить номер.

Телефон опять зазвонил. Денис снял трубку и сказал:

— Алло... — Пауза. — Слушай ты, придурок, хочешь ночку в «обезьяннике» провести...

На этот раз неизвестный ему ответил.

— Вот что, мент, — прохрипели в трубку, — держись от нее подальше, если не хочешь стать покойником. Подумай о том, что я сказал, твое дело сторона.

Я таращила глаза, прижав руки к груди, Денис положил трубку и посмотрел на меня.

— Ну вот, мы перешли к угрозам. Э-э-э, Полина Викторовна, что-то вы побледнели... — Он подскочил ко мне и усадил на стул. — Может, воды?

— Не надо, — покачала я головой.

— Вы на дурацкие угрозы внимания не обращайте. Сказал и сказал. По телефону говорить легко... Вот что, давайте-ка спать, а телефон я и вправду отключу.

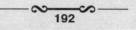

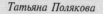

— Не беспокойтесь обо мне, все в порядке, — заверила я, поднимаясь. — И... спасибо вам. Я очень рада, что вы остались.

Не знаю, отключил Денис телефон или звонившему надоело развлекаться, только отстаток ночи я провела спокойно, а под утро даже смогла уснуть. Разбудил меня Денис, постучал в дверь и позвал:

— Полина Викторовна, кофе готов. Солнце ярко светит, и у нас полно дел.

— Да-да, я уже встаю.

С кухни в самом деле шел запах кофе, я прошмыгнула в ванную, умылась и внимательно посмотрела на себя в зеркало. Что ж, круги под глазами никого не красят, но в целом особый урон моей внешности нанести не смогли. И то хорошо. Я прошла в кухню. Денис резал хлеб, что-то напевая себе под нос.

— Вы извините, что я хозяйничаю, — сказал он с улыбкой. — Сделать вам бутерброд?

— Спасибо. Я кофе выпью.

— Вы хоть немного поспали? — сочувственно спросил он.

— Да. Вчера я вас на смех подняла, когда вы про охрану заговорили, а сейчас... Не знаю, что бы я делала одна этой ночью. Денис, вы простите, что я с вами так себя вела...

— Как?

— Ну... вы же поняли, — мягко укорила я. — Я действительно...

— Да бросьте вы, все нормально. Нас, ментов,

мало кто жалует, пока не припрет. Так уж люди устроены. Давайте договоримся: если мы начали испытывать доверие друг к другу, это здоровое чувство стоит укреплять. Значит, никаких секретов, сокрытия информации и тому подобное...

— Этот принцип обоюдный или касается только меня?

— Обоюдный, хоть это и не по правилам. Идет?

— Идет.

— Отлично. Пять минут назад вы назвали меня по имени. Это оговорка или предложение обходиться без отчеств?

— Вообще-то оговорка, но если вы будете звать меня просто Полиной, я не возражаю.

— Может, и на «ты» перейдем для простоты общения?

— Может, и перейдем, — кивнула я.

— Должен заметить, что вы мужественная женщина, — то ли в шутку, то ли всерьез сказал Денис. — Другая бы сейчас места себе не находила, а вы головы не теряете...

— Голова в любом деле пригодится. А на шею я вам с утра не бросаюсь с воплем: «Спаси меня, милый!» — потому что меня мама правильно воспитывала. Кинешься вот так, а ваша шея от тяжести согнется, и выйдет конфуз.

— У меня шея крепкая. Я самбо восемь лет занимался. Можете проверить. — Денис улыбнулся, а я не выдержала и засмеялась. — Ну вот, — подвел он итог, — утро начинаем в хорошем настроении.

Где-то через час мы покинули мою квартиру. Честно говоря, я сомневалась в серьезности намерений Дениса лететь со мной. Путешествие в одиночку казалось мне теперь совершенно непривлекательным. Однако я решила лететь туда в любом случае. Если меня запугивают, значит, сами чего-то боятся.

Машина Дениса, видавшие виды «Жигули», стояла возле подъезда.

— Если вам неловко со мной ехать, можете следовать сзади на своей машине, — сморщив нос, сказал он.

— Я лучше на бензине сэкономлю, — ответила я, усаживаясь на сиденье рядом с ним. — Только вы не сказали, куда мы едем.

— К Никольскому. Вашу догадку насчет аэропорта следует проверить.

Я не стала возражать, хотя по мне и так все ясно. Покрутившись по улочкам старого города, мы остановились возле двухэтажного здания, выкрашенного в ярко-зеленый цвет с неприметной вывеской на фасаде.

— Это здесь? — спросила я, кивнув на центральный вход.

— Точно.

— Мне пойти с вами?

— Лучше подождите здесь, не думаю, что это займет много времени.

Денис вышел из машины и скрылся за дубовой дверью, как-то не вязавшейся с остальным обликом дома. Отсутствовал он минут двадцать, а когда появился, по выражению его лица невозможно было определить, что у него за новости. Впрочем, хороших новостей я не ждала. Он устроился на водительском кресле и завел машину. Видя, что рассказывать он не торопится, я спросила:

— Ну что?

— Вчера неизвестный тип позвонил, и Никольский действительно сообщил ему о том, что вы заказали билет на самолет. Утверждает, что новость произвела на клиента впечатление. Клиент уточнил, куда именно заказан билет, и надолго задумался. Сказал, что перезвонит, и в самом деле перезвонил. Далее самое интересное. Никольский сообщил ему о моем визите и попытался выяснить, что, собственно, происходит? Оказывается, ваш муж погиб, а тут еще милиция и намеки на какое-то убийство. Дядя ответил в том духе, что менты — великие путаники, и добавил, что в услугах фирмы больше не нуждается. Вот такая чехарда.

— Почему чехарда?

— Потому что неправильно. Бояться ему нечего, раз никто в фирме о нем не знает; кто перевел деньги, установить невозможно; засечь телефон, по которому он звонит, тем более, если звонит он, как наш ночной надоеда, из автомата. Конечно, Никольский может задержать его разговором, чтоб мы его перехватили, но если дядя не дурак, то будет уходить вовремя, а потом еще позвонит.

— Допустим, но я все равно не очень понимаю...

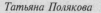

— Вот и я не понимаю. С какой стати они прекратили слежку?

— Может, в этом отпала надобность?

— Может. Но может быть еще вариант. Например, у них есть какой-то план, связанный с вами, и они решили его осуществить.

— Тогда свидетель в лице Никольского им совершенно ни к чему, — продолжила я.

— А с вами приятно работать. На лету схватываете.

— Иными словами, вы считаете, что меня решили убить? — вздохнула я.

— Необязательно. Например, вам могут предложить передать некоторую сумму денег. Вы ведь богатая женщина?

— Допустим. Только с какой стати мне кому-то платить?

— Возможно, они знают о вашем муже то, что и вам хотелось бы знать.

— Это уж вовсе чепуха. Мне же рекомендовали не совать свой нос куда не следует, то есть как раз в дела моего мужа.

— Логично. Для нас. А для них, может быть, совсем наоборот... Это мой дом, — заявил Денис. — Второй подъезд, второй этаж.

— Зачем мы сюда приехали? — удивилась я.

— Хочу забрать кое-какие вещи. Путешествие может растянуться на несколько дней. Пойдете со мной?

— Не вижу необходимости.

— А вы так просто, без необходимости. Посмотрите, как я живу.

— Хорошо, — неожиданно согласилась я.

Мы поднялись на второй этаж. По большому счету, смотреть в квартире Дениса было не на что. Однокомнатная квартира, которую хозяин явно не лелеял, возможно, не любил и уж точно посещал нерегулярно. Такой слой пыли мог накопиться на тумбочке в прихожей только за несколько дней. Постель была разобрана, Денис поспешно прикрыл ее покрывалом. Люстра висела криво, в углу стояли зимние ботинки, которые до сих пор не удосужились убрать, зато на кухне в клетке жила канарейка. Я подошла, с улыбкой разглядывая птичку.

— У нее есть имя?

— Ага. Это он, и зовут его Флип.

— Почему Флип?

— Потому что моя любимая девушка так его назвала, то есть бывшая любимая. Канарейка — это все, что от нее осталось.

— А девушка точно была любимой? — не удержалась я.

— Конечно. Откуда вдруг сомнения?

— Честно говоря, не похожи вы на человека, который способен влюбиться.

— А на кого же я похож? — удивился Денис.

— На мента, — подумав, ответила я. — На мента, который будет копаться в чужих делах, забыв обо всем на свете, в том числе и о любимой девушке.

— Вот уж спасибо за характеристику. Как говорится, уважили, — хмыкнул Денис. — Если серьезно, я спокойно пережил разрыв с любимой, потому

что видел: мы с ней мало подходим друг к другу.
Любовь — одно, а жизнь на общей жилплощади —
другое. Так что наш разрыв был вопросом времени.
Когда знаешь об этом, нелепо особо остро реагировать.

— Вы собрали вещи? — напомнила я.

— Да. Можно идти.

— А как же канарейка?

— За ним соседка присмотрит. Она добрая.

Вновь оказавшись в машине, я спросила:

— Теперь куда?

— До отлета полно времени. Давайте заскочим
ко мне на работу.

— Хорошо, — пожала я плечами.

На своей работе Денис задержался надолго. Мне
надоело сидеть в машине, и я решила немного прогуляться. Из дверей то и дело выходили люди в
форме, как-то странно поглядывая на меня. Когда
Денис вернулся, я спросила:

— Здесь что, машину нельзя ставить?

— Почему? — удивился он.

— Ваши коллеги смотрели на меня во все глаза,
точно я нарушила все мыслимые и немыслимые
правила. Я уж начала бояться, как бы меня взашей
не погнали.

— А вот и не угадали. Один глазастый тип вас в
окно увидел и буквально остолбенел.

— От ужаса?

— От красоты. Я стал хвастать, что вы моя девушка. Конечно, никто не поверил, а некоторые, особо любопытные, решили разглядеть вас поближе. Когда же вы сели в машину, у многих случился сердечный приступ, потому что машина-то в самом деле моя. Так что выходило, что про девушку я тоже не соврал. Вот их и разбирало.

— Я думала, вы серьезный человек, — покачала я головой.

— Я серьезный, это они дурака валяют... Ну что, теперь в аэропорт?

Я кивнула.

— Новости есть?

— Вообще или по интересующему нас делу?

— По делу. Вообще я телевизор смотрю.

— Не сердитесь.

— Не сержусь, просто хочу напомнить о вашем заявлении насчет обоюдного доверия.

— Как на духу: Бычков Вячеслав Дмитриевич работает снабженцем в фирме «Рассвет». Обычная фирма, ничего особенно интересного. Сам Бычков характеризуется исключительно положительно. Татуировка на его руке есть, и горничная ее признала, а вот в отношении самого Бычкова ничего утверждать не может, не разглядела молодца в гостинице как следует, помнит только татуировку. Но в момент убийства Бычков в городе отсутствовал, находился в очередной командировке. Эти сведения проверяют. Когда на вас напали в подъезде, Бычков, по его словам, был у соседки, телевизор ей чинил, потом пил с ней чай, заболтался и ушел поздно. Думаю, соседка это подтвердит.

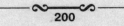

— И когда все это выяснить успели?

— Мы с вами спим, а люди работают.

— Толку-то от этой работы.

— Ну не скажите...

— Выходит, Бычков ни при чем? — нахмурилась я.

— Утверждать не берусь. Он мог числиться в командировке и разгуливать по городу. Слова соседки тоже вызывают сомнения. Хотя человек, который с ним беседовал, считает, что мужик он честный и вряд ли причастен к дурным делам.

— На меня он произвел точно такое же впечатление, — кивнула я. — Невозможно представить его убийцей. Если бы не татуировка...

— Да, татуировка и на нашего человека впечатление произвела, тем более что горничная уверена: видела точно такую на руке у того парня.

— Что же получается?

— Либо дядя врет, либо горничная путает. Татуировка редкая, вряд ли особо много граждан в нашем городе имеют такую.

— А не может его кто-то сознательно подставлять? Сделать татуировку совсем нетрудно.

— А смысл? Я имею в виду подставу?

— Ну... не знаю. Вы тратите время на Бычкова, а настоящий убийца...

— Это было бы похоже на правду, не будь московской квартиры. Он как-то связан с вашим мужем.

— Вдруг Глеб просто воспользовался его паспортом?

— Тогда татуировка не вписывается в схему.

Я замолчала, и мы несколько минут думали каждый о своем. В общем-то, я была согласна с Денисом, ситуация довольно странная. Глеб как будто выводит нас на Бычкова, а Бычков на Глеба. Тут я поймала себя на том, что подумала о Глебе спокойно, а Дениса и себя обозначила местоимением «мы». Это мне не понравилось, и я с растущим раздражением уставилась в окно.

Через несколько минут мы подъехали к аэропорту. Машину мы оставили на стоянке и вошли в здание. С билетом для Дениса проблем не возникло. Оставшееся до отлета время мы провели в кафе на втором этаже, но разговаривали мало, исподволь приглядываясь друг к другу. Не знаю, что он думал обо мне, а вот я терялась в догадках. Что-то ранее мне не приходилось слышать о следователях, которые решали провести свой законный отпуск в компании малознакомой женщины да еще в поисках каких-то весьма сомнительных сведений. Либо Денис чересчур прост, либо слишком хитер. Конечно, был еще вариант: он влюбился в меня с первого взгляда. Но, как человек разумный, я в этом сомневалась и в расчет не принимала.

Так ничего и не надумав, я оказалась в самолете и уснула почти сразу же после взлета, наверное, сказались бессонные ночи, а может, близость мужчины: хоть и ненадежного, но все-таки компаньона.

Мне приснился Глеб. Кажется, мы летели из Египта, и я уснула, устроившись на его плече, а когда открыла глаза, то на мгновение показалось, что вовсе не сон мне приснился, все так и есть: мы в самолете, моя голова покоится на плече, вот только плечо не Глеба, а Дениса. Вопреки всякой логике, я посмотрела на своего спутника с плохо скрываемой яростью, а он вдруг брякнул:

— Извините.

— Чего вы извиняетесь? — зло спросила я, таращась в иллюминатор.

— Вам снился муж?

— Ну и что?

— Вы шептали: «Я тебя люблю...»

— Не могли бы вы заткнуться? — не выдержала я.

— Зачем вы все-таки летите в этот город? — подумав, вздохнул он. — Что пытаетесь отыскать?

— А вы? — вопросом на вопрос ответила я.

— Я надеюсь контролировать ситуацию и не дать вам сделать какую-нибудь глупость.

— Вот и надейтесь. И ремень пристегните, мы идем на посадку.

Самолет приземлился, повеселевшие пассажиры захлопали в ладоши и начали собирать вещи. Я подчеркнуто не обращала внимания на Дениса, а он выглядел несчастным. Как только мы покинули аэропорт, встал вопрос, что делать дальше? При аэропорте была гостиница, но я решила, что она нам не подходит, слишком далеко от города. Зная привычки моего мужа, гостиницу он должен был выбрать приличную, а эта скорее напоминала Дом колхозника. Впрочем, и ее не худо бы проверить. Это можно сделать на обратном пути.

— Пойдемте такси искать, — сказала я Денису.

— Слушаюсь, — усмехнулся он.

Устроившись на заднем сиденье такси, я попросила:

— В гостиницу... какая получше.

И вскоре нас доставили к девятиэтажному сооружению серого цвета, которое было украшено огромной вывеской «Кабаре» и от этого почему-то выглядело еще более унылым. Возле центрального входа виднелся фонтан, который сейчас не работал. Над самым входом висели часы, которые неправильно показывали время.

— Это точно лучшая гостиница? — усомнилась я.

Водитель взглянул через плечо и с обидой ответил:

— Вы других не видели...

Я хотела расплатиться, но Денис опередил меня.

— Мы же договорились, — заметила я, входя в холл, — предприятие финансирую я.

— Я внес посильную лепту. А когда женщина расплачивается за такси, начинаешь чувствовать себя альфонсом.

Я пожала плечами, прекратив разговор, мы как раз оказались перед стойкой с надписью «Администратор».

Встретили нас чрезвычайно приветливо, предложили два одноместных номера на втором этаже, мы

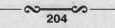

заполнили карточки, я сказала «спасибо» и тут вспомнила про фотографию Глеба, которая была у меня в сумке. Я вынула ее и положила на стойку.

— Простите, вот этот человек у вас не останавливался?

Женщина на мгновение задержала взгляд на фотографии и покачала головой. Мы поднялись на второй этаж. Наши номера располагались рядом, я кивнула Денису, поворачивая ключ в замке, он спросил:

— Какие планы на вечер?

— Никаких, — ответила я.

— А на утро?

— Если не возражаете, я вам о них сообщу утром.

— Командир у нас вы, но я как-то плохо себе представляю, зачем мы сюда приехали.

— Я вам объясняла.

— Конечно, но меня интересует практическая сторона. Вы будете ходить по городу и совать прохожим под нос эту фотографию?

— Я что-то сделала неверно? — стараясь быть терпеливой, спросила я.

— Давайте договоримся, прежде чем что-то предпринять, вы посоветуетесь со мной. Хорошо?

— Хорошо, — согласилась я. — Что, если нам поужинать в ресторане?

— Нас же в самолете накормили, — усмехнулся Денис.

— Значит, в ресторан не хотите?

— Хочу. Когда встречаемся?

— Скажем, через полтора часа.

— Я зайду за вами.

Я вошла в номер и огляделась, потом со вздохом бросила сумку в кресло и опустилась на кровать, которая подозрительно скрипнула. Денис прав, все, что я делаю, лишено смысла. Я ношусь из города в город, для чего? Пытаюсь унять свою боль... Не проще ли смириться и терпеливо ждать, когда она утихнет сама. Я вздохнула и отправилась в ванную. Где-то через полчаса вышла оттуда, обмотанная полотенцем, сделала несколько шагов и в недоумении замерла. В кресле возле окна сидел молодой человек и препротивно улыбался мне. Я даже не испугалась, просто подумала: «Ничего себе». Дверь в комнату за моей спиной захлопнулась, я обернулась и увидела еще одного молодого человека. Привалившись спиной к двери, он сложил руки на груди, выжидающе уставившись на меня. Тут я заметила еще кое-что: мои вещи разбросаны по полу, открытая сумка лежит на тумбочке, а парень в кресле держит в руках мой паспорт.

— Вы номером не ошиблись? — спросила я, стараясь держать себя в руках.

— Мы? — поднял брови тот, что в кресле. — Нет.

Я откинула со лба волосы, левой рукой придерживая на груди полотенце, и сказала:

— Немедленно убирайтесь отсюда.

— Ага, — кивнул он в ответ, — уже уходим.

И поднялся. Честно говоря, в то мгновение я

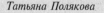

действительно поверила, что они уйдут. Он резко выбросил вперед руку и дернул полотенце, от неожиданности я вскрикнула, но тут второй тип вцепился в меня, больно вывернув мне руки.

— Вот это нам повезло, — улыбаясь, сказал парень, проводя рукой по моей груди. — Такой подарок.

— Убери руки, сволочь, — рявкнула я, но особого впечатления на него не произвела.

— Смотри-ка, она еще обзывается, — веселился парень. — Девка-то неученая, до нее плохо доходит.

Он хотел меня ударить, может, просто пугал, а я так испугалась, что заехала ему коленом в известное место. Он охнул, приседая. Я тут же пнула державшего меня парня, и тот, скорее всего от неожиданности, ослабил хватку, что дало мне возможность вывернуться, заорать во весь голос и сделать несколько шагов по направлению к двери. За этот промежуток времени оба пришли в себя, и я как-то сразу поняла, что теперь мне не позавидуешь.

Один из них толкнул меня, и я упала, отчаянно вопя, парень навалился сверху, стиснул мне рот рукой и принялся расстегивать штаны, прошипев приятелю:

— Держи ей ноги.

«Они что, психи?» — в отчаянии подумала я. По моему мнению, им стоило отсюда выметаться, мы же в гостинице, а не на пустыре, мои крики наверняка слышали... Кто-то громко постучал в дверь. На парней это все-таки произвело впечатление. Оба вскочили, рывком подняли меня, один вцепился в мою челюсть так, что у меня чуть не раскрошились зубы, и поволок меня к кровати, а второй направился к двери и громко спросил:

— Кто?

Вдруг раздался страшный грохот, затем вопль. Тип, который все это время держал меня, решил проявить любопытство. Он рыкнул:

— Лежи тихо, — и тоже направился к двери.

Но тихо лежать я не собиралась, вскочила и огрела его по затылку первым оказавшимся под рукой предметом: радиоприемником, сиротливо висевшим на стене. Конечно, орудие так себе. Парень хотел достойно ответить, но происходившее в прихожей его занимало больше, он приоткрыл дверь и тут же заработал по физиономии, после чего на какое-то время начисто забыл обо мне, вылетел в узкий коридор и захлопнул дверь. Из коридора доносились глухие удары, возгласы и отчаянное сопение, а я поспешно натянула на себя юбку и блузку и только после этого осторожно выглянула. Очам моим предстал Денис. Он сидел на полу, привалившись спиной к двери ванной, и вытирал кровь с разбитой губы. Дверь в номер была распахнута настежь, кто-то торопливо удалялся по коридору в сторону лифта. Вдруг, точно из-под земли, передо мной возникла тучная дама в нейлоновом халате голубого цвета и сурово спросила:

— Что у вас здесь происходит?

— Вызовите милицию, — накинулась на нее я. —

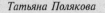

Не видите, человека избили. — Тетку как ветром сдуло, а я наклонилась к Денису. — Как дела?

— Лучше не бывает. — Он поднялся, тревожно оглядел меня с ног до головы и в свою очередь задал вопрос: — Ты как?

— Нормально. Напугали до смерти, а так ничего...

— Кто эти психи?

— Не представились.

Денис с досадой потрогал свою губу.

— Пойду умоюсь, — сказал он со вздохом. Я воспользовалась этим, чтобы восполнить свой наряд недостающими деталями. Денис прикрыл входную дверь (запереть ее было невозможно, для того чтобы попасть в номер, Денису пришлось вышибать дверь ногой, на счастье, и дверь и замок оказались довольно хлипкими), прошел в комнату, прикладывая к разбитой губе мокрое полотенце, и устроился в кресле. — Рассказывай.

Я рассказала, потратив на все минуты три, не больше, что неудивительно, учитывая быстроту и малопонятность событий.

— Да... — протянул Денис, выслушав меня. — Что бы это значило?

Обсудить данную тему мы не успели, входная дверь распахнулась, и в номер влетела разгневанная дама в компании леди в голубом нейлоне.

— В чем дело? — сурово спросила она, переводя взгляд с меня на Дениса.

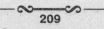

— Скажите, уважаемая, — начал Денис, — в вашей гостинице всегда так гостей встречают?

— Я вам не уважаемая, — взвилась дама, и это неожиданно переполнило чашу моего терпения. Я кивнула Денису, а затем сказала несколько слов даме. После первых двух предложений она разволновалась еще больше, после следующих двух заметно опечалилась, а потом уж только вздыхала, жалобно поглядывая на меня. В конце концов она извинилась и предложила мне другой номер.

— Классно, — засмеялся Денис, когда дама убралась восвояси. — Будешь переезжать?

— Конечно, здесь же дверь не запирается.

Переезд занял минут пятнадцать, примерно к этому времени подоспела милиция в лице двух молодых людей, от одного из которых за версту пахло водкой, другой был трезв и, должно быть, по этой причине сердит.

— Только заселились и уже скандалите? — спросил он, косясь на Дениса. — Документы предъявим, пожалуйста.

— Обязательно предъявим. Заодно познакомимся, — ответил Денис.

Когда произошел обмен удостоверениями, вновь прибывшие переглянулись и заметно скисли.

— Что случилось-то? — спросил трезвый вполне по-человечески.

— В догадках теряемся. Полина, поведай, в чем дело.

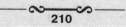

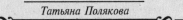
Я поведала, чувствуя, что рассказ производит на граждан прямо-таки отталкивающее впечатление.

— Это чего ж выходит, они в номер вошли и ни с того ни с сего... А вы с ними раньше не встречались?

— Нет, конечно, — удивилась я. — Мы всего два часа в вашем городе.

— Чудеса, — поскреб мент в затылке. — Может, вас с кем спутали?

— Может, — кивнула я.

— А дверь, говорите, запирали? Как же они тогда вошли? Чудеса, — опять повторил он, а я начала злиться, потому что стало ясно: толку от их визита ждать не приходится, никого они не найдут и даже искать не будут. — А вы сюда по какому делу? — спросил трезвый у Дениса, его товарищ к тому моменту мирно посапывал в уголке, вызывая тем самым недовольство приятеля, он время от времени сердито поглядывал в его сторону.

— По личному, — ответил Денис.

— Сколько здесь пробудете?

— Дня два.

— Понятно. Вот здесь подпишите... Будут новости, вам сообщат.

Через минуту оба нас покинули. Я стояла у окна, обхватив себя руками за плечи, а Денис прошелся по номеру, что-то насвистывая.

— Занятно, — громко сказал он.

— Что? — обернулась я, не очень понимая, к чему относится столь ценное замечание.

— Говорю, занятная вещь получается. Мент прав,

с какой такой стати двум плохим людям нападать на тебя в номере?

— Извини, я с перепугу не спросила у них об этом. Следующую встречу обязательно начну с вопроса.

Денис посмотрел на меня, затем протянул руку и коснулся моего плеча, я сбросила его ладонь и нахмурилась.

— Я не то хотел сказать, — заметил он очень мягко.

— Выражайся яснее, раз уж я такая непонятливая.

— Эти двое придурков не задавали вопросов, просто на тебя напали. Ты не могла бы...

— У меня нет ни малейшего желания обсуждать все это... Почему бы тебе не отправиться в свой номер?

— Я боюсь оставлять тебя одну, — заявил он.

— Очень тронута, но... — Он развернул меня к себе и поцеловал. — Это нечестно, — отводя от него взгляд, прошептала я.

— К чему относится данное замечание? — тихо спросил он. — К тому, что я пользуюсь ситуацией?

— Нет, — торопливо ответила я.

— Дело во мне или в приверженности к приличиям, вдовий траур и все такое?

— Не знаю, — честно ответила я.

— Я бы очень хотел, чтобы ты мне доверяла, — вздохнул он. Сел в кресло и потянул меня за руку. Мне пришлось устроиться на подлокотнике, и я

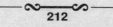

вдруг подумала, что очень любила сидеть так с Глебом, болтать с ним, положив руку на спинку кресла и дрыгая ногой. Я приказала себе не вспоминать об этом и тут же заревела. Денис сжал мою ладонь, но от этого мне стало только хуже.

— Почему он не сказал мне? — прошептала я весьма невпопад. — Я бы все поняла. Все.

— Это вовсе не значит, что теперь никому нельзя верить, — вздохнул Денис.

— Откуда мне знать, чего ты хочешь? — разозлилась я. — Зачем ты поехал со мной, зачем тебе вообще лезть в это дело? Получать по физиономии? Извини, — пробормотала я, радуясь, что смогла вовремя остановиться.

— Тот тип с татуировкой предупреждал, что ехать сюда опасно, так? Мы расценили это как угрозу. А что, если он прав? Приезжать сюда опасно для тебя.

— Я не очень понимаю, — растерялась я. — Он что, проявлял обо мне заботу?

— Я начинаю верить в это.

— По-моему, довольно глупо.

— Не скажи. Особенно после сегодняшнего звонка.

— Какого звонка? — нахмурилась я.

— Когда мы расстались, я решил заглянуть в буфет, но там не было ничего интересного, в смысле пива. Зато дверь моего номера мне не понравилась. Я всегда запираю дверь на два оборота. Это привычка. А на этот раз она была заперта на один.

— То есть кто-то побывал в твоем номере, когда ты находился в буфете?

— Логично мыслишь. Я подумал так же. Оружия у меня с собой нет, потому вошел я очень осторожно, и тут зазвонил телефон. Я снял трубку и услышал мужской голос. Отгадай, что он мне сказал?

— Понятия не имею.

— «Помоги девчонке».

— Что?

— «Помоги девчонке». Вот тут ты и закричала. Само собой, я бросился тебя спасать.

— И что все это значит?

— Кто-то, очень опасаясь за тебя, пытался угрозами заставить тебя отказаться от этой поездки. Когда же понял, что угрозы не действуют, отправился вслед за нами.

Я некоторое время сидела молча, вытаращив глаза.

— Ты хочешь сказать... Но кому это нужно?

— Вот уж не знаю, кто твой ангел-хранитель, но почти уверен, он где-то по соседству.

— Но ведь для такого поведения должна быть причина, — подумав немного, заметила я. — Зачем-то неизвестный спас меня или пытался спасти, неважно. И зачем-то эти двое дегенератов явились сюда.

— Допустим, кому-то пришло в голову напугать тебя.

— Напугали меня в подъезде, а здесь... и я по-

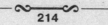

прежнему не нахожу на роль ангела-хранителя ни одной кандидатуры.

— Человек может заботиться о тебе, но вовсе не потому, что ты дорога ему сама по себе, а по какой-то причине, пока нам неведомой.

— Это чересчур сложно для меня.

— Давай пофантазируем. Предположим, друзья твоего мужа могут что-то получить лишь в том случае, если ты жива и здорова. Деньги, какую-то информацию, неважно, важно то, что это ценно для них. Ты не очень послушна и суешь нос куда не просят. В этой ситуации им приходится тебя опекать.

— Не проще ли им вытрясти из меня все сразу и больше не проявлять заботы?

— Мы ведь не знаем всех обстоятельств. Предположим, есть нечто, что и ты получишь не скоро, а значит, пока не получат и они. Фактор времени. Ну как, впечатляет?

— Если ты прав, речь может идти только о завещании. Завещание вступает в силу через полгода после смерти, только тогда наследники могут воспользоваться тем, что им оставили. Но у Глеба не было никаких денег. Деньги были у меня.

— Это ты так считаешь.

— Хорошо. Допустим, он что-то мне завещал. Например, миллион долларов в швейцарском банке. Получить их я все равно не смогу. Не забывай, Глеб жил под чужим именем, и наш брак...

— Наплюй на брак. Он мог просто оставить тебе деньги.

— А свидетельство о смерти? Чтобы получить...

— Возможно, у его дружков десяток свидетельств или никакого завещания вовсе нет, а есть только счет в банке на твое имя.

— Но я ничего об этом не знаю...

— Разумеется. Однако без тебя все у ребятишек сорвется.

— Тогда какого черта они до сих пор не заставили меня снять эти деньги?

Денис развел руками.

— Я ведь только высказываю предположения. Одно ясно, тебе в этом городе находиться опасно.

— Но как эти типы узнали о моем появлении в гостинице? Ведь...

— Фотография, — перебил Денис. — Фотография, которую ты показала администратору. Другой причины просто не может быть. Ты показала фотографию, и через час в твоем номере появляются эти придурки.

— Выходит, она кого-то предупредила? Кого?

— Бывших знакомых твоего мужа, естественно.

— Если она узнала Глеба на фотографии, значит, она видела его раньше.

— Логично. Или кто-то уже показывал ей подобную фотографию с просьбой или приказом сразу же сообщить ему обо всех людях, интересующихся данным человеком.

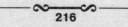

— Но она едва взглянула на фото. Не похоже, что оно ее заинтересовало...

— Хорошо, предложи свою версию. — Своей версии у меня не было, и я загрустила. — Я считаю, что парней предупредила администратор, — сказал Денис.

— Давай проверим, — предложила я.

— Как ты это себе представляешь?

— Поговорим с ней.

— А она ответит на наши вопросы?

— Почему бы и нет? — удивилась я. — Раз ты представитель закона, просто обязана ответить.

— Она и ответит: ничего, мол, не знаю, ни о чем не ведаю. Вот и весь разговор.

— Ее можно припугнуть.

— О чем ты? — с притворным изумлением спросил Денис. — Подкараулить после работы и пригрозить пистолетом? Так у меня и пистолета нет.

— Жаль. Чувствую, он мог бы пригодиться.

— Лучше не каркай. В конце концов, — заговорил Денис серьезно, — не важно, кто предупредил этих типов, важно, что им от тебя нужно.

— А это мы сможем узнать?

— Вероятно. Боюсь только, что предприятие это весьма рискованное. — Денис взглянул на часы. — В ресторан идем? У меня от всех этих дел зверский аппетит.

У меня аппетита вовсе не было, но возражать против ресторана я не стала, прежде всего желая поддержать боевой дух Дениса. На голодный желудок мужчины, как известно, воюют плохо.

— Идем, — кивнула я.

Ресторан находился на первом этаже. Мы спустились в холл, где я задержалась возле зеркала, наблюдая за администратором. Показалось или она тоже исподволь наблюдает за мною?

В зал ресторана вели стеклянные двери, сейчас гостеприимно распахнутые настежь, возле них стоял внушительного вида швейцар, он вежливо улыбнулся нам и кивнул, а мы огляделись.

Зал был полупустым. На эстраде четверо молодых людей без всякого энтузиазма что-то исполняли. К нам подскочил официант и, кланяясь, провел к боковому столику на двоих. Я продолжала осматривать зал, пока Денис, уткнувшись в меню, зачитывал экзотические названия блюд, интересуясь, что это такое в действительности. Заведение ничем не отличалось от сотен провинциальных ресторанов: бордовые скатерти, бра на стенах, зеленые салфетки и светильники на столе, стилизованные под свечи. В целом довольно мило.

Сообразив, что Денис так ничего и не выбрал, я взялась за дело сама, и через две минуты официант испарился выполнять заказ.

— Чувствуется, у тебя большой опыт, — улыбнулся Денис. — А до меня так и не дошло, что такое овощной коктейль под французским соусом.

— Скорее всего салат оливье под майонезом.

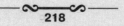

— Надо же. Никому верить нельзя. Я его чуть-чуть не заказал.

— Может, и зря. Я совершенно не уверена, что блюда, которые заказала я, окажутся съедобными.

Денис сунул руку в карман и чертыхнулся.

— Сигареты забыл в номере.

— Ерунда, можно заказать здесь.

— Лишние траты. Я вернусь через пять минут, раньше заказ все равно не принесут.

Денис ушел. Тут же возле столика возник официант с салатами и бутылкой минеральной. Я принялась лениво жевать. Когда с салатом было покончено, я начала поглядывать в сторону двери. Денис не появлялся. Выходило, что отсутствует он никак не меньше двадцати минут. Я достала сотовый и позвонила ему в номер. Мне не ответили. Прошло еще минут десять. Я начала по-настоящему беспокоиться, предупредила официанта и вышла в холл, потом поднялась на второй этаж, постучала в дверь номера Дениса, постояла немного и направилась к лифту. Конечно, Денис мог воспользоваться лифтом, и оттого мы разминулись, но, честно говоря, мысль эта показалась мне довольно абсурдной. Я спустилась в холл и возле лифта заметила женщину, она протирала листья фикуса, стоявшего в трех шагах от меня.

— Простите, вы не видели молодого человека в кожаном пиджаке? — на всякий случай спросила я.

— Светленький такой? Они вот через эту дверь вышли, — охотно отозвалась женщина. Я посмотрела в указанном направлении и действительно увидела дверь с надписью «Служебный вход». Смутило меня местоимение «они».

— С кем он вышел? — спросила я тревожно.

— С каким-то парнем, — пожала плечами женщина.

Я оглянулась, словно ища поддержки, затем направилась к двери, толкнула ее и поначалу ничего не увидела. Дверь выходила во двор, на улице стемнело, а фонари здесь отсутствовали. Зато при желании можно было полюбоваться звездным небом, но у меня такового желания не возникло. Я с опаской сделала несколько шагов, не закрывая дверь. Двор был узким, впереди смутно виднелась металлическая ограда, с правой стороны стена гостиницы, окна первого этажа были закрашены белой краской, слева виднелся то ли гараж, то ли хозяйственные постройки, сразу не поймешь. Чуть дальше стояла грузовая машина, и именно с той стороны доносился какой-то шум. Я совсем было собралась заорать: «Денис», — но передумала и на цыпочках, чтоб не слышали стук каблуков, подошла ближе. Я начала обходить машину и едва не наткнулась на мужчину, который, согнувшись, разглядывал что-то на асфальте перед собой. Оказалось, он был не один, я отпрянула и замерла, прислушиваясь к их разговору.

— Он точно мент, — сказал мужчина тихо. — Вот ведь черт принес за тысячу километров.

— Что будем делать с ним? — спросил другой.

— А чего с ним делать? Пусть полежит, оклемается.

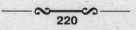

— А девка?

— Девка — дело не мое.

— Боря велел ее привезти.

— Вот пусть Борины ребята и везут. Одно дело мужику морду набить, и совсем другое...

— Тебе хорошо, а мне что ему сказать?

— Дело твое. Я в машину. Вызову патрульных, пусть парня в вытрезвитель определят, не помер бы здесь...

— Уж больно ты добрый...

— Добрый не добрый, а он человек и, между прочим, коллега.

— Ага, — хмыкнул второй.

Голоса удалялись, мужчины выходили со двора. Я выглянула и увидела в свете фонаря машину метрах в тридцати отсюда, фары у нее выключены, вряд ли меня увидят под прикрытием гаража.

Денис лежал возле передних колес грузовика и слабо постанывал. Я торопливо наклонилась к нему и почувствовала сильный запах: водка. Выходит, эти гады не только избили Дениса. Сейчас приедет машина медвытрезвителя, а потом парень будет объясняться с начальством, как дошел до жизни такой, напился и учинил дебош.

— Вот сволочи, — пробормотала я.

Я попробовала его приподнять, это оказалось нелегким делом. Денис глухо застонал, а я испугалась: вдруг я все делаю неправильно? Может, его сейчас нельзя трогать? Однако просто стоять и слушать, как он стонет, занятие глупое, эти типы могут вернуться в любой момент. Из их разговора следовало, что я их тоже интересую, значит, надо что-то предпринять в целях нашей общей безопасности.

К чести моей сказать, разинув рот я стояла не более нескольких секунд, потом набрала на мобильном 03 и вызвала «Скорую», но до их прибытия надо было как-то продержаться. Я бросилась в холл гостиницы и заорала во всю мощь:

— Вызовите милицию, там человека убили!

Вопль произвел впечатление, рядового обывателя хлебом не корми, дай на труп посмотреть. Уже через пять минут возле Дениса толпилось никак не меньше десятка граждан, среди которых оказался врач, он с уверенностью заявил, что хоронить Дениса рано, что тот и сам подтвердил, сказав:

— Воды дайте...

И хоть его возвращение к жизни было воспринято гражданами с некоторым разочарованием, расходиться они не торопились.

«Скорая» прибыла одновременно с машиной медвытрезвителя. Врач утомленно спросила:

— В чем дело? — И, не дождавшись ответа, добавила: — Пьяный, что ли?

Неожиданно врач, оказавшийся среди зрителей, ответил:

— Водкой несет только от одежды. Парня избили, а пытались выдать за пьяного.

— Он в милиции работает, — твердо сказала я.

— Точно, — простонал Денис и с моей помощью достал свое удостоверение.

Поборники трезвости, потоптавшись немного,

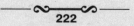

пожали плечами и уехали. Но не они интересовали меня в данный момент, а двое типов, которые устроились в машине в тридцати метрах от нас и оттуда наблюдали за происходящим. То, что происходящее им не нравится, было совершенно ясно. Вдруг в переулке показалась еще одна машина, двухдверный «БМВ». Он притормозил рядом с «Волгой», в которой сидели эти двое, стекло опустилось, и я увидела физиономию парня, который совсем недавно гостил в моем номере. Он что-то спросил у тех двоих, после чего дверь «Волги» распахнулась, и из нее показался довольно пожилой дядя в костюме и белой рубашке. Он направился к нам.

— Что происходит? — спросил дядя сурово, предъявив гражданам удостоверение. Заглядывать в него я не стала, обоснованно предполагая, что лишние знания мне ни к чему, и коротко обрисовала ситуацию. К тому моменту Денис смог подняться с посторонней помощью, посмотрел на мента и усмехнулся. Выглядел он, скажем прямо, неважно, потому я сразу согласилась с врачом «Скорой», которая сказала:

— Вам в больницу надо.

— Перебьюсь, — ответил Денис, продолжая с улыбкой разглядывать коллегу. Того это явно раздражало, но я, подхватив Дениса под руку, заявила:

— Не дури. — И повела к машине. Граждане стали расходиться. А я начала беспокоиться — хотелось поскорее оказаться как можно дальше отсюда. — Я поеду с ним, — безапелляционным тоном заявила я и не услышала возражений.

— Заявление будете писать? — вдогонку нам спросил мент.

— Я уже одно написала. Вон тот парень на «БМВ», что с вами разговаривал, напал на меня в моем номере. Не хотите его задержать?

— Вы шутите? — удивился мент. Наверное, я действительно крайне неудачно пошутила, такой разнесчастной у него сделалась физиономия. — Этого человека сегодня и в городе-то не было. Вы его с кем-то спутали.

— С вами, наверное, — кивнула я и захлопнула перед его носом дверь «Скорой».

Минут через пятнадцать мы оказались в приемном покое больницы. Вышел парень лет двадцати пяти, взглянул на Дениса и спросил:

— Выпил много?

— Я вообще не пил.

— Смотри. На алкоголь обезболивающее не действует. Понял?

— Понял, — ответил тот.

— Тогда пошли. А вы, девушка, здесь подождите.

Они скрылись за дверью кабинета, а я осталась в длинном коридоре с покореженными стульями вдоль стены и одной тусклой лампочкой.

Было холодно. Я ежилась, испуганно поглядывая на входную дверь, от души надеясь, что этим типам не взбредет в голову явиться за мной в боль-

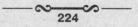

ницу. О том, что будет, когда придется покинуть эти стены, мне даже думать не хотелось.

Дверь кабинета наконец распахнулась, и появился Денис, лицо заклеено лейкопластырем, над бровью свежий шов... Молодой человек возник следом за ним и сказал:

— Вполне возможно сотрясение головного мозга. До утра лучше остаться в больнице.

— Нет, — покачал головой Денис.

— Да, — твердо заявила я. — И не спорь.

— Дело ваше. Решайте, а надумаете: вон в ту дверь, там медсестра все объяснит.

Молодой человек с чувством выполненного долга удалился, а Денис тяжело осел на стул.

— Башка кружится, — сказал он виновато.

— Неудивительно. — Я легонько коснулась его плеча. — Не стоило нам здесь появляться.

— Да уж... У тебя мобильный с собой? Позвони в аэропорт. Вдруг повезет и успеем на самолет. Хотя до аэропорта тоже добраться надо. Вот черт... — Он сжал кулак и стукнул им по колену, болезненно морщась.

— Расскажи, что произошло, — попросила я, стараясь не думать о том, как выберусь из этой передряги.

— Спускался по лестнице, возле лифта меня ждал мент, предъявил удостоверение, сказал, надо поговорить, и я, как дурак, потопал за ним. Только вышли во двор, я тут же получил дубинкой по почкам, а потом по башке. Вдвоем они меня как следует отделали, впрочем, сама видишь. Если б не ты, отправили на ночку в вытрезвитель, приходить в чувство, а с утра пожурили, мол, негоже, Денис Сергеевич, напиваться и драки устраивать.

— Но ты ведь трезвый?

— Ага. Ты парня на «БМВ» видела?

— Да, — кивнула я, удивляясь, как его мог увидеть Денис.

— Думаю, менты продажные и меня пинали по просьбе твоих гостей. Хорошо, если это дело принципа, мол, ты нам по морде, а мы и сами с усами, в чужом монастыре вести себя нужно скромно... В общем, отыгрались. А если дело не во мне, а в тебе?

— Что ты имеешь в виду?

— От меня избавились, чтоб тобой заняться. Не знаю, в чем тут дело, и, если честно, даже знать не хочу, потому что очень беспокоюсь за тебя. Вот что, вызывай такси...

— Ты останешься здесь, — сказала я. — Спорить глупо. Защитить меня в таком состоянии ты все равно не сможешь. Оставайся здесь до утра, вдруг у тебя правда сотрясение?

— Одной тебе в гостиницу нельзя. Думаю, там тебя уже ждут. Бери машину и поезжай в любую другую гостиницу. Главное, дотянуть до утра. Я малость оклемаюсь и вообще... К ментам не суйся, бесполезно. Просись в двухместный номер. Им понадобится время, чтобы тебя найти. И закажи билеты на самолет.

— Хорошо, — кивнула я, — иди в палату. За меня не беспокойся, я везучая.

— Может, тебе здесь остаться? До утра? С медсестрой я договорюсь.

— До утра уже совсем недолго. Иди. Я приеду завтра. В случае чего, звони. — Я поцеловала его в лоб и пошла к выходу.

— Полина, — слабо сказал он вслед, — в гостиницу не возвращайся.

— Я помню.

Я вышла на крыльцо и достала сотовый с намерением вызвать такси. Возле подъезда приемного покоя не было ни души, машин тоже не было видно. В настоящий момент это меня порадовало. В ту же минуту в открытые ворота въехало такси и остановилось чуть дальше. Из машины показалось трое молодых людей. Я испуганно попятилась, но тут же поняла, что страхи мои напрасны: один из ребят передвигаться самостоятельно не мог, должно быть, сломал ногу, товарищи несли его на руках. Такси начало разворачиваться, а я сбежала со ступенек, размахивая руками. Таксист резко затормозил, останавливаясь рядом, а я нырнула на заднее сиденье, пробормотав:

— В гостиницу. Любую, только не в «Белый парус».

— Сделаем, — весело кивнул мужчина лет сорока и всю дорогу рассказывал мне, как его предыдущий пассажир сломал ногу.

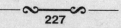

Я начала понемногу успокаиваться, и тут мужчина, глядя в зеркало, чертыхнулся:

— Чокнулся, что ли?

Я оглянулась, и увиденное меня не порадовало. Юркий «БМВ» шел на обгон, прижимая такси к обочине, а сзади вплотную шел здоровущий джип.

— Ну что делает, а? — в сердцах проговорил таксист и начал тормозить, впрочем, ничего другого ему уже не оставалось. — Тебе что, дороги мало? — распахнув дверь, заорал он. Джип с «БМВ» тоже остановились. Показались двое молодых людей, оба были мне уже знакомы. Я достала телефон и набрала 02, прекрасно понимая всю бесполезность подобного шага. Дверь с моей стороны распахнулась, парень схватил меня за руку и выволок наружу. Второй взял у меня телефон и забросил его в кусты.

— Двигай, дядя, — сказал он таксисту, — мы тут сами разберемся...

— А мне чего... Машину-то убери, я ж так не выеду.

Меня препроводили в «БМВ» и запихнули на заднее сиденье. Оба моих недавних знакомых устроились впереди, вроде бы не обращая на меня внимания. Мы тронулись, джип присоединился к нам, а такси, развернувшись, начало торопливо удаляться. Один вопрос вертелся у меня на языке, но я сочла за благо промолчать. Очень скоро я поняла, что мы покидаем город, и здорово испугалась, то есть я и до этого была напугана, а тут мне вовсе стало не по себе.

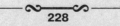

— Куда вы меня везете? — не выдержала я. Парни не удостоили меня ответом. Будь проклятый «БМВ» четырехдверный, я бы попыталась выпрыгнуть, а тут что делать прикажете? — Останови машину! — заорала я. Парень, тот, что за рулем, должно быть, от неожиданности вздрогнул и нажал на тормоз, нас здорово тряхнуло. Результат был только один: второй тип повернулся ко мне и заявил:

— Еще раз пасть откроешь, убью.

— Куда вы меня везете? — повторила я, радуясь началу диалога, хоть и не очень успешному.

— Хочешь, чтобы я к тебе пересел? — глумливо спросил парень.

Я честно ответила:

— Нет.

А он кивнул:

— Тогда заткнись.

— Что вы собираетесь делать?

— Юра, что мы собираемся делать? — хихикнул один придурок, обращаясь к другому.

— Чего вы ко мне привязались? — не выдержала я. — Что я вам сделала? Я вас знать не знаю...

— Вот и познакомимся, — обрадовался Юра.

Я нервно оглянулась, джип все еще сопровождал нас, двигаясь почти вплотную за нами.

— Отпустите меня, пожалуйста, — по-настоящему перепугалась я.

— Слышь, «пожалуйста»... Ты, сучка, куда мне коленом отвесила? Помнишь? Или забыла? Так я напомню. Мальчик твой пусть головку полечит, а мы с тобой разберемся.

— Вы ворвались в мой номер, что мне оставалось делать?

— Заткнись, у меня от твоих воплей в ушах звенит. Предупреждать больше не буду, еще раз рот откроешь, сделаю больно. Очень.

Я закусила губу и уставилась в окно, думая о том, что безвыходные ситуации все же бывают, и эта, как видно, одна из них.

Тут парень за рулем притормозил, а я, пригля-девшись, увидела справа длинный забор. Машина свернула и оказалась перед металлическими ворота-ми. Они открылись, и мы въехали во двор двухэтаж-ного кирпичного дома с высоким крыльцом и фона-рем на фасаде, который хорошо освещал двор. Во-рота закрылись, «БМВ» остановился возле крыльца, а вот джипа видно не было, значит, машина оста-лась по ту сторону ворот. Особой радости я в том не усмотрела, но все равно вздохнула с облегчением.

Юра с дружком вышли и, откинув сиденье, вы-пустили меня. Один из них подхватил меня под ло-коть, другой поднялся на крыльцо и отпер дверь. Мы вошли, вспыхнул свет, и я увидела просторный совершенно пустой холл. Жалюзи на окнах были опущены, входную дверь Юра запер, а ключи сунул в карман джинсов.

— Запри ее, — кивнул он дружку, и через минуту я оказалась в просторной комнате с решетками на окнах. В комнате стояла раскладушка, застеленная

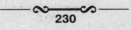

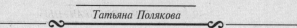

стареньким покрывалом, на полу валялись журналы с глянцевыми обложками и стояла настольная лампа, которую предупредительно включил мой конвоир.

— Располагайся, — усмехнулся он, вышел и запер дверь на задвижку, а я едва не обалдела от своего счастья.

Конечно, радоваться по-настоящему не было никакой причины, но уж одно то хорошо, что меня хоть на время оставили в покое. Вдруг мне повезет и что-нибудь случится... хорошее, я имею в виду.

Я села на раскладушку и еще раз огляделась. Впрочем, рассматривать было совершенно нечего. Люстра, и та отсутствовала, вместо нее торчали провода. Мы где-то в пригороде, на недостроенной даче... Знать бы еще, что этим придуркам от меня надо.

Я поежилась, то ли от страха, то ли от холода. В доме было тихо, даже шагов не слышно. Я прилегла, кутаясь в покрывало и пытаясь согреться, и не заметила, как уснула.

Когда я вновь открыла глаза, комнату заливал солнечный свет. Еще находясь между сном и явью, я поняла: кто-то находится в комнате. Я полежала немного с закрытыми глазами, прислушиваясь. Затем приподняла голову, раскладушка заскрипела, вызвав у меня гримасу недовольства, и я увидела стоявшего возле окна парня. Сунув руки в карманы брюк, он что-то с увлечением разглядывал за окном.

— Проснулись? — спросил он, не оборачиваясь.

Я решила не отвечать, села, протерла глаза, откинула с лица волосы и одернула юбку, косясь в сторону парня у окна. Обозревать по-прежнему приходилось лишь дорогой костюм и затылок. Единственным результатом моих наблюдений был ценный вывод: парень блондин и вскоре облысеет, по крайней мере, все неуклонно идет к этому.

Наконец он повернулся, привалился к подоконнику, по-прежнему не вынимая рук из карманов. Теперь стало ясно, он не так молод, как мне показалось вначале, лет сорок, может, чуть меньше, лицо приятное, только узкие губы блекло-розового цвета портили впечатление. В глазах, устремленных на меня, сквозило любопытство.

На первый взгляд в парне не чувствовалось ничего опасного. Но радоваться я не спешила, по опыту зная, как обманчиво первое впечатление, впрочем, как и второе.

— Вы кто? — спокойно спросила я.

Он усмехнулся.

— Хороший вопрос. А вы кто?

— У меня сумку отобрали те самые типы, что привезли меня сюда. В сумке документы. Так что, я думаю, вы в курсе, кто я такая.

— Шабалина Полина Викторовна, — кивнул он. — А меня зовут Борис.

— Здорово, — усмехнулась я, а он поднял брови.

— Серьезно?

— Мне нравится ваше имя, но оно совершенно мне ничего не объясняет.

— Ах, вот что вас интересует... — Он широко улыбнулся, а я продолжала теряться в догадках. Вел он себя, с моей точки зрения, совершенно неправильно, ситуацию не прояснял, а еще больше запутывал. — Вы ведь к нам, Полина Викторовна, издалека прибыли?

Я сочла излишним отвечать на этот вопрос и попросила:

— Извините, можно мне в туалет?

Он вроде бы удивился, а потом разулыбался, точно я сказала что-то в высшей степени забавное.

— Конечно. Идемте, я вас провожу. — Дверь в комнату была не заперта, мы вышли в коридор, он кивнул в направлении одной из дверей и пояснил: — Это там. Ванная рядом.

— Спасибо, — сказала я, не придумав ничего умнее. Не похоже было, что ванной пользовались, но полотенце на крючке висело. Я умылась, взглянула на себе в зеркало и осталась довольна.

Покидать ванную не хотелось. В коридоре я не заметила вчерашних мальчиков, и в доме царила тишина, точно, кроме меня и этого Бориса, здесь никого нет. Парень он на редкость вежливый, но все равно я предпочла бы оказаться километров за двести от него. К тому же неясно, насколько хватит его вежливости, а там уж мальчики непременно появятся.

Я с тоской взглянула на крошечное окошко под

самым потолком и вздохнула. О том, чтобы смыться отсюда, не могло быть и речи. Чертыхнувшись, я решительно покинула ванную. Коридор был пуст. Услышав, как скрипнула дверь, Борис позвал:

— Полина Викторовна, я жду вас в кухне.

Я пошла в направлении его голоса и вскоре оказалась в просторном помещении, где за круглым столом возле окна расположился Борис. Стол был сервирован к завтраку. От запаха кофе закружилась голова, и только в ту минуту я поняла, что страшно проголодалась. В доме мы все-таки оказались не одни: молодой парень нарезал хлеб возле разделочного стола. Закончив работу, он поспешно вышел. Я поправила волосы и вздохнула, глядя на стол, уставленный тарелками с ветчиной, сыром и прочей снедью.

— Садитесь, — кивнул Борис на стул рядом с собой. — Время позднее, а я еще не завтракал. Составьте мне компанию.

Я села, выпила кофе и посмотрела на Бориса.

— Не могли бы вы мне объяснить кое-что? — спросила я тихо.

— Что, к примеру? — вроде бы удивился он. Я хихикнула и покачала головой, а он улыбнулся. — Я просто хотел поговорить с вами, а ребята все напутали.

— Так вот это как называется? — усмехнулась я.

— Иногда люди от избытка энтузиазма делают глупости. Как в случае с вами.

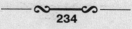

— Два парня ворвались в мой номер и...

— И? — улыбнулся Борис, а я разозлилась:

— И вели себя, как чокнутые.

— Повторяю. Я просто хотел поговорить с вами и с этой целью послал за вами ребят.

— Наверное, вы им плохо втолковали задание.

— Наверное, — охотно согласился Борис. — Хотя у ребят есть своя версия. Вы вели себя грубо, к тому же... как бы это выразиться, были не совсем одеты. В сочетании это вызвало вполне предсказуемую реакцию.

— Вашим ребятам подлечиться бы не мешало.

— Возможно, — опять согласился он, а я почувствовала себя немного увереннее.

— Со мной был молодой человек, — сказала я. — Теперь он в больнице, скорее всего, с сотрясением мозга. Кстати, он из милиции. Впрочем, вы наверняка знаете...

— Я сожалею, что все так вышло, — с серьезной миной заявил Борис. — Изначальное взаимонепонимание привело к неприятным последствиям. Ваш парень вмешался, к тому же сломал нос одному из ребят. Само собой, им захотелось реванша. Вот и результат. Надеюсь, ничего особо серьезного у вашего друга не обнаружат, и вскоре он займет место рядом с вами. Вы любовники?

— А вам какое дело? — удивилась я.

— В общем-то, никакого. Но теперь мы начали тот самый разговор, к которому я всей душой стремился, так что вам придется отвечать, — сказал он спокойно и даже ласково. Я сразу сообразила: шутки кончились, и подобралась.

— Мы не любовники.

— Так что вас связывает?

— Большая человеческая дружба.

Борис фыркнул и с любопытством посмотрел на меня.

— А вы мне нравитесь, Полина Викторовна. Чувствуется, шею гнуть вам в диковинку. Боитесь?

— А вы бы не боялись? — усмехнулась я, наплевав на все мудрые мысли.

— Наверное, — пожал он плечами. — Впрочем, бояться вам особо нечего. Расскажите, зачем вы приехали в наш город.

— Мы ищем одного человека, — безо всякого желания сообщила я. — Он был здесь два года назад. Примерно в марте.

— В конце марта, — кивнул Борис, а я нахмурилась.

— Вы его знали?

— Чересчур хорошо. — Он достал из кармана пиджака фотографию Глеба, позаимствованную из моей сумки, и положил ее на стол. — Это он? — Я кивнула. — Как его имя? — спросил Борис.

— Шабалин Глеб Сергеевич.

Он поднял брови и посмотрел мне в глаза.

— Иными словами, это ваш муж?

— Бывший. В паспорте лежит свидетельство о его смерти.

Борис сначала усмехнулся краешком губ, а потом захохотал.

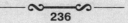

— Давно он скончался? — спросил он деловито, когда веселье пошло на убыль.

— Несколько дней назад. Взгляните на свидетельство.

— Его похоронили?

— Разумеется.

— Похоронили или кремировали?

— Я не понимаю...

— Отвечайте на вопрос.

— Кремировали.

— Прекрасно, — опять хохотнул Борис. — Как он погиб? Попал в аварию, утонул и пробыл под водой месяца три? — Я обхватила себя за плечи, чувствуя, что меня начинает трясти, и закусила губу. — Сколько времени вы были женаты? — взглянув на меня, спросил Борис.

— Почти одиннадцать месяцев.

Он криво усмехнулся.

— У вас были деньги? Свои деньги?

— Что? — растерялась я.

Он склонился ко мне и, заглядывая в глаза, произнес:

— На вас очень дорогие тряпки. Не удивляйтесь, я в этом кое-что смыслю. Часы на руке тысячи полторы, кольцо, серьги еще три штуки. До встречи с этим типом у вас были свои деньги?

— Да, — с трудом сглотнув, ответила я. — Мой первый муж... он... оставил мне значительную сумму. Послушайте, почему вы спрашиваете? — испуганно прошептала я.

— Зачем вы сюда приехали? — задал он очередной вопрос.

— Я же объяснила.

— Ничего вы не объяснили. Вы ищете мужа?

— Он умер, — испугалась я.

— Очень сомневаюсь. Хотя... чем черт не шутит. Почему вы решили искать его в этом городе?

— Нет, не его... я просто хотела... этого не объяснить в двух словах. Он погиб. А я... я так любила его... я... — Мне стало стыдно, я сцепила зубы и уставилась куда-то в пол. Борис терпеливо ждал, наблюдая за мной. — Я не знала, как справиться с этим. А потом оказалось, что он...

— Жил под чужим именем? — подсказал Борис. Я кивнула. — И что?

— Я попыталась узнать о нем хоть что-то...

— И этот мент тоже?

— Да. Денис сомневается, что Глеб погиб в результате несчастного случая...

— Правильно сомневается.

— Я любила его, и он любил меня! — крикнула я и стиснула рот рукой, пытаясь успокоиться.

Борис неожиданно коснулся моего плеча ладонью и вроде бы даже погладил его.

— Успокойтесь. Конечно, он любил вас. Где вы познакомились? Сочи? Канары?

— Египет, — пробормотала я испуганно.

— Тоже неплохо. Красное море, кораллы, африканское небо... Он бросил все и приехал к вам.

— Да...

— И вашему счастью не было границ.

— Я вас не понимаю, — пробормотала я.

— А я не понимаю, почему вы до сих пор живы, — вздохнул он. — Может, по иронии судьбы эта сволочь в самом деле сыграла в ящик? Хотелось бы убедиться в этом...

— Глеб мертв, — всхлипнула я.

— Глеб — да. Но вовсе не тот тип, что выдавал себя за него. Вы так и не сказали, почему приехали сюда.

— Это займет время, — подумав немного, ответила я.

— Ничего. Время есть. Рассказывайте.

— Когда Глеб... когда он погиб, я... я не находила себе места, это было... извините... Денис подозревал, что Глеба убили. Муж рассказывал мне о московской фирме, в которой работал, что-то связанное с криминалом, и он ушел оттуда... Мы решили, его смерть как-то связана с этой работой...

— Но никакой фирмы и в помине не было? — подсказал Борис.

Я с горечью кивнула.

— Так же, как и квартиры в Москве, то есть она была, но оформлена на другого человека. Мы нашли его. Он рассказал, что два года назад потерял паспорт по дороге в ваш город. Именно тогда он познакомился с моим мужем.

— И вы решили узнать, что муж здесь делал?

— Да. И сразу же нарвались на ваших парней.

— Выходит, вы тоже ничего о нем не знаете? Вместо фото у вас чей-то рисунок. Муженек не оставил после себя ни одной фотографии? — Я промолчала, глядя Борису в глаза. — Разумеется, — кивнул он. — Накануне свадьбы он сцепился с какими-то придурками, которые поджидали его возле подъезда и в неравной борьбе украсили его физиономию синяками. Конечно, стоило бы отложить бракосочетание, но так не хотелось расстраивать невесту, и мы, наплевав на мнение граждан, пошли в загс, правда, с фотографиями ничего не вышло, и от камеры мы, смеясь, закрывались рукой по вполне понятной причине. Так?

— Про кого вы рассказываете? — с ужасом спросила я. С минуту мы смотрели в глаза друг другу. Борис с еле сдерживаемой яростью, я с болью.

— Про свою сестру, — ответил он. — Ей был двадцать один год, когда он убил ее. Через три месяца она родила бы ему ребенка.

— Это неправда, — отодвигаясь от стола, сказала я и зажмурилась.

— Я бы тоже не поверил. И никто бы не поверил. Отличный парень. Я наводил справки, ничего такого, к чему можно придраться. Просто золотой парень. А как он ее любил, как смотрел на нее, впору лить слезы умиления. Сестре невероятно повезло, общее мнение всей родни и друзей. Мое, кстати, тоже. Они познакомились на отдыхе, а потом он бросил все и приехал. Остановился в гостинице и встретил ее после института с огромным букетом роз. Через месяц они поженились. Свадебное путешествие, потом все мысли только о ребенке. От избытка счастья у супруга подскочило давление, и он оказался в больнице. Сестра позвонила мне часов в одиннадцать вечера, плела какую-то чушь о том, что ей приснился плохой сон, а потом потащилась к любимому на ночь глядя. Зачем, спрашивается? Я должен был поехать с ней, а я отмечал день рождения друга, выпил лишнего, считал жизнь прекрасной, а болтовню беременной бабы чепухой. На проспекте ее сбила машина, она пролежала там до утра, пока дворники не вышли на работу. Когда ему сказали об этом, он упал в обморок. А через месяц разбился на машине, улетел с обрыва в реку. Тело унесло течением, и нашли его через много дней, когда опознать можно было лишь часы — мой подарок на свадьбу с дарственной надписью. Многие говорили, что никакой аварии не было, он просто не мог жить без моей сестры.

— Почему вы решили иначе? — помолчав, спросила я.

Борис хохотнул и даже покачал головой, точно я сказала что-то забавное. Но при этом он пристально наблюдал за мной.

— Потому что денег на счетах сестры не оказалось. Ни копейки. Испарились.

— Это были ваши деньги? — осторожно уточнила я.

— Разумеется. Эта дуреха просто на нем помешалась. Не могу понять, как он смог так ее обработать. Она мне словом не обмолвилась...

Мне все стало более-менее ясно: Борис связан с криминалом и не придумал ничего умнее, как положить свои денежки на имя сестры, а потом появился Глеб... Что ж, теперь понятно происхождение полумиллиона долларов в его сумке.

— Когда он утонул? — кашлянув, спросила я.

— Четырнадцать месяцев назад.

Да, оперативно. Отсюда он отправился в неизвестном направлении, затем возник в Москве, а потом совершил путешествие в Египет. Работал с точностью часового механизма.

— Вы искали его, чтобы вернуть деньги?

— Я искал его, чтобы убить. Деньги, конечно, тоже играют не последнюю роль... А вот зачем вы что-то ищете, раз уверены, что он погиб? Или не уверены?

— Теперь не знаю, — пожала я плечами. Он ждал ответа, и я попыталась объяснить: — Наверное, это трудно понять. Я... я подумала, если буду знать о нем все, все то плохое, скверное, если буду знать, что он не любил меня и потешался над всем, что я говорила, над всеми глупостями, которые я делала... Может быть, тогда я разлюблю его...

— Невероятно, — усмехнулся Борис. — Чем он вас брал? Пустой болтовней о большой любви? Неужели можно головы лишиться от дурацкого трепа?

— Наверное, можно, — сухо согласилась я, и мы оба замолчали. — Что вы о нем узнали? — помолчав немного, уже совсем другим тоном спросила я.

— Ничего существенного, — отмахнулся он. — Хотя очень старался... Пришел ниоткуда и исчез в никуда. Вы первый человек, который о нем что-либо знает. Но и вы меня не порадовали. Хотя, может, вы рассказали мне далеко не все.

Я ничего не ответила, внутренне напрягшись, разговор приобретал опасную направленность.

— Вы говорите правду? — с нажимом спросил он.

— Да, — просто ответила я. — Вы видели мой паспорт, и вы видели свидетельство о его смерти. Вы должны представлять, что это за человек, и не можете всерьез верить, что он поделился со мной своими воспоминаниями, а уж тем более деньгами. — Борис едва заметно кивнул.

— Странно, что мертв он, а не вы.

— Денис уверен, Глеба убили.

— Денис — это тот самый мент?

— Да.

— И он хочет найти убийцу?

— Это его работа.

— Как вы оказались в такой компании?

— Вы уже спрашивали, правда, иначе.

Он криво усмехнулся.

— Так кого вы пытаетесь отыскать: мужа или убийцу?

— До этого разговора убийцу. Теперь не знаю.

— А если вы найдете своего Глеба?

— Вряд ли мне повезет больше, чем вам, — усмехнулась я. — Возможности не те.

— Но если все-таки найдете?

— Не знаю. В любом случае он хотел, чтобы я считала его мертвым. И если тайна его перестанет быть тайной, я, скорее всего, умру.

— И вы говорите об этом так спокойно? — Кажется, он мне не поверил.

— Я говорю так спокойно, потому что не верю, что найду его.

— Разочарованы?

— Возможно.

— У вас что, склонность к суициду?

— Я думаю, это вас не касается. Сейчас меня интересует, что собираетесь делать вы? Не вообще, а в отношении меня.

Он засмеялся. Я терпеливо ждала ответа, надеясь, что смеяться ему когда-нибудь надоест.

— Я еще не решил, — сказал он серьезно. Возразить на это мне было нечего. То есть вряд ли мои слова окажут какое-либо влияние на его решение, значит, ни к чему тратить их попусту. Он резко поднялся, сказал: — Я провожу вас в комнату.

Он вошел вместе со мной, постоял полминуты у окна и направился к двери. Вдруг он сказал, замерев на полдороге:

— Вы очень красивая. Впрочем, наверняка я не первый говорю вам об этом.

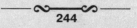

— Главное, чтоб не последний, — серьезно ответила я, а он широко улыбнулся.

— Что за пессимизм? Уверяю, бояться вам нечего.

— Тогда отпустите меня.

— Это преждевременно.

— В таком случае идите к черту с вашими комплиментами. Я не могу не бояться, когда меня держат под замком да еще под присмотром двух придурков, которым ничего не стоит свернуть мне шею.

— Почему-то мне кажется, что не только это пугает вас. Верно?

— Верно. Меня пугает, что перед смертью придется пережить крайне неприятные минуты, которые к тому же могут растянуться на часы. Знать бы еще, чем я такое заслужила.

— Все ходим под богом, — флегматично пожал он плечами, а я добавила мысленно, что и боги бывают разные. — Мне нужно время, чтобы кое-что проверить, — точно подводя черту, сказал он. — Если все так, как вы сказали, что ж, я извинюсь. Приглашу вас на ужин, чтобы у вас остались приятные воспоминания о нашем городе.

— Вряд ли я соглашусь, но все равно спасибо. Постарайтесь все выяснить побыстрее.

— Разумеется. Ребят не бойтесь. У них инструкции. Если будете вести себя спокойно, никаких проблем не возникнет.

«В прошлый раз инструкции у них тоже были», — с досадой подумала я, но он уже закрыл дверь.

Щелкнула задвижка, шаги удалялись по коридору, потом все стихло.

Я подошла к окну. За решеткой мир выглядел не особенно радостным. Несколько кустов с набухшими почками, забор впереди, чуть дальше угадывались какие-то строения. Я постучала по стеклу пальцами. У парня большие претензии к Глебу. Что ж, его можно понять. Смерть сестры и утрата более чем солидной суммы денег... Кто-то должен пострадать, почему бы не я. Но думала я сейчас не о собственной участи, скорее всего печальной, а о предыдущей кончине Глеба. Что, если Борис прав и собственная смерть для него вещь привычная, как и чужие, кстати? Допустим, в случае с сестрой Бориса кончина — весьма благоразумный шаг. Концы в воду... Но в случае со мной это полная нелепица: вот если бы сначала скончалась я, очень приличные деньги перешли бы к Глебу, и уж тогда заметай следы на здоровье. Значит, Глеба или убили, или он вынужден был инсценировать свою смерть из-за возникших обстоятельств, мне неизвестных. Неужели он все-таки жив? Где-то лениво улыбается очередной дамочке? Сукин сын, подонок... Убить беременную женщину — это чересчур. Даже у последнего мерзавца есть какая-то черта, за которую он не решается ступать. Мне б перекреститься, что бог отвел, и думать лишь о том, как выбраться из этой передряги. Но ведь выбраться мне мало, я вновь начну искать его. Зачем, господи?

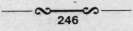

Что-то легонько стукнуло за моей спиной. Я резко повернулась и увидела, что дверь комнаты слегка приоткрыта. Я ожидала услышать шаги или голоса... Если дверь открыли, значит, кто-то просто обязан появиться. В доме стояла абсолютная тишина, и это напугало меня больше сцен, которые я рисовала в своем воображении: разъяренные мальчики с куриными мозгами и большой фантазией. Я подошла к двери и легонько толкнула ее. Она со скрипом открылась, а я вышла в коридор.

Не похоже, чтобы в доме вообще кто-то был. Уже смелее я заглянула в кухню, остатки завтрака на столе, моя сумка на подоконнике. Паспорт, всякие мелочи... сотовый... Черт, мой сотовый, который вчера на моих глазах улетел в кусты. Я зло засмеялась. Борис просто идиот, раз устраивает подобные игры. На что он рассчитывает, интересно? Что я приведу его прямиком к Глебу? Что ж, давай поиграем... Я была уверена, что входная дверь тоже открыта. Так и оказалось. Любопытно, куда попрятались эти стервецы? Сидят в кустах? Я вышла на крыльцо и вдруг сбилась с шага. Прямо напротив крыльца стоял «Мерседес», посверкивая свежевымытыми стеклами. Маловероятно, что его подготовили для меня... ключи в замке зажигания. Я не знала, то ли смеяться над чужой глупостью, то ли зарыдать... Не могли же они всерьез... А что, если Борис никуда не уехал?

От этой мысли мне сделалось не по себе, и я неожиданно попятилась назад в дом, точно ища там защиты. Я даже захлопнула дверь и тут услышала звонок, вне всякого сомнения, звонил сотовый. Я торопливо огляделась, уже жалея, что минуту назад не сбежала сломя голову, а потом, точно под гипнозом, пошла на звук и уперлась носом в дверь. Это не могла быть комната, скорее подсобное помещение, кладовка, например, потому что находилась она под лестницей. Я резко потянула ее на себя и слабо охнула, в полумраке различив только чью-то руку с золотыми часами на запястье, темный пиджак...

— Спокойно, — пробормотала я, на мгновение прикрыв глаза, потом заставила себя открыть их. В кладовке лежали двое, Борис и парень, что накрывал стол к завтраку.

Сотовый замолчал, теперь я вновь стояла в абсолютной тишине, обливаясь потом, затем, точно опомнившись, бросилась к двери.

Я выбралась через калитку и побежала по дороге, не оглядываясь. Кровь стучала в висках, я боялась, что упаду в обморок, бормотала как заклинание: «Быстрее, быстрее». Слева мелькнул магазин, узкая дорога выходила на шоссе, я бросилась туда. «Ты должна выглядеть естественно, — попробовала я рассуждать здраво. — Надо добраться до больницы, если трупы обнаружат раньше, чем я это сделаю... Господи, я даже не знаю, в какую мне сторону...» Откуда-то из кустов появился мальчишка с собакой.

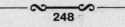

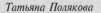
— Где здесь автобусная остановка? — крикнула я.

— В город? — спросил он. — Вон там, у забора.

Я пошла в том направлении. Главное, как можно скорее оказаться в больнице. До остановки я дойти не успела, увидела «Жигули», взмахнула рукой, и машина остановилась. За рулем сидел молодой парень и всю дорогу рассказывал мне о своей работе. Я так и не поняла, в чем она заключается, зато ощутила жгучее желание придушить парня, чтобы он наконец-то заткнулся. «Пожалуй, трупов на сегодня достаточно», — подумала с неожиданной злостью.

— Вам куда надо? — спросил парень.

— Остановите здесь, — попросила я и вскоре пересаживалась в такси. К больнице я подъехала минут через пятнадцать, они показались мне бесконечными, а я себе самой старой развалиной, ноги не слушались, голова кружилась, когда я поднималась по лестнице. А если Денис... если меня ждут?

— Вы к кому? — спросила женщина в белом халате, видимо, медсестра, я от неожиданности вздрогнула, потому что ее не заметила.

— Я к Коптелову. Коптелов Денис Сергеевич...

— Вон ваш Денис Сергеевич у телефона скачет, никого не слушает, а ему лежать надо.

В глубине коридора возле телефона-автомата в самом деле стоял Денис. Лицо у него было тревожное, он кусал нижнюю губу и, казалось, готов был расплакаться от досады.

— Денис! — окликнула я.

Он повернулся и повесил трубку. Я быстро приблизилась, Денис с беспокойством наблюдал за мной.

— Слава богу, — сказал он тихо. — Я себе уже места не находил.

— Надо сматываться, — ухватив его за руку, прошептала я. — Дела — хуже некуда. Из города необходимо выбраться как можно скорее.

— Что случилось? — нахмурился он.

— Объяснять времени нет. Где твоя одежда?

— В шкафу в палате.

— Переоденешься в туалете и выйдешь на лестничную клетку. Медсестру я отвлеку. И ради бога, поторопись...

Он кивнул и пошел в палату, а я замерла возле двери. Медсестра что-то искала в толстом журнале, время от времени поглядывая на меня. Дождавшись, когда Денис прошмыгнул в туалет, я направилась к столу, за которым сидела медсестра, и спросила ее о самочувствии Дениса.

— Вам надо лучше с врачом поговорить, — ответила она. — Но сотрясения мозга вроде бы нет. — Она пожала плечами, не находя ничего интересного в нашем разговоре. Я к нему тоже охладела, заметив, как Денис покинул отделение.

— Спасибо, — кивнула я медсестре и припустилась следом за ним.

Встретились мы на лестничной клетке, Денис стоял возле окна, бледный, с темными кругами под глазами, и я здорово испугалась, состояние его и впрямь оставляло желать лучшего.

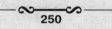

— Как ты? — спросила я тихо.

— Нормально. Объясни, что случилось?

— Сначала выберемся из города.

— Полина...

— Не спорь. Нет у нас времени на разговоры.

Мы вышли на улицу, покинули территорию больницы, а на проспекте остановили такси.

— На автовокзал, — попросила я.

Денис устроился на заднем сиденье, запрокинул голову и прикрыл глаза. Мне показалось, он побледнел еще больше, на лбу выступил пот. Только бы хватило сил выбраться отсюда...

До автовокзала мы доехали за несколько минут. Я расплатилась, удивляясь, что деньги в кошельке остались нетронутыми, впрочем, было их немного. Оставив Дениса на скамейке возле входа, я побежала к кассам. Сразу возник вопрос: куда я хочу попасть? Домой, разумеется. Проще всего это сделать, воспользовавшись услугами Аэрофлота. Но в аэропорту нас будут искать в первую очередь, оттого я и выбрала автовокзал. Если бы Денис чувствовал себя лучше, я бы предпочла прокатиться до города, который находился в двухстах километрах отсюда, именно там жил бизнесмен Деревягин, убитый в «Золотом льве». Но продолжать поиски со спутником, который пребывает в весьма плачевном состоянии, довольно глупо, и я решила отправиться ближайшим рейсом, неважно куда...

И тут вмешалась судьба, ближайший рейс как

раз был в тот самый город, автобус отправлялся через семь минут. Не раздумывая, я купила билеты и вернулась к Денису.

— Мы уезжаем. Сможешь добраться до автобуса?

— По-твоему, я вот-вот скончаюсь? Ты мне объяснишь, что происходит?

— Давай я возьму тебя под руку, мне так спокойнее.

Мы подошли к автобусу, когда посадка заканчивалась, заняли места в центре салона, Денис хмуро и настойчиво посмотрел на меня, и я принялась торопливо рассказывать ему о своих приключениях. То, что они ему не понравятся, было ясно с самого начала.

— Тебя заперли в комнате, а потом она оказалась открытой?

— Да.

— И в доме никого не было?

— Похоже на то, хотя я не проверяла. Возле крыльца стоял «Мерседес», пустой... Я была так напугана... В общем, мне в голову не пришло проверять, есть ли кто в доме или нет.

— Чепуха получается. Тебя привозят в дом, держат до утра, потом появляется этот Борис, а стоит ему уйти, как дверь волшебным образом открывается.

— Точно. Не забудь про машину у крыльца и тишину в доме. Как будто все попрятались.

— Ты хочешь сказать, тебе дали возможность сбежать?

— Конечно. Другого объяснения просто нет.

— Но какой в этом смысл?

— Спроси чего полегче. Должно быть, они считают, что я прямиком выведу их к Глебу.

Денис с тоской посмотрел в окно, за которым мелькали последние дома пригорода, и сказал:

— Надо было сообщить в милицию...

— Тебя не утомило знакомство с местной милицией? По-моему, они в большой дружбе с этим Борисом. Лично я не хочу оказаться в больнице.

— Полина, послушай...

— Ты можешь вернуться, — не выдержала я и тут же пожалела об этом. — Извини, наверное, я плохо соображала, что делаю. Я очень испугалась.

— Ты мне все рассказала? — спросил Денис.

— Что ты имеешь в виду?

— Все, или есть еще что-то, о чем ты предпочитаешь молчать?

Я немного посидела, таращась в окно.

— Мне... мне не понравилась машина...

— В каком смысле? — нахмурился он.

— Мне кажется... Борис никуда не уезжал.

— То есть они ждали, когда ты сбежишь, чтобы проследить за тобой? — терпеливо подсказал Денис.

— Наверное... или... они до сих пор где-то в доме.

— Что? — На лице его выразилось искреннее непонимание.

— Вчера меня привезли в этот дом двое парней, — начала объяснять я то ли себе самой, то ли Денису. — Утром, когда я проснулась, в доме было очень тихо, а в комнате возле окна стоял Борис. Потом мы пошли завтракать, и я увидела парня, он накрывал на стол. Я думаю, в доме нас было трое. Борис запер меня в комнате. Он собирался уезжать, потому машину оставил у подъезда, да и что ему делать в недостроенном доме? А потом открылась дверь, и я никого не увидела.

— Может, мне по башке здорово тюкнули, но я ничего не понял, — пробормотал Денис, глядя на меня во все глаза.

— Куда он мог деться без машины? Пешком пошел до города? Не похоже на такого парня.

— Ты хочешь сказать... кто-то вошел в дом и... помог тебе?

— По-другому не получается.

— Стоп, — воодушевился Денис, — сначала по телефону в гостинице меня предупредили о твоих визитерах, затем кто-то является в дом и...

— Кто? — спросила я, как будто Денис и в самом деле мог ответить.

— Кто-то из друзей твоего мужа? — неуверенно предположил он. — Помочь сбежать — это еще не значит спасти, мотивы могут быть разные... Например, все основательно запутать.

— Куда уж тут запутывать, — вздохнула я. — Может, мы зря ломаем голову, может, мне дали возможность уйти, чтобы проследить, куда я отправлюсь, и сейчас кто-то двигает за нашим автобусом?

— Надо было позвонить в милицию, — проворчал Денис.

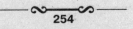

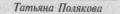

— А если бы в доме что-нибудь нашли? Что-нибудь на редкость неприятное, трупы, к примеру?

— Если трупы имеют место быть, то неважно, когда их найдут, неприятности обеспечены.

— Не могу не согласиться, — с тоской кивнула я. Денис взял меня за руку, легонько сжал.

— Так были трупы или нет?

— Я никого не видела, а вот моя сумка стояла на подоконнике. Вместе с документами и деньгами.

— Значит, так, — вздохнул Денис, — наша версия такая: мы приехали в этот город и тут же подверглись нападению. Затем тебя привезли в дом в пригороде, где ты провела ночь. Потом оказалось, что ты одна в доме, чем ты и не преминула воспользоваться и сбежала. Мы всерьез опасались за свое здоровье и сочли за благо уехать. Поняла?

— Конечно, поняла. Ведь так оно и было...

— Не уверен, — усмехнулся Денис, чем не порадовал. — Давай подробнее о вашем разговоре с Борисом. — Я принялась рассказывать. — Выходит, твой муж был женат на его сестре, убил ее, инсценировал свою кончину, а потом возник в другом месте и под другим именем?

— Выходит.

— А Борис не сообщил, с какой стати тот укокошил супругу?

— Деньги. Борис доверил ей свои сбережения.

— Люди сплошь и рядом нарушают закон и из-за этого теряют своих близких, — дурашливо заявил

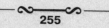

он, но мне было совсем не смешно. — Твой муж покидает этот город с мешком денег... Кстати, тебе о них что-нибудь известно?

— Нет.

— Ага. Он женится на тебе, вы живете вполне счастливо, пока он вдруг не погибает.

— Его убили? — спросила я. — Кто-то его нашел и убил?

— Ты так говоришь, словно сильно сомневаешься в его смерти.

— А если он?.. — Я не договорила, но Денис прекрасно меня понял.

— Допустим. Но это мало что объясняет. И уж вовсе не объясняет то, что произошло сегодня. Он хотел, чтобы его считали мертвым, и умер — это более-менее ясно. Что он должен сделать дальше? Забрать свои деньги и смыться. Так?

— Наверное.

— И уж вовсе глупо предположить, что он отправился сюда за нами, рискуя быть узнанным. Где фотография? — без перехода спросил Денис.

— Ее забрал Борис.

— Ага. Я не ошибаюсь, это была единственная фотография?

— Не ошибаешься.

— Все это никуда не годится, — обиженно заявил он. — Начисто лишено логики. Или ты что-то недоговариваешь.

— К примеру?

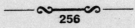

— Допустим, ты знаешь, где деньги. Поэтому дружки мужа заинтересованы в твоей безопасности. Они не хотели, чтобы деньги достались Борису.

— Я ничего не знаю о деньгах, — разозлилась я.

— Скорее всего, это правда. Ты считаешь, что не знаешь...

— Мы это уже обсуждали, — отмахнулась я.

— Предположим, твой муж жив... — Мы посмотрели друг на друга и почему-то испугались. Денис облизнул пересохшие губы и продолжил с неохотой: — Тогда вовсе чепуха получается: ты носишься по всей России, пытаясь хоть что-то узнать о нем, а он зачем-то бьет зеркала, пугает тебя записками и прочей ерундой. Ему что, делать нечего? Его убили, — сказал он, вроде бы испытывая облегчение. — Вот что, давай завязывать с частным сыском. Пусть делом займутся профессионалы.

— А ты кто? — хмуро поинтересовалась я.

Денис тяжко вздохнул и отвернулся. Надо сказать, к концу поездки выглядел он уже не так плохо. Резкие движения причиняли ему боль, но в целом его внешний вид меня порадовал.

Как только мы высадились на очередном автовокзале, сразу встал вопрос: что делать дальше?

— Надо устроить тебя в гостиницу, — заявила я.

— А ты будешь рыскать по городу?

— Мне не нравится, как ты в последнее время разговариваешь со мной, — заметила я. — Может, вернемся к отчеству и перейдем на «вы»?

— Извини. Будь так добра, объясни, что ты надеешься здесь отыскать?

— Если все так, как мы думали, то есть если это Деревягин назначил мне встречу, а потом погиб, выходит, он был связан с моим мужем.

— Допустим. Что дальше?

— Попробуем выяснить...

— Как? У тебя даже фотографии нет.

— Поспрашиваем в фирме Деревягина. Вдруг там что-то знают? Можно заглянуть в местный университет, где он учился.

— А это зачем? Разница в возрасте с твоим супругом лет в двадцать, так что вместе они учиться не могли.

— Я не просила тебя помогать, — разозлилась я.

— Хорошо. Поехали к нему на работу.

— Лучше в гостиницу...

— С гостиницей я бы не торопился. Нашим друзьям из соседнего города ничего не стоит появиться здесь. — Данные слова произвели на меня впечатление, я сразу заскучала.

В конце концов, мы взяли такси и поехали в фирму, которой совсем недавно руководил Деревягин.

— Тебе идти со мной не стоит, — заметил Денис, когда мы высадились возле внушительного вида здания. Я с сомнением посмотрела на лицо Дениса в свежих синяках и ссадинах и весело усмехнулась.

— Тебя дальше порога не пустят.

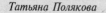
— А удостоверение? Я ж специально прибыл за тысячу верст, однако бандитские пули... Ладно, погуляй немного, а я пошел на разведку.

— Денис, — позвала я, когда он уже начал подниматься по ступенькам, — спроси, не было ли в семье Деревягина недавней трагедии. Например, дочь вышла замуж, а потом погибла, или кто-то из друзей...

— Ты думаешь, твой муж подобное проделывал не раз? — нахмурился он и покачал головой, после чего исчез из поля моего зрения, а я перешла дорогу и устроилась в кафе напротив. Кофе оставляло желать лучшего, зато вид из окна был прекрасный.

Денис появился часа через полтора, но нетерпения я не испытывала: если человек задерживается, значит, услышал что-то интересное. Покинув офис, Денис встал посреди тротуара, высматривая меня, а я расплатилась, вышла из кафе и замахала руками, стараясь привлечь его внимание.

— Тебе надо перекусить, — сказала я, когда мы встретились.

— У меня что, вид голодный?

— Вид у тебя ужасный. Во всех смыслах. И ты ничего не ел со вчерашнего дня.

— Меня в больнице кашей кормили. Страшная гадость.

— У меня с собой кредитная карточка, сниму деньги и поведу тебя в ресторан, а пока сможешь перекусить в кафе. Только не в этом, здесь еще отравят чего доброго.

Кафе нашлось быстро, но выглядело оно даже хуже первого, идти куда-то еще Денис наотрез отказался. Я подумала, что, выпив здесь чашку чаю, почти наверняка останусь в живых, и спорить не стала. Мы устроились за столом, сделали заказ, а Денис, как-то чересчур пристально меня разглядывая, спросил:

— Чего вопросы не задаешь?

— Как ты себя чувствуешь?

— Отлично. Если б не ребро, головная боль, легкая тошнота и паршивое настроение, было бы еще лучше.

— Чего ты злишься? — удивилась я.

— Ладно, — вздохнул он. — Докладываю. Господин Деревягин — отличный человек и руководитель. Кстати, это я тебе и у нас мог сказать, незачем было в Сибирь тащиться.

— Как насчет драм в семье? — вздохнула я.

— Действительно, была одна драма. Но не в семье. Два года назад погиб друг Александра Ивановича. Причем о кончине друга Деревягин узнал случайно, несколько месяцев спустя...

— Хорош друг...

— Он, видно, решил так же. Очень терзался. Посетил могилу, но покоя в его душу это не внесло.

— Друг жил в другом городе?

— Да. Довольно далеко отсюда. Друзья-товарищи виделись нечасто, особенно в последнее время. Очень занятые люди. По мнению секретарши Дере-

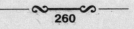

вягина, он сильно переживал и даже вроде винил себя в гибели друга.

— С чего это?

— Он произнес фразу: «Я должен был это предвидеть». Так ее, по крайней мере, запомнила секретарша.

— Не очень вразумительно. Что она еще рассказала?

— Шеф не особенно с ней откровенничал, но, как женщина с умом... Могу добавить от себя: и с хорошим слухом... В общем, я понял так: история с другом довольно темная. Погиб он не случайно, и Деревягин, должно быть, кого-то подозревал. Даже нанял человека, чтобы провести расследование.

— Это секретарша сказала?

— Это только ее догадки. Но их нетрудно проверить. Шеф человек занятой, поэтому дозванивалась до нужных людей она, номер, естественно, записала, а так как дама она аккуратная, номерок сохранился.

— Не очень ясно, как это связано с Глебом, — вслух подумала я.

— Зато может станет ясно, почему убили Деревягина. Ведь он зачем-то явился в наш город и назначил тебе встречу.

— Как мы будем искать этого типа? Позвоним по телефону?

— Конечно. Набирай номер.

Я набрала номер, но говорить с нами не пожелали — трубку не подняли.

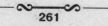

— Попробуем еще раз. На худой конец, зайду в отделение милиции и узнаю, что это за номерок.

Упоминание о милиции не доставило мне ни малейшего удовольствия.

— Я думаю, стоит все же заглянуть в университет, где учился Деревягин. Вдруг нам повезет и с погибшим они дружили со студенческой скамьи?

— Вилами на воде... К тому же не зная фамилии...

— Что мы теряем? — настаивала я, и Денис наконец согласился.

— Не поздновато для университета? — спросил он, когда мы в очередной раз ловили такси. Я ничего не ответила, поглощенная размышлениями.

В университете нам повезло. Дама, встретившая нас в ректорате, оказалась словоохотливой, а главное, законопослушной, удостоверение Дениса произвело на нее впечатление.

— Вы, собственно, что хотели бы знать?

— Много лет назад здесь учился один человек, нам желательно кого-нибудь расспросить о нем.

— Много лет — это сколько? — растерялась она.

— Примерно двадцать — двадцать пять.

— Ну... я не знаю. Срок солидный. Большинство преподавателей той поры уже на пенсии. А бывшие студенты разлетелись кто куда. Вы хоть факультет знаете?

— Строительный, — порадовал Денис.

— Тогда, может, Леночка вам поможет, Елена Семеновна, я ей сейчас позвоню. Она заканчивала

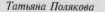

университет примерно в это время и как раз этот же факультет, а сейчас преподает. Может, она что вспомнит?

Леночке позвонили, после чего мы с Денисом отправились в соседнее здание, где возле двери с надписью «Деканат» нас ждала женщина лет пятидесяти, с русой косой, уложенной вокруг головы. На удостоверение она даже не взглянула, провела нас в соседнюю аудиторию, которая в это время пустовала, на ходу поинтересовавшись:

— Кто из бывших студентов вам нужен?

— Деревягин Александр Иванович, — сказал Денис, косясь на меня, должно быть, не хотел, чтобы я перехватила инициативу.

— Саша? — Елена Семеновна посмотрела на нас с удивлением. — А почему он вас интересует? То есть, если вы хотите что-то узнать, почему не спросите его? — В глазах ее появился испуг, и она закончила совсем тихо: — У него что, неприятности?

— Вы его давно видели?

— Около года... Было двадцать пять лет выпуска и...

— Александр Иванович погиб. Убит несколько дней назад.

— Боже... — Елена Семеновна медленно опустилась на стул, прикрыв ладонью рот. Я на всякий случай осмотрела аудиторию в поисках графина с водой, но приводить даму в чувство не потребовалось, с эмоциями она справилась быстро, кашлянула, покачала головой и деловито осведомилась: — Что вы хотите знать о Саше?

— Вы его хорошо знали?

— В юности чуть не выскочила за него замуж. Потом наши пути разошлись, встречались иногда, от случая к случаю, в одном городе живем... жили.

— У него было много друзей?

— Нет. Вы знаете, характер... не то чтобы он был тяжелым человеком, просто умел держать дистанцию. Насколько мне известно, у него был только один друг, еще со студенческой скамьи, но и с ним в последние годы он виделся редко.

— Как зовут этого друга? — спросила я и едва не хлопнулась в обморок, услышав:

— Пахомов Сергей Геннадьевич. Но поговорить о Саше вы с ним не сможете. Сергей погиб два года назад.

— Очень интересно, — заметил Денис, косясь на меня.

— Да. По-моему, их связывали какие-то дела, они в отличие от нас преуспели в жизни. Сергей уехал по распределению, потом открыл собственное дело и, как видно, кому-то перешел дорогу. Его застрелили. Это буквально подкосило Сашу. Он узнал о его гибели через несколько месяцев после похорон, как раз перед встречей выпускников. Возвращались мы вместе и говорили о Сергее. У него была навязчивая идея найти убийцу. Я пробовала его образумить, сколько заказных убийств, и ни одно не раскрыто, но он стоял на своем. Сказал, что кое о чем догадывается, хотел разыскать вдову Сергея.

Почти сразу после убийства мужа она покинула город.

— Он подозревал ее? — спросил Денис.

Елена Семеновна задумалась, потом покачала головой.

— Не думаю. По крайней мере, у меня не возникло такого впечатления. Но я точно знаю, он нанял человека... что-то вроде частного сыщика. Мне кажется, он в какой-то степени считал себя виноватым в гибели Сергея.

— Деревягин ведь не был женат? — задал очередной вопрос Денис.

— Нет. Не сложилось как-то. А вот Сергей женился. Я думаю, там что-то было... любовный треугольник, если угодно. Саша влюбился в жену друга, но как порядочный человек... Потом Сергей с ней расстался, полюбил молоденькую, знаете, как говорят: седина в бороду, бес в ребро. Он очень жестоко обошелся с женой, можно сказать, выгнал ее из дома. Она долго болела и умерла. От рака. Саша был потрясен. Кажется, у них произошел неприятный разговор, и после этого они не общались. Оттого и о смерти Сергея Саша узнал случайно. — Елена Семеновна развела руками, как будто этот жест объяснял все. Денис задавал еще какие-то вопросы, и она на них отвечала, но я уже не слушала. Худшие мои опасения подтвердились, и тут, как говорится, ничего не поделаешь.

— Что ж, спасибо вам большое, — сказал Денис

и тем самым вывел меня из глубокой задумчивости. Мы простились с Еленой Семеновной и вскоре уже стояли на улице. — Что теперь? — спросил Денис, приглядываясь ко мне, его взгляды здорово действовали мне на нервы.

— Нам пора возвращаться, — заметила я.

— Куда?

— Домой.

— Ты узнала все, что хотела?

— Узнала. Только это еще больше запутывает дело.

— Не понял, — усмехнулся Денис.

— Пахомов Сергей Геннадьевич — мой муж.

— Какой муж? — опешил Денис.

— Мой первый муж, погибший два года назад.

— Черт... — Денис вроде бы расстроился, покусал нижнюю губу и спросил: — Ты догадывалась? Поэтому и поехала сюда?

— Скажем так, подобная мысль меня посещала. Муж рассказывал мне о старом друге Саше, но фамилию его не называл. Или я просто ее не запомнила. С Деревягиным я никогда не виделась.

— Он искал тебя, нашел и захотел встретиться?

— А кому-то это очень не понравилось, — кивнула я. — И в день встречи Деревягин скончался.

— Значит, все это время мы искали совсем в другом месте. Я был уверен, что его смерть как-то связана с твоим мужем, вторым... А теперь вдруг эта история... Чепуха получается.

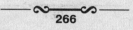

— Может, и не такая чепуха, — вздохнула я. — Может, они действительно связаны?

— Как?

— Понятия не имею. Нам надо встретиться с сыщиком, которого нанял Деревягин, возможно, он объяснит, что к чему.

— Тогда едем в милицию.

По дороге разговор вернулся к прежней теме.

— Как думаешь, зачем он тебя искал?

— Здесь два варианта, — вслух начала размышлять я. — Либо он подозревал меня в чем-то...

— В убийстве?

Я посмотрела ему в глаза и кивнула.

— Либо, напротив, хотел предупредить об опасности и потому приехал.

— Если подозревают в убийстве, идут в милицию. Нормальные люди, по крайней мере. У тебя были неприятности?

— Гибель мужа сама по себе достаточная неприятность. Никто меня не подозревал, если ты это имеешь в виду. Мы были счастливой парой, что бы там ни говорили. Я работала в его фирме, с женой у них отношения были прохладными. Обычная история. Я его любила. Может, потому, что он очень напоминал мне отца. Пылкой страсти с моей стороны не было, зато были уважение, признательность. Когда он попросил моей руки, я сказала: «Да». До этого мы почти год жили в гражданском браке. Когда Сергей погиб... в общем, сплетен было предостаточно. От первого брака детей у Сергея не было, все деньги, много денег, отошли мне. Само собой, болтали про молодого любовника и тому подобную чушь.

— А любовник был? — совершенно серьезно спросил Денис.

— Нет. Твои коллеги этим тоже интересовались. Но при всем желании не смогли ничего накопать.

— Елена Семеновна говорила о каких-то общих делах Деревягина и твоего мужа, тебе о них что-нибудь известно?

— Делами мужа я никогда не интересовалась. Уже после замужества полезла с вопросами, на что Сергей вежливо, но твердо порекомендовал мне интересоваться тряпками или книгой «О вкусной и здоровой пище». Я из тех, кому дважды повторять не надо. По слухам, у нескольких серьезных людей в городе имелись причины желать моему мужу смерти, но что-либо конкретно... Словом, убийство до сих пор загадка. Между делом на меня вылили ушат помоев — разница в возрасте, история с первой женой и прочее. Ясно, что я не могла любить мужа, а охотилась за его деньгами.

— То есть существовала версия о твоей причастности к убийству?

— Были слухи, а версия... насколько мне известно, нет. Видишь ли, мы действительно хорошо жили, и я любила его. С ним было спокойно. До замужества деньгами я не была избалована, и те, что

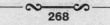

он мне давал на расходы, казались мне целым состоянием. Сергей постоянно подшучивал, что я никак не научусь их тратить. У меня не было любовника и не было причин желать смерти мужу. Тем более в тот момент.

— О чем ты? — поднял брови Денис.

— Я ждала ребенка. Это был самый счастливый период в нашей жизни. Потом вдруг у меня объявилось воспаление легких, я оказалась в больнице. Сергей места себе не находил. А потом Сергея убили. Возле двери нашей квартиры. Он как раз вставлял ключ в замок. Ездил он без охраны, вроде бы ничего не опасался. В один день я оказалась бездетной вдовой. И при первой возможности уехала из города. Но разыскивать меня с частным детективом не было никакой необходимости. Я ни от кого не пряталась.

— А почему ты выбрала наш город? У тебя там родственники, друзья?

— Туда был ближайший рейс самолета, — усмехнулась я.

Денис посмотрел на меня очень серьезно и вдруг сжал мою ладонь, а я отвернулась к окну, не желая продолжать разговор.

Тут машина остановилась, и я сообразила, что мы находимся возле отделения милиции.

— Подожди здесь, — сказал Денис. — Не думаю, что это займет слишком много времени.

Водитель такси курил, поглядывая в окно, а я,

откинув голову на спинку сиденья, закрыла глаза, еще раз пытаясь уяснить для себя происходящее. Толку от этого, сказать по чести, вовсе не было. Наконец вернулся Денис.

— Парень этот — темная лошадка, — принялся объяснять он мне, как только сообщил водителю адрес. — Бывший адвокат, за какую-то скверную историю его турнули, и с тех пор он перебивается случайными заработками. В основном помогает бывшим коллегам, когда надо провести собственное расследование. Парень, по общему мнению, толковый и даже талантливый, но с большими проблемами по части морали. Есть мнение, что он не брезгует шантажом. Но неприятностей с законом у него на сегодняшний день нет.

Я слушала очень внимательно, мрачнея все больше. Деревягин нашел этого типа и попытался провести собственное расследование. Что они там накопали — вопрос. Однако Деревягин решил появиться у меня и погиб. Это более-менее укладывается в какую-то схему, а что делать с запиской Глеба, с тем самым клочком бумаги, который я нашла на крышке стола приклеенным скотчем, где были лишь фамилия, имя, отчество этого самого Деревягина и ничего больше? Выходит, Глеб был с ним знаком или, по крайней мере, знал о нем. Где и когда пересеклись их дороги? Стоп. Деревягин, если это, конечно, звонил он, был буквально потрясен, когда узнал о гибели Глеба. А что, если допустить невероятное:

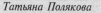

Глеб — его человек. Все это время он следил за мной... Господи, но зачем это? Какую цель они преследовали?

— Вас подождать? — спросил водитель, притормозив возле пятиэтажного дома с симпатичным садиком по соседству.

— Нет, спасибо, — ответил Денис, и мы вышли.

Встреча с бывшим адвокатом меня тревожила. Я даже не пыталась скрыть волнения, и Денис это заметил. Взгляд его против обыкновения не был пристальным, точно он пытается увидеть меня насквозь, теперь он взирал на меня с сочувствием, и как только мы оказались на улице, взял за руку. Я благодарно улыбнулась, и мы вошли в подъезд, где в квартире на третьем этаже жил Лиховский Эдуард Михайлович.

Денис нажал кнопку звонка, и некоторое время мы терпеливо ждали. Наконец дверь открылась, и я увидела взлохмаченного мужчину неопределенного возраста в камуфляжных штанах и с голой грудью.

— Привет, — кивнул он и, глядя на меня, широко улыбнулся.

Денис сунул ему под нос удостоверение, на которое мужчина даже не взглянул, и спросил:

— Вы Лиховский?

— Так вы к нему? — хмыкнул тот, не сводя с меня взгляда. — Неужто такие девушки в ментовке служат? Вам бы в кино или там песни петь, а?

— Вам бы на вопрос ответить, — вздохнул Денис.

— Насчет Эдика? Опоздали вы. С утра тю-тю. По делам уехал.

— Пройти можно? — вежливо поинтересовалась я. — Неудобно говорить на лестничной клетке.

— Заходите, — еще шире улыбнулся мужик. — Только у меня не прибрано. Пошли на кухню.

Квартира оказалась коммунальной, бывший адвокат делил ее с бывшим летчиком, а теперь сторожем автостоянки Ивановым Михаилом Петровичем. Чувствовалось, что в быту оба придерживались спартанских принципов: занавески на кухонном окне отсутствовали, ремонт не делали лет десять, да и мебелью соседи себя не обременяли. Мы с Денисом устроились на допотопных стульях, а сам хозяин на подоконнике. Он взглянул через плечо без всякого интереса во двор и спросил:

— Чего Эдик натворил?

— Пока ничего. А мог натворить? — в свою очередь, поинтересовался Денис.

— Кто его знает? Вообще-то, мужик он неплохой. Одна беда: пьет много, но это проблема общая, так что, выходит, и не беда вовсе.

— Вы давно его знаете?

— Лет семь. Как благоверные нас сюда зафутболили... Он с женой развелся, я тоже, вот и оказались в этих хоромах. А когда есть склонность посидеть, по душам потолковать за бутылочкой, поневоле познакомишься.

— Значит, что-то о своих делах он вам рассказывал?

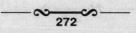

— Конечно. Тут вот в чем проблема: рассказывать он начинал на определенной стадии, я на ней уже мало что понимал. Так что спрашивать спрашивайте, а уж смогу ли я ответить или нет — посмотрим.

— За что его из адвокатов попросили?

— История скверная вышла. Вспоминать о ней Эдик не любит. Что-то связанное с подкупом свидетелей. Он утверждал, что его подставили. Может быть. Пострадал, отсидел два года. Сами понимаете, карьера накрылась, жена нашла другого, а жить как-то надо. Первым делом запил. Бывшие приятели подбрасывали ему кое-какую работенку, вот так и перебивался. Потом заработал приличные деньги, не спрашивайте как, не рассказывал. Купил машину, опять же запил. В общем, живет человек, как умеет. Деньги в долг дает охотно и назад с кулаками не требует. Баб приводит нечасто, ежели в запое — по неделе из комнаты не выползает.

— Когда последний раз запил? — спросил Денис.

— Сейчас вспомню, — почесал затылок Михаил Петрович. — Месяц назад. Нет. Меньше. Недели три... Получил большие бабки и запил. Крепко, я вам скажу. Вряд ли от больших бабок что осталось. А до этого долго держался. Говорил, дело у него интересное и перспективное.

— А поконкретней? — улыбнулся Денис.

— Поконкретней у него спросите. Но, видно,

что-то стоящее. Он месяцев пять вообще не пил, все в разъездах. Стал похож на собаку, которая след взяла. И деньги заколачивал приличные. Кто-то из наших толстосумов ему работенку подсватал, у него даже сотовый появился, чтоб всегда быть на связи. Ну а как деньги получил, само собой, в запой...

— Сейчас он из запоя вышел? — опять спросил Денис.

— Два дня назад. Деньги кончились. Вчера вечером звонил куда-то, сильно страдал. И после одного звонка вроде как ополоумел. Носился по квартире и бормотал: «Так-так-так...» Ну я, само собой, проявил любопытство, а у него глаза горят, рожа глупая, и отвечает в том смысле, что пришел его звездный час. Я решил, что это его с перепоя ломает, и спать отправился. А сегодня с утра он уехал. Часов в семь. Я в туалет вышел, а он при всем параде, костюм, галстук, рожа бритая и чемоданчик в руке.

— Куда отбыл, не сказал?

— Не-а. Таинственность напустил и все подмигивал. Наверное, большие деньги почуял.

— Что ж, спасибо вам большое, — поднимаясь, сказал Денис.

— Меня в ментовку вызовут? — нахмурился Михаил Петрович.

— Не вижу необходимости.

— Хорошо, — кивнул тот. — Для протокола говорить совсем другое дело. Мы ж соседи. И зла я ему не желаю. Чего это вы им заинтересовались, не скажете?

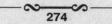

— У всех есть свои тайны, — улыбнулся Денис, и мы покинули квартиру. — Кое-что прояснилось, — вздохнул мой спутник. — Находясь в запое, гражданин Лиховский мало чем интересовался, а когда кончились деньги, узнал о гибели Деревягина, и это его сподвигло на кое-какие мысли.

— Думаешь, сейчас он отправился в наш славный город?

— Думаю, у него возникнет желание встретиться с тобой. Знать бы, что ему надо?

— Предположить нетрудно, — усмехнулась я. — Он ведь собрался разбогатеть.

— Тебя это не пугает? — нерешительно спросил Денис.

Я некоторое время внимательно его разглядывала, потом ответила:

— Нет. У меня нет тайны, за сохранность которой я желала бы заплатить. Если Лиховский появится у меня, я отправлю его в милицию. Так что на деньги он рассчитывает напрасно.

— Мы же не знаем всех обстоятельств дела. Допустим, он рассчитывает получить деньги вовсе не от тебя.

— А от кого?

— У нас достаточно персонажей, которые никак не укладываются в схему. Неизвестный, который нанял Никольского следить за тобой...

— Это может быть Деревягин или тот же Лиховский...

— Допустим. Есть еще убийца с татуировкой и некто, приславший тебе записку с предупреждением.

— И как, по-твоему, все это связано с убийством Глеба?

— Теперь и убийство внушает сомнение. Но если труп кремирован, сомнения таковыми и останутся... Ну что? Оставаться дольше в этом городе не вижу смысла. Отчаливаем?

— Отчаливаем, — кивнула я.

Обратная дорога изрядно меня утомила. Автобусом мы добрались до соседнего областного центра, где был аэропорт, потом самолетом до Москвы и в наш город — опять самолетом. Прибыли мы уже ближе к полудню на следующий день. По дороге домой я уснула, глаза открыла, только когда мы въехали во двор. Денис вышел вместе со мной.

— Может, мне стоит подняться? — спросил он неуверенно.

— Спасибо, — улыбнулась я и зачем-то его поцеловала, потом махнула рукой и торопливо скрылась в подъезде.

В почтовом ящике что-то лежало, я извлекла листы бумаги, это оказались счета «Телекома» за прошлый месяц. Равнодушно взглянула на суммы. Полторы тысячи у меня, у Глеба вдвое больше. Это меня заинтересовало. Я стала на ходу просматривать список. Девять раз встретился один и тот же номер межгорода. Войдя в квартиру, я сразу же направилась к телефону. Автоответчик выдал десяток сооб-

щений. Звонили знакомые, беспокоился Володя, трижды звонил Федор, последний раз его голос звенел от злости. Я набрала номер межгорода и справилась о коде. Девять раз в прошлом месяце Глеб звонил в Екатеринбург. Предположительно, там жил его отчим. Не раздумывая, я набрала номер. Если честно, я не ожидала обнаружить там родственника, зная о привычках Глеба. Но если он девять раз звонил кому-то, человек этот просто обязан что-то знать о нем.

— Фирма «Кондор», — сообщил приятный женский голос. — Добрый день.

Я повесила трубку. Так... никакого отчима, зато появилась фирма «Кондор», что это может быть? Я могу позвонить еще раз и попытаться прояснить ситуацию. Вряд ли это что-то даст. Глеб мог обращаться к ним совершенно под другой фамилией. Я еще раз внимательно просмотрела счет: обратных звонков на сотовый не поступало. Что ж, придется прокатиться в Екатеринбург.

Немного подумав, я набрала номер Дениса. Он ответил сразу.

— Извини, — сказала я, — не мог бы ты приехать?

— Что-нибудь случилось? — В его голосе послышалась тревога.

— Нет, просто я хотела с тобой поговорить. Не по телефону.

— Хорошо, — подумав, ответил он и через пят-

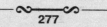

надцать минут уже звонил в дверь, а я испытала чувство неловкости, потому что явился Денис с мокрыми после купания волосами. В общем, выходило, что я вытащила человека из ванной. Он вошел, хмуро глядя на меня, точно гадая, чего можно ожидать от меня.

— Что это у тебя такой вид, как будто ты ждешь, что тебя накажут? — съязвил он. — Например, поставят на весь день в угол.

— Примерно так я себя и чувствую, — вздохнула я. — Мне стыдно, что я так беспардонно пользуюсь твоей добротой.

— Я — лицо заинтересованное. Так о чем ты хотела поговорить?

— Идем на кухню. Вряд ли ты успел пообедать, попробую что-нибудь приготовить и заодно все объясню.

Счета лежали на кухонном столе, я ткнула в них пальцем.

— Пришли сегодня. Глеб звонил в Екатеринбург. Предполагалось, что там живет его отчим. По крайней мере, он мне об этом говорил.

— Ты уже звонила?

— Конечно.

— И что?

— Фирма «Кондор».

— Что за лавочка?

— Понятия не имею. Ответила девушка, задавать вопросы я поостереглась.

— Осмотрительно, — усмехнулся Денис, машинально коснувшись ладонью своего лица. Выглядел он, кстати, скверно. Ссадины его не украшали, и путешествие тоже наложило свой отпечаток: бледность, круги под глазами. — Название весьма подходящее для какой-нибудь охранной фирмы. — Я выжидающе смотрела на него, и он продолжил: — Думаю, они выполняли работу для твоего мужа, регулярно отчитывались. Это нетрудно проверить.

Он взял трубку и стал звонить. Через пять минут выяснилось: Денис не ошибся, по крайней мере, в том, что касалось охранной фирмы.

— Интересно, что ему понадобилось в Екатеринбурге? — закуривая, спросил он. — Ведь зачем-то он звонил туда?

— Я хочу туда поехать, — тихо сказала я, с надеждой глядя на Дениса.

— Желаешь, чтобы я составил тебе компанию? — Я кивнула. — Отпускать тебя одну опасно, могут неласково встретить. — Он поднялся и приблизился ко мне. — Ты хоть понимаешь... — Он вдруг усмехнулся, потом хохотнул и развел руками. — Ты понимаешь, что история дерьмовая? Что-то вокруг тебя происходит. Не забывай про сердитых мальчиков, в гостях у которых ты побывала совсем недавно. Они знают твой адрес, и им ничего не стоит появиться здесь.

— Не такая уж я дура, чтоб этого не понимать.

— Полина, — сказал он очень серьезно, — я уверен, ты знаешь больше, чем говоришь мне. Пойми... Глупо в такой ситуации пытаться все это распутать в одиночку. Глупо и опасно. Почему ты не хочешь рассказать все? Чего ты боишься?

Я молчала, избегая его взгляда, он обнял меня, легонько встряхнул, так, что мне все-таки пришлось посмотреть в его глаза.

— Хочешь скажу, чего ты боишься? — с горечью предложил он. — Ты надеешься, что твой муж жив. Ты любишь его и боишься сделать что-то такое, что ему не понравится. Ведь так?

— Я... я не знаю.

— Знаешь. Чего ты ждешь? Что он вернется к тебе? Этот подонок, убивший беременную женщину? Он с ней спал, сделал ей ребенка, а потом хладнокровно убил ее, чтобы получить деньги. Ты хочешь, чтобы он пришел и сказал: «Я люблю тебя, дорогая». Ты этого хочешь?

— Замолчи, — жалобно попросила я.

— Нет уж, давай немного поговорим. — Лицо его стало жестким, глаза смотрели зло. Я испуганно попятилась, но он схватил меня за плечи, больно сжал. — Посмотри на меня и скажи правду.

— Какую правду ты хочешь услышать? — всхлипнула я.

— Допустим, он вернулся. И что? Бросишься ему на шею? Будешь рыдать от счастья? И ждать, что он поступит с тобой так же, как с ней?

— Какое тебе до этого дело? — не выдержала

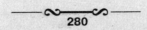

я. — Он не вернется, — сказала я с отчаянием. — Даже если он жив. Никогда не вернется.

— Ты его любишь, — зло сказал Денис. — Ты его любишь, несмотря ни на что. А тебе не приходило в голову: все, что творится вокруг тебя, — его рук дело? Тебя просто используют. Разыгрывают партию, и ты в ней пешка, которой легко пожертвовать. Или тебя вдохновляет записка, в которой неизвестный доброжелатель предупреждает тебя об опасности? Думаешь, его работа? Если ты и нужна ему, то до поры до времени. А там пойдешь в расход как миленькая...

Я даже не сразу поняла, что ударила его. Он отшатнулся и замер, так и не договорив. А я бросилась вон из кухни и заперлась в спальне. Я сидела, обхватив руками подушку, и давилась слезами, не зная, чего в них больше: обиды или ненависти.

Я надеялась, что Денис сразу уйдет, но входная дверь не хлопнула. Понемногу я успокоилась, начала прислушиваться — в квартире тихо, должно быть, он все-таки ушел. Я вытерла слезы и вышла.

Денис сидел в гостиной, обхватив голову руками, уставившись куда-то в пол. Я прижалась к стене и сказала тихо:

— Ты еще здесь?

— Хочешь, чтобы я ушел?

Я подумала и ответила правду:

— Не знаю.

— Я не должен был всего этого говорить... А извиняться глупо. Умнее всего в самом деле уйти. Хлопнуть дверью, спокойно отгулять отпуск, а потом выйти на работу, отыскать твоего подонка-мужа и засадить его в тюрьму, где ему и место.

— Так что тебе мешает? — пожала я плечами.

Он поднял голову и посмотрел на меня.

— Не могу, — сказал он и засмеялся. — Не могу уйти... Так же, как ты не можешь забыть этого... Тебе понятно?

Я молчала, наверное, это было мучительно для него, он смотрел на меня, надеясь, что я скажу хоть что-то, но я молчала, мне нечего было сказать ему. Он не выдержал, и слова полились сплошным потоком:

— Еще после нашей первой встречи... Ты тогда здорово меня достала. Богатая, избалованная кукла, которой нет дела до остального человечества, солнце всходит и восходит только для нее. Мне очень хотелось наговорить тебе гадостей. А потом я понял, что слишком много думаю о тебе. Конечно, я себя уговаривал: это от злости, просто здорово завела и... На кой черт я с тобой в Сибирь поперся? Делать мне, что ли, нечего? Ну я и здесь, конечно, себя уговорил: интересное дело и все такое... Чушь собачья. Вот когда мне башку прошибли, я оказался в больнице и едва не спятил, думая, где ты, что с тобой... притворяться стало глупо. А под утро я понял: мне наплевать. На все. На твоего мужа, на это расследование, вообще на все, я... — Он стиснул зубы, точно боясь, что ненужные слова помимо воли вырвутся наружу.

Я стояла, сцепив за спиной руки, с глазами, полными слез. Он поднялся, встал напротив меня. Я очень боялась встретиться с ним взглядом, голова шла кругом, мне было трудно дышать.

— Поцелуй меня, — попросила я тихо, — пожалуйста.

Он нашел мои губы, и я обняла его, преодолевая брезгливость, прижимаясь к нему все крепче и крепче, но он опять отстранился.

— Нет, — сказал он с горечью, — ты же меня возненавидишь.

Я заревела, уткнувшись в его плечо, и он принялся утешать меня, легонько поглаживая волосы, плечи, точно я была маленькой девочкой.

— Я веду себя как последняя дура, — сказала я, вытирая нос платком.

В конце концов мы занялись приготовлением обеда и успешно справились с этим. Говорили о разных пустяках, глядя друг на друга, точно напроказившие дети. И он и я боялись ненароком вернуться к запретной теме. Только когда приступили к трапезе, я вдруг сказала очень серьезно:

— Ты не прав. Я никогда не прощу. Никогда.

И по выражению его глаз поняла: он поверил.

Я мыла посуду после обеда, Денис курил, лениво поглядывая в окно, наконец он со вздохом сказал:

— Значит, ты хочешь слетать в Екатеринбург? —

Я кивнула, испытывая в тот момент чувство вины. — Что надеешься отыскать?

— Не знаю, — пожала я плечами. — Должна быть связь. Между моим первым мужем, Деревягиным и Глебом. Я нашла в столе Глеба бумагу с именем Деревягина. Клочок бумаги, а там фамилия, имя и отчество, больше ничего. Еще было письмо с угрозами. Очень похоже на шантаж. — Денис нахмурился, забыв про сигарету, которая дымилась в пепельнице. — Когда ты мне сказал про убийство в гостинице...

— Мне вот что пришло в голову... — перебил Денис. — Кстати, письмо с угрозами ты сохранила?

— Да, — кивнула я, прошла в спальню и вскоре вернулась оттуда с обрывком письма. — Вот.

— Любопытно, — прочитав текст, заявил Денис. — Так вот, по поводу умной мысли, что меня посетила. Допустим, Деревягин, желая изобличить убийцу друга, интересуется тобой и при этом каким-то образом узнает о прошлом Глеба. Начинает его шантажировать...

— Деревягин солидный человек. Шантаж скорее подходит бывшему адвокату Лиховскому.

— Допустим. Твоему мужу деваться некуда, и он решает скончаться. В очередной раз. Деревягин является сюда...

— Он был очень возбужден, узнав о смерти Глеба.

— Вот-вот. Денежки уплыли...

— Вряд ли Деревягин мог опуститься до шантажа.

— Мог, не мог, что мы, в сущности, о нем знаем? Допустим, все-таки мог. Тогда вполне понятно, что от него избавились.

— Кто избавился?

— Твой муж, если он жив, или его дружки, если Глеб скончался.

— Зачем дружкам убивать Деревягина?

— А зачем это твоему мужу, если считается, что он погиб? Причина наверняка есть, но мы ее не знаем. Очень бы хотелось потолковать с Лиховским. Боюсь только, как бы нас не опередили.

— Кто? — испугалась я.

— Тот самый человек или те люди, кто поспешил избавиться от Деревягина.

— Парень с татуировкой?

— Возможно. Кстати, я позвонил приятелю, который занят этим делом. Бычков ведет себя на редкость смирно. Наблюдение за ним ничего не дало. Абсолютно. Единственная причина, по которой он все еще интересует следствие, — это татуировка.

— Два человека с одинаковой татуировкой? И Бычков абсолютно ни при чем?

— Очень сомнительно, если учесть предысторию твоего с ним знакомства.

— Действительно, разумные объяснения в голову не приходят, — подумав немного, констатировала я.

— Что ж, будем надеяться, что в Екатеринбурге что-то прояснится, — вздохнул Денис.

— Мы туда поедем? — робко поинтересовалась я.

— Разумеется.

— Сегодня?

— Да. Только вместо самолета отправимся на машине.

Мне показалось это не очень разумным, но возражать я не стала.

— Если выехать через пару часов, к утру будем там. — Я согласно кивнула. — Мне надо наведаться на работу.

— Во сколько встречаемся?

— Думаю, через час-полтора.

— Мне за тобой заехать? — предложила я.

Денис улыбнулся и взял меня за руку, хотел что-то сказать, но вдруг передумал.

— Заезжай. Позвони мне на всякий случай, вдруг я задержусь на работе.

Я проводила его до двери, постояла у окна, наблюдая, как он идет через двор, сворачивает... Затем потянулась к телефону. Голос Федора звучал недовольно:

— Черт возьми, где ты была? Я тут с ума схожу от беспокойства.

— У меня очень мало времени. Послушай и постарайся не перебивать. Во-первых, ты оказался прав, они не только вместе учились в университете, но и дружили, он затеял собственное расследование, нанял какого-то пьяницу, не удивлюсь, если тот уже сегодня появится в городе. Лиховский Эдуард Михайлович. — Я продиктовала адрес, затем

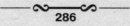

продолжила: — Вряд ли он чего-то опасается, раз о нем знал только Деревягин, значит, скорее всего, остановится в гостинице.

— Думаешь, он в самом деле что-то накопал?

— Не знаю. Но лучше держать его под присмотром.

— Хорошо. Я сам займусь этим. Что собираешься делать ты?

— Поеду в Екатеринбург. Там находится охранная фирма «Кондор», Глеб в прошлом месяце звонил им несколько раз.

— Ты поедешь одна?

— Нет, — не решилась я солгать.

— С кем? — В голосе настороженность.

— Я...

— С кем?

— С Денисом.

— Какой, к черту, Денис? Ты что, спятила? Ты спишь с ним?

— Прекрати! — рявкнула я. Он замолчал, я слышала его тяжелое дыхание. — Пойми, кто-то должен мне помочь.

— Чушь. Ты спишь с ним. Не забывай, кто он, и вспомни пословицу: на каждого мудреца довольно простоты. — Он бросил трубку, а я продолжала стоять, слушая гудки.

Денис сам позвонил мне. Мы договорились, что я подъеду через полчаса. Необходимые вещи у меня уже были собраны, я выпила чашку кофе на дорогу и спустилась во двор. Моя машина стояла на стоянке возле дома, я подошла, открыла переднюю дверь и тут обратила внимание на колесо, оно было спущено. Я чертыхнулась, полезла в багажник, запаска была на месте, а вот домкрат отсутствовал. Когда я видела его в последний раз, он вроде бы лежал в моей машине. Вряд ли его брал Глеб, в «Шевроле» имелся свой. Значит, или Глеб, или я выложили его, и теперь, скорее всего, домкрат в гараже.

Гараж располагался неподалеку, через соседний двор направо, но эта задержка неожиданно меня разозлила. Я хлопнула крышкой багажника, оглядывая двор в надежде, что появится спаситель с собственным домкратом и поменяет мне колесо. Но спасители в тот день отдыхали.

Чертыхаясь, я побрела к гаражу, думая о том, что не худо бы там ставить машину, глядишь, тогда и с колесами проблем не возникнет. Открывать ворота я не стала, отперла дверь и вошла в гараж, оставив дверь распахнутой. Верстак был рядом, и я надеялась быстро отыскать домкрат, щелкнула выключателем, но свет не горел.

— Ну вот, пожалуйста, — обиделась я и стала шарить по верстаку руками. За спиной что-то скрипнуло, я нахмурилась, а потом испугалась.

Я начала медленно поворачиваться, и тут кто-то стиснул мою шею согнутой в локте рукой. Я охнула и зажмурилась. Касаясь губами моего уха, этот кто-то тихо пробормотал:

— Мент — это плохая идея. — Убрал руку и толкнул меня в спину. Я ударилась грудью о верстак, на

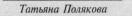
одно мгновение увидев ладонь в потоке света, падающего из распахнутой двери: татуировка, точно нарочно выставленная на обозрение. Дверь почти тут же захлопнулась, а я оказалась в кромешной тьме.

— Господи, — пробормотала я, опираясь руками на верстак. И так стояла какое-то время, не в силах сдвинуться с места. Потом толкнула дверь ногой, и она распахнулась. Я достала сотовый, хотела позвонить Федору, но передумала. — Сукин сын, псих, — давясь злыми слезами, бормотала я. Мне потребовалось минут пятнадцать, чтобы прийти в себя. Я вышла на улицу и немного постояла, привалившись к воротам и задрав голову к небу. Потом заставила себя вернуться в гараж.

Домкрат в самом деле лежал на верстаке. Я взяла его, заперла дверь и побрела к машине, зашвырнула домкрат в багажник и устроилась на заднем сиденье, расслабленно раскинув руки и закрыв глаза. Из этого состояния меня вывел звонок Дениса.

— Полина, — позвал он, — где ты?

— Возле своего дома.

— Что случилось? Я жду тебя сорок минут.

— У меня колесо спустило, — вздохнула я.

— Почему не позвонила? Я сейчас подъеду. Слышишь?

— Слышу, — сказала я.

Через несколько минут во двор въехало такси, и из него появился Денис со спортивной сумкой в руках. Он торопливо зашагал к моей машине, открыл заднюю дверь и с недоумением взглянул на меня.

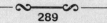

— В чем дело? — спросил он строго.

— Я же сказала: колесо спустило.

— Не дури. Ты свое лицо в зеркале видела? Что происходит, а? Что ты опять скрываешь?

— Сядь, пожалуйста, — попросила я, и Денис сел рядом. — Он был здесь. Парень с татуировкой.

Денис смотрел на меня вроде бы растерянно, точно не понимал, о чем речь. Я рассказала о своей встрече с неизвестным. Денис мрачнел на глазах.

— Значит, «мент — плохая идея». И больше ничего?

— Ничего. Он толкнул меня и вышел из гаража. Я была так напугана... Если б догадалась броситься следом, я бы наверняка его увидела...

— Слава богу, что это не пришло тебе в голову. Гаражи — самое подходящее место, чтоб лишить любопытного головы. Дай мне телефон, позвоню приятелю.

Я протянула ему сотовый, он вышел из машины и, прохаживаясь по стоянке, несколько минут оживленно с кем-то беседовал. Я не прислушивалась, сидела и наблюдала за воробьями. Денис вернулся.

— Бычков в настоящее время находится на работе. За ним ведут наблюдение. Оказаться здесь он никак не мог. Ты ничего не путаешь?

— Нет. У парня была татуировка, такая же, как у Бычкова.

— Выходит, она довольно популярна в нашем городе. Запаска в багажнике? — без перехода спросил Денис и стал менять колесо. С работой он справился быстро. — Зайдем к тебе на минуту, вымою руки, — сказал он. Я молча протянула ему ключи от квартиры.

В квартире он несколько задержался. Может, знакомился с записями на автоответчике или еще сделал что-то полезное. Проявлять любопытство у меня желания не возникло. Денис сел в машину и спросил, полуобернувшись ко мне:

— Мы едем, или ты передумала?

— Едем, — кивнула я.

В Екатеринбург мы прибыли, как и планировали, около десяти. Под утро Денис сменил меня за рулем, и я крепко уснула, с удобствами расположившись на заднем сиденье. Завидев указатель «Екатеринбург», Денис разбудил меня, я протерла глаза, зевнула и заявила:

— Есть хочу.

В первом же кафе мы позавтракали, а заодно наметили план действий.

— Прежде всего найдем эту лавочку, и я потолкую с ребятами.

— А потом?

— А потом увидим. Неизвестно, как нас встретят.

Я поежилась — недавние приключения были еще чересчур свежи в памяти.

Отыскать фирму «Кондор» оказалось делом нетрудным, Денис позвонил туда, и девушка довольно толково объяснила, как к ним проехать. Судя по

зданию, которое занимала охранная фирма, дела у нее шли неплохо. Я с сомнением посмотрела на Дениса, когда он заявил:

— Что ж, пойду пообщаюсь с гражданами. Счет не забыла? Дай его мне.

Я протянула ему счет, проводила взглядом, вздохнула и начала изводить себя догадками, чего следует ждать от жизни в ближайшее время.

Денис вернулся через полчаса. По выражению его лица стало ясно: встретили его отнюдь не с распростертыми объятиями.

— Что-нибудь узнал? — спросила я.

— Ага, узнаешь тут. Сначала они мне что-то про профессиональную этику толковали... Начитались детективов, мать их. Мол, понятия не имеем, кто нам звонил. К тому же издалека. Разогнать бы всю их лавочку...

— Ты удостоверение предъявлял?

— А как же. Только им на это начихать. И ничем ты их не проймешь, потому что не докажешь, что они прекрасно знают: и кто им звонил с такой регулярностью, и по какому поводу... В этой лавочке сидят бывшие менты, разжиревшие от хорошей кормежки. И теперь им на все наплевать, лишь бы бабки платили.

— Значит, мы приехали сюда напрасно? — заметила я.

— Ничего подобного, — огрызнулся Денис. — Еще посмотрим... — Он пробормотал ругательство себе под нос, завел машину и перегнал ее в сосед-

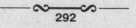

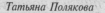
ний переулок. Вход в «Кондор» отсюда был виден прекрасно.

— Что ты задумал? — спросила я.

Денис, не обращая внимания на мои слова, попросил:

— Дай-ка телефон...

Я протянула ему сотовый и поинтересовалась:

— Кому ты хочешь звонить?

— Приятелю. Учились вместе. Я ему как-то помог в одном деле, теперь его очередь.

— А кто он, твой приятель?

— Мент. Если, конечно, не нашел работенку получше и посытнее.

Денис достал записную книжку и принялся листать ее. Затем набрал номер. Поиски приятеля заняли минут двадцать, дома его не оказалось, но жена сообщила номер телефона, по которому его можно было найти. В кабинете парню не сиделось, Денис звонил дважды, прежде чем тот наконец-то откликнулся. Судя по разговору, приятель Денису обрадовался. Они немного поболтали и договорились встретиться. Возвращая мне телефон, Денис сказал:

— Вот что, торчать здесь со мной тебе необязательно. Лучше устроиться в гостинице и ждать там.

— Я не хочу оставаться одна, — сразу же предупредила я.

— Не думаю, что это опасно. Сиди в номере, никуда не высовывайся.

— В прошлый раз это не помогло, — съязвила я.

— В прошлый раз ты сунулась с фотографией, — наставительно изрек Денис.

— Я лучше с тобой, — вздохнула я. Его желание на время избавиться от меня мне не понравилось. Я понаблюдала, как он нервно курит, и попросила: — Объясни, что ты задумал?

— Вытрясти душу из одного жирного гада. Он мне выложит как на духу, зачем твоему мужу понадобилась их контора.

Намерение Дениса пришлось мне не по вкусу.

— Ты с ума сошел, — испугалась я. — Ты что, хочешь напасть на человека? Ты не имеешь права так себя вести. К тому же мы в чужом городе. А если эти типы — бывшие менты, у них есть связи. Я не хочу, чтоб тебе твои коллеги опять ломали ребра. Думаю, в «Кондор» надо идти мне. Объяснить все, как есть. Узнав, что дело идет об убийстве, они не рискнут секретничать.

— Говорю тебе, они и слышать ни о чем не хотят. Не в курсе они. Ничего не знают, ничего не ведают.

— Я пригрожу милицией.

— А я кто, по-твоему?

— Денис, не упрямься. Лучше постараться договориться по-хорошему.

— Я уже пробовал. По-хорошему они не понимают.

Стало ясно, что продолжать спор не имеет смысла, и я замолчала. Денис тоже молчал, курил, продолжая наблюдать за входной дверью. Мне подоб-

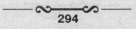

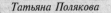
ное времяпрепровождение казалось глупым, но возражать я не решилась, достала из сумки книгу и принялась читать. Прошло полчаса.

— Расскажи о себе, — вдруг предложил Денис.

— Что? — не поняла я.

— Расскажи о себе, какая ты была в детстве? Что любила, что терпеть не могла?

— Я терпеть не могу рассказывать о себе. Понимаю, что сидеть вот так ужасно скучно...

— Ты хорошо училась в школе?

— Да. Это что, важно?

— Просто интересно.

— Уверяю тебя, ничего интересного. Училась в школе, занималась музыкой. Потом вышла замуж. Далее тебе известно.

— Расскажи о своем первом парне.

— Ты что, на солнышке перегрелся? — удивилась я.

— Вовсе нет.

— Тогда ты просто спятил. С какой стати я буду тебе все это рассказывать?

— Почему бы нет?

— Только неумные женщины рассказывают одному мужчине о другом. Это во-первых, а во-вторых, я здесь долго не выдержу... может быть, испробуем мой план?

Мнение Дениса на этот счет я так и не услышала.

— А вот и наш дорогой друг, для которого клиенты превыше господа, — заявил он.

В этот момент из здания вышел упитанный до-

льно молодой мужчина. Бывший мент чувство-
вался в нем за версту. Он сел в темно-фиолетовую
«Волгу», она плавно тронулась с места, а Денис, выждав время, ненавязчиво пристроился сзади.

Денис вел себя осторожно, от «Волги» мы держа-
лись на почтительном расстоянии. Не знаю, на что
он рассчитывал, но бывший мент радовать нас явно
не собирался. Заехал в цветочный магазин, откуда
вернулся с большим букетом, а через двадцать минут скрылся в подъезде очень симпатичного дома.
Шофер на «Волге» сразу отбыл, и стало ясно: мент
намеревался задержаться здесь надолго.

— Надо думать, у него здесь подруга, — хихикнул мой спутник, а я пожала плечами.

— Ничего противозаконного в этом не вижу. Что
ты вообще надеешься узнать, катаясь за ним по городу?

— Я собираюсь побеседовать с человеком в дру-
жеской обстановке. А чтоб обстановка была дружес-
кой, надо выбрать подходящее время и место.

Спокойствия мне его слова не прибавили, но я
опять-таки промолчала. Чувствовала я себя изму-
ченной, хотелось принять ванну, вытянуться на постели... Подумав об этом, я с сожалением вздохнула,
но оставлять Дениса по-прежнему не решилась.

Через час во дворе опять появилась «Волга», а
потом и толстяк вышел из подъезда и прямиком отправился в «Кондор». Само собой, мы тоже. Задер-
жавшись в конторе менее чем на час, толстяк вновь
появился в поле нашего зрения. Перед этим к цент-

ральному входу подъехал молодой человек на «девятке» и вошел в здание, подбрасывая ключи от машины. В его компании бывший мент и возник перед нами. Сел за руль «девятки», а молодой человек устроился сзади, но на ближайшей троллейбусной остановке машину он покинул, и толстяк продолжил свой путь в одиночестве.

Вскоре он затормозил возле ресторана, оставил машину на стоянке, и через несколько минут мы увидели его рядом со столиком, стоящим у большого окна. Он поздоровался за руку с мужчиной лет шестидесяти и устроился напротив. Они о чем-то беседовали, между делом выпив бутылочку коньяка и хорошо закусив.

— Вот жизнь у людей, — хохотнул Денис.

Последовало прощальное рукопожатие, и толстяк удалился, расплачивался за обед его собеседник. Наш подопечный вернулся в охранное агентство, а Денис, лишь только тот вошел в здание, вновь стал звонить своему приятелю.

— И что теперь? — вздохнула я. — Задержит его за вождение автомобиля в нетрезвом виде?

— Тоже неплохая идея. Не важно, за что, важен последующий разговор. Ты как? — спросил он, поворачиваясь ко мне.

— В туалет хочу.

— С этим проблемы, — оглядев местность, сообщил Денис.

— Без тебя вижу.

— Я не могу сейчас отвезти тебя в гостиницу, не

...тся терять из виду этого типа. А вот и Паша, — неожиданно закончил он.

Я увидела, как из переулка выехала старенькая «шестерка», притормозила неподалеку, и из нее вышел молодой человек с ярким румянцем и ямкой на подбородке. Тут выяснилось, что он был не один, но до поры до времени граждане, прибывшие с ним, из машины не выходили, просто открыли задние двери, решив, должно быть, подышать свежим воздухом.

— Ни фига себе тачка, — подходя ближе, заявил Паша.

Денис вышел ему навстречу.

— Мне тоже нравится. Жаль, не моя.

— Вот так всегда, брат, все хорошее в жизни обязательно не наше.

Они пожали друг другу руки, а потом обнялись. Паша с любопытством поглядывал на меня, но Денис не выразил желания нас познакомить, чему я, признаться, порадовалась. Они направились к «шестерке», сели в нее и с полчаса беседовали. Наконец Денис вернулся.

— Рядом есть гостиница, — сообщил он. — Мужики говорят, паршивая, но вряд ли мы здесь задержимся надолго, так что сойдет и эта.

Возражать я не стала. Мы подъехали к пятиэтажному зданию, которое еще пару лет назад не мешало бы покрасить, и Денис с видом фокусника заявил:

— А вот и она. Устраивайся. Сотовый я возьму с

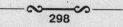

собой. Надеюсь, телефон здесь есть, как получишь номер, позвони.

Я кивнула и потопала в гостиницу. Надо сказать, болтаться по улицам Екатеринбурга мне совсем не хотелось, он не числился в моих любимых городах, и в гостиницу я входила с опаской, поглядывая по сторонам. На счастье, холл был почти пуст, оформление заняло несколько минут. Похоже, сюрпризов не ожидалось. Заметив телефон-автомат, я купила карточку и сразу позвонила Денису.

Мне достался номер на четвертом этаже, я толкнула дверь в ожидании самого худшего, но комната оказалась вполне сносной. Правда, ванну здесь считали роскошью, зато был душ, а главное, горячая вода. Не раздумывая, я отправилась мыться, а потом завалилась спать.

Когда я открыла глаза, за окном смеркалось. Я взглянула на часы: Денису пора бы было уже вернуться. Компания у них неплохая, но все равно я начала волноваться. Устроилась возле окна, закурила. Надо бы сходить в ресторан, с самого утра я ничего не ела, но осторожность пересилила голод. Время шло, а Денис не появлялся.

Я стала беспокоиться всерьез, а потом просто испугалась. Через час я уже не находила себе места. Оделась и начала бродить по комнате. Три шага в одну сторону, три в другую. Может, я напрасно извожу себя страхами, может, Денис отмечает с другом долгожданную встречу? Надо спуститься в холл, позвонить и все выяснить. В холл спускаться мне не

...сь. Денис советовал сидеть в номере и был, конечно, прав. Но ожидание становилось невыносимым. Я надела туфли и тут услышала стук в дверь.

— Денис?.. — прошептала я, подходя ближе.

— Да.

Я открыла дверь и совершенно по-дурацки кинулась ему на шею. Он обнял меня и поцеловал. От него пахло водкой. Я отстранилась и посмотрела на него с удивлением.

— Выпили с устатка, — порадовал он, прошел в номер и сел на кровать.

Я устроилась на подоконнике, недовольно буркнув:

— Между прочим, я здорово волновалась.

— Выпивка заняла полчаса, не больше, — начал оправдываться он. — Не мог же я...

— Это глупо, — заявила я.

— Что — глупо? — нахмурился он.

— То, что мы сейчас говорим друг другу. Даже если б ты явился через три дня, я не имею никакого права тебе выговаривать.

— Серьезно? Очень жаль. Я бы против твоих прав возражать не стал.

— Я действительно за тебя боялась, — вздохнула я.

— На самом деле все было даже проще, чем я рассчитывал.

— Тебе удалось разговорить этого типа?

— Еще бы. Проблема в том, что сведения, полученные от него, мало что проясняют. Человек, по описанию похожий на твоего мужа, впервые появился в их конторе шесть лет назад, в связи с нашумевшим в городе убийством.

— Подожди, я ничего не понимаю...

— Ты сначала выслушай. Итак, незадолго до появления Глеба в «Кондоре» в городе произошло убийство. В собственной квартире зарезали руководителя крупной фирмы по фамилии Литвинов. Убийство мало походило на заказное, но и ограблением, судя по всему, не пахло. Ничего из вещей не пропало. Некто вошел в квартиру, воспользовавшись своим ключом, и буквально искромсал ножом спящего хозяина. Ни отпечатков пальцев, ни показаний свидетелей. Единственная зацепка — ключи. Сразу напрашивался вывод, что убийство совершил кто-то из близких убитому людей. С родственниками у покойного было негусто. Сын от первого брака, с которым они лет за пять до этого рассорились по идейным соображениям, отношения не поддерживали и местонахождение которого установить так и не удалось, и жена, к тому моменту молодая вдова. Но у нее были стопроцентное алиби и суперположительные отзывы от всех, кто хоть раз ее видел. Ничего накопать на вдову не смогли, и дело, как водится, перекочевало в категорию нераскрытых.

— А зачем все это понадобилось Глебу? — удивилась я.

— Его интересовала вдова. После гибели мужа она жила уединенно, а потом покинула город. Вот к ее судьбе он и проявлял интерес.

— И что?

...ичего. Получил отчет и успокоился. Потом по...лся вновь. Теперь его интересовала некая Зоя Павловна Карпинская. Тоже вдова и тоже дама весьма небедная. А год назад он заинтересовался Пахомовой Полиной Викторовной.

— Но в это время мы даже не были знакомы...

— Меня это не удивляет. Ты тоже была вдовой и тоже получила от мужа приличные деньги.

— Значит... наша встреча... Постой, Бычков говорил мне, что видел Глеба возле «Золотого льва» в феврале. Я еще решила, что он ошибся и на самом деле встреча произошла гораздо позднее, уже после того, как Глеб стал жить у меня. А если Бычков ничего не перепутал, если...

— Глеб отправился в Египет с одной целью: подцепить там богатую невесту. Вряд ли кто-то из женщин, которыми он интересовался, жив в настоящее время. Вспомни, что произошло с его женой, точнее, с одной из его жен: ее сбила машина. Что-то подобное ожидало тебя. Но в механизме произошел сбой, и твоему мужу пришлось скончаться самому.

— Я не могу поверить, — пробормотала я и тут же вздохнула: — Извини... Этот человек объяснил, зачем Глеб вновь обратился к ним в прошлом месяце?

— Не в прошлом месяце, а еще девять месяцев назад. На этот раз его интересовал мужчина — Сабуров Федор Васильевич. Глеб всегда звонил сам, отчет о проделанной работе получал, соответственно, по телефону, и в последний месяц интерес его к данной личности был удовлетворен сполна.

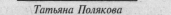
— Мужчина в схему не вписывается, — нахмурилась я. — Зачем он ему понадобился?

— Понятия не имею.

— А что говорит этот тип из «Кондора»?

— Да ничего. Всеми этими делами занимались разные люди. Им приходилось много ездить, ведь женщины жили в разных городах. Сегодня поехал один, завтра другой... Свести все сведения воедино в «Кондоре» никто не потрудился. Просто каждый из проделавших работу докладывал о ней твоему Глебу. По поводу Сабурова наш толстяк говорил с Глебом сам. Ничего особенно интересного. Обыкновенная биография обыкновенного человека. Вот и все. Что скажешь?

— Сабуров Федор Васильевич руководит банком, где я храню свои деньги, — пожала я плечами.

Денис с минуту смотрел на меня.

— Та-ак, интересное кино. Ты хранишь там деньги и...

— Глеб не смог бы их получить даже в случае моей смерти. Они пойдут в Детский фонд. Может, он собирался шантажировать Сабурова? В ячейке банка лежит наличка сто двадцать тысяч долларов.

Денис присвистнул, почесал в затылке и кивнул:

— Похоже на правду. Я имею в виду твои догадки.

— Похоже, — согласилась я. — Только все это не решает главной проблемы. Кто угрожал мне? Кто убил Деревягина? Глеб? Зачем? Раз он для всех мертв, ему нечего бояться.

Он мертв, — заявил Денис. — Не инсценировал свою смерть, а действительно погиб. Иначе у этой истории был бы совсем другой конец. Кто-то из бывших врагов или друзей разыскал его, он не захотел делиться и погиб.

Я покачала головой.

— Но и это не объясняет смерть Деревягина.

— А может, зря мы голову ломали и Деревягина убили совершенно по другой причине? Мы валим все в одну кучу, а их кончины, возможно, между собой не связаны.

— Связаны, — перебила я. — Вспомни листок бумаги в столе Глеба.

— Тогда вернемся к первоначальному варианту: Деревягин искал убийцу твоего первого мужа. Подозревал тебя, заинтересовался Глебом и узнал такое, что жить ему оставалось недолго...

— Не худо бы побеседовать с бывшим адвокатом Лиховским. Только он сможет все объяснить.

— Лично я бы на это не слишком рассчитывал, — заметил Денис.

— Поехали домой. — Я принялась собирать вещи. Денис с несчастным видом продолжал сидеть на кровати.

— Да что за спешка?

— Говорю, он появится.

— Вот и отлично. Пусть подождет.

— Он, может, и подождет, а я не могу ждать. Надо поскорее покончить со всем этим. Поехали.

Ты можешь устроиться сзади и спать, машину поведу я.

Денис тяжело вздохнул и вслед за мной направился к двери.

Утром, измученные дорогой и бессонницей, мы вернулись в город.

— Какие у тебя планы? — спросил Денис, когда я уже сворачивала к его дому.

— Выспаться, — зевая, ответила я.

— Сегодня увидимся?

— Конечно. Я позвоню.

Мы простились, и я отправилась к себе. Первым делом прослушала автоответчик. Ничего интересного. Правда, кто-то звонил дважды, не пожелав оставить сообщение. Около часа я пролежала в ванне, затем перебралась в постель.

Разбудил меня телефонный звонок. Голос Федора звучал напряженно.

— Есть новости?

— Есть, — вздохнула я.

— Хорошие или плохие?

— Скверные.

— Приезжай. Жду.

Я быстро привела себя в порядок, вызвала такси. Если Федор сказал «жду», не объясняя где, значит, речь шла о его даче, скромном домике в дачном поселке в двадцати километрах от города. Куплен он был на чужое имя, и о нем никто не знал, там мы могли встречаться без опасений.

Я вышла из такси на автобусной остановке и к дому отправилась пешком, время от времени поглядывая по сторонам. Кто знает, вдруг Денис решил понаблюдать за мной? Однако не похоже, что кто-то увязался следом. Не спеша я направилась по окружной дороге, возле последнего домика свернула и пошла по тропинке, петлявшей ме́жду заборами. Возле крыльца стояла машина Федора, значит, он меня опередил.

Федор сидел на веранде в плетеном кресле с чашкой кофе в руках. День выдался жаркий, я пожалела, что взяла пальто, пришлось нести его в руках. Федор сидел без пиджака, галстук спущен, но на отдыхающего он не походил, уж слишком напряженным было его лицо. Я бросила пальто на кресло и встала у окна, опершись на подоконник.

— Ну что? — спросил он.

— Ты оказался прав. Все даже хуже, чем мы могли предположить. Боюсь, Глеб появился здесь не случайно.

— Здесь? — отодвинув чашку, переспросил он.

— Это надо проверить, но я почти уверена: в Египет он отправился следом за мной. — Я коротко пересказала то, что Денис узнал в Екатеринбурге.

— Опа, — протянул Федор со злой усмешкой. — Этот твой Глеб, кто он, как думаешь?

— Понятия не имею. Однако, полагаю, очень скоро нам придется платить. Не зря же он интересовался тобой.

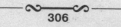

— Кому платить? — Я пожала плечами. — По-твоему, Глеб жив?

— Почти уверена, и найти его будет крайне трудно. Он же покойник.

— Значит, все это...

— Чтобы шантажировать нас, — подсказала я и невесело засмеялась. — Мы с тобой останемся без копейки.

— Черт... — Он вскочил и отшвырнул кресло, оно упало, но Федор и не думал его поднимать. — Я должен был сообразить раньше.

— Ничего ты не должен. Мы нарвались на профессионала. Иногда такое случается.

— Ладно. Я что-нибудь придумаю.

Он подошел и тоже уставился в окно. Я чувствовала его плечо рядом, не удержалась и прижалась к нему щекой. Федор обнял меня и поцеловал в висок.

— Ты плохо выглядишь. Глаза измученные, — сказал он ласково.

— Я... я так надеялась, что все кончилось, и вот...

— Детка, успокойся. Ты же знаешь, я всегда найду выход. Все будет хорошо, поверь мне...

— Конечно.

Я заревела, уткнувшись носом в его грудь, он погладил мои волосы, вздохнул, отстранился и с улыбкой спросил:

— Теперь уже лучше?

— Как всегда, — улыбнулась я.

— Вот и отлично. Хочешь кофе?

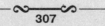

— Нет, спасибо.

Он поднял кресло, устроился в нем, стараясь выглядеть безмятежным, но его уверенность на этот раз меня не обманула.

— Как тебе удалось узнать все это? — спросил он.

— Не мне. Денису.

— Что? — Я предполагала, что новость не придется ему по вкусу, но такой реакции не ждала. Взгляд его мгновенно переменился. — Ты что, спятила? — тщательно выговаривая каждое слово, очень спокойно спросил он. — Ты все ему рассказала?

— Мне нечего было рассказывать, он сам все узнал.

— Ты... идиотка... Что ты наделала? Думаешь, он не поймет... О господи, как ты могла? Ты хоть раз обо мне подумала? У меня жена, сын, на кой черт мне все это дерьмо? Когда ты дашь мне пожить спокойно?

— Послушай, Денис хороший парень. И он любит меня. Без него я бы не справилась.

— Что? — на этот раз он даже не пытался скрыть охватившее его бешенство. — Он тебя любит? А этот Глеб, он что, не любил тебя? Какого черта ты меня не слушала? Ты не создана для любви. Он тебя любит... допустим, что дальше? Выйдешь за него замуж? Еще скажи, детей нарожаешь...

— Почему бы и нет? — тихо спросила я.

Федор грохнул по столу кулаком так, что я подпрыгнула и втянула голову в плечи.

— Заткнись. «Почему бы и нет», — передразнил

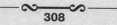

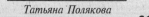

он. — Дрянь. Подлая, лживая дрянь. Ты же мне обещала... Ты клялась... Ты с ним спишь? Отвечай: ты с ним спишь?

— Нет. Послушай, Федор...

— Заткнись! — заорал он, вскочил, поплотнее закрыл дверь, подошел ко мне и, наклонясь к самому моему лицу, зашептал: — Выбрось это из головы. Любовь и прочую чушь... Я больше не желаю ничего слышать. Что известно твоему менту? Выкладывай и не вздумай хитрить. — Я принялась терпеливо рассказывать, избегая его взгляда. — Значит, по версии твоего Дениса, Глеб искал богатых вдов? Неплохо. А меня собирался шантажировать... А если твой мент не такой дурак, как кажется?

— Он меня любит. Когда человек влюблен, он видит то, что хочет видеть.

— Какого черта ты сунулась в это дурацкое расследование? — с горечью спросил он.

— Даже если бы я не затеяла расследования, что бы изменилось? Сейчас меня больше волнует человек, нанятый Деревягиным. Ты что-нибудь о нем узнал?

— Узнал, — недовольно ответил Федор. — Приехал вчера, остановился в «Спартаке», сидит по большей части в номере. Ты уверена, что он...

— Абсолютно.

— Тогда довольно странно, что он еще не появился у тебя.

— Ты сам сказал, он приехал лишь вчера, а я вернулась сегодня.

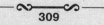

— Кто-нибудь, кроме твоего мента, знает о нем?

— Вряд ли.

— А если мент успел настучать своим?

— Значит, жди неприятностей.

— Есть еще типы, которые убили его хозяина. Деревягина, я имею в виду.

— Тогда по логике вещей им следовало бы избавиться и от Лиховского.

— Ничего не имел бы против, — зло фыркнул Федор. — От мента держись подальше. Хотя бы ради моего спокойствия. Ты не имеешь права любить никого, кроме меня. Каждый раз, когда ты нарушаешь правило... Сама знаешь, чем это кончается.

— О Бычкове что-нибудь известно?

— Только то, что его усердно пасут менты. Не знаю, как он может быть связан с Глебом...

— Возможно, нам просто пудрят мозги...

— Кто?

— Глеб или его люди.

— Час от часу не легче... Ладно, поехали. У меня мало времени. Сегодня совещание. — Федор поправил галстук, надел пиджак. — Идем.

Я поднялась, взяла пальто. Всю дорогу мы ехали молча. Только уже въезжая в город, Федор спросил:

— Где тебя высадить?

— Где-нибудь ближе к центру.

Он притормозил возле здания цирка и сказал:

— Очень прошу, прекрати эту нелепую связь.

— Ничего не выйдет, — твердо сказала я. — Знаешь пословицу: «Не будите спящую собаку»? Пока я держу его на поводке, он мой, а значит, безопасен, а

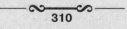

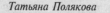
если вдруг... Трудно сказать, что может прийти ему в голову...

— Заруби себе на носу... — начал Федор, но я поспешно покинула машину. Он зло чертыхнулся и захлопнул дверь.

А я направилась в турбюро, где год назад покупала путевку в Египет. Молодая девушка с ярко-рыжими волосами встретила меня улыбкой.

— Куда бы вы хотели поехать? — любезно поинтересовалась она, поздоровавшись.

— В Египет, — ответила я.

— Прекрасно.

Девушка поколдовала на компьютере и принялась расписывать прелести отдыха в этой стране. Я слушала и кивала до тех самых пор, пока речь не зашла об отелях.

— Знаете, у меня приятель ездил в Хургаду в прошлом году. Очень расхваливал отель... не помню название. — Девушка стала перечислять отели, а я морщила лоб, изображая напряженный мыслительный процесс. — Нет... нет... — качала я головой. — А нельзя ли это узнать? Он покупал путевку у вас, поэтому я и обратилась в вашу фирму. Я бы ему позвонила, но он сейчас в командировке, а мне очень хотелось бы попасть в тот самый отель.

— А вы приблизительно помните, когда он туда ездил?

— Могу сказать точно, как раз в мой день рождения. — Я назвала дату, девушка кивнула и поинтересовалась:

— Как фамилия вашего знакомого?

— Шабалин Глеб Сергеевич.

— Подождите минутку... — Девушка скрылась в соседней комнате, а я принялась разглядывать плакаты на стенах. — Вот ваш Глеб Сергеевич, — вернувшись, сообщила девушка с улыбкой. — Отель «Аладдин»...

— Надо же... я была уверена, он называется как-то иначе...

— А знаете, я его помню, — вдруг заявила она. — Высокий такой мужчина, блондин. Очень интересный. Из Москвы? Так?

— Да.

— Конечно, имя редкое. Тогда забавно получилось. Девушка купила путевку в Египет, а вслед за ней приходит ваш Глеб и спрашивает, куда она собралась ехать. Я ответила, а он: «Значит, и я туда же. Очень девушка красивая, вдруг повезет». Он не женился?

— Женился, — кивнула я.

— На той самой девушке?

— Вроде бы они действительно познакомились в Египте.

— Надо же... Чего только не бывает.

Мы еще немного поболтали, я пообещала позвонить и простилась.

Мне опять кто-то звонил, не оставив сообщения. Я прошла в кухню и занялась приготовлением обеда. От этого важного занятия меня оторвал телефонный звонок.

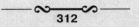

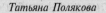
— Полина Викторовна? — осведомился мужской голос. — Наконец-то я вас застал.

— Рада за вас.

— А я как рад, — хохотнул он. — У меня к вам разговор. Важный.

— Не хотите для начала представиться?

— Мое имя вам ничего не скажет, да и знать вам его ни к чему. Женщина вы серьезная, еще придут в голову грешные мысли...

— Что за чушь вы болтаете?

— Как посмотреть, — веселились на том конце провода. — Деревягина-то вы того... Приходится быть осторожным.

— Вы что, псих? — удивилась я.

— Нет, что вы, я в здравом уме. Вы удивление не разыгрывайте. Со мной этот номер не пройдет. Я все про вас знаю. Все ваши тайны...

— Обратитесь к психиатру, — посоветовала я и бросила трубку.

Он тут же перезвонил.

— Полина Викторовна, не советую вам так вести себя. Послушайте для начала, что я вам скажу.

— Говорите, только по делу. У меня нет времени выслушивать глупости.

— Обожаю деловых женщин, — хихикнул он. — Я много времени не займу, коротенечко обрисую ситуацию. А уж вы там сами... Муженька своего первого вы убили, то есть сами ручек не пачкали, я понимаю, и все-таки нежные пальчики приложили. Второй ваш супруг тоже скоропостижно скончался? Злой рок, да и только.

— Прекратите паясничать, не то я опять брошу трубку и позвоню в милицию.

— В милицию? Очень забавно. С милицией вам торопиться не стоит. В общем так: у меня есть доказательства вашей причастности к убийству мужа Пахомова Сергея Геннадьевича. Его близкого друга милицейское расследование не удовлетворило, он вас всегда подозревал. Правда, доказательств не имел. Пока он их искал, вы вторично вышли замуж. Деревягин связался с вашим мужем и объяснил ему, что вы за человек. Наверное, он вам рассказывал об этом? Не удивлюсь, если как раз после разговора с вами бедняга и погиб в аварии. А вслед за ним и сам Деревягин. Но со мной этот номер не пройдет, дорогая.

— Ясно, — вздохнула я. — Денег хотите?

— А вы как думали?

— Я думаю, вы дурак, каких свет не видывал. Если у вас есть доказательства, идите в милицию. От меня вы ни копейки не получите. Мужей своих я не убивала, ни первого, ни второго. А о вашем Деревягине вовсе никогда не слышала.

— В самом деле? Как занятно. А фамилия Сабуров вам знакома? Сабуров Федор Васильевич. Уважаемый человек. Никому и в голову не придет, что он — убийца. С покойным Пахомовым его ничего не связывало. И жили они в разных городах. Это на первый взгляд. А на второй, Полина Викторовна? А на второй, именно ваш любовник застрелил вашего мужа, а никакой не киллер. К нему вы и переехали в этот город, выждав время. Ну, что скажете?

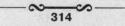

— И вы это сможете доказать?

— У меня есть свидетель, который видел Сабурова в аэропорту в день убийства.

— Потрясающе, — засмеялась я. — Это все, чем вы могли меня порадовать?

— Почему же. Есть фотография, где вы с вашим любовником стоите в обнимку. Не желаете взглянуть?

— Не желаю. Засуньте эту фотографию... сами знаете куда.

— Это вы храбритесь, Полина Викторовна, а голосок-то дрожит. Допустим, для того, чтобы упечь вас в тюрьму, этого пока маловато, но если менты заинтересуются, а они обязательно заинтересуются, очень занятная штука может получиться.

— И сколько вы надеетесь заработать? — усмехнулась я.

— Сто тысяч.

— Долларов? — Я не могла удержаться от смеха.

— Разумеется.

— Вы в самом деле псих. Подите к черту.

Я повесила трубку, но телефон вновь зазвонил.

— Полистайте на досуге Уголовный кодекс. За шантаж предусмотрена статья. Звонить больше не смейте, не то я сама в милицию позвоню.

— Полина Викторовна, — его голос изменился, стал вкрадчивым. — У меня сложилось впечатление, что мы друг друга не понимаем. Возможно, вы своей вины и вправду не чувствуете, а вот что господин Сабуров? Может, есть смысл поговорить с ним?

— Вот вы со своим Сабуровым и разговаривайте.

— Слушай, ты, — рявкнул он, — я хочу получить свои деньги. А если нет... хорошей жизни не обещаю. Поговори со своим хахалем. Срок даю до завтрашнего утра. Если завтра не приготовите деньги, пеняйте на себя. Перезвоню завтра в десять. Все поняла?

— Более или менее.

— Ну вот и хорошо, — хихикнул он и повесил трубку.

Я тут же позвонила на мобильник Федору.

— У меня совещание, — недовольно сказал он.

— Этот тип объявился.

— Что-нибудь серьезное?

— Кто-то видел тебя в аэропорту.

— Хорошо. Я все сделаю.

Я повесила трубку, выключила плиту, так и не приготовив обед, и поехала к Денису.

— Я звонил тебе, — сказал он, пропуская меня в прихожую.

— Я ездила в турбюро. Глеб купил путевку в один день со мной. Девушка его запомнила. Он явился в этот город специально для того, чтобы встретиться со мной.

— Ничего удивительного. Он ведь охотник за богатенькими дамочками. А познакомиться на отдыхе гораздо проще. Не на улице же к тебе приставать... Лиховский не появлялся?

— Нет. Тебе о нем что-нибудь известно?

— Откуда? Я два часа как проснулся. Хочешь, чтобы я навел справки?

— Это подождет. Я вот что подумала: а не заняться ли нам рыбалкой? В конце концов, ты в отпуске.

— Рыбалкой? — поднял он брови.

— Да. Глеб ведь не был заядлым рыболовом, но с какой-то стати рыбалка ему вдруг понадобилась?

— Глеб, опять Глеб, — невесело усмехнулся он. — Хорошо. Допустим, мы займемся рыбалкой. Что это нам даст?

— Если Глеб жив, значит, кто-то погиб вместо него.

— Спасибо за подсказку. Сам бы я ни в жизнь не догадался.

— Извини, — подумав, сказала я и направилась к двери.

Он схватил меня за плечо.

— Куда ты?

— Домой. Представляю, как тебе осточертело все это...

— Полина... — он замолчал, подбирая слова, — у меня какое-то странное чувство... Я точно сам себя потерял. Иногда мне кажется, я тебя ненавижу.

— Вот как сейчас?

— Нет, нет. Я говорю глупости. Просто ревную. К твоему мужу, ко всему на свете... Мне бы радоваться, что ты пришла, а я затеял этот дурацкий разговор.

— Давай побыстрее покончим с тайнами. Может, тогда мы лучше поймем друг друга.

— Если бы ты все рассказала мне...

— Мне нечего рассказывать.

— Врешь. Я же вижу, ты боишься. Чего-то или кого-то... Что ты скрываешь?

— Прекрати.

— Сегодня я звонил на работу и, знаешь, на какой мысли поймал себя? Я тоже боюсь. Сделать что-то... что-то такое, что может повредить тебе. Я хотел сказать ребятам, чтоб проверили этого Лиховского, ведь он напрямую связан с Деревягиным, а его убийство... и ничего не сказал. Ты понимаешь?

— Не очень. Я тоже поймала себя на одной мысли. Я хочу точно знать, что Глеб умер. Или что он жив и получил по заслугам. Я хочу освободиться от всего этого. Чтобы... чтобы просто жить. Мне очень хочется просто жить. Ждать тебя с работы, готовить обед, болтаться по магазинам и знать, что так будет завтра, послезавтра...

— Чего же проще? — усмехнулся Денис. — Оставайся у меня. Можешь обед сготовить. Я, кстати, жрать хочу.

— Мне нравится твое предложение. Только вот в чем беда: входя в подъезд, я оглядываюсь, от телефонных звонков я вздрагиваю. Не очень приятное чувство. Давай все доведем до конца.

— Давай, — вздохнул он. И пошел переодеваться. — Ты на машине? — крикнул он из-за двери.

— Да.

— Для рыбалки, конечно, поздновато, но хотя бы осмотримся на местности.

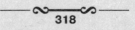

— По дороге можем заехать в кафе, чтоб ты не умер с голода.

В кафе мы заехали, по этой причине или нет, но Денис начал смотреть ласковее, и нотки раздражения из его голоса исчезли.

— Глеб ездил на рыбалку всегда в одно место? — деловито осведомился он.

— Насколько мне известно, да. Так он мне говорил.

— Один или с приятелями?

— Один. Я думаю, он искал подходящий труп.

Данное замечание Денис никак не прокомментировал.

Мы миновали Ярцево и свернули на проселочную дорогу. Справа показалось озеро, затем второе. Дорога стала хуже, впереди возник шлагбаум, который мы объехали, чуть не застряв в жидкой грязи, несмотря на солнечные дни, здесь еще не подсохло.

За шлагбаумом начиналась щебневая дорога, застрять теперь я не боялась, но ехать пришлось очень медленно. Поворот, и мы уперлись в забор, выкрашенный серой краской. Рядом стояло несколько машин, забрызганных грязью. Денис притормозил и вышел первым, я за ним. Ворота были распахнуты настежь. Чуть в стороне стоял бревенчатый дом с резным крылечком, на нем расположились трое мужчин. Они курили, не спеша, о чем-то беседуя. При нашем появлении мужчины замолчали, с любопытством ожидая, когда мы подойдем ближе.

— Здравствуйте, — сказал Денис и предъявил

удостоверение. Ему вразнобой ответили. Мужчина в синей спецовке поднялся и шагнул с крыльца нам навстречу. — Вы здесь за хозяина? — спросил его Денис.

— Да. Лаврентьев Алексей Алексеевич.

— Поговорить надо.

— Хорошо, — пожал плечами мужчина. — В дом пройдем или вон там? — кивнул он в сторону раскидистой липы, под которой стояла скамейка.

— Лучше на воздухе, — кивнул Денис.

Мы устроились в сторонке под взглядами сидящих на крыльце мужчин, и Лаврентьев спросил:

— Вы по поводу девочки?

— Что? — не понял Денис.

— Ну... что в четверг нашли? Так я уже все рассказал.

— Придется еще раз рассказать.

— Пожалуйста, — пожал мужчина плечами. — Нашел ее один рыбак Усачев Николай, местный. Тело за корягу зацепилось. Вот он и обратил внимание: возле противоположного берега что-то белое. Берег крутой, кругом коряги, сверху ее не увидишь. Подплыл на лодке, а там... Позвал меня. Я, конечно, сразу в милицию. Вот и все.

— Девочку вы знали?

— Людки Васильевой дочка. Соседи говорят, ее давно не было видно, да и так ясно: несколько дней в воде пролежала. Девчонке одиннадцать лет, — вздохнул он. — Мать запойная, отца вовсе нет. Хватились не сразу. Теперь ищи-свищи, кто да что, а

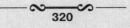

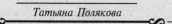

здесь в выходные народу со всей области. Опрашивали, конечно, да толку-то...

— У меня вот какой вопрос. Вы здесь мужчину на «Шевроле» не видели в последнее время? Темно-зеленый «Шевроле». Мужчину зовут Глеб.

— Это который разбился? Видел, конечно. Но он дальше, на Запольское ездил. Один раз дорогу у меня спрашивал. А что, его подозревают?

— Возможно. Вы часто его здесь видели?

— Как вам сказать... приезжал, но рыбак он так себе. Баловство одно. Бродил по берегу с удочкой, там постоит, здесь подождет. Тут у нас есть настоящие профессионалы...

— Он с кем-нибудь общался?

— Рыбаки болтовни во время ловли не терпят. Да и он вроде поболтать не любитель... Я его однажды с Костей видел. Точно. Смотрю, идут вдвоем, разговаривают.

— А кто такой Костя?

— Да чудик один. Из города приезжает. У него «Москвич» желтый. Тоже не рыбак, а сплошное недоразумение. От людей шарахается, точно пуганый. Я вот и удивился, что он с этим Глебом запросто так сошелся. Даже спрашивал про него, приедет или нет. Он, кстати, тоже любит убрести куда подальше. Вот где-то и встретились. Но если вы моим мнением интересуетесь, вряд ли они имеют к смерти девочки какое-нибудь отношение. Костя — человек совершенно безобидный, ну а Глеб — солидный мужик, с деньгами. На что ему девчонка?

— А где, вы говорите, девочку нашли?

— Идемте покажу.

— Жди здесь, — сказал мне Денис.

Ждать пришлось больше часа. Возвращались они не спеша, Лаврентьев что-то рассказывал, размахивая руками, Денис слушал и время от времени кивал. Возле ворот они остановились, пожали друг другу руки на прощание, а Денис окрикнул меня.

— При чем здесь ребенок? — испуганно спросила я, оказавшись в машине.

— Не знаю. Номер Костиного «Москвича» у меня есть. Его стоит навестить и расспросить о Глебе. Я тебе рассказывал, что в день гибели твоего мужа на дороге была еще одна машина. Вполне возможно — «Москвич» и точно желтого цвета.

— Куда мы теперь? — нахмурилась я.

— Ты домой, а я заеду на работу. Надо узнать адрес Кости, завтра навестим его. Возражения есть?

— Нет, конечно.

— Тогда поехали.

Вернувшись домой, я вновь проверила автоответчик. Прошлась по кухне, не находя себе места. В дверь позвонили, я бросилась открывать, оказалось, что дверь не заперта. Это меня удивило, я точно помнила, что запирала ее на ключ.

— Кто? — спросила я испуганно.

— Полиночка, это Света. Открой, пожалуйста.

Я распахнула дверь.

— Где ты была? — запричитала Светлана. — Звоню на сотовый, отвечает какой-то парень. Я до смерти напугалась. Заезжали с Володей, тебя нет...

— Я отлучалась на пару дней... к подруге... Ты, наверное, с ее мужем разговаривала.

— Да? — удивилась она.

— Я ему сотовый давала.

— Ах, вот в чем дело... Я пирожные принесла, твои любимые. Чаем напоишь?

— Конечно.

Мы прошли в кухню, я включила чайник и кивнула Светлане:

— Подожди секунду, я переоденусь. Вернулась домой как раз перед твоим приходом.

Я распахнула дверь в спальню, сделала шаг, мазнула взглядом по зеркалу и едва не лишилась чувств. Из зеркала на меня смотрел Глеб. Я вцепилась в дверной косяк, а он улыбнулся и, приложив палец к губам, покачал головой. На негнущихся ногах я покинула комнату, Светлана разливала чай, увидев меня, она замерла с чайником в руке.

— Что с тобой? — спросила Светлана испуганно.

— Ничего, — торопливо заверила я, опускаясь на стул. — Голова закружилась.

— Я вызову «Скорую».

— Не надо.

— Что «не надо», да ты белая, как мел. Господи, Полина...

— Не надо. Лучше налей мне чаю. Все хорошо. Расскажи, как у вас дела.

Я заставила себя успокоиться, выпила чаю и даже съела пирожное. Светлана что-то рассказывала,

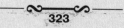

и я вроде бы поддерживала разговор, но думать могла только об одном...

— Извини, — выдержав двадцать минут, сказала я. — Пожалуй, мне лучше прилечь.

— Да-да, конечно. Может, все-таки вызвать врача?

— Нет. Надо выспаться как следует, только и всего.

— Обязательно позвони мне. Хорошо? — попросила Светлана уже возле двери.

— Конечно. Не беспокойся.

Я захлопнула дверь, заперла ее на ключ и бросилась в спальню. Глеба там не было.

— Глеб! — закричала я отчаянно. — Глеб... ради бога... прекрати все это...

Я металась по квартире, продолжая звать его, потом рухнула на диван, давясь криком и слезами. Торопливо выпила снотворное, забилась под одеяло, сунула голову под подушку. Мне было страшно в этой квартире и страшно было ее покидать.

Утро было дождливым, я лежала в постели, разглядывая потолок, и не находила в себе сил подняться. Часовая стрелка медленно двигалась, один час, другой, я зажмурилась, потом укрылась одеялом с головой. Надо встать, выпить кофе, начать новый день...

— Не хочу, — точно жалуясь, сказала я. — Ничего не хочу.

Ближе к четырем часам объявился Денис. В дверь настойчиво звонили. У меня не было желания открывать, и я звонок проигнорировала. Затем задребезжал телефон, после этого пришла очередь сотового. Мне это осточертело, и я ответила.

— Полина, — голос Дениса звучал испуганно, — где ты?

— Дома.

— Какого черта не открываешь?

— Я спала. Не слышала звонка.

— Что? Да я звонил минут пять... Я возле твоего дома. Сейчас подойду.

Я натянула халат, расчесалась и стала ждать. Открыла, как только он позвонил в дверь.

— Ты что, наглоталась какой-то гадости? — напустился он на меня, войдя в холл. — У тебя вид наркоманки со стажем.

— Не говори глупостей. Я всю ночь не могла уснуть, а потом выпила снотворного. Чувствую себя ужасно. Обедать будешь? Я не готовила сегодня, но в холодильнике что-нибудь найдется.

— Подожди. — Он схватил меня за руку. — Лиховский не звонил?

— Нет.

— И не появлялся?

— Разумеется, нет. Я бы сразу позвонила тебе.

— Посмотри на меня. Полина, посмотри на меня, — он вдруг перешел на крик, я испуганно вздрогнула. — Кому ты о нем рассказала?

— Что?

— Кому ты рассказывала о Лиховском? — повторил он, до боли сжав мою руку.

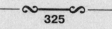

— Никому, — испугалась я. — Кому, по-твоему, я могла бы рассказать?

— Это я и пытаюсь выяснить.

— Ты с ума сошел. Я никому ничего не рассказывала. Я не понимаю, почему ты кричишь? Денис, ты делаешь мне больно.

— Лиховский убит. Вчера в десять вечера. В нескольких метрах от гостиницы. Застрелен в упор неизвестным. Кому ты сказала о нем?

— Я не говорила. Клянусь. Я... Ты с ума сошел.

— Где ты была вчера вечером?

— Не знаю. Дома. Конечно, дома. Я рано легла спать. Плохо себя чувствовала. Подруга хотела вызвать врача...

— Посмотри на меня... Посмотри мне в глаза. Где ты была вчера вечером?

— Ты с ума сошел! — закричала я. — Не смей думать... Зачем мне? Господи... Уходи немедленно, слышишь?

Он схватил меня за плечи, встряхнул.

— Послушай... Послушай, что я тебе скажу. О том, что Лиховский в городе, знали только ты и я. Понимаешь? Ты и я. Лиховский убит. Кому ты о нем рассказала?

— Ничего я не рассказывала, — покачала я головой, глядя ему в глаза. — Ничего. Никому. И я не убивала его. Я никогда никого не убивала.

— Тогда объясни... — совсем другим тоном начал он.

— Что я должна объяснить? Кто его убил? Долж-

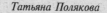
но быть, тот человек, что убил Деревягина. Подумай, Денис. Он приехал в наш город, но даже не обратился ко мне. Значит, ему была нужна не я. Кто-то другой. Значит, он приехал к этому человеку, а не ко мне. И этот человек убил его. Ты забываешь, Деревягин был как-то связан с моим мужем. Письмо, бумага с фамилией...

— Все это я знаю только с твоих слов. Письмо он мог с таким же успехом написать тебе, а не Глебу, а никакой бумаги с фамилией вовсе не было.

— Значит, Деревягина убила я?

Денис тяжело опустился на диван.

— Надеюсь, никто не свяжет появление Лиховского в городе с тобой. Иначе...

— Я никого не убивала! — крикнула я.

Несколько минут мы молчали. Потом я подошла и села рядом с Денисом.

— Прости меня, — сказала я тихо.

— За что? — усмехнулся он.

— Не знаю. — Я положила голову на его плечо и зажмурилась. Он обнял меня, осторожно поцеловал. — Пожалуйста, верь мне, — попросила я.

— Я верю, — кивнул он со вздохом.

— Ты что-нибудь узнал об этом Косте? — поспешила я перевести разговор.

— Узнал. Тут вот какая штука. Девочка исчезла накануне того дня, когда разбился Глеб. И именно в день его гибели Костя интересовался, приедет ли твой муж на рыбалку. Я проверил. Костя приехал раньше Глеба и спрашивал о нем у Лаврентьева.

А потом они, вне всякого сомнения, встретились, оба поехали на Запольское.

— Я не очень понимаю...

— Я пока тоже. Но что-то в этом есть. В районе озер дети исчезают не первый раз. Осенью пропала девочка восьми лет, ее так и не нашли. Прошлым летом сразу две девочки: одиннадцати и десяти лет. Считается, что они утонули, но тела тоже не найдены.

— Глеб как-то связан с гибелью детей? — ужаснулась я. — Но зачем? Боже мой, он же не сумасшедший...

— Поехали к этому Косте. Я ничего не стал сообщать нашим, пока сам с ним не поговорю.

— Да-да... я через минуту буду готова...

Неведомый мне Костя жил в рабочем квартале. Дом стоял через дорогу от заводской проходной, двухэтажное сооружение с облупленной штукатуркой, окна первого этажа забраны решетками. Мы въехали во двор под пристальными взглядами старушек и овчарки, привязанной возле металлического гаража. Рядом виднелись детские качели и мусорные контейнеры.

Мы вошли в подъезд, чистенький, с деревянными полами и одиноким кактусом в горшке на подоконнике. Нужная нам квартира была на первом этаже, звонок у двери отсутствовал. Денис долго стучал в обшарпанную дверь, я стояла рядом, нетерпеливо переминаясь с ноги на ногу. Дверь квартиры напротив открылась, и появилась женщина лет шестидесяти в домашнем халате в яркий горошек.

— Вам кого? — спросила она хмуро.

— Соседа своего давно не видели? — обернулся к ней Денис и предъявил удостоверение.

— Костю? — вроде бы удивилась женщина. — Да уж дней десять, как он уехал.

— А куда уехал?

— К сестре, наверное. Куда ему еще ехать? Либо к сестре, либо на рыбалку.

— А сестра где живет?

— В Подольске. А что случилось? — насторожилась она.

— Надо бы связаться с его сестрой. Вы, случайно, ее телефон не знаете?

— Нет, — покачала головой женщина. — Я ей только один раз звонила, когда Костю в больницу увезли. Номер на стене записан прямо над телефоном.

— Давно он был в больнице? — влезла я в разговор.

— В прошлом году. Операцию делали. На сердце. С тех пор на инвалидности, вторая группа. Скажите, что случилось-то?

— А что за человек ваш сосед? — игнорируя вопрос женщины, продолжил расспросы Денис.

— Тихий. Человек как человек. Один живет. Не пьет. Молчун. Да он с детства вроде чуток не в себе, людей дичится. Мать у него два года назад умерла, вот уж характер-то... не тем будь помянута, а Костя... он никому не мешает, вежливый, скромный. И не пьет, — повторила соседка.

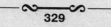

— Ясно. К сестре часто ездит?

— Нет. У нее муж запойный, чего там Косте делать? И она здесь только один раз была, когда его на операцию положили. У меня ключ есть, — вдруг заявила она и нахмурилась. — Он осенью ключ потерял и в квартиру войти не мог, на окнах-то решетки, пришлось замок ломать. Вот и держит у меня запасной, на всякий случай.

— Тогда, может быть, мы войдем в квартиру и сестре позвоним? — предложил Денис.

— Дайте-ка я еще раз ваше удостоверение посмотрю, — вздохнула женщина, — только очки надену. — Удостоверение она изучала долго, наконец кивнула. Пошарила в тумбочке, стоявшей в крохотной прихожей, и достала ключи. — Вот. Я с вами пойду. Мало ли что...

— Понимаю, — кивнул Денис.

Мы вошли в квартиру. В темной прихожей с трудом уместились вешалка и тумбочка для обуви, на которой стоял допотопный телефон. На стене карандашом были записаны несколько номеров, женщина ткнула пальцем в один из них и сказала:

— Вот он, Лидин.

Денис стал звонить, а я, пользуясь тем, что женщина не обращает на меня внимания, заглянула в единственную комнату. Старенькая мебель, узкая дорожка на полу, черно-белый «Рекорд» на ножках, возле окна письменный стол. Я подошла и выдвинула верхний ящик. Несколько книг по психологии, медицинский справочник. Под ними общая тетрадь в ярко-синей обложке.

— Он что, медик по профессии? — спросила я громко.

Женщина заглянула в комнату.

— На зубного врача учился, потом бросил. Мать у него с характером, как восемнадцать лет исполнилось, определила на работу, нечего, говорит, дармоеда растить. Он на заводе работал. В модельном цехе.

— У сестры его нет, — закончив разговор, сообщил Денис. — Последний раз звонил Восьмого марта. И она ему не звонила.

— Так где же он? — испугалась женщина.

— Костя к сестре на машине ездил? У него ведь «Москвич»?

— «Москвич», еще от отца остался. На рыбалку ездил, а к сестре на поезде. «Москвич» бы по дороге развалился.

— А где он свою машину ставит?

— Гараж во дворе. Восьмой номер.

— Надо бы проверить, там машина или нет.

— Пойдемте посмотрим, — засуетилась женщина, — в гараже окошечко зарешеченное, только надо фонарик найти...

— У меня зажигалка есть.

Они вышли из квартиры, забыв про меня, а я достала тетрадь, открыла ее, думая, что это конспекты, но это был дневник. Первая же фраза произвела на меня впечатление. «Наконец-то она сдохла», — прочла я, покачала головой и, устроившись за столом, стала читать дальше.

Дневник Костя вел нерегулярно, иногда за несколько месяцев не было написано ни строчки. С марта прошлого года записи стали пространнее и появлялись чаще. «Наконец-то я сделал это (слово «это» взято в кружок). Какое облегчение. Я даже не помню, как добрался домой. Я летал во сне. Утром испугался, а вдруг кто-нибудь меня видел? Хотел вернуться туда, проверить, не оставил ли следов. Но не поехал. Пусть, пусть приходят, мне все равно. Я опять летал...»

— Твою мать, — выругалась я, потому что уже поняла, о чем речь. Торопливо перелистала страницы. Так, прошлое лето. Денис сказал, утонули две девочки, точнее, исчезли. А эта сволочь опять во сне летала. Двадцать первого июня и второго августа. Я отшвырнула дневник, но тут же вновь раскрыла его. «Невероятно, но я встретил человека, который меня понимает. Не помню, как он заговорил со мной. Сначала я испугался. Но у него такие глаза... Он все, все понимает. Я подумал: он даже это сможет понять. Я не одинок. Есть еще кто-то... Договорились встретиться. Я опять летал. И думал, как сказать ему, как объяснить, чтобы он понял, чтобы он выслушал...»

Входная дверь хлопнула, я торопливо спрятала дневник в свою сумку и вышла в прихожую.

— Машины в гараже нет, — сообщил Денис. Женщина выглядела перепуганной.

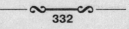

— Куда же он делся? Господи Иисусе...

— Как он выглядел? — спросила я. — Фотографии в доме есть?

— Конечно. Вон там, в шкафчике, Костина мать фотографии хранила.

В шкафчике лежал альбом, распухший от стареньких фотографий. Обернутые в бумаге два фото на паспорт. Блондин с широким простым лицом подслеповато щурился.

— Какой у него рост?

— Ну... высокий, в отца. И плечи как у родителя, косая сажень, только Костя всегда сутулился, характер-то не тот... — Мы с Денисом переглянулись. — Что ж теперь делать? — испуганно прошептала женщина.

— Фотографию я заберу, — сказал Денис. — Боюсь, соседа вы вряд ли увидите.

Женщина что-то запричитала в ответ, а мы направились к машине.

— Я нашла дневник, — сказала я Денису. — Думаю, дети — его работа. Он чокнутый сукин сын.

— Мне надо в управление, — нахмурился Денис. — Отвезешь меня?

— Подожди. Я хочу прочитать дневник. Этот тип подружился с Глебом. Его имени он не назвал, но я уверена — это Глеб.

Денис был за рулем, а я начала читать дневник вслух с первой страницы. Мой спутник мрачнел все больше, но меня не перебивал.

Приехали ко мне, Денис заварил кофе, а я все

читала, испытывая искушение сжечь тетрадь и вместе с тем не в силах от нее оторваться. Последняя запись датировалась субботой, в воскресенье погиб Глеб.

В субботу Костя опять летал, о чем и сделал запись в дневнике и собирался рассказать о своем счастье Глебу, очень надеялся встретиться с ним, ждал с нетерпением, чтобы поделиться...

— И дождался, — зло сказал Денис. Я, вздохнув, отшвырнула дневник и посмотрела на Дениса. — Теперь все более-менее ясно, — сказал он. — Глеб приметил его, потому что он идеально подходил по внешним данным. Просчитался лишь в одном: Костя не рассказал ему об операции на сердце. Они разговорились, и твоему Глебу вскоре стало ясно, что за подарок поднесла ему судьба. Парень одинокий, к тому же психопат.

— Глеб знал о том, что он убивает детей? — отказываясь верить в такое, спросила я.

— В дневнике об этом ни слова. Но твой муж мог сообразить, в чем дело, или попросту его выследить. Может, Костя рассказал ему о своих подвигах в воскресенье, а может, сам Глеб сообщил, что знает об убийстве... Предложил ему свой «Шевроле», желая спасти, или подстроил все так, что Костя вынужден был им воспользоваться. Итог один, Костя оказался в «Шевроле», хорошо подготовленном к аварии: испорченные тормоза и еще канистра в салоне. Глеб отправился следом, чтобы в случае нужды подредактировать происходящее. Например, довести труп до

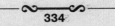

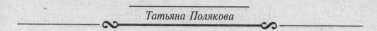
полной неузнаваемости. Дорога в тех местах пустынная, расчет был правильным, результат тебе известен, а нам остается только строить предположения, раз труп кремирован. Или найти твоего мужа. Уж он-то наверняка знает, как все было в действительности.

— Ты поедешь на работу? — помедлив, спросила я.

— Конечно.

— Возьми мою машину. — Денис кивнул и, прихватив дневник, направился к двери. Я проводила его, сказав на прощание: — Я тебя жду. — Он кивнул, а я осталась одна.

Денис вернулся около восьми. С вопросами к нему я не лезла, но он, садясь ужинать, коротко поведал, что, скорее всего, мы правы: в исчезновении девочек виновен Костя. Даты сравнили, и хотя в дневнике нет слова «убийство», но и без того все предельно ясно.

— Что с Глебом? — тихо спросила я.

— Ничего, — отрезал Денис, и я замолчала. Он сказал: — Спасибо за ужин. — И выложил на стол ключи от машины.

— Уходишь? — задала я вопрос, он смотрел на меня не отвечая, и тогда я попросила: — Останься у меня...

Он вроде бы растерялся, потом подошел и стал меня целовать.

Классическая любовная сцена была нарушена звонком в дверь. Я вздрогнула, а Денис нахмурился.

— Ты кого-нибудь ждешь?

— Нет.

Я пошла открывать и увидела Светлану с Володей.

— Ты мне так и не позвонила, — принялась выговаривать Светлана, буквально врываясь в квартиру. — Ты бы ее видел в прошлый раз, — обратилась она к мужу. — Говорю, давай врача вызову, какое там. Как себя чувствуешь? Выглядишь отлично... Мы отправляемся в ресторан, и не спорь. Тебе надо развеяться. Гришины нас ждут, так что быстренько одевайся... — Тут Светлана заметила Дениса и замерла на полуслове. — У тебя гость? — постояв немного с открытым ртом, спросила она.

— Это Денис Сергеевич Коптелов, — представила я Дениса. — Он из милиции.

— И уже ухожу, — усмехнулся Денис. Он за минуту собрался и сказал: — Всего доброго, Полина Викторовна.

— До свидания, — промямлила я.

— Что ему надо? — как только за Денисом закрылась дверь, возмутился Володя. — Какого черта они не дают тебе покоя?

— Нет-нет, все нормально. Подождите в гостиной, я соберусь за пятнадцать минут.

Из ресторана я вернулась во втором часу ночи, но, несмотря на это, сразу же позвонила Денису. Его телефон не отвечал. С трудом выдержав еще некоторое время, я позвонила вторично. Я хотела поехать к нему, взяла ключи от машины, но перед две-

рью внезапно передумала. Ни к чему все это, чересчур отдает мелодрамой. Лучше подождать до утра. Я приняла снотворное и легла спать.

Проснулась я рано, подумала, что он может уйти на работу, бросилась к телефону, но после первого звонка повесила трубку. Надо ехать, нелепо обсуждать отношения по телефону. Я оделась, выпила кофе. Я не знала, что скажу ему, и почему-то очень волновалась. Тянула время, следя за стрелкой часов. В восемь покинула квартиру. Выехав на проспект, вдруг погнала машину, точно сумасшедшая.

Возле его подъезда толпились люди, стояли две милицейские машины, мелькали мужчины в форме, старушки, стоя в сторонке, тихо переговаривались. Точно во сне, я подошла к ним и спросила:

— Что случилось?

Одна из женщин посмотрела на меня и вздохнула, вторая быстро заговорила:

— Убийство. Соседа нашего застрелили. Вчера вечером. Никто ничего не слышал. Только сегодня нашли, вон там. Сосед с собакой вышел, а он лежит... Ужас.

— Кого... кого застрелили? — пробормотала я.

— В милиции работает, совсем молодой... Что творится-то...

— Как его зовут? — боясь упасть в обморок, спросила я и услышала:

— Денис. Денис Коптелов, из двадцать седьмой квартиры.

Я добрела до машины, плюхнулась на сиденье,

не закрывая дверь. Никому не было до меня дела, и слава богу... Я стиснула лицо руками, пытаясь прийти в себя. «Вот и все, вот и все...» — билось в мозгу. Руки перестали дрожать, я захлопнула дверь... Ко мне подошел милиционер, постучал по стеклу.

— Не могли бы вы отъехать? — вежливо попросил он.

— Да-да, конечно.

Я завела машину, плавно тронулась с места. Вот и все... Быстрее отсюда, быстрей...

Здание банка показалось из-за поворота. Я бросила машину на стоянке, не позаботившись ее запереть. Охранник выглядел растерянным, когда я сказала:

— Мне надо срочно увидеть Сабурова.

Секретарша попробовала меня остановить:

— Минуту...

Я вошла в кабинет, захлопнула дверь, привалилась к ней спиной. Федор с кем-то разговаривал по телефону. Он коротко взглянул на меня, его глаза полыхнули гневом, красивые губы презрительно скривились. Он быстро закончил разговор, бросил трубку.

— Ты сошел с ума, — пробормотала я жалобно и повторила, качая головой: — Ты сошел с ума.

— Убирайся вон, — сказал Федор, поднимаясь из-за стола. — Вон...

— Федор...

— Не смотри на меня так, — прошипел он, подходя ближе. — Не смей на меня так смотреть... не смей. — Он наотмашь ударил меня по лицу.

— Ты убил его, — сказала я.

— Заткнись. Ты сама виновата. Ты все ему разболтала. Ты думаешь, я позволю тебе... Что ты сделала с моей жизнью? — Он вдруг засмеялся тихо и зло. Подошел к столу, открыл верхний ящик, достал пухлый конверт и швырнул его мне под ноги. — Убирайся из города. Немедленно. Здесь паспорт и деньги. Все. Убирайся. — Я подняла конверт и положила ладонь на ручку двери. — Устроишься, сообщи мне, — сказал он совсем другим тоном. — И запомни: любовь — это не для тебя. Я больше никогда не желаю слышать об этом.

Я вышла, осторожно прикрыв за собой дверь. Не помню, как я оказалась за городом. Пели птицы, было по-летнему тепло, я сидела на пригорке, а внизу протекала река. Темная, грязная вода... Я наблюдала за веткой, ее несло по течению, разворачивая то вправо, то влево. Конечно, Федор прав. Я должна уехать. Ничего другого не остается... Федор позвонил мне на сотовый.

— Ты еще здесь, — сказал он зло.

— Да, — вздохнула я.

— Надо поговорить. Приезжай.

Я улыбнулась своим мыслям, убрала телефон в сумку и пошла к машине.

Дорога до дачи не заняла много времени, хотя ехала я не спеша, поставила машину рядом с «Мер-

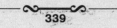

седесом» Федора и вошла в дом. Веранда была пуста.

— Я здесь! — крикнул он из глубины дома. Я сделала несколько шагов, переступила через порог, Федор неожиданно схватил меня за руку и дернул на себя. Я вскрикнула и торопливо огляделась. В комнате горел свет, ставни были закрыты. — Ты не уехала, — сказал он, как-то странно улыбаясь. — Тебе ведь наплевать на меня, верно? И это никогда не кончится.

— Федор...

— Заткнись.

Он толкнул меня, я оказалась в глубине комнаты, а он встал возле двери.

— Знаешь, о чем я подумал? — сказал он и достал из кармана пистолет. — Пора кончать со всем этим.

— Федор, — прошептала я, отступая на шаг. — Опомнись. Подумай, что ты делаешь, Федор?

— Я убью тебя, дорогая. Я тебя убью, — очень медленно повторил он и поднял руку, раздался странный хлопок. Федор удивленно вскинул брови, сделал шаг, хотел повернуться и вдруг упал, выбросив вперед руку.

А я увидела Глеба. Он стоял в дверном проеме, потом усмехнулся, подошел к Федору и пнул его ногой, переворачивая на спину. Я хотела закричать, но вместо крика из моего горла вырвалось какое-то шипение. Я сделала шаг и как подкошенная рухнула на пол.

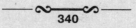

— Федор, посмотри на меня... — Я коснулась его лица, его не живых глаз, потом перевела взгляд на Глеба и завыла, тоненько, поскуливая и раскачиваясь, сцепив зубы.

— Прекрати, — спокойно сказал Глеб. — Твоих слез он не заслуживает.

— Ты... ты убил его, — прошептала я.

— Конечно. Я избавил тебя от этой мрази.

— Нет... я любила его. И он любил меня. Он добрый. Он всегда любил меня.

— Дурочка, — тихо засмеялся Глеб. — Какая ты дурочка. Он превратил твою жизнь в ад, а ты...

— Ты ничего не знаешь, он...

— Знаю, — перебил Глеб, закуривая. Пистолет с глушителем лежал у него под рукой. — Он твой брат. Любимый старший брат. Фотография на столе в его кабинете... Тебя не так трудно узнать. А еще взгляд, которым он встретил меня в тот день, когда мы пришли к нему в банк. Помнишь? Так смотрят на соперника. Я поначалу подумал, что он твой любовник, но все оказалось даже хуже. Я потратил много времени, чтобы во всем разобраться. Двое примерных детишек, до которых родителям попросту не было дела. Очень красивая маленькая девочка и любимый старший брат. Заботливый и нежный. В одном лице папа, мама и... Он спал с тобой?

— Нет, — зажмурилась я и загородилась рукой, точно защищаясь. — Нет...

— Переспи он с тобой, может, и не съехал бы с

катушек. Иногда не стоит бороться с искушением, лучше уступить ему. Девочка выросла и стала еще красивее... А потом влюбилась. И что тогда произошло, а? Расскажи мне...

— Нет... все не так, — зашептала я, размазывая слезы. — Это был несчастный случай. Он толкнул его нечаянно, а Слава стоял на самом краю. Внизу были камни... Он не хотел.

— Разумеется. Он убил парня и сделал тебя своей заложницей. Во что он превратил тебя? Что он внушал тебе день за днем? Что любовь не для тебя? Ты не будешь счастлива? Или что над тобой тяготеет проклятье? — Глеб засмеялся, а я закрыла лицо руками, вздрагивая всем телом. — Ну, конечно, проклятье, не больше, не меньше. Он нашел подходящего старичка и выдал тебя замуж. И ты рыдала на его плече, а он повторял: «Бедная моя, ты так несчастна». И не спеша подготавливал к главному: старичок нам не нужен, зачем он в самом деле? Любимую сестренку надо освободить. Не развестись, нет... именно освободить. И старичка находят мертвым. Надо отдать должное братцу, он всегда заботился о твоем алиби. А потом появлялся другой дядя. Он хороший человек, он будет о тебе заботиться. Так говорил твой Федор, верно? А потом все повторялось. Тебе ни разу не пришло в голову, что твой брат просто делает на тебе деньги? Забивая тебе мозги всей этой чушью, он сколотил приличное состояние.

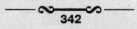

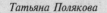

— Кто ты? — испуганно прошептала я. — Как ты... Откуда ты знаешь?

Глеб опять рассмеялся.

— Твой второй муж... или я кого-то пропустил ненароком? Так вот, твой второй муж... город Екатеринбург... у него был сын.

— Это ты? — Я сделала попытку подняться, но не смогла.

— Точно. С папашей мы не ладили. И все-таки он был моим отцом. А когда я проявил интерес к обстоятельствам его смерти... Профессионал способен распознать работу профессионала. Я стал искать тебя. На это ушло пять лет. За это время ты еще раз побывала замужем. Занятная штука получилась. У нас оказался один и тот же бизнес. Оттого-то встречи с тобой я ждал с нетерпением.

— Ты хотел убить меня, там, в Египте?

— Конечно. Но потом решил, что время терпит.

— Почему?

Глеб пожал плечами.

— Сам не знаю. Занятно было наблюдать за тобой. Не работа, а высший пилотаж. Я пытался отыскать хоть что-то... хоть малюсенькую ошибочку, но ты не играла. Ты любила меня. И это здорово сбивало меня с толку. А потом ты познакомила меня с твоим братцем, и я кое-что понял... Я помню, как ты сидела в его кабинете. Как ты смотрела на него, точно выпрашивала милостыню.

— Я надеялась, он поймет, — заплакала я. — Что

с тобой все не так... с тобой я буду счастлива. Ведь я так любила тебя...

— Бедняжка. Ему было наплевать на это. Я устроил тебе проверку, помнишь, тогда на реке. Твой братец мог пристрелить меня там, прибрав без всякого труда полмиллиона. Но он не появился, потому что ты ничего не сказала ему ни о деньгах, ни о нашей поездке. Вот тогда я начал понимать, в чем дело. Надо было сразу же избавить тебя от этого урода. Но я не люблю спешить, предпочитаю разобраться во всем до конца. И я занялся Сабуровым, то есть его биографией, разумеется. А потом появился Деревягин. Не поверишь, при личной встрече он открыл мне душу, а также глаза на мою женушку. Никаких доказательств у него не было, но вся эта возня... Я хотел защитить тебя и от Деревягина, и от братца. А чтобы у меня были развязаны руки, я скоропостижно скончался, ведь Федора могло утомить мое присутствие рядом с тобой.

— Деревягина убил ты?

— Конечно.

— А как же парень с татуировкой? Ты...

— Татуировка легко смывалась. Отличная примета. Я выбрал ее из чистого озорства, обратил на нее внимание, когда ехал с Бычковым в поезде. Память у меня отличная. К тому же я знал, что на Бычкова непременно выйдут, значит, некоторая путаница пойдет мне на пользу.

— Так он здесь ни при чем?

— Я просто воспользовался его паспортом. За-

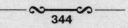

нятно, что ты не узнала меня, когда мы столкнулись на улице.

— Парень в бежевой куртке?

— Ага.

— Значит, ты был один. То есть...

— Видишь ли, я не люблю компаньонов, предпочитаю работать в одиночку.

— Записку в столе ты оставил нарочно?

— Конечно. Я хотел предупредить тебя о Деревягине. А вот совершать путешествия я тебе не советовал, ты меня сильно огорчила. Пришлось последовать за тобой.

— Бориса и охранника в доме тоже убил ты?

— Я спас тебя, дорогая... К тому моменту меня здорово начал беспокоить этот твой мент. Уж очень активно он стал обхаживать вдовушку. К счастью, твоего братца он тоже беспокоил. Руки мне пачкать не пришлось. И Лиховского убил Сабуров, всерьез опасаясь свидетеля. А мне осталось лишь довести дело до конца. Я приглядывал за твоим братцем, и мы вместе прибыли на эту дачу.

— Чем ты лучше его? — усмехнулась я.

— Ничем, — кивнул Глеб и улыбнулся. — Бизнес есть бизнес.

— Эти женщины, которых ты убил...

— Все мы не безгрешны. Конечно, я их убил, но и они были далеки от совершенства. Взять хотя бы старушку. Сын просил у нее денег, чтоб отдать долг, но она крепко сидела на своих бриллиантах, и парень покончил жизнь самоубийством, чем очень

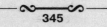

расстроил матушку. Или сестра Бориса, шлюха из шлюх, которая спала с собственным братом, а потом пыталась убедить меня, что ее ублюдок — мой. Всем нам по грехам нашим, — широко улыбнулся Глеб. — Не забивай себе голову. Ведь ты любишь меня, это главное. — Он рывком поднял меня с пола и стал целовать.

— Не здесь, — прошептала я. — Ради бога, не здесь.

Но ему было наплевать на это...

— Предлагаю тебе сделку, — сказал Глеб, закуривая. — Чтобы ни у одного из нас не возникло желания избавиться от другого, мы оставим в надежном месте описание наших ратных подвигов. Ты — моих, я — твоих. Мы ведь их хорошо изучили. Это будет отличным стимулом для долгой и верной любви. Идет?

— Ты любишь меня? — спросила я. — Ты и в самом деле меня любишь?

— Разве я не доказал это? — удивился Глеб. — Собирайся, детка, пора сматываться. Дачу придется сжечь, и твоего братца тоже. Зачем наводить ментов на любопытные мысли. Я пошел за канистрами.

Пистолет так и лежал под рукой Федора. Я взяла его и устроилась на подоконнике. Вскоре вернулся Глеб.

— Собралась? — кивнул он мне. — Жди меня в машине. — И наклонился, открывая канистру. Он стоял ко мне спиной. Я нажала на курок, но выстре-

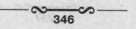

ла не последовало. Глеб, широко улыбаясь, повернулся ко мне. — Непрофессионально, детка, — сказал насмешливо.

— Все когда-нибудь ошибаются, — равнодушно пожала я плечами, отбрасывая оружие в сторону. — Так все-таки почему не я, почему не сегодня?

Глеб засмеялся, а я сложила руки на груди, терпеливо ожидая, что будет дальше.

— Значит, с братцем я дал маху и заводилой в семье была ты?

— Скажем, дельная мысль посетила нас практически одновременно. Если нет вопросов по существу, не тяни. У меня нервы не железные.

— Зачем ты в меня стреляла? — усмехнулся он.

— Первое правило профессионала — не оставляй свидетелей. Не я тебя, значит, ты меня.

— Я тебе не верю. Нажать на курок, не удостоверившись, что в пистолете есть патроны? Чушь собачья.

— Чего ты хочешь? — Мой голос сорвался.

— Правду.

— Да пошел ты к черту, — вздохнула я и закрыла глаза, чувствуя, как по моим ребрам стекает холодный пот.

— Ты не хотела меня убивать.

— Ну допустим...

— Почему?

Было ясно, что он не отстанет. А еще появилась надежда обыграть все в свою пользу.

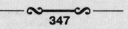

— Я устала. Выдохлась. Видишь ли, мне понравилось просто жить и просто любить кого-то.

— Не поверишь, — весело улыбнулся Глеб, — мне тоже. Сколько ты заработала?

— Без восьмидесяти тысяч полмиллиона.

— Ну конечно. Приходилось делить на двоих. Я заработал втрое больше. Не пора ли нам завязать, дорогая? — Он взял меня за руку. — Ну так как? Ты согласна?

Есть предложения, от которых не отказываются. Это было одно из таких.

— Согласна, — кивнула я, подумав про себя: «А там посмотрим».

Черт его знает, что подумал он.

Литературно-художественное издание

Полякова Татьяна Викторовна
ЧАС ПИК ДЛЯ НОВОБРАЧНЫХ

Ответственный редактор *О. Рубис*
Редактор *Г. Калашников*
Художественный редактор *С. Курбатов*
Художник *Е. Шаламова*
Технический редактор *Н. Носова*
Компьютерная верстка *Г. Павлова*
Корректор *Е. Дмитриева*

Подписано в печать с готовых монтажей 19.02.2002.
Формат 84x108^1/$_{32}$. Гарнитура «Таймс».
Печать офсетная. Усл. печ. л. 18,48.
Доп. тираж 12 000 экз. Заказ 4202073.

Отпечатано на ФГУИПП «Нижполиграф».
603006, Нижний Новгород, ул. Варварская, 32.

ЗАО «Издательство «ЭКСМО-Пресс». Изд. лиц. № 065377 от 22.08.97.
125190, Москва, Ленинградский проспект, д. 80, корп. 16, подъезд 3.
Интернет/Home page — www.eksmo.ru
Электронная почта (E-mail) — info@ eksmo.ru

CRUSADE

CRUSADE

BY DONN BYRNE

Published in BOSTON *by*

LITTLE, BROWN, AND COMPANY

MCMXXVIII

CRUSADE

CRUSADE

ONE

IT SEEMED to the man on horseback, now that he was once more outside Jerusalem, now that from the Damascus gate he could see over the fortifications, over the huddle of houses like the massed backs of turtles, the cupola of the Holy Sepulchre, and farther toward the left the miracle of cool delight that was the *Templum Domini,* the Temple of the Lord, and farther still, the blue mountains of Moab becoming purple in the sunset, that all his pain to be once more among his own people had gone. He blamed himself for wishing, as he knew he wished, he were still back in Damascus, a prisoner of the Saracen.

Outside the Damascus gate Arabs were going to and fro. Sentinels in the green livery of the Count of Champagne were drowsing over their pikes. A mad knight, whom he remembered to have been a friend of Alenard, the norse crusader, galloped all but into him, and raising his hands in the air, began to shout in barbaric Norman: "I see an eagle flying over a king's army, and in its claws are seven javelins. And it cries, Woe! Woe is Jerusalem!" He had a tangled red beard falling down to the pommel of his saddle, and unkempt red hair straggled about his winged norse helmet, and in his eyes, blue as a lake, was madness. The Arabs slippered away in respect from the man afflicted by God. But the green-jerkined sentinels laughed.

The man on horseback, for all his weakness as of a month-old child, forced his mare toward them, and called in fury: "How dare you insult a knight, you kept terrier? And where is your officer?"

The sentinels were small black men, with black Gaulish eyes. They were out of hand; impertinent.

"And whose kept man are you?" one sneered.

A gust of shaking anger came over him, with a throbbing in the head, and he remembered how he must appear to the sentinels. A

man on a chestnut Arab horse, in silken Arab
clothes, and the red boots of Syria on his feet,
and on his face, he felt, the stamp of death.
Yes, he must look like some renegade Christian, some of the many who had accepted Islam, and then been flung out of the tribes as
a man lacking in honour, a man they didn't
want. He noticed the Arab children eyeing
him curiously, and a tonsured brother of Saint
Francis—an Italian by his face—looking at
him malignantly. An under officer hustled
down from the tower, a spruce soldierly man.

"I am Sir Miles O'Neill," the man on
horseback said, "attached to Sir Ulick de
Lacy's command, and until four days ago a
prisoner of the Saracens."

The man came to attention smartly enough,
but Miles could see he had been drinking.

"Why don't you keep better discipline at
your gate, man?" he asked.

"It is peace time, Sir Miles," the under
officer answered, "and the men are lax." He
dropped his voice. "It is so long since they
have been paid, sir."

"Where is Sir Ulick's command?"

"I don't know, sir. If it was the Irish kerns, I'm afraid they're gone, sir. They were lost at the gaming tables, and went with their new owner into High Germany."

"And Sir Ulick?"

"Many of the knights have gone to Cyprus, sir."

O'Neill was silent. If this were so, he had come back penniless into a city where he had no friends. He would have to find lodging and food; an equipment, and a new commander.

"If you don't mind my saying so, sir," the under officer smiled, "you will find the Holy City changed. The peace will make a great difference, sir. Good for some, and bad for others. Good for me, sir. I've got a little property, sir, olive trees and grapes near Bethlehem, and a little drove of camels."

"You are a Westminster man?"

"Southwark, sir."

"What English knight is in the city?"

"Let me think, sir. There's Sir Robert Paget, a Sussex man. Oh, a very nice knight, sir. And there's Sir Otho Trelawney; he's not English but a Cornishman. They call him, begging pardon, sir, Otho le Gras, a fat, swearing man."

"Where are Sir Otho's quarters?"

"Near the Temple, sir. I'd go with you, sir, but my relief doesn't come for an hour yet."

"I'll find it."

"Yes, sir. Thank you, sir." O'Neill rode off, thinking how the fellow would curse him for not having given him something. Dear God! How quickly the Holy Land rotted men!

As he rode down the crooked steep streets, the nauseous stench of Jerusalem almost stifled him, and he said to himself bitterly that he knew beyond doubt he was in a Christian city. A train of camels, whacked onward by Syrian Christians, bumped him against the walls, and his left arm, still in splints and sling under his coat, was scraped. A cold sweat broke out on his forehead, and a little groan came to his lips. A giant negro, clearing the street for a burly Templar, seized his mount's snaffle and forced it aside. He struck the Cairene convert across the face with a heavy whip in his right hand, cursing the officious black man so terribly, in such a chilled low tone of voice, that he shuffled away terrified. An English palmer, with mouth and eyes swollen and red from some hideous disease, implored him for alms with high whining patter, and when he, too, was cursed, retorted with such a flood of obscenity that it made the foul air fouler. O'Neill rode on. Chancing to glance downward he noticed that the chestnut's near fore hock was filling. That was the last straw.

And only four days ago he had left Damascus—clean and green and cool Damascus, where his captors were more friendly and more courteous than these brethren of his who bore the Cross on their shoulders as a sign of enduring fellowship. Enduring fellowship! he sneered. Were there ever such jealousies and such abominable treachery as obtained among the knights of the Cross? And yet he could not stay in Damascus. Honour demanded he should return. But two months before, when it was decreed that Saracen and Christian should live in honourable peace, he had been happy. He had waited and waited to hear that his ransom had been paid. He had waited in vain. He had wondered if his commander, de Lacy, were dead. The old sheykh, whose prisoner he was, and the Arab physician, had remonstrated with him:

"Sheykh O'Neill. Here are trees that bear apples and small rivers which sing songs. And many birds. And a mountain you can look at, Hermon with his white wise head. Let peace come into your heart, for only when there is peace in the heart can the body prosper. I would not extol myself," the old sheykh said, "but there are knights of Normandy who have been treated worse than you."

"I am but half Norman, Sheykh Haroun," O'Neill had said, "my father was of an impetuous, impatient race—the king of Ulster is my cousin. Chains break our wings. I can say so now that my ransom is on its way. It is not hardship, but that I have been a prisoner which irks me."

The old sheykh was silent for a full minute. They were sitting in the enclosed garden, fashioned after the pattern of the gardens of Cordoba in Spain, with plots of grass, and small orange trees and paths of golden gravel, and cool fountains. Sheykh Haroun drew letters in the path with his riding stick.

"Your ransom has been arranged, Sheykh O'Neill," he said quietly. The old physician looked at his chief in surprise.

O'Neill stood up and stretched his free arm. "Allaho Akbar!" he cried, in the words of the muazzin. "God is greatest! Who arranged my ransom, Sheykh Haroun?"

"A Certain One," said the Sheykh.

"I asked," O'Neill grew cold, "what lord arranged my ransom?" He looked proudly at the Arab chief. The Arab looked at him just as steadily.

"The Lord of Daybreak, Sheykh O'Neill."

O'Neill turned away with all the petulance of a sick man. He never felt so deserted, so small in all his life.

"Am I then so poor in friends and goods," he said bitterly, "that charity must be forced on me?"

"O boy," the old chief thundered, "I have said that He has ransomed you. And what compact this old man has made with the King

of the Day of Fate is not your affair. Young
sheykh, when will you learn that pride is a
king in gold armour who hath a swine's snout?
And take refuge from it as from Satan who
was stoned?" He was silent a minute. "Also,
I had thought that among the Arab you were
not lacking in friends."

O'Neill's conscience turned restlessly in
him.

"None could have been more kindly, more
courteous than you have been, sir. I had
thought it was just your chivalry. I had not
dared to think it was more. . . . I am ashamed
to have been so petulant."

"A sick man is but a helpless child," said
the hakeem kindly. "His very weakness makes
him angry."

"Do I not know that," said the old man,
"who in my young time was wounded by
King Richard's self?" He rose and came over
to O'Neill, and his old hands, strong as oak,
brown as old oak, took the horse's silver curb
chain that was like a bracelet on O'Neill's
right arm—the only mark of his captivity.
He broke it like a piece of rotted twine.

O'Neill could believe now the stories of the old man's youth which had seemed like legends. Sheykh Haroun, in combat with Richard at Assur, had the king at his mercy, until the Lion-heart's bull-like rage and rush, and a little luck with an overarm swing with the mace—a farmer's blow!—had dropped the Bedouin chief with a broken shoulder bone.

"You are no longer now a prisoner, but the guest of the Arab."

"A poor guest for a prince like you, Sheykh Haroun."

"What are riches but the length of God's tether? And are we not all guests? The guests of God!"

He noticed from the breaking of the chain, a new feeling in the great household toward him. They were not less kind, but they were more formal. It was as if his status were changed. There was more respect—not that there had ever been lack of respect—but less sense of being heart to heart with all of them. He was not the poor dependent prisoner, but the equal of the sheykh. They spoke rarely of

Islam before him any more, as though it would be bad manners to bring up religion before a Christian knight. The wound in his head had healed, and the hurts in his side and chest, where his horse had rolled over him. But there was difficulty with the broken arm. That was progressing very well, all things considered, and he felt equal to the journey to Jerusalem.

"Sheykh Haroun," he told his host one evening, "in three days, or four days or five, I had better be going toward my commander's place."

There were present the sheykh and the physician, two of the younger chiefs, Mohammad and Abdallah, and Haroun's young daughter, Kothra, the "sister of Ali" as she was called, after Haroun's beloved eldest son, who was dead. She had changed more than any one since he was free. She was so formal, so cold, and she had been so friendly. She was spoiled by every one, and yet unspoiled, the sister of Ali. She sat there, cross-legged, dressed like a young sheykh of the desert, her head-dress drawn across the lower part of her lean pearl-white face. Her hands, white, thin, nervous, unstained by henna, played with a light bamboo riding stick. . . . The old sheykh passed three more beads of his beautiful amber rosary through his fingers.

"Will you not stay with us, Sheykh Maelmorra?" he asked. "There is so little between you and us. I ask pardon for this, but the Arab, knowing it is good, wishes to share Islam."

"I cannot, Sheykh Haroun," O'Neill said. "I am sorry. It would not be to my honour. The Arab understand that."

The sister of Ali said nothing. She drew graceful Arab letters in the sanded space at her feet. The young chieftains, Mohammad and Abdallah, nodded gravely.

"Surely the Arab understand that," Abdallah murmured. "To live without honour is to walk bent in two."

"But why do you want to go so soon?" the sister of Ali asked. There was something keen and musical about her voice, like a high clear note on the viol, or the ring of a gold bezant on marble. "As yet you are not a healed man."

"Because I hunger for news of my friends, and the taste of Frankish speech, sister of Ali, and for the wail of the Irish pipe as the gallowglasses mourn for their distant land. And my dogs are pining for me, and they go around, I know, questioning every one with their brown eyes, and they cannot understand. Though I know what science the hakeem has," he looked gratefully at the physician, "he understands that among my own folk my arm will heal."

"Sheykh O'Neill speaks truth," said the hakeem. "Do I not remember, when a student in Seville, that I used to walk by the green river, and weep a little for deserted Arabia, the wastes of Keybar, and the camel colts I was born among! All the Bedouin understand."

"You will need some gold pieces," said the old sheykh. "You will not refuse them from the Arab, your friends."

O'Neill flushed. He was not sure he wouldn't need them but he was not going to be beholden any more. He was beholden for his life, for his liberty, to the chivalry of the Arab, and by the Very Cross of God! though he starved, he would take no more.

"I shall be well provided, Sheykh Haroun, once I cross the Jordan. Excuse me for refusing, but I shall be well when there. There is only one thing, if I might borrow a horse—"

"You cannot borrow," said the sister of Ali; "I give you mine."

"I cannot accept it, sister of Ali."

"Then walk!" Her voice had the clear ring of a sword.

There was a pause of embarrassment. The young chiefs looked at each other with a surprise in their eyes. The hakeem was bothered. The old sheykh sat up, rigid with anger.

"O sister of Ali," he thundered, "have you no shame in your father's house? Are these Arab manners, an Arab heart? Sheykh O'Neill, pardon this mad Bedouin girl. Whatever horse you wish you will take and send it back when you will."

From behind the sister of Ali's headdress, clear over the splash of the fountain and the song of an early nightingale, O'Neill caught a muffled sob.

"If I may, Sheykh Haroun, I shall accept the horse of the sister of Ali."

The old hakeem laid his hand on O'Neill's shoulder. Mohammad turned to Abdallah. "Ho! By God! This is courtesy!" he said. The old man bent his eyes on his daughter. "Hearest thou, girl, what honour our guest does thee?"

"I ask his pardon," she said nervously, "and yours, father of Ali."

"And God's!" insisted the old man.

"The Compassionate, the Compassionating," the sister of Ali murmured.

Through the soft Damascene dusk, the dusk of chiming river and nightingales and the scent of pear and almond blossom, came the call of the muazzin from the minaret of the Bride; "Allaho Akbar." Something in the faint throbbing tones had the call of distant, imperious drums. "God is greatest! God is greatest!" The Bedouin chieftains rose.

"We shall leave you to rest yourself, Sheykh O'Neill." O'Neill knew they were off to evening prayer. "I assert there is no God but God! I assert that Mohammad is the

Messenger of God!" went the blind watch-
man. O'Neill touched forehead and heart in
response to their farewell. Only the sister of
Ali lingered.

"I am very sorry, O'Neill, for behaving
like a child." O'Neill saw tears around the
fringes of her eyes.

"It is not that I didn't wish to accept a
gift from you, sister of Ali, but I have had
so much, and I am ashamed."

"From us you have had no more than a rose
from a garden where by the thousand roses
grow. I understand, O'Neill." She was bothered under the call of the importunate, imperious muazzin. "I am pardoned, O'Neill?"

"You embarrass me, sister of Ali," he said
uncomfortably.

"Then I am pardoned," she smiled with
her eyes, and putting fingers to forehead, dis-
appeared after her father and cousins. . . .

Though only four days since he had left,
it seemed an age, so different was the atmosphere of Jerusalem from that grave courtesy
and kindly wisdom. Once he had crossed the
Jordan from the Saracen country, he had not

found the hospitality and help he had boasted of to Sheykh Haroun. In the Hospitallers' station at Nazareth, he had been herded with cripples and beggars and flung a crust of bread, a handful of olives, and given tepid water in a jug with the handle broken. There was no use in insisting he was a knight. Of poor knights the roads were full. On the road to Tiberias he had had a bit of luck. He had overtaken a fat, greasy-bearded merchant on a mule, who spoke the Mediterranean Frankish dialect. He was a Hungarian, he said, and had come to visit the Holy Places. "And what was your Highness?" he asked, looking suspiciously at O'Neill's Arab silks.

"An English, or rather an Irish knight, until yesterday a prisoner of the Saracen."

"Then you have an oath to protect pilgrims, yes?"

"Yes," O'Neill said carelessly.

The man breathed a sigh of relief and settled down on his mule. He was fat as a fat woman. O'Neill noticed that his hands were black with grime, except for broad lines on the fingers of comparative whiteness. The man had been wearing rings and had taken them off and concealed them. He noticed egg on the Hungarian's whiskers, and his own hunger of a convalescent began to clamour. He wished he could pull his waistband tighter. . . . So his Highness had been a prisoner of the Saracens! In chains! No! Free! Well, it was good to be a knight! So his Highness was well treated! The Hungarian edged closer. Did his Highness see the Arab women? The merchant's tongue went over his lips. Of course he didn't know himself, but he had heard travellers' tales. They were free and lively, the women of the Saracen, and most vicious. They did this. They did that. Did his Highness have any adventures in his captivity? He leered.

"I don't know if you understand me, merchant, but your conversation seems to me of a singular filthiness."

Oh! His Highness was a good knight, a holy knight! The merchant was so relieved. One heard such stories of the licence in Palestine. Such things were said of the Knights Templars—

"Let me give you one word of advice," warned O'Neill, "that may save you your goods, your liberty, and maybe your life. Curse God if you wish in the street of el-Kuds—of Jerusalem, I mean—but say no word against the Templars."

So! Oh! He was glad to hear that, the merchant said. Oh! He would not make a mistake like that for the jewels of the Emperor! Was his Highness a Knight Templar?

"No," O'Neill said shortly.

Yes, a merchant couldn't be too careful, the Hungarian said. He must be friends with everybody. Of course it was a secret but he didn't mind telling his Highness. Besides saving his soul in the Holy Land, there was an opportunity of making some profit. Did his Highness know that the wines of Palestine were soft and sweet like honey? No! Well they were, and did his Highness know the price? No! One tenth of what Tokay cost. He had in mind to buy and ship in Joppa wine for Pola. And there put it in bottles and sell it as Tokay in Venice. Venetians accustomed to their harsh Italian wine could not tell the difference. Oh, not nobles, not people like his Highness, but burghers, traders, such as Venice was full of. Oh! his Highness did not know how well a merchant could get on. Figure! Only this morning he had sold his horse to a Hospitaller at a great profit, and bought this mule for the smallest possible trifle, because its back was skinned.

"Get off!" O'Neill reined up.

"But—"

"Get off!"

The man slid off clumsily, speaking something in his hissing tongue.

"Unbuckle the girths and remove the saddle!"

He looked at the mule's back and all but vomited.

"You walk the rest of your way," he said. "Give me that bridle."

"But you have sworn to protect pilgrims," the man squealed.

"Pilgrims, yes," O'Neill spoke furiously, "but not every damned scavenger who comes to profit in the land fertilized by Crusaders' blood. Do you think it was for a louse paddock like you that Tancred and de Bouillon fought. Oh! shout if you like. These barren rocks are laughing at you. And now five pieces of gold."

"For what?" The man stopped shouting and looked at him.

"For my comfort and sustenance."

"I have none."

O'Neill took his right foot out of his stirrup and caught the mule's bridle on it. He reached into his waistband and drew the beautiful Damascene blade, greater than dagger and less than sword, which was Abdallah's parting gift. "You will save me a lot of trouble by not arguing."

The man fumbled in his greasy breast. "God will strike you!" he threatened.

"Not at all," O'Neill smiled. "God will uphold me utterly." He put the blade between his teeth while he took the money. "And now, the nearest station of soldiers is fifteen miles from here. You had better get there before nightfall. There are mad lepers in the hills." And picking up his reins he trotted off.

It didn't bother his conscience much. He

had done an hundred times more criminal
things in the name of the Cross, raids against
Bedouin tribes for horses and sheep, holding
the Arab prisoners to ransom. It was a rough
world. However, he had enough now to last
him and his horse in dignity to Jerusalem.
Five miles onward he sent the mule bucketing
up the hills with a flick of his whip.

He felt so weak now after his four days'
ride that he was ashamed of himself. A trembling as of fever was in his knees and heels.
And now, as he guided his mount down the
narrow streets, he came under the shadow of
the Temple, and the old unreasonable fear
came into his heart. It was so quiet, so big,
so—deadly. Its power had overcome the
mortal life of the Lord Jesus. Its riches had
tempted Roman and Babylonian. The
Romans and Babylonians were lighter now
than desert dust. But the vast courses
of masonry laid by Solomon, and King
Hiram, and Hiram out of Tyre, remained as
foundations and would remain, it seemed,
forever. What toll of lives it had exacted!
And what loyalty was given to it. Even now

as he passed the entrance, the mailed and mounted sentries had faces out of which all human kindliness had gone. They were hard as the granite of the Rock. They were aloof, mysterious as the Rock. In the Lord's time, it was death to speak against the Temple. It was death today.

He rode past it down the narrow *sooq* to the old Saracen house whither he had been directed. A vast Egyptian eunuch, bloated like a frog, sat in a niche by the nail-studded door.

"Is this Sir Otho Trelawney's house?"

"Yes," the doorman said, and "sir" he added, as O'Neill kept his grey eyes trained on the hideous obese face.

"I wish to see Sir Otho. Open your door!"

"But I cannot open, sir, until I know your business—"

"The business of the Holy Cross. Open!"

The vast bulk padded in its heelless slippers, unloosening bolt and catch. He wheezed like some monstrous water animal. O'Neill rode into the courtyard. The place was dim and cobbled. It seemed darker than the dark streets. In a corner where a meagre shaft of sunlight came, a man as young as himself, in black hose and a silk coat, was strumming at a Provençal guitar . . .

> *". . . . . Le Rommant de la Rose,*
> *Ou l'art d'amors est toute enclose."*

"The Romance called the Rose," he sang, "whose verse all love's sweet stratagem enclose."

He had a blunt half-Saxon face, and hair like flax. His hands, O'Neill saw, were never made for any musical instrument, nor his voice for any Norman song. A page-boy came toward O'Neill's stirrup.

"I wish to see your master, boy. I am an Irish knight, Miles O'Neill of Lucan." While the boy hurried off, the man in the corner kept on with his song:

> *"Maintes gens dient que en songes*
> *N'a ses fables et mensonges;*

"So many say that in dreams' ecstacies, the clear-cut scenes are but the Foul One's lies;"

> *"Mais l'en puet. . . ."*

"But I . . ."

Both voice and music went off at grotesque angles. The player grinned and threw the instrument down. He strolled over toward O'Neill.

"Don't seem to get the swing of it." He smiled ruefully. "Never could handle these French songs." He was short and thickset with a rough, kindly face. "You're Irish, aren't you?"

"I am."

"Kent man myself. From the Weald, as we call it. Josselyn, my name is. Did I hear you say you were called Miles O'Neill?"

"You did."

"Got some cousins in Dublin myself." He grew embarrassed.

"I say," he looked at O'Neill, "wasn't— wasn't Miles O'Neill killed in a sort of raid against Big Jenico Fitzpaul? Good while ago. About twenty years, or more."

"He was. I am the younger Miles O'Neill."

"I'm sorry." Josselyn blushed. "But you know what times are. You'd have been worried yourself, if you understand. I say, won't you get down? Take it easy? I don't know if you noticed, but your horse has gone lame, I think."

O'Neill felt a faintness wash over him, like a slow curling wave. He put his hand to his forehead and was surprised to find the palm wet when he took it away.

"You fool!" he said. "You damned fool! Can't you see that if I get off this horse I shall fall?"

The Kentish man sprang forward to catch him in case he should drop. "Ho, Giles, Fulke, Henry." His voice went like thunder through the courtyard. "Cross of God! Where are you all? Fall in and help me with this hurt gentleman. No, not that way," he directed O'Neill. "Throw your right leg over the horse's neck and slide down. I'll catch. There! That's it. I've got you! Good!"

TWO

I

ⓉHOUGH he had very solemnly cursed Ireland from the deck of the Flemish merchant's boat as Two-Rock and Three-Rock Mountains became small purple islands and then faint clouds in the west, yet in the three years he had been in the Holy Land, he felt his mind and heart going back there. The soft Erse of nurse and huntsman came to him more easily than the Norman tongue. He remembered the terrific fight outside Bethlehem two years before, when all seemed lost. The Saxon bowmen were falling back before the crash of Ameer Yussuf's light cavalry, hampering de Lacy's Irish clansmen. De Lacy himself could do nothing. *"Poussez-en-avant!"* the big man was thundering. Some old strain in O'Neill gave out the Ulster battle cry. *"Lauv derg!"* he called the cry of the O'Neills. "Red Hand! Red Hand!" And the Irish had caught the trumpet of their native speech. Suddenly, in a grey-brown froth, they pressed forward like a pack of their own wolf-dogs, baying like wolf-dogs. *"Lauv derg!"* they sobbed. "Red Hand! Red Hand!" The picked Arab cavalry could not withstand these battle-mad kerns. He would have liked his silent, fastidious, Norman mother to have heard him then!

Not anything of the formal castle at Lucan came back to him, but of the country. Soft Liffey rolling toward the sea, the leap of a trout, the swirl of salmon, the banks edged with rushes, the lazy cawing of rooks in the high trees, the cattle of mottled brown and gold. The mountains of Wicklow, purple as a purple cloak. The little Danish city of Dublin, so neat, so precise. One would liken it to a little city of High Germany—small compact houses, with beds of tulips, and little greens, where the Danes before their dispersement used to sit and drink ale, and the King of Dublin would come out like any burgess, and sit and drink with them. A quiet town of high gabled houses and florid merchantmen; and now the Normans, with their cold effi-

ciency, were building castles and turning the
dreaming city into a battlemented stronghold,
with their blue-eyed cold-mannered masons
from Chartres and Rouen. Well, the Normans
were better for the city, O'Neill thought, than
his father's people. When they took Dublin
from the Danes they ruined it. Dirt was everywhere. They cut down the growing trees for
firewood, and the formal greens and beds of
tulips were trampled into a farm midden. The
quaint alleys were the peepholes of cutpurse
and cutthroat. Of course it was inevitable that
the Normans should have come in, if civiliza-
tion were to remain in the green land. But need
they have been so cold, so superior, so damned
ruthless? And their politics, their alliances!
In their great Nordic frames was there any
heart?

Of the great houses of Lucan, he had none
but memories which chilled him. There lived
his mother, with her spare body, tall and
bare and uninviting as the high poplars that
lined the roads of Normandy. She had hands
white and fragile as the hands of a skeleton,
and between them was always a book of

hours. Her face was pointed like a fox's mask. Her chin was sharp. Her mouth was too small, too red. Her green eyes were rimmed with red. When she would be an old woman, she would resemble the popular concept of a witch. His uncle Jenico, whom his father had killed, and whose followers had killed his father, had been described to him as a great lumbering man, with a cruel twist to his mouth, and a harsh laughter, cold and grating like the east wind. His other uncles he hated—the Abbot of Kells, more warrior than monk, who boasted that if he were lax in keeping the gates of Heaven, the Irish or the Fitzgeralds who might think the gates of Kells were easy had only to come and try; his uncle Foulke, the hunchback with the absurdly beautiful face —absurd in its calm beauty above the horrible body. The face of Foulke was not an index to his mind, but his hands were. They were crooked, predatory, covered terribly with light brown hair. In that trait you could see the secretive, treacherous, the subtle spider. His life was dedicated to getting the better of the Fitzgeralds, to wresting the control of Lein-

ster from them into the hands of the Fitzpauls. In his heart he saw himself, Miles
knew, as that strange insect of building tradition, the Sharmah, drilling through the
foundations of the edifice of good faith and
kindliness the Fitzgeralds had built in Ireland.
But the Fitzpauls would never get the better
of the Geraldines, Miles knew. There was
some strange bond of loyalty between the
Fitzgeralds and the Irish. Indeed, the Geraldines were becoming, said the other Norman
families, more Irish than the Irish themselves.

Himself, Miles knew now, so far was he
from home and so easy was it for him to see
at this distance in true perspective what at
home was concealed from him by the tissue
of half-lies his relatives had spun, was the victim of a political marriage. His father had
been a worse victim than he, but his father
was dead now, and so far as his father's life
went, the Lord of Justice would exact a terrible accounting from the Fitzpauls.

His father had been a younger son of the
main family of O'Neill, kings of Ulster, the
warlike northern clan who were co-lords with

the O'Donnells, and chieftains of the Gallagh-
ers and of MacSorley of the Battle-Axes. Of
all the northern families, they were the only
one who accepted the European ranking of
knight and esquire. Many of them had fought
against the Saracen in Spain, sailing out of
Donegal to Lisbon and Cadiz, and taking
service with the king of Spain. They had little
to do with England, their friendship being
with the Scottish king. They were a difficult
family, great fighters, great dreamers—Niall
of the Nine Hostages had visioned a Celtic
Empire great as that of Rome, with Ireland,
Scotland, Cornwall and Wales, and Brittany
of France joined in an enduring brotherhood,
but that needed politicians, and the O'Neills
were not politicians, they were fighters.
They were proud and self-sufficient. They
never aimed at the High Kingship of Ireland,
but except at their invitation no High King
could pass through the gap of the North at
Newry, or over the Erne. Such Norman
knights as had fought their way through had
been either forced to recognize the suzerainty
of O'Neill or were driven back into the Pale.

His father had had two estates, one on the windy slopes of Tanderagee in Down, now held by an uncle, and the other at Lucan, a pleasant tumbled-down place which had come into the family through a marriage with the Wicklow clan of O'Moore. His father, Mael-morra Auling, Miles the Magnificent, as the native Irish had called him, had been a good-humoured, various man. Great-framed, chari-table, ready to match a falcon or a deerhound or wolfhound with anybody for a big stake, or race a Welsh pony up the slopes of Three-Rock against any Norman baron. The Abbot of Kells had proposed his sister to the elder Miles in marriage, pointing out the advan-tages of an union with the Fitzpauls. The abbot had in his mind the advantage of the union of the Fitzpauls with the chiefs of Ulster. A nephew of the King of Ulster! But the abbot, for all his cunning, did not under-stand Ae Doragha, Dark or blind Hugh O'Neill, who spent most of his time in the Abbey of Donegal, praying like the humblest hermit, and who considered his sons' and nephews' lives of hunting and hawking with the ignorance of the blind and the aversion of the fanatic.

Young Miles could see his father, in his laughing way, consenting. And then Pernella Fitzpaul came into Lucan, and with her coming, sport and magnificence went. He understood the Norman way. This was bad taste; that was not done. The nobles of Charlemagne and the men of Charles Martel had a code that investigated all the corners of honour. A knight did not wear, as his father wore, great armlets of gold captured from the store of old Danes. He did not wear red cloaks and greaves of gold. A gentleman did not argue with his huntsman as with an equal. A gentleman did not let an old servant berate him for giving too much for a horse. A gentleman did not sit on a wall to listen to a goatherd's fiddling. All a gentleman did, evidently, was to give orders. It must have been terribly irksome for his father to have to look over his shoulder to see if wife or relative-in-law were looking before he bestowed a gold Danish-minted coin on a huntsman who had shown him a good wolf or deer, or a minstrel who had played for him a beloved air. For the Normans were economical.

"A gentleman doesn't waste his money."

"What does a gentleman do with it then?"

"A gentleman buys power."

"Friends are power. I've got all the power I want."

"Friends change," said the subtle Normans. "Better solid masonry and tried men-at-arms."

"*Jarar mochree Kriestha!* Christ, brother of my heart!"

"Hush! A gentleman doesn't curse that way! He says, *Foy de gentilhomme!* or *Dieu me garde!*"

"It seems to me," young Miles had heard that the elder Miles had complained, "that in giving up Irish chieftainship for Norman gentility, I have quit the ways of a free man for the manners of a mercer's bastard."

They had changed everything, these Normans. Even the gentle Irish monk of the mystic traditions of Brigit and Columcille, barefoot, white-robed, ringing his little bell against demons and the excommunicate, praying to God amid the heather and under the giant Irish oaks, so joyful that Christ had risen, was giving way to the polished Norman clerk, part warrior, all politician, whose song was the *Dies irae*. At Lucan, the elder Miles found himself growing lonelier and lonelier. The old companions who would hunt all day with him and drink all night, drinking rhenish wine out of three-handled silver flagons, while the fire blazed in the courtyard, who used to gamble for a gold piece a point with dice of polished elk bone, were all gone now. They gave this reason and that reason, but the real cause was the grave cold Norman woman with whom under a roof it was impossible to be merry. Before he married, many a night the woods of Lucan had rung to old Irish songs of a more lawless age: "*A Togail nan Bo;*" "The Lifting of the Cattle," while they drank the door-draught, *deoch an dorais*, before cantering home under the silver Irish moon. Ah, old companions! Where were you now?

Little by little, even the Irish servants were sent away, and Norman pages and valets began to take their places, men who would do women's work, servants who were very respectful, but who, the Irish knight felt, despised the men of the country. He had overheard one refer to the Irish as the "mere Irish," and had given him a dressing with the deerskin houndwhip. But his wife had been coldly furious.

When Jenico and Foulke had come over from Caen, Jenico ostensibly to look for a small estate, and Foulke to keep his sister company for a while, Big Miles had thought the old times would come back, that it would be once more a man's house where again the shaggy wolf-dogs could lie before the fire in the rushes. But the hunchback Foulke was more finicky than any woman. Beneath Jenico's great frame, he was coldly racial. When Jenico spoke, his blue eyes were always watching you to see what effect his words had. You were always in mental battle with Jenico. Always measuring his words, was Jenico, as the Norman guest houses, O'Neill thought contemptuously, measured their thin wine. "Damn it!" thought the Irish chief, "did a

man as big as Jenico have to be so careful!
Couldn't he out with a thing: 'That's what I
mean, and if you don't like it, God's Blood!
what do you intend to do?' That's how a
man felt." No, Miles the Magnificent could
not stomach Jenico. And as to the hunchback,
Foulke, all O'Neill's mountain straightforwardness revolted against his concealed tortu-
ous mind.

And now neither Jenico nor Foulke nor the
Abbot of Kells, no, nor his wife, Pernella,
would give him an instant's peace, but that
he must have Lucan fortified, according to the
latest rules of the art. The hunchback had a
genius for fortification, it seemed, and had a
plan for moating Lucan, drawing the water
from Liffey of the Herons. Also, dressed stone
was cheap. It could be taken from old Danish
houses and towed up the river.

"But what need for fortifications?" O'Neill
asked. "Am I not friends with every one—
with nearly every one?"

O'Neill, they suggested quietly, did not
understand high policy. Of course every one
could see that England and Scotland were ori-

enting toward war. What rewards O'Neill could ask from the English king, once the war over!

"But we would stand with the Scot!"

Jenico's eyes closed to inimical slits. Foulke hissed like a snake. His wife's mouth grew tight and prim. But the Abbot of Kells gave his laugh like faint thunder.

"Then, *Dieu me damne!*" he swore, "what a stronghold for the King of Scots!"

O'Neill had fingered the long amber necklace he wore that had belonged to great Thorkil the Dane.

"There would be no Irish chieftain with as strong or as fine a fortress as yours, brother," insinuated Foulke.

"Yes, yes," wavered O'Neill, and then: "But I can't afford this thing."

"Ho, then, O'Neill, what are you wedded to?" The Abbot was hurt. "A dowerless bride? What family have you allied with? A sept of straw? What are the Fitzpaul riches for, but to help our friends. You are more than our friend. You are our brother."

In the end he agreed, and his northern estate

calling his attention, he was glad to get away.
Pernella was difficult also. Of course that was
easily explained. She was with child. Well,
she was with her brothers. Up north, he was
happy, coursing on the hills of Down, fishing
for salmon in lough Neagh, hunting the wild
boar and the wolf in the woods about the
Bann. The Abbot of Kells sent letters for him,
asking him to keep away. "Frankly, this
building you would not enjoy. We Norman
pismires like it, but the Irish hawk for the
hills." O'Neill was glad to stay away. The old
life in Lucan was duplicated here, except for
racing and rhenish wine. He preferred the
crisp wine of the Rhine vineyards to the sweetness of the wine of Spain and Portugal that
came around by sea to Carrickfergus. But the
coursing of hares and the hunting of boars
were better here. Then came news of his son's
birth. "Pernella was delivered of a boy on
Saint Enda's day," wrote the Abbot. "They
wished to call him after Jenico, but I baptized
him Miles. She is gone to rest a little at Skerries. There is no haste home, brother. I have
your affairs at heart. Man, are we not like

Boaz and Fachin, we two, apart, but a mysterious unit! Your brother on earth and *in Christo*, Hugue de Kells." Something told O'Neill he should start at once for Lucan.

A great rage, like the fabled rage of the Norseman, came over him when he saw his house. He would hardly have known it. Here and there masons were working like ants, while oxen dragged great blocks of stone on slips over the trampled grass. A great dingy drain was about the house, where small roses had grown, and worst of all, for three furlongs' distance from the walls, every tree was down—old friendly trees where the white deer had roved, and which were the resting place of the wise rooks. Oh! Champion of Heaven! This was too much. For all his masculinity O'Neill could have cried. Never, never did he dream such a thing could have been done. Everywhere were stolid Norman archers. He flung his way into the hall where Foulke was at his tracing board, with Jenico bent over him. He was about to rush at Jenico when his fighter's instinct told him that the house was alive with daggers.

"What have you done to my house, Fitz-paul?" he asked, shaking with anger.

"We have modernized it, as your wish was," said Jenico quietly, too quietly.

"You have torn up flowerbeds tended by generations of O'Moore women, and you have cut down ancient kindly trees. And you have made a barracks of a friendly dwelling place. That was not my wish. Whose are these bow-men?"

"Mine, if you will ask," said Jenico.

"Clear them out, and out with you and your brother!"

"Lightly, lightly, O'Neill," the big Norman laughed. "You would have us spend money, good Norman money, and brains, keen, Norman brains, on your Irish barn, and then tell us, 'Get out.' Ah, it is not as easy as that! Is this the Irish game? Teeth of God!" he laughed, "what fools you must take us for!"

"Where are my wife and child?" O'Neill asked.

"The Lady Pernella and her son are with the Fitzpauls of Skerries," Foulke answered in his silky voice.

"And Hugue of Kells?"

"The Abbot of Kells is on a visit to Cashel."

"Ha! The fox is gone to earth—"

"Oh, brother—" Foulke raised his hands in protest.

"Christ—" but O'Neill remembered in time the man's crippledom. He turned to Jenico. "You at least speak a man's tongue. Pernella and her child are in the hands of the Fitzpauls. Your brother avoids me. You and your archers are holding Lucan. I take it the next move is mine."

"If you wish to move," mused Jenico. "Why move?"

O'Neill smiled grimly. "Because you walked into England, you think you can over the Celtic lands. By God! Fitzpaul, don't you know you have to do with Red Hand?"

"Red Hand will find its palm full, I think, in the coming strife with the MacDonnells, Lords of the Isles, and with Yellow Mac-Sorley."

"Now, how the hell does he know that?" O'Neill pondered.

"And I can't see Dark Hugh," went on Jenico, "bothering about the marriage disagreement of a nephew he has never particularly liked."

"I was never a man of tricks," Big Miles answered. "If you won't get out, I must put you out."

"You can always try," said Jenico dryly.

Riding northward, Miles tried to enlist help at Dundalk and Newry, but the response was small. He gathered a few friends in Oriel, and sending up to Tanderagee with the message: "Follow me up to Dublin!" he rode for Lucan. He rode as an Irish chieftain, armed only with dagger, battle-axe, and targe. And leaving his friends in the wood, he walked forward toward the battlements of Lucan.

"Come out, Jenico," he roared; "come out and be killed."

Jenico was no coward. He came out alone. He wore light chain mail and helmet, and carried his shield and long Norman sword.

"I want no speeches," O'Neill warned. "I'm going for you."

For a big, clumsy-looking man, Jenico was quick as a greyhound. The long sword went out with every ounce of weight behind it. It glittered in O'Neill's eyes as he slipped side-wise, turning on his left foot. Jenico jumped back, and came again, not giving the Ulster-man a chance to swing with the battle-axe. The sword blade was cold and blue, but not colder or bluer than Jenico's eyes. O'Neill could see that Jenico was for killing him. That made things simpler.

The point of the sword, with the after-noon sunlight on it, made a flickering light in the air, like a marshlight seen when the moon is dark. The only sound was the shuffle of Jenico's feet in the grass, and his heavy breathing in his nostrils. O'Neill was crouching, circling with the light movements of a cat.

O'Neill stood up suddenly, frowning, as if puzzled. His bronze-studded shield was hip high, and his axe by his knee. Jenico thought he saw his chance. He went for O'Neill's throat, a beautiful lightning lunge. Big Miles dropped and let the sword go over his shoul-der. And then swinging upward and inward, the battle-axe caught Jenico in the cleft of the chin, dividing the forefront of his head like a shared apple. The axe followed its arc over O'Neill's left shoulder.

As O'Neill stepped back and looked at the fallen Norman, an arrow from the battlements knocked him dead and broken, like a bird struck with the shot of a sling.

The Irish kerns broke from the woods like unleashed wolf-dogs. Calmly the Norman archers began picking them off as in a quiet shooting contest. Leaving three-fourths of their number like broken dolls on the grass, the score odd of living retreated. They saved Big Miles' body, hoping to bring it to Ulster. But the pursuit was too hot for them and they buried Big Miles by the way. They buried him at Broo of the Boyne, in the old Irish and very pagan manner of which the Church disapproved; that is: standing upright in his grave with his axe in his hand, and his face toward his enemies. And, swearing to the dead man that, by God! they would be back again, they fled for Slievegullion, stealing horses that they foundered by the way. Every hand in the Pale was against them, so that of the hundred men who set forth, with O'Neill, only two returned

witty Martial; Seneca, echo of the Grecians; Statius, whom his teacher considered a better poet than Horace; Plautus, whom Varro called the mouth of Muses, and that English Archbishop, Joseph of Exeter, whose Latin the Germans thought was of Cornelius Nepos. From the lay brother he also learned history, cosmography, and the knowledge of blazonry. But all that pertained to warfare was curiously interesting to him, and, strangely enough, the best tutor he could have ever found was the cripple Foulke. None had studied the inwards of the matter more. From him young Miles learned of the campaigns of Alexander and of Scipio Africanus: and the use of rams, testudos and all the engines of siege. Foulke made him even drill the pikemen like the commonest sergeant. The courtyard resounded with the clatter of shafts. Young Miles, under the eye of the seated cripple, gave the orders: "Advance pikes!"; "Shoulder!"; "Order!"; "Check!"; "Port!"; "Comport!"; "Order your pikes!" It was strange that the man of least use in war like this crippled one should know most of it.

About the whole of Lucan there was, it seemed to the boy, the sense of decay. For all the cleared spaces about the house, it seemed that the house was dark. Carp and trout in the moat never thrived, and for all the gardener's care, flowers would not grow freely. And yet, in the old days, so the Irish said, no place was more kindly to bird and flower. All the Fitzpaul gold could not breed gold of primroses. All the Fitzpaul silver could not lure the silver note of birds. Age had not sculptured into lines of dignity Uncle Hugue's face. The bluff hilarity of the Abbot of Kells deceived no man now. His wide, thin mouth and shabby eyes were danger signals even to the most gullible. Uncle Foulke's white features grew more beautiful, but with the dark beauty of evil. Miles' mother moved through the house like a thin ghost. Now, in Palestine, Miles knew she had been privy to his father's death, and that the weight of it was too much for her—she had not entirely the Norman strength for crime. All his life he would see that thin figure clothed in black, except for the white nunlike wimple that made her face look muddy and showed mercilessly the red rims of her eyes. Her shoulders were hunched, like Foulke's, not from deformity, but from huddling in prayer. He could see her in the dark chapel praying, while the chaplain from Kells galloped through the service.

"The children of the Hebrews spread their garments in the way and cried, saying: 'Hosanna to the Son of David: blessed is he that cometh in the name of the Lord.' "

"Let this mind be in you," the priest read from the Psalter, "which was also in Christ Jesus: who, being in the form of God, thought it not robbery to be equal with God: but made himself of no reputation, and took upon him the form of a servant."

"Unrighteous witnesses are come about me," shrilled the small acolyte, " . . . but thou, O Lord, my defender, maintain my cause."

"For trouble is at hand and there is none to help me."

"But thou, O Lord, my defender, maintain my cause."

His uncle Foulke, Miles noticed, paid no

attention to the service, but sat studying a
problem of geometry, while Miles' mother
knelt huddling a large gold cross to her breast.
Foulke never even rose when the hymn was
sung: *"Vexilla regis prodeunt,"* "The Royal
Banners Forward Go," but his cold eye swept
the files of pike- and bow-men and castle
servants as they stood rank by rank and
howled the hymn. And Miles pondered how
his mother, who in all outward seeming and
in observance of ritual was a saint, could half-
starve the outside servants, and drive dreadful
bargains with hucksters, and throw a poor
seduced Norman girl, some months short of
her time, out in the road, to the charity of the
wandering Irish smiths. And yet there she
knelt, huddled in adoration.

"All my brethren removed afar off from
me, and mine acquaintance, as though they
were strangers, have departed from me," went
on the service.

"My lovers and my neighbours."

"As though they were strangers have departed from me."

"All my brethren afar off from me, and

mine acquaintance, as though they were
strangers, have departed from me," was repeated.

"Deliver my soul, O God, from the peril
of the sword," the priest prayed.

"And my darling," shrilled the acolyte,
"from the power of the dog."

II

Though the house seemed to think of
nothing but politics and the possibility of
war, and of religion, yet life began for young
Miles the instant he left the atmosphere of the
house. There was in his heart, unknown to
mother or uncles, a love for this country, for
the reeded banks of the Liffey, for the blue
mountains and fields. Rowan trees and larch
trees and the hazel boughs, heavy with fruit;
and wind raising the unsheaved barley, and
calling the tongue ferns out of dumbness; the
glossy ravens stalking over newly ploughed
land, rich as and coloured like plums: the crying of lambs in April, the belled heather, the
sunburnt corn, the vast Hunter's Moon, all
these seemed to have a deep Irishness. The

rising of the trout at dawn; the grazing of
snipe, grazing as cattle do, in the bogs at
night; the storm-driven moon, the badger
hurrying home at daylight, the badger like a
toy bear. He was sure no other country had
all these things. The Irish cared for them.
The Normans did not. He wondered how the
English felt. They were a quiet people, who
had had bad luck. Harried and conquered by
Pict and Scot and Roman and Dane and Norman, all the English wanted was quiet, to
plant their corn and tend their sheep. A peaceable people and kind-hearted!

The Irish were neither peaceable nor kind-
hearted, but they were alive, as the Normans
weren't. But their life was a mystery. They
had a sort of dark hidden life, all their own.
Their names for the stars were mystical. The
Milky Way of the Norman was the Ear of
Wheat to the Gael. Orion's Belt was the Blue
Lance of Angus. There were stars whose
names he knew in Irish that were unknown
in Norman speech. The Doe Leaping, the
Gleaner, the Twin Breasts of Grania. When
the Normans saw the Northern Lights across

the sky, they called them the Polar Dawn, but
the Irish called them the Spears of Fionn.
Swift to anger, offended by hardly noticeable
gesture or small clumsy word—swift to take
sides in a quarrel, and swifter even to change
sides, they were loyal to something within
them, something powerfully racial, not to one
another, but to some heady, turbulent spirit of
the Gael. Young Miles loved their affection
for horse and hound and man. The affection
for horse and dog never changed, but the affection for a man might change overnight to a
savage unreasoning hatred. You never knew
where you were with his father's folk. Their
mind would start off racing at a tangent, so
swiftly you didn't even know the direction it
had taken. What Irish clans he saw did not
impress him. Sometimes out of Connemara,
or the Woods of Fermanagh, or Monaghan
of the Bogs, an Irish chieftain would come to
the Curragh of Kildare for the racing. A king,
he would call himself, and insist on kingly
honours. He would be cloaked in saffron and
have great saffron dogs and his harpist with
him. Wherever they sat down, the harpist

would unsling his instrument and begin on a
poem in praise of his master, more intricate
in technique than any tenzon or alba of the
troubadours, more musical than the little
songs of Flanders, and yet—such arrant rub-
bish:

> *"Do bhrigh gur Phoenix e agas morflaith,*
> *Cloch don chriostail is glaine san Euroip,*
> *Carbuncail gan duibhe iona croine—*
> *Ri-laoch, ri-sheabhac, ri-cheann conndae."*

"For the reason that he is a Phoenix and a
great Prince, a gem of the clearest crystal in
Europe, a carbuncle without darkness or dis-
colorment — king-hero, king-hawk, king-
head of a county!"

When the effusion was finished, the king in
the saffron cloak, the shaggy saffron dogs, and
the saffron-faced harpist sat down together
and scratched for fleas. No wonder the Normans laughed. The Normans laughed no
more, for a laugh meant a knife in the gullet,
and that meant the massacre of the Irish in
question, and that entailed generations of cat-
tle-raiding and murder. But still, the whole
thing was ridiculous. Of course, all the Irish

regal families were not like that. The O'Neills,
O'Conors, O'Morchas were different, but they
weren't quite modern. As a boy, he had often
thought of riding into Ulster to his father's
people. But his father's people, he resented,
had never shown any sign of interest in him,
and the estate in County Down was in the
possession of his father's brother, Eamonn
Gorv, or Edmond the Rough. The O'Neills
looked on him as a Fitzpaul. And even if he
did go up there, young Miles thought, and
were accepted as a son of the sept, what was
there for him? He would have to fall in with
a life of short, savage wars, of hunting, of
gambling for herds of cattle at chess, of drinking the heavy malted spirits of Ulster. His
father had revolted against that life and come
to Lucan. If his father could not stand that
kind of existence, how much less could he!

And yet he could not acknowledge himself
as Norman. Something revolted against it.
Once his mother had found him talking Erse
to a servant. She stopped. Her lips closed to
the tightness of her purse's mouth.

"I did not know you spoke the Irish jargon," she said in a voice cold as a Norman winter.

"Of course I speak the Erse tongue, Madame," Miles answered pleasantly.

Her eyes had a cold light in them, like the light of swords.

"Why do you not call me 'Mother'?"

"If you distinctly wish it, I shall — of course—Madame."

She hurried off to the chapel.

In the house his uncles were beginning to regard him with a flattering suspicion. They were beginning to fear the Irish in him. On one occasion they were coldly furious. The Abbot of Clonmacnoise, a thin, saintly-faced Englishman of Lancaster, was visiting Lucan, when Foulke presented his nephew as Milo Fitzpaul.

"My Uncle Foulke must be distracted a little, Lord Abbot," Miles gave his disarming laugh, "but my name is O'Neill, and my baptismal name is not Milo, but Miles, in the Gaelic tongue, Maelmorra, or servant of Mary."

The old Englishman looked at him keenly.

"Do names mean so much to you, my son?"

"My Uncle Foulke," Miles smiled, "has imbued me with a passion for exactness."

It was this incident, he often thought later, which led to his coming to Palestine. There must have been many consultations between the two brothers and their sister. Then the Abbot of Kells sent for him.

"Why Miles," he wheezed, "now you are man-big, have you ever thought what would become of you?"

"Often, sir."

"Have you thought of the possibility of getting your father's estate in Ulster?"

"I'm afraid there's very little chance."

The Abbot fingered the silver cord around his white robe. "Are you sure of that?" he asked.

"Quite sure."

"So am I. But I didn't know you were. Now as to Lucan, I suppose you understand that when your father, God have—" the Abbot stopped, the cold eye of young Miles having caught his as a sword catches a sword— "when your father left it—" the Abbot took up—"it was not one twentieth the value it is now. That nineteen parts of value of twenty belongs to your Uncle Foulke, to dispose of as he wishes, because he has invested his money and brains in it, at your mother's wish. Do you deny that?"

"What use could there be in denying it?"

"None, my boy, none at all. But I had not looked to see such good sense in you. Now as to what you may expect at your Uncle Foulke's death, I will tell you: nothing. Less than nothing. Your Uncle Foulke is a maniac on the Fitzpaul family. You don't give a dog's bark for all the Fitzpauls, living or dead, do you? Speak out," he urged, "I'm only your old uncle."

"Old Uncle," Miles laughed, "listen." He whistled a bar. "I don't care that."

"My God!" chuckled the Abbot, "but what a pleasure it is to talk to you! Now, as to your mother's share of the estate, and as to all your mother's money, I fear," he pondered, "I fear it will go to the church."

"Uncle Hugues," young Miles asked, "what of my share?"

"It will take a long time to settle," the Abbot was bland. "These lawyers!"

"Now I know where I am," young Miles nodded.

"And now that you know where you are," Uncle Hugues had waited an instant, "had you decided on any plan or design of life? You needn't tell me, Miles, if you don't wish to. Good God, I am all for liberty, abbot though I am!"

Miles thought. Yes, he had one thought often in his mind and that was to join with the Geraldines—not the Dublin branch, but the Fitzgeralds of Glyn, who were holding the Shannon against the Connemara tribes, or the younger branch in the south, in Kerry that was like Portugal, so travellers said, in tree and mountain, in beast and flower. A fabled land of lakes and skies bluer than the sea, and the tribes there were the survivors of the disaster when great Atlantis sank like a leaking vessel into the engulfing deep. He liked the Geraldines, but he couldn't join them. After all, his mother was a Fitzpaul, and enemy as he was to the family, he could not make friends with the family enemies. If he did, he knew that were the fortunes of the Fitzpauls to turn and Clangarrett, as the Irish called the Geraldines, prevail, Lucan would be his. But he could not do it. There were things which a man of standards couldn't bring himself to do.

"I suppose," he told the Abbot, "that the best thing for me to do is to hire out as under-officer, ensign, or at the worst file-commander to some captain in the Low Countries, or on the Rhine. War is the only chance for the poor man." He laughed. "I am a bit of a philosopher, Uncle Hugues."

"What would you say," Uncle Hugues leaned forward and looked at him, "if I were to send you to England and have you knighted by the English king, and furnish you with an equipment equal to any cadet's of a great family, and find you a commander in the wars?"

"In England?"

"Ah, no," the Abbot was firm; "not so near home as that. I thought of sending you with Ulick de Lacy to the Holy Land."

"The Holy Land?"

"Heart of God! Boy! Cannot you see what an opportunity that is? Once again Europe has got a throwing hold on Asia. Do you think we shall stop at Acre and Jerusalem? With Araby the Fortunate and the Yemen with its houses rooved with gold to be taken and held? Lord God! If I were young again, it is not a principality of the Church at which I should aim, but a principality of Arabia." And the man's shabby eyes blazed with old magnificence.

"Well, do you accept or do you not, Miles?" His eyes were shrewd again.

"The Irish part of me, Uncle Hugues, says 'Go to hell, and take your charity with you.' But the Norman part accepts."

"The Norman spirit that hears adventure calling!"

"Not at all," the nephew said, "the Norman spirit that sees a profit in something. The Norman shrewdness that tells me if I can't get what I want, to take what I can get."

"And what a pleasure it will be for your poor mother," purred the Abbot of Kells, "to think she has a son fighting for Holy Cross in the Holy Land!"

III

If he had had the choice, young Miles
thought, he would not have chosen for chieftain this red-faced, blustering, drinking man.
But after being with him on the long march
through France to the harbour of Hyères, and
on the long voyage to Jaffa, he was forced to
admit that Ulick de Lacy was a fine soldier.
He drank too much, but never until he saw his
men disposed for the night, all present and cor-
rect and sentries set. And in the morning, he
was there to see that everything was in order.
The Irish clansmen adored him. As it was,
the man was born a century too late. When the
first Normans came to Ireland he would have
been in his element, a roystering raider living
on the Irish country, as now his intent was to
live on Palestine. There were pilgrims to be
accompanied and protected to the Holy Places
from Jaffa, at so much a head, like sheep.
Already in Europe there was deep feeling
against the Templars, and many an abbot of
other orders, and many a foreign baron and
princeling would as little put himself under

their protection as under the protection of
Satan's self. Also their rule for pilgrims was
too strict. So twenty bands like de Lacy's
were functioning and thriving in the Holy
Land. Also many a potentate whose lease of
territory was from de Bouillon's time needed
either help in holding it or in getting into possession. There was big money to be made there,
too. Moreover, de Lacy had a kinsman who
was Prior of the Temple in Syrian Tripoli, so
that here he had an advantage over the other
free lances in Palestine. He was glad to have
young Miles O'Neill along, for he pitied a
little and admired a great deal the young
knight. O'Neill was impeccably bred, whereas
though de Lacy's sire was beyond reproach,
his dam, as he himself confessed, was a bit of a
mystery. He had also the rough man's awe before education. O'Neill could read and write.
God's Knees! that was wonderful. He was
never tired of talking about his young lieutenant.

"This Holy Land was just made for us, my
boy," he would thunder. "You've got breeding and brains, and I've got ambition and a

few other things." He would bring his hand, heavy as a mallet, on young Miles' shoulder. "Leave it to me. Not for nothing have I a strain of travelling pedlar in me." Poor, big-hearted, wrong-headed de Lacy!

When all arrangements for their patrol were made and the route laid out—Jaffa to Lydda, past Rama, and from Lydda the long thirty miles to Jerusalem, de Lacy began to show a genius for organisation that made young Miles O'Neill laugh. He bought forty donkeys and put them in charge of a Maronite Christian, with instructions to say they were his own and to demand a certain sum for their hire. The pilgrims, who had heard that everything was cheap in the Holy Land, wept in impotent anger, but de Lacy was sympathetic. Their gratitude was boundless when the big Norman, with loud shouts and crackings of his whip, obtained some small reduction. It spoiled for them the pleasant ride through the plains of thyme and hyssop, through the fields of cotton and past the orchards of fig and apricot trees. At Lydda, the same comedy of hiring camels was enacted, and thence onward the march was

painful and dangerous, among grey mountains with vast boulders which a child's hand
might send down on the caravan. Here it was
O'Neill's work to ride ahead with a picked
party of mountainy Irish and see that no Arab
party was lurking amid the great stones. Miles
was always glad to get ahead, for the pilgrims
bored him. They came to Palestine with tales
of marvels in their ears, of monsters in the desert half goat and half man; of the phoenix
with its tail barred with gold, silver, and dia-
mond; of fowls with wool instead of feathers;
of trees that yield honey, meal, and poison—
in fine, they believed every foolish tale that a
wandering palmer or unfrocked Minorite had
ever told to get a lodging for the night. They
believed that on the other side of the Dead Sea
was the country of Ghengis Khan. De Lacy,
while not quite allowing them to believe everything, hinted at stories he could tell of trans-
Jordania. De Lacy had arrangements with
merchants of relics, who sold beads and crosses
to his caravan, made of the olive trees of
Mount Olivet, so they claimed, or of tere-
binth, the tree under which the Virgin rested

when she was carrying Christ to be presented
in the Temple; small round stones called Cor-
nioli, to expel poison; the Eagle's stone, called
Aquilina, which ensures the easy birth of children; also, Girdles of Mary, made of Bethlehem shells, whose virtues are sworn to be
miraculous and many. There was no alley
down which the big wheezing Leinsterman
would not chase a sequin of gold. Also, did a
foreign baron find the pilgrimage begin to pall
on him, he could always have a night's gaming. This was de Lacy's passion. When he
won, he won gallantly; when he lost, he
played like a fool. He would follow bad luck
as though it were his best friend. After a spell
of it, the donkey hire at Jaffa would rise to
unheard-of prices. But the big man had virtues outstanding his mean traits. When a pilgrim was under his protection, his life was as
safe as could humanly be assured. There were
ugly stories in the Holy Land of patrol leaders
whose caravans had been robbed by Arabians
with whom an arrangement had been made, or
by Arabians who were not Arabians at all,
but ruffian Christians in Arab dress. De Lacy

was not of those against whom a scandal of this kind could be told.

But the escorting of pilgrims was but a pretext in de Lacy's mind for remaining in the Holy Land. He wanted greater prizes. Light wars and ransoms. His opportunity came when a claimant to the manor of Bethlehem came out of Poland, a third cousin of the holder. It was a curious and unsound claim. The seigneurie had been conferred on a Polish noble by the third Baldwin for his bravery in the retreat from Damascus. The Polander had married a Moslem neighbour's daughter after her formal baptism. His son was lax in mind, as half-breeds are, and when he succeeded his father, married a Moslem in this generation without the formality of baptism. In the third generation, the seigneurie was once more Mohammedan, although the holder was a subject of the King of Jerusalem. But the King of Jerusalem was now Emperor of Germany, having married John de Brienne's daughter, and the Emperor was under interdict from the Pope. The Arabian sultan of Syria and Palestine was Cohreddin, who was all for peace,

and to whom the arrangement of a seigneur of
Bethlehem who had professed Islam was welcome. When the cousin out of Poland, Andreas Lallemant, appeared to state his case,
there was none before whom he could lay it.
His contention was: that his ancestor had
been granted the fief for Christian valour. The
present holder was a Moslem. Therefore the
holder's claim was null. And he, next of kin
in a direct line, should have it. The patriarch
of Jerusalem was as much for peace as the Sultan. Besides, Bethlehem was not important
strategically. So long as Christians visited the
Church in peace, he did not care who held
ownership. Andreas appealed to the Grand
Master of the Templars. The Grand Master
was sympathetic, but what could the Templars do? It was a question for the Emperor.
But the Emperor was notedly pro-Saracen.
The Grand Master was afraid that any action
must be by Andreas' self. Had he any friends
in the Holy Land? Did he know any of the
free knights who could give him advice? Sir
Fynes Sambourne? Sir John Ixley? Sir Ulick
de Lacy, the cousin of the Prior of Tripoli? A

fine knight, that latter—the Grand Master
smiled—a burly, hot-headed man.

De Lacy listened to the Polish nobleman
with a judicial quiet. "You wish to get this
renegade cousin of yours out? You wish my
advice? God's Wounds! Kick him out!"

"But how?"

"Have you any money?"

He had a thousand zecchins—

"It's little! It's little!" De Lacy pondered.
"But when you are Lord of Bethlehem and
Warden of the Manger, you will not forget
the guileless old soldiers who have helped you
get your rights. Pass it over."

"But—"

"Pass it over! I have taken a vast liking to
you, and I cannot bear to see you wronged. I
have probably been described to you as a cold,
inactive man, but Cross of God! my heart
boils to think that a slippered Saracen bastard
should shuffle it in the halls where your
sainted great uncle's heels have rung. No! Not
nine hundred! The whole thousand, if you
please!" He went and saw it counted and
weighed. "And now—"

"And now?" The Polander did not seem quite happy.

"And now, go and have your claim indited in flowery language and a fine clerkly hand, and send it in ten days—not sooner, mark you, to your cousin in Bethlehem. Tell him to give up the fief, or that you and your friends will take it from him!"

"What will he do?" asked Andreas.

"Laugh his head off," chuckled de Lacy.

There was a good deal of the prophet in the wheezing Leinsterman. The Mohammedan cousin, taking the claim for what it was, worthless, and taking the threat of armed force as one of the braggart vows common in Palestine at the time, kicked the Pole's messenger out. He had him tied facing his donkey's rump, and hunted out of the small town for presumption. The wretched herald was hardly out of sight of the Bethlehemites when de Lacy struck. He had enlisted an hundred English bowmen and a half-dozen Teutonic knights to support him and his Irish command. They swarmed into Bethlehem like a crowd of locusts. Within half an hour Bethlehem was de Lacy's, at the cost of ten men. He rounded up the renegade Lallemant, a quiet, pale young Saracen, and his children and womenfolk.

"So you have accepted Islam," laughed de Lacy. "We will now see what your Saracen friends will do for you. Your wife is a daughter of the Ameer Yussuf's. I think there's about seven thousand gold pieces in this lot. I promised you solid money, young O'Neill."

"De Lacy," O'Neill looked keenly at him, "you are my officer, and when you fight, I fight. I'm not sure Lemon-face," he nodded at the Polish knight, "has any title here. But I know this: all you've contracted to do is to make this poor devil give up possession. If you hold the family now to ransom, you are doing an unwise thing."

"Getting seven thousand pieces of Damascus is not unwise."

"De Lacy, we may swing for it."

"As if all of us, my boy, didn't risk our necks every week here." De Lacy chuckled. "Not our necks, I'll grant, but our skins for a few lousy pilgrims' sous. I'll risk my neck cheerfully for seven thousand gold zecchins."

The women were terrified, huddling together, but the children had ceased sobbing since Miles began to speak. The young Saracen's face might have been carved out of burned earth, so little interest did it show. The mouth still held the slight smile of scorn.

"It will be unlucky money," Miles urged, knowing de Lacy's weak spot. "You would lose it the first big game you went into. O Ulick of my heart," he changed into Gaelic speech, "is it in your mind to give up this place to that scabby Dantzic rat?"

"It is not in my mind," De Lacy laughed.

"Then, for God's sake, give the man on the wrong side of the bargain his luck-money and let him go."

"He'll be back in a week with his wife's people."

"They'll be here, anyway."

"All right, let them go." Miles began to explain in Arabic they were free. "But look you, young O'Neill, don't give them the best the stable has, or you'll talk to me."

The sallow Polander raised shrill protest

when he saw the prisoners depart. "Are you for letting them go?"

"What else?" said de Lacy dangerously.

"But couldn't we keep his wife? As a hostage?"

"Ha! He takes us for women-dealers, this one!" De Lacy cursed him terribly. "And now, you! In a week there'll be fighting here, savage, wolves' fighting. You must go at once to the Emperor at Brundusium, and tell him what you have done. Frederick has the right to certify you in your holding. But before you go, you must get your writer to give me and my lieutenant O'Neill, authority to hold this place for you. And you will say that we do it only out of Christian zeal, and urged to it by you."

"You do it for nothing?"

"Not a brown penny in it for us."

"Then I shall write it at once, and start at once."

"Won't you wait for the fighting?" asked de Lacy.

"I think it most important to put the case before the Emperor as quickly as possible."

"If he goes to Frederick," de Lacy told Miles, "we shall never see him again. No, never again."

"Because of what, de Lacy?"

"Because," de Lacy roared his most shattering laugh, "because the Magnificence will **hang** him."

FOUR

I

DE LACY was silent as he went his rounds. De Lacy drank no wine. In his moonlike face his eyes became pin-pricks. He whistled tunelessly as he examined each door and wall. He called to Miles and went with him for a walk around the castle. He measured the place, pacing his steps. He turned to Miles.

"Did you say that Arab had the wrong side of the bargain?"

Miles looked at him in surprise.

"You're a good judge of a man and a good judge of a horse, Miles, and you've got the technic of a captain-general, but, my God! boy! Can't you see this place is not built for war? God's Face! We're done." He put a hand on Miles' shoulder.

"We'll fight outside, then."

"We'll have to," de Lacy agreed. "Even at that, we're between cavalry and a wall. I'll drop into Jerusalem and see if we can't get some help."

While he was gone, Miles scented around to see if there were any way of erecting a hampering barrier of stones, knowing as he did that Arab horses could not jump, but the terrain was too wide. One could not tell from what angle the Arab would strike. He had to content himself with placing bowmen and kerns, uncertain even if he had placed them right, but trusting for the best. The Teutonic knights were stupid and useless. Every detail of food and water O'Neill had to supervise himself. At midnight de Lacy clattered back.

"Any luck?"

"Curse them!" De Lacy was coldly furious. "Moral support and talk of high politic. At any rate, there's this: it will be a family quarrel for the present. The Sultan of Damascus won't meddle—"

"Miles," he said suddenly, "after all, this isn't your fight. I asked in Jerusalem if the Temple wouldn't let you go through Palestine in the robes of the order. And they will. From Jaffa you can take ship to Cyprus—"

shoulder move, but the arm did not respond.
He knew his arm was broken. The sun, like
molten brass, poured into his eyes when he
opened them. He closed them again and listened. There was no shouting, no nervous
treading of horses. The fight was over then.
And de Lacy had lost it, or Miles would not
be lying there in the cruel Asian sun. He wondered if de Lacy had escaped.

He had felt somehow that morning that he
was not going to die. Something told him that
he would emerge from the fight alive. But de
Lacy, he knew, had felt he would never see
Miles again. They had, in the ghostly hours
before dawn, laid out their plans of battle,
tactically occupying the top of the gorge
through which they knew the Damascene riders were coming. De Lacy had given his last
instructions and Miles was walking off with
a "See you after it, Ulick!" when de Lacy
went after him and put an arm around
him.

"Miles, avick," he said, "could you find it
in you to forgive me for bringing you here?"
His wide gesture embraced all Asia.

"I can never thank you enough, de Lacy. Stop fretting. I'm all right."

"I trust to God you are."

"If I were as sure about you," Miles said, "as about myself. Listen, Ulick, don't take your helmet off and fight bareheaded. You underrate those Saracen archers. And that red poll of yours is a mark in a hundred."

"Good luck to you, boy!"

They had known, after that first attack in Bethlehem, that the Saracen would come again, and come again in sufficient force. Whatever policy was behind Cohreddin's inaction, the Sultan of Damascus was not going to let his brethren in the faith be slaughtered without reprisal. In Jerusalem, de Lacy had learned through the Templar spies that the raid they had beaten off was led by the Ameer Yussuf himself, one of the crack cavalry leaders of Trans-Jordania, the uncle of the outraged lord of Bethlehem. The Templars were delighted with the result of the fight, but still could not meddle. Some of the knights of Mount Joye, however, offered to come in with de Lacy. Somewhence O'Neill's commander got money, and an hundred and fifty more men.

"If there were anything to defend, they'd be a good lot," de Lacy mused. He took O'Neill aside. "I've got an idea, Miles. This crowd in Jerusalem," he nodded backward, "are too fixed in their ideas of warfare. Give them something like Mount Joye or Acre to defend, and only sickness and famine will beat them. Or give them a game of chess with companies of troops in the field. We haven't got anything to defend, and we have damned few men. My Miles, we have got to use our heads."

The big man may have looked stupid and heavy to the Templars, but he knew what he was about. He had scented in the air, and from the Templars' petulance, that some treaty of accord was being drawn up with the Emperor —the Second Frederick, who was Arab in all but birth and profession of creed. Cohreddin would not meddle in the Bethlehem fight as a Moslem prince, he knew. The peace-loving Mohammedan would hardly imperil the unsigned agreement. But he would send unofficial help. That the unofficial help would be forthcoming within ten days he knew. If de Lacy could defeat the next raid heavily, Cohreddin might let him remain in possession; the Polish knight could be "handled," even if Frederick did not hang him. If the worst came to the worst, the Saracen owner would ransom the fief handsomely. But first the forces from Damascus must be beaten.

He had an idea, de Lacy said, picked up from the Irish and Scottish wars. If, instead of waiting to be attacked, they attacked first, in this manner; by ambushing the Saracens. They would come up naturally from the old seigneurie of Kerak, skirting the Dead Sea, through Zoara and Carmel and Saint Abraham.

"Now, listen," he told Miles; "the Templars have their spies everywhere. A runner on a racing dromedary will let us know when they are coming. The heavy crowd I'll keep with me—bowmen and pikes, and the few knights. I'll give them sweet hell for a while and then I'll fall back. You know what the Arabs are when you start staggering. They go in to finish you. Then you'll come in."

"Where'll I be?" Miles asked.

"You'll be quietly on the hillside, out of sight, behind the boulders. When we've got a good block of them in the gorge, you and some of the Irish troops will start rolling the boulders down on them, following it up with a pike charge. The crowd behind will bolt. When we've got them nicely, I'll turn. By God! Miles!" he swore, "I believe we'll beat the Sultan our two selves. Now leg up, and we'll look over the ground. You want a work party to cut olive clubs for levering the rocks."

On the seventh day a Templar brother came to tell them that black tents were pitched in Tophila, and that the gathering seemed mostly Bedouin—the usual unit of two Bedouins to one camel, one to ride and one to lead, and both to fire with light bows from behind the kneeling beast. They were evidently, said the Templar brother, waiting for cavalry from Damascus, and Bostra and Jerash.

"No! Not really!" de Lacy murmured politely.

A day later a Bedouin rode in to say that

the horsemen had arrived and the caravans of camels were starting.

"How many horsemen?" de Lacy asked.

"Many!"

"I said: 'How many?' "

"God damn your black face!" De Lacy was furious. "I should have sent out myself and not trusted these Templar fools."

It occurred to Miles that the Templars were not such fools as it seemed. If there had been a huge force, de Lacy might have retired; above all things the Templars wanted to keep up the tradition of Christian battle. So their spy may have been more knave than fool. No matter, he thought, they'd have to fight now, anyway. He cantered off with de Lacy to inspect the terrain. . . .

It seemed to Miles in the hushed grey morning as he lay concealed behind his boulder, the small Provençal trumpeter beside him, and watched the Arabs file into the gorge, that everything was not going to be quite as de Lacy had imagined it. First came a troop of horsemen, light cavalry, he could tell by their step, probably armed with lance and scimitar, and after that a great pushing wave of camels. He could hear their groaning in the darkness. How many were there? One hundred? An hundred and fifty? Good God! De Lacy had thought they'd be behind the main body of horse. The gorge would be choked with the wretched beasts. And now there was the jangle of chains—the real body of cavalry. De Lacy must soon be at work. Ah, there went the calls. North of him, he could hear stamping, clatter of steel, the screaming of a frightened mount. Faintly he could hear de Lacy's voice, like the ghost of a voice at that distance. He wondered with a sickly grin, what de Lacy would make of those camels! That living rampart was genius! Ha! Holy Cross! If they would only not underrate these Saracens!

The early zodiacal light began to throw a ghostly illumination in the gorge. The cloaked riders went on ahead as though nothing were happening. A Saracen scout galloped back alongside of the hill, avoiding the main body, and near enough to Miles to be hit by a thrown pebble. He tore recklessly down the hill. Miles wondered how young FitzGibbon, from Mount Joye, was standing the strain on the other side of the gorge.

He waited for as long as he could count five hundred, expecting every instant a runner from de Lacy to tell him what was going on at the mouth of the valley. There seemed to be a great shouting, and now the shouting grew less loud. And all the time beneath him the river of horsemen flowed. How many were there? The green light faded into grey, grey of a cat, and there was already, or perhaps he only imagined it, a faint blush of rose in the east. The gaunt rocks of Hebron began to take ghostly, threatening shapes. He could wait no longer.

"Give her a blow, boy!" he told the trumpeter.

The golden hunting call soared over the grim grey valley. At the second bar the boulders began to fall. There was a sort of chink as great stone struck small stone on its way downward. Miles could hear the men grunting as they hove the levers of olive wood. There was a rustle as the stone began rolling, like the rustle some great reptile might make as it went over dry ground. Then a thudding as of some vast playing ball as it hit the ground from a hurling stick. FitzGibbon's piper began his mad shrilling.

"Pikes short! Under the armpit!" Miles ordered. "Don't run. Quick walk!"

He felt, swinging down the hillside, his feet timing to the distant pipes, that there was some vast mistake about all this. That the dim hosting below him was a hosting of shades. There had been no screaming, no panic, such as he and de Lacy had imagined. He would not be surprised, he thought, if when he would hit a man of them, his blade went through air. There was talk in Ireland by the firesides of riders who rode by night from the great burial ground of Tallaght to the strand of the Irish sea—the cavalry of dead Parthelon, from Carthage or perhaps of Atlantis: who knew!— and Danish and Norman patrols who had set to receive their charge had felt only a wind blowing over them as from the snowy mountains at the Pole.

"MacHugh O'Hara!" he called to the ensign of the pikes. "Make your men scatter out! They're clumping."

Then the sun rose.

There was in his ears the tweeting of birds; apart from the skirl of the pipes, he could hear them. The miracle of light came. It came down from the blue sky like a rich transparent wine. The last stars guttered. Across the gorge he could see FitzGibbon's men trotting like dogs. He felt their teeth were bared, like wolf-dogs' teeth. High on the hill the piper strutted, his kilt flirting like the tail of a bird. Then Miles looked down.

They sat like rocks on their glossy horses. They sat with their heads and faces muffled in their black cloaks, with their right arms free. Their blades were upright in their hands. In the very quietness of them there was the threat of doom. They were like the heads of snakes, raised to strike. He looked down the gorge to the south. Everywhere black cloaks and bared swords.

"Are you ready, O'Hara?"

"We're ready, captain of my heart."

O'Neill chose three runners. The men came

with unwillingness. It needed a sharp word to take them from the fight.

Toward the south, O'Neill could see the Arabs coming in a sweeping fanlike movement up each side of the gorge. They were trapped. The ensign was looking impatiently at his men. O'Neill looked at him.

"Good-bye, O'Hara."

"Good-bye, Captain," the ensign smiled. "Pikes! Ready! Full shaft! Go!"

They wouldn't last a half-hour, O'Neill feared. He saw that the Arabs' leader had drawn back his men from the clutter of dead men and horses and great stones, and that these were a sort of rampart for them. He saw the pikes on each side begin to climb. Then the Arab cavalry charged.

He watched the troops galloping up from the southward, the fanlike movement was turning in, like the horns of the moon. High over the screaming and the cursing the piper was piping away.

"You will get back to the Sieur de Lacy, somehow," he told the runners, "and tell him from me that there is no hope; that I put the

Saracen at not less than fifteen hundred men.
You will tell him that he must save himself;
that there is nothing else to do."

He paused.

"Anything else, sir?"

"Yes. Say Red Hand is happy. Go!"

He counted slowly up to twenty. "Go!" he
told the second runner, "but keep higher up
hill."

He counted up to forty. "Go!" he told the
third man; "take the trumpeter with you.
No, boy! You must go! Now, off!"

Like a mirage in the desert it seemed to him,
this battle in the gorge below. The savage
shouting of the kerns had ceased and he knew
now they were in a grim silent struggle for
their lives, gaunt, broken-headed men, wield-
ing their pikes as protection. Even the piper's
piping had ceased and O'Neill, looking up to
see if he could spot his body, saw that the man
was not dead at all. He had flung down bag
and reeds and with drawn knife was bounding
down the hill to die with his comrades. "Am
I the only man left unfighting in this cursed
place?" Miles laughed. A loose mount came

bounding up the hill, a small black Arab mare. He caught it by the bridle. "You'll do, lady," he said. Under the low authoritative voice, she stood as quietly as at her rack. He pulled his surcoat of chain over his hips, and settled the light helmet on his head, snugged the chain mittens over wrists and backs of hands. Drew his blade and dropped the scabbard to the ground. "Too light!" he thought, taking a trial cut, "I should have brought the other one."

He crossed himself on forehead and breast. "Save me from the lion's mouth, O Lord," he prayed swiftly, "and my lowliness from the horns of the unicorns!" He pivoted into the saddle, set the mare slithering downhill. Before him was a knee-high barricade of dead horses and great stones and dead and wounded men. He slapped the mare with the flat of his blade. "Hip!" he broke her into a canter and set her at it. She took the obstacle by the roots and sent him flying through the air. His light Italian weapon broke off at the hilt as he fell. "I should have remembered these damned Arabs can't jump."

A line of pikesmen were rallying after having been pushed back to the barricade. Their mouths were tight lines and their eyes were bitter. He made for them.

"Where's Black MacHugh?"

"He's underneath, Captain."

"Where's the Templar knight, FitzGibbon?"

"We don't rightly know, but we think he's underneath too. Look out, Captain."

Three Arab horsemen came driving at them. O'Neill picked up a pike, and slipping to the left, out of reach of the troopers' sword arm, brought his mount down with the shaft between his forelegs. As the rider scrambled to his feet and came rushing at him, O'Neill drove the blade of the pike into his face. A second of the trio was killed by a hulking Kerryman. The third galloped back.

"Come on. Get into a ring," O'Neill directed. "By God! Is there no sense at you at all? Is it children I'm dealing with? Pike out and right knee on ground. We'll get out of this yet."

"If my captain pleases," the huge Kerryman said, "I won't leave this place until I've tallied my dozen."

"Are you all right? Are any of you wounded?"

"We're all right, but our throats are cracked on us."

"'Tis better than your necks," O'Neill said, and they laughed. "Who seems to be chief of the attack?"

"'Tis that big one on the grey horse yonder, Captain. 'Tis him that downed FitzGibbon, Captain, and has the tricky, inciting head. A great devil, surely."

"I'll have a crack at him," O'Neill decided. He went toward a dead Saracen and picked up his heavy, cleaving blade. "Keep the ring, and bring any others you can find into it." He walked swiftly toward the horseman. Four Arabs came charging at him. He waited until they were almost on him, and ran out at right angles. Before they could turn, he was slipping on hands and knees through the second line.

"Ho! Such-an-one!" he called in Arabic, and the man turned.

He did not seem an Arab, the big man. His

huge frame, his cruel bony face, had in them something of the Tartar men from the long plains beyond Damascus. He had small, greenish eyes. His sparse moustaches were like those of a cat. The great grey horse, O'Neill noticed, was a Crusader's captured mount, a great, heavy-boned animal of Flanders. The Saracen's blade was long and double-edged, and his shield small, round, and rimmed with studs like an Irish chieftain's. Instead of device, it bore Arabic lettering, running over it like fleeing lizards.

The big man smiled. He smiled by hardening his eyes, and opening his mouth. His teeth were sharp and cruelly white, like the teeth of wolves. His blade hissed over as O'Neill jumped. Miles could feel the sharp lash of it, like the lash of a whip on his chain mail. His own beautifully timed stroke the Tartar caught by raising his shield shoulder-high. Miles felt his steel sink into the shield as an axe sinks into a tree. He gave a tug. He could not unloose it. He felt the Tartar smile above him. The horseman brought back his blade in a slow sweeping arc.

It seemed to Miles that inside his own brain another brain was functioning—of itself, so quickly did it act. He stood, as it were, outside himself, and watched himself act, wondering how he did it. He slipped back, as though slipping a wrestler's hold. He jumped in again, grasping the horse's right ear with his left hand and catching its nose with his right. He gave the head a vicious twist, kicking savagely at the forelegs. Man and charger came down in an appalling clumsy crash.

He waited an instant until the Tartar got to his feet. The man's right hand went to his belt for a knife. Before it got there O'Neill swooped in and caught the Tartar's right wrist with his left hand. He twisted the wrist inward. The Tartar bent forward, his neck outstretched like the neck of a hissing goose. O'Neill brought the edge of his right hand, like the edge of a sword, down in a savage chop—a bog-fighter's trick, a portion of his head told him. But there you were! There was the huge man, dead as a rabbit.

But he was not done with the big man yet,

for as the hulk fell, some buckle or metal loop
in his belt caught the edge of Miles' soft otter-
skin shoes and held him as by a ball and chain.
He tried to kick himself free, but could not.
And now the Arabs who had watched the
fight quietly, expecting the Tartar's victory
as a certainty, came riding at him. The fore-
most was a Bedouin chief, brown-black as his
native basalt. He swung a light mace as he
rode. Queerly O'Neill watched the charge of
the horse instead of the weapon. He knew the
weapon would strike him, but he felt it un-
necessary to be knocked about by the horse.

"Yes," he decided, "that madman is going
to barge right into me."

But before the horse struck him the mace
did. He flopped forward like a scarecrow boys
might kick about. . . .

Through the tossing welter of pain he
heard a voice speaking to him in Arabic. It
was a clear flutelike voice. "Are you dying?"
it said.

He had turned over on his back, his head
resting against a stone. He opened his eyes
wearily. His questioner was a young man, his

face wrapped in his head-dress. O'Neill could see only fair eyebrows, and an eye clear as his own, grey as lake water. Some northerner of the hills.

"I said: Are you dying?"

"I don't know," O'Neill answered. "I don't think so. I'm just badly mauled. Could you give me a drink of water?"

"Did you kill Mansur Khan?" the voice went on. There was something like clear cold water in the young man's voice, like the water of a little stream going over pebbles.

"Oh, the big fellow, do you mean? Yes, I did for him. What about some water?"

The boy did not move. O'Neill saw he was dressed as a Damascene—red shoes, and great baggy breeches of silk; silk shirt sprigged with gold, and coat of rich peach-colored silk. In his girdle was a dagger with a beautifully chased gold and turquoise hilt. His head-dress was of rich brocade with fringes of gold. A queer thought came into O'Neill's head, that while he thought he was speaking, he was not speaking at all, that he was dumb. A blow on the head did strange things to you.

"Are you a Christian boy?" he said.

"I am an Arab of the Arab." And the slight figure drew itself up proudly. Then O'Neill understood that he wasn't dumb.

"Oh, I'm sorry for having asked you for water," he said wearily. "I didn't know."

"You shall have water," the boy decided, and walked away. O'Neill closed his eyes wearily.

He seemed to wake out of a half-dream to find his face being moistened by a wet cloth, and water poured on the palms of his hands. A little cup of hammered brass was held to his lips. Thank God for the cool water!

"Did you kill, as they say, Mansur Khan with your empty hands?" the cool voice asked.

"I had to," O'Neill said. "I had no weapon." The weakness rode over him like a wave; passed, as a wave passes. He looked at the young Arab. He could see little of his face. But his hands he saw; small, white, beautifully kept. Behind him a vast negro stood, with flattened nose and a mouth like an ugly, healed, blue wound. There were barbaric rings

of coarse gold in his ears. From his great fat
bulk, as of some harridan fishwife, O'Neill
judged him to be an eunuch bought in Jeddah.
So the young Arab was but out of the harem,
out of his mother's hands. His first fight, perhaps.

"Are my men all dead?"

"No! Many escaped. And your leader and
his main body are safe, not in Bethlehem, but
in Jerusalem."

"Thank God!"

"And yet you are left hurt here?"

"That is the luck of fighting," O'Neill said.
It was wearying to talk. He wished the young
Arab would go away and allow him to sleep.
He heard faintly the thud of the feet of horses.
"May I have some more water?"

There was a mysterious delay. The young
sheykh seemed to be whispering to the black
eunuch. He came to O'Neill.

"Will you eat this?"

"But I don't wish to eat anything."

"Please," the voice insisted, "please eat
this." He opened his eyes. It was a piece of
thin Arab bread. "After that you will have

water." He tasted it. It was salt as the Dead Sea. "I suppose," O'Neill hinted, "there are many ways of killing a man." He wondered how long it would be before the poison began to rack him. The young Arab flushed red with anger; became white as his head-dress.

"There are some customs we have not yet learned from the Christians," he said. His voice was no longer cool. It was cold as the snow of Lebanon. It was withdrawn, far-off. "Give him water, thou!" he told the negro.

O'Neill heard the clatter of horsemen, the jingle of harness, the shuffle of men dismounting. The negro put his dry scaly hand at the back of O'Neill's neck and held the brass pannikin to his lips. O'Neill saw three men before him; an old, very simply dressed man with gravity and authority in his face. A big sinewy Arab was with him, wearing a twisted green pilgrim's turban. There was a slim youth, who looked like the old man's squire.

"What is this?" the old man asked.

"This is my prisoner, father of Ali," the young Arab stood up before the old sheykh.

"Did you not know," the old man's voice

was grave, "that no prisoners are taken this day? That is a compact."

"This is the knight," the young man said, "who killed Mansur Khan with naught in his hands."

"Did you kill Mansur Khan?" The second Arab, the big, fighter-looking man asked.

"If I didn't," O'Neill answered shortly, "there has been a grievous mistake." The big Arab smiled.

"Also there is bread and salt between this man and me," said the young Arab. "And he is my prisoner."

"O sister of Ali!" the old man turned. "What mad thing hast thou done this day?"

It was all like some Italian mummer's play to O'Neill, or some dream a man might have, lying in the open under the mad rays of the moon. "Look at me," O'Neill called. "I am no woman's prisoner. O you who spoke," he appealed to the big Arab. "I am not so wounded as I seem. Help me to my feet and lend me a sword and we will finish it, you and I. It would be very honourable of you." But the big Arab shook his head.

"Sir," he appealed to the old man, "surely in war no woman can take a man prisoner."

"We are the Bani Iskander," the old Sheykh answered, "free of all custom and of every tribute save yearly a sword and a spray of almond blossom to the Commander of the Faithful. Among us a woman may be admitted to the Council of Sheykhs, and what one Sheykh of the Children of Alexander does, the others abide and are bound by. You are the prisoner of the sister of Ali."

"Curse the sister of Ali!" O'Neill cried. His eyes and her eyes met in a duel of anger. The head-dress had fallen from about her face, and even in his pain and shame he was surprised to see the classic Greek beauty of her features— the straight nose and small clean mouth of northern folk. So the children of Alexander the Great were not a myth, like so many tales that are told, part of his head thought, while the rest of his brain seethed with anger. "Ho, fighter!" he appealed to the big Arab, "I will not be a damned woman's prisoner."

The old man was fumbling at his beard.

"O sister of Ali," he asked, "for how much wilt thou sell this prisoner?"

O'Neill looked at her. What a fool he was to have taken her for a boy. She was only a slight young girl, slight, fine as a young almond tree. She spoke very quietly to the old man.

"O father of Ali," she said, "if he were of any worth I would give him to you. But from me it would be a gift which insults. I sell him for a copper piaster."

"And I buy him, sister of Ali."

The big Arab lieutenant came out and bent over Miles, felt his chest, ran his hands over him until he found the broken left arm. "Akh!" he said in sympathy. He looked at the wound in the hand, trying to slip off the chain mail. "O uncle Haroun," he told the old Sheykh, "we need a litter and a physician here." He slid his arm around O'Neill's shoulders and helped him to sit up. "O young man," he half whispered, "thank the sister of Ali for her bread and salt. But for that, of a certainty you would have felt the headsman's sword."

O'Neill felt a sickening sense of shame go through him. And he had suggested she was poisoning him. . . . He looked toward her. She was standing by the old man, talking to him, her light leather whip rapping the ankles of her red boots. Beside the old man, heavy with years and wisdom, she seemed so young, she gave the sense of the spirit of youth, like the young moon the Jews blessed when its thin blade hovered in the west, or like the flash of silver on the blossoming pear tree.

"O sister of Ali," he said, "I did not understand. I thank you for bread and salt."

She turned to him. Once more the head-dress was adjusted around her shoulders, and behind the folds of brocade small firm mouth and small firm chin were withdrawn like a garden behind walls. He could only see the grey eyes smiling at him, and her voice came, gentle as the little bell of Mass.

"It is nothing." And then the eyes grew cold, hard as ice, and the voice had the cut of a Bedouin whip. "Each day I give more to the lepers outside Damascus' wall."

FIVE

HE found himself, now that he was aiding the Cornish knight Trelawney, a figure of importance in Jerusalem. Though the Kentish boy, Josselyn, had not known his name, it was because he was recently over from England. But the Templars and the heavy Germanic knights insisted that he should be henceforth the hero of Rouge Garde, as the gully near Saint Abraham was called. Mansur Khan, Cohreddin's turcoman leader, was well known to the knights of Irak, and there was increasing wonder at the man who had killed him. "If I had been told he was as dangerous as all that," O'Neill commented quite truthfully, "I'd have let him alone." But every one insisted this was only modesty; only "his gay Irish way." His position now was chief aide to the Cornishman, doing everything from drilling troops to gathering information as to landing places, and marking routes.

Trelawney was a fat quiet man, great-framed as de Lacy was, but without the Irishman's joyous blackguardism. He was stupid looking, but underneath it he was a negotiator of great skilfulness, though what exactly he was negotiating O'Neill could not tell. He heard a lot of "His Grace," and "the Duke of Cornwall," and "when a certain person comes." But beyond having a shrewd suspicion that there was treason against the Emperor in the air, he was utterly ignorant of what was toward. Sir Otho was cheek by jowl with the Master of the Temple; Sir Otho was friendly with the Patriarch; Sir Otho helped the poor Abyssinian Christians. Sir Otho's funds were boundless, it would seem.

"Who is this Duke?" O'Neill asked Josselyn once.

"I've only seen him once, Miles. He is a dour, scheming man."

"Where does he get all his money?"

"From the tin mines of Cornwall and the coal mines of Wales."

"And what does he want to be?"

"Emperor of Germany, I've heard."

"Too deep for me," O'Neill gave it up. So many people wanted to be so many things. Just now in Cyprus, Alice the Queen was claiming the throne of Jerusalem. She was the half-sister of King John de Brienne's wife. That made three claimants to the throne. Mentally it was very fatiguing. But so long as they were well horsed, cleanly fed, and regularly paid, O'Neill and Josselyn bothered not a whit about the intricacies of succession. Miles was glad that it was practically by force of the Temple, de Lacy was made to quit the neighbourhood. The big man had ridden far and near, looking for Miles' body, or for news of him; had wandered around the shores of the Dead Sea disguised as a Hospitaller friar. Only when he was satisfied there was nothing more to be done had he fled. The remains of the Irish troop he had sold to a German baron, giving them their back pay out of the proceeds. O'Neill was glad to hear how the big man had behaved. He was now with Queen Alice in Cyprus, of the body of knights urging her to attack Jaffa. Good old de Lacy! Miles wrote him in Cyprus, giving the letter to the

care of an Armenian trader, but having little
hope of its ever getting there. Even if it were
delivered to him, Miles laughed to himself, he
would think it some chandler's account or
notary's instrument, and make the bearer eat
it. And if the bearer told him it was a letter
from Sir Miles O'Neill, he would only consider it "a dirty native's trick," and send a
servant for his whip. Ah, well, Miles would
always have a corner in his heart warm for
him.

Sir Otho, in the name of the mysterious
"Duke," began a work of piety, which was
really a police measure. Now that the Emperor
and the Pope were at war, and that the Templars were busy with their campaign against
the Sultan of Aleppo, there was none whose
duty it was to keep a show of order in the
Church of the Holy Sepulchre. Or rather there
was none who had time or money to spend on
it, and what with differences of nationality,
and differences of rites, keeping order there was
necessary. First, there were the European friars, following the ritual of Rome, shaven
tonsured men, mostly Italian and French,

with an occasional English monk. They kept
to themselves and tended the Sepulchre and
their altar on Calvary. The other sects gave
them respect if not reverence, for behind them
was the mailed hand of the Templars. Next
came the Georgian sect, the traditional keepers
of Calvary, small, tonsured men, chattering in
their mysterious tongue which was supposed
to be Chaldean. The Greeks, with their pasty
faces, their straggling beards and treacherous
eyes, kept the Chauncel. Their warrant was
from Constantine. The Syrians denied pur-
gatory and kept four Lents in the year, and
used Greek in their service. They were the
aboriginal Christians. There were also *Gosti,*
or Egyptian Christians, who kept the cave
beneath Calvary, where they claimed Adam's
skull was buried. They were timid, oppressed
men. The Armenians kept the Pillar of
Scourging, and looked down on all other
Christian sects, because their Catholicos, they
claimed, was the earthly representative of
Saint Peter, who was first Bishop of Antioch.
They fasted on Christmas Day, when the
other sects were feasting. The Nestorians

guarded the prison where Christ was kept and were mainly Mongols and Persians. There were also the Jacobites, some of whom were frail Indian men. Half-crazed with hunger and devotion, the Maronites lay at the Church door. They had no rights in the Church, and nobody to feed them, and none to protect them.

Of all the sects in Saint Sepulchre the most curious and most mysterious of all were the Abyssinians. The church adjoining the Sepulchre's self was theirs. They were slight men, like gangling young girls, and black as night, except on the palms of their hands, which were pink. Their heads were shaven, and on each of their foreheads a cross was burned. Their frail necks and long African skulls gave them the appearance of strange exotic ghosts. Their copes were of gold, surpassing in richness the vestments of the Greeks. And none offered them injury. They were subjects of Prester John, whose letter to Emanuel, Prince of Constantinople, had produced amazement and fear and hope in the Christian and Saracen worlds. "Should you desire to learn the great-

ness and excellency of our Exaltedness and of
the land subject to our sceptre," he had written to the Byzantine monarch, "then hear and
believe: I, Presbyter Johannes, Priest by the
Almighty Power of God and the Might of
our Lord Jesus Christ, King of Kings and
Lord of Lords, surpass all under heaven in
virtue, in riches, and in power; seventy-two
kings pay us tribute. . . . In the three Indies
our Magnificence rules, and our land extends
beyond India, where rests the body of the holy
apostle Thomas; it reaches toward the sunrise over the wastes, and it trends toward
deserted Babylon near the tower of Babel.
Seventy-two provinces, of which only a few
are Christian, serve us. Each has its own king,
but all are tributary to us.

"Our land is the home of elephants, dromedaries, camels, crocodiles, meta-collinarum,
cametennus, tensevetes, wild asses, white and
red lions, white bears, white merles, crickets,
griffins, tigers, lamias, hyænas, wild horses,
wild oxen and wild men, men with horns, one-
eyed men, men with eyes before and behind,
centaurs, fauns, satyrs, pygmies, forty-ell high

giants, Cyclopses, and similar women; it is the
home, too, of the phoenix, and of nearly all
living animals. We have some people subject
to us who feed on the flesh of men and of pre-
maturely born animals, and who never fear
death. When any of these people die, their
friends and relations eat them ravenously, for
they regard it as a main duty to munch human
flesh. Their names are Gog and Magog, Anie,
Agit, Azenach, Fommeperi, Befari. . . . We
lead them at our pleasure against our foes, and
neither man nor beast is left undevoured, if
our Majesty gives the requisite permission.
When all our foes are eaten, then we return
with our hosts home again.   . . ."

One does not offer hurt or indignity to the
subjects of an Emperor such as this. Both
Maimonides and Benjamin of Tudela had
confirmed the truth of his existence and state,
and they, being Jews, were impartial. Nevertheless the people at Jerusalem found the
Abyssinians to be a quiet-walking, quiet-
spoken folk. But the natives at Jerusalem discovered even that to be sinister. They saw in
the Middle Indians the quiet glossiness of deep
fatal water.

Their services were like no other services in
Saint Sepulchre. They stood in a ring wearing
their golden copes, and they held little clappers
of gold in their hands, and some had little
bells of gold. They sang in high quavering
voices and danced in a weird shuffling rhythm.
Once O'Neill had a layman of their cult trans-
late their chanting into Arabic for his information. The officiant stood in the middle of
the circle and piped in his thin aged voice:

"Before I am delivered up to them, let us
sing a hymn to the Father, and go forth to
what lieth before us.

"Glory to Thee, Father!"

And the circle sang:

"Glory to Thee, Word! Glory to Thee,
Grace! Amen.

"Glory to Thee, Spirit! Glory to Thee,
Holy One!

"Glory to the Glory, Amen."

"Now; whereas we give thanks, I say," the
patriarch chanted:

"I would be saved, and I would save.
Amen.

"I would be loosed, and I would loose.
Amen.

"I would hear, and I would be heard. Amen."

And then the circle would sing:

"I would be understood, being wholly understanding. Amen."

"Grace is dancing," the old man would pronounce.

The circle would begin shuffling.

"I would pipe. Dance all of you. Amen."

Under the dome of the vast church, the shuffling feet gave a sense of strange movement, as of the fated exact eternal stars. The golden clappers and the minuscule bells gave an eery ghost of music, like something one might hear from vast distances, as from a star.

"The Twelfth number is dancing above. Amen.

"And the Whole that can dance. Amen.

"He that danceth not, knoweth not what is being done. Amen."

And now O'Neill and the guard had to watch that no Byzantine fanatic with a knife drove through the dancing circle at the African prelate. If he did, all the Greek priests would disclaim the act, and suggest the man was a Frank. The Greeks came as close as they dared and there was murder in their eyes. Their teeth showed, cruel as ferrets'. The English guards, with clumsy humour, drove them back with the butts of their pikes.

"I am a lamp to thee, who beholdest me. Amen.

"I am a mirror to thee who perceivest me. Amen.

"I am a door to thee who knockest at me. Amen.

"I am a way to thee, wayfarer. Amen."

The music of the golden clappers ceased. The dancing stopped. In the middle of the circle, what with the gloom of the great church, the old officiant's black head seemed to disappear, and the stiff golden cope seemed not to hold a body but a spirit. The aged voice became a whisper.

"Be ye also persuaded, therefore, beloved, that it is no man whom I preach unto you to worship, but God unchangeable, God invincible, God higher than all authority. . . . If ye then abide in him, and in him are builded up, ye shall possess your soul indestructible."

O'Neill translated as much of the service as he could remember for the benefit of Sir Otho's chaplain, Father John of Tewkesbury. He was a big-boned, white-haired man, a great favourite with the soldiers, and more deeply read in theology than was customary for a private chaplain.

"What do you make of it?" O'Neill asked him.

"There is enough heresy in it to burn the world with hell fire," the chaplain told him.

"But, your Reverence," Miles laughed, "has discovered foul heresies in the Eastern Christianities. Are we of the West then the only Orthodoxy?"

"The very only."

"What about this crowd of primitive Christians in France, the men with the white smocks?"

"Dangerous heresy."

"And in Scotland they're not so orthodox."

"No, unfortunately."

"And in Ireland."

"In Ireland they are most bloody pagans."

"And the Order of the Temp—"

"Hush, for God's sake. For the sake of God's Church, and our own poor lives, hush!"

O'Neill stopped his questioning. Father John of Tewkesbury's honest face had gone white as a winding sheet.

SIX

I

O'NEILL often felt, as he stood in Saint Sepulchre, that he stood in a centre toward which converging rays of hatred focussed. And he thought where Christ's tomb is, is a curse. Armenian hates Roman, and Greek hates Copt, and all this priesthood sincere in their hatred and firm in their beliefs were only pawns in a game played by thin-blooded clever men, cold in their padded ermine cloaks. Who was to have Constantinopolis, Frank or Greek? That was one of the games. And another game played by German and English was the opening of the great route through Hijr, "Εγρα" of the Greeks, the caravan route mentioned by Ptolemy and Pliny, by which gold and frankincense were brought from Happy Arabia. Past this, or this itself, was some short forgotten road to the Indies and to wealth incalculable. The chivalry of high-minded knights, the stands of arms, the hysteric pilgrims, the ecstatic poets, the chanting priests, the very tomb of the Lord were only pawns in this vast game— whether Greek or Frank should have Constantine's city, or German or English control the perilous Indian highway. Very clearly now O'Neill saw it all. His brother-officer, young Josselyn, saw nothing of it. He only did his duty as he saw it. He came into Saint Sepulchre, knife in belt, heavy kurbash of camel hide in his right hand, with cheery words and a cold glint in his eye:

> *"Ou vintiesme an de mon aage,*
> *Ou point qu' Amors prend le paage.*
> *Des jones gens, couchiez estoie*
> *Une nuit, si com je souloie,"*

he would arrive singing the Romance of the Rose,

> "In my twentieth year of age,
> When thoughts of love the budding heart
>   engage—
> One friendly night I lay asleep,
> Cradled like some small vessel on the
>   deep. . . ."

And, "any trouble here?" his voice would ring out through the vaulted church. Oh, no, there was no trouble at all, they assured him. They spoke together, Latin, Georgian and Greek, assuring his Knightliness that there had never been any, that it was all a grievous mistake. That his Knightliness was wasting his time was apparent. Surely there was no need of police, they cried indignantly, about God's grave. "Well, I'll just have a look around," Josselyn would say unmoved. The warring sects feared him. He was incorruptible, and had no doubts as to his duty. But O'Neill they feared even more. O'Neill, too, was incorruptible, but O'Neill was not stupid. He came in unarmed. He spoke to every sect. He listened to complaints with unwearying patience. They would give O'Neill small presents: the Greeks a sprig of the olive tree in which the horns of the ram were caught which Abraham sacrificed instead of Isaac his son; the Nestorians some minute thin coin of gold minted in India before Alexander's time; the Abyssinians some grotesque little carving out of Africa. To them all he was a friend, but just and terrible. They noticed it was O'Neill commanded in the Sepulchre on the annual day when with bell and candles, with terrible cursing, the Greeks thundered the excommunication against Rome. On the visits of Sir Otho, rare enough God knows, to the Holy Sepulchre, the Irishman walked by his side as an equal. They saw all this.

But they did not see that with all his military knowledge, his growing fame, his breeding, his quick sense of men, he would have changed gladly with Josselyn; would have exchanged all for the Kentishman's joy in life and untroubled mind. The truth was O'Neill was weary of it. Even though he helped the shadowy Duke of Cornwall gain the promised highway to the Indies, yet what would he receive but some small barony of arid land, more than the Duke would give his favourite poet, less than he would give some gentlewoman for the surrender of her body. His heart was not turned to the Duke. If loyalty he had to any sovereign, it was to that shrivelled monkey-like blind man, whom he had never seen, and who never thought of him, beating his

breast and making his soul in the Monastery
of Donegal, Dark Hugh, the King of Ulster.
A barony for Josselyn, a bit of land, and his
unswerving English loyalty would satisfy the
Kentish lad. If you were to ask him did he not
want more, O'Neill thought, Josselyn would
ask in wonder what more was there? Safe in
tradition, safe in belief, safe in his small
world, Josselyn was as in a well-defended
tower, where he O'Neill felt naked and alone
in the plain of the bare world.

The truth was, that ever since he had come
to Jerusalem, and especially since he had for
duty the patrol of the Sepulchre, his quiet
Irish faith in Christianity, as he had known it
in Ireland, had been shaken to the core. He had
not known it was so intricate a belief. The
Greeks claimed that the Pope was not the successor of Peter but of Constantine the Emperor, who had never even been in Rome, and
somehow it seemed they were right. The Roman clergy replied with arguments that seemed
quite right too. The Abyssinians claimed that
the Pope did not matter at all, seeing that
Saint Peter didn't matter, Saint John being

the only intimate and the only chronicler of
the Lord. Both Greek and Roman turned on
the Africans, snarling and said their par-
ticular Gospel or Acts of John were a Gnos-
tic forgery. Quietly in the other sects was
preached an ecstatic doctrine that both Satan
and Jesus were sons of God, one the elder and
outcast, one the beloved. They pointed to the
text: How thou art fallen from Heaven,
Lucifer, thou Son of the morning! And after
a period of religious frenzy of Christianity, it
was whispered that they lapsed into dark rites.
They loved the Lord and feared Lucifer, but
who knew in the end whether Satan might not
prevail? The inner circle of the Temple had
thrown Christianity over, and when they
spoke of the Impenitent Thief on the Cross,
they meant Christ, who had stolen the Di-
vinity of God. All in Jerusalem knew of their
weird idol, Baphomet, Ancient of Days,
whom by dark acts they made speak oracles;
of their magic girdles worn under their
habits; of their foul secret ritual. None dared
speak out. None knew when the dark dagger
of the Temple would strike, darker and

surer than the knives of the sicarii of the Jewish patriots, than the hooked knives of the
mad zealots who owned the Old Man of the
Mountain as chief. Of all the sects in Jerusalem, O'Neill's sympathy was with the occasional Jewish pilgrims, who, at peril of their
lives, and by courtesy of the Temple, and with
a great price purchased the right to kiss the
walls of Solomon's edifice, and to say their
litany. Rich bankers of Frankfort, polished
thinkers of Lisbon, advisers to Italian princes,
they rocked to and fro and wept, and whispered their tragic prayer:

"On account of the Palace which is laid
    wasted,
We sit solitary, and weep.
For the sake of the Temple, which is
    destroyed,
We sit solitary, and weep.
For the walls that are thrown down,
We sit solitary, and weep.
For our glory, which hath departed from
    us,
We sit solitary, and weep.
For our wise men, who have perished,

We sit solitary, and weep.
For the precious stones, which are burnt,
We sit solitary, and weep.
For our priests, which have fallen,
We sit solitary, and weep. . . .
May peace and happiness enter Zion,
May the Rod of Power turn toward
    Jerusalem!"

Among these folk, however you felt about
them, there were no difficulties of belief, no
schisms, and when they kissed the courses of
great stone laid by Solomon, they were kissing
something definite and historically known to
be true. But, and here was the thing O'Neill
could not stomach, the Holy Sepulchre, learned
men said, was not the Holy Sepulchre at
all. It could not have been it. It was within
the known walls of Jerusalem, and therefore
was out of court. The sainted Queen Helena,
who had started as a dancing girl and
ended as a nun, had just pitched on that as
a likely place, and claimed to have discovered
the Holy Cross in it. The true site was down
past the Temple in the little fields toward
Jordan.

And, O'Neill thought, they had spilled a thousand tuns of chivalrous blood for a graveyard in which after all He was never buried. Oh, Body of God! What a mad, damned, and bloody world!

II

His thoughts now were always homing to Damascus, as birds home. In fetid Jerusalem, always, it would seem, short of water, he thought of cool Damascus, where the fertile rill the Greeks called the Golden River ran through street and house and garden. It had a little song, that river, the Barada, impossible to put to music or to words, but it was like an accompaniment to the growing of the peach trees and the blossoming almond. And there was ever drowsy white-headed Hermon nodding in the distance. The Moorish gardeners, the growers of fruit, tended golden orange and green fig with a celestial gravity in their faces, for was this not Adam's business? In the bazaars the white- and round-faced merchants sat, quiet as players of chess. They were not out to make outrageous profits, for this was

forbidden by their volume of sacred law, but
to play a game as skilful as chess, and they
hated nothing more than a man who knew
what he wanted, and how much he wanted to
pay for it; that gave no play to their curious
subtle minds. And in the bazaars and quiet
squares, went the real Arab, the great-limbed,
calm-eyed bronze men whose wealth was in
flocks, in curious woven carpets, in great
strings of amber, in weapons inlaid with gold;
the men who followed the patriarchal tradition of Abraham, *Khalil Ullah,* The Friend
of God. Calm-eyed, sure of their destiny, the
sheykhs ruled the moon-faced Damascenes and
black Moroccan gardeners, with warm hearts
and iron hands. By God! O'Neill thought,
they were men, those! Convinced of the truth
of their revelation, they had ventured everything on it, fighting their way into China of
the East, into Africa, into Spain, to Vienna's
walls. Their sea captains had raided Cornwall
and Devonshire, and the shores of Bantry Bay
in his own country, and had sailed truculently
up to Galway pier. By God! But they got
their bellyful of fighting on the dressed blocks

of Connemara. . . . They discovered they
weren't the only people who had a humour
of war. Great fighters, gallant victors, in defeat noble—these Arabs. In a word, O'Neill
decided, they were men.

From what he knew of their religion, it
was a man's creed. There was but one God,
they cried. . . . Theirs was no pantheon of old
paganism, or trinity of modern subtleties. God
was God! that was all. Mohammad was the
messenger of God! Their mosques were mir-
acles of space and coolness and quiet beauty.
They had no doubts as to who was Father,
and what was the exact position of the Son.
Nor did they ever flirt with the powers of
darkness, as did the Eastern Christians. To
them Lucifer was "Satan, who was stoned."
From the beautiful Minaret of the Bride in
Damascus, the muazzin would proclaim in his
voice that throbbed like a bell, that God was
greatest, that God was One, and the Lord Mohammad was the Sent One of God. The great
fountain, where one must cleanse himself before prayer, flashed in the court of the Mosque.
In its cool enclosure, there were no secret pray-

ers, or intricacy of ritual, no reek of incense and sweat and foul clothing, as there were in Saint Sepulchre. There was not even a priest. The imam who explained the Koran was a man speaking to men.

O'Neill would see the simple pageantry of Arab life in Damascus, the mother of cities. He would see their simple creed. Feel their simple hearts. It was like looking into that crystal ball the Venetian soothsayers showed you. You saw it all clearly *in petto*. And then, as in the magic glass, the scene clouded milkily, and clearing again, alive in his heart and his eyes, was the vision of the Arab lady, the sister of Ali, whose profile was like the Greek heads Venetian merchants traded in from Athens, whose lithe body you sensed would have given Phidias, that antique sculptor of the Greeks, a model for Spirit clothed in the April of beauty.

III

He had thought in the first week of his captivity, when he saw her in sheykhly dress, go-

ing to and fro, aping the man, that here was a
creature vain, spoiled and arrogant. He naturally distrusted her, with his Irish mistrust of
all women. He invented an alternative explanation, that was even more displeasing. There
were tales of tribes in the North where the men
fought and afterwards the women mutilated
the fallen enemies. She might be one of those,
he thought, not yet developed, but in training
for the part. Only later he began to see that
there was some quirk in the old Sheykh Haroun's head, perhaps an occult hurt from the
mace of Lionheart, which made the old chieftain regard her as his son. The old man had
loved the mother of Ali and Kothra with the
intense love many of the Arab know, and
when she died, his love had gone into the
children. At the age of ten Ali had died, and
now Kothra was the only living reminder of
the emotional epic of the chieftain's heart. As
an Arab he wanted a son. He had a daughter
who would ride with him, who strove to take
the son's place, so that at times he could
imagine the beloved Ali was there. She was
an independent girl, a girl of the desert, not a

woman of the Syrian towns. A girl who knew sunrise and starlight, had the Bedouin love for a horse, and an ancient Greek disdain of small events. He had not ever thought of her as a woman until once he hobbled into the garden of Sheykh Haroun's Damascus house, and saw her in woman's dress, with a rose in her hand, talking to the Moorish gardener.

She wore the long white garments of a Syrian lady. Small slippers of gold brocade flashed on her feet. She wore the white, closely fitting cap of Egyptian linen coming down to her eyebrows of gold. But instead of the dreadful grave-like veil of Syria, she had thrown loosely about throat and mouth a scarf of heavy silk broidered with gold. O'Neill turned to hobble away again.

"Come into the sun, Sheykh O'Neill," she called clearly. "Do not be anxious. This is no Egyptian harem. This is a man's house." And coming forward, she laid her firm white hand on his arm. "Sit here a while in the sun," she said. There was a marble seat by the little stream in the garden. "Not that way," she forced him round. "Keep your back to the sun, and your head in the shade of the tree." She took his sticks from him, when he had lowered himself to the seat. "Is all well with you in my father's house?"

"I am very comfortable," he said, "and very grateful."

"You must not be grateful, Sheykh O'Neill. You are the guest of the Bani Iskander. When sheykhs meet, there is no talk of gratitude surely." A shrill whistle in the tree startled O'Neill, and looking up he saw a lemur with beautiful silver fur and face of a negro dwarf, looking at him with overwise eyes. "Oh Father of Naughtiness!" she chided it. "It is a friend of mine, Sheykh O'Neill," she explained; "it possesses a mixture of childishness and old man's cunning such as you could hardly believe. And there are two other friends of mine." She gave a clear high call, and a small Syrian bear with a beautiful silver mask of fur, and a splendid hound came down the path. "This is the Simple One," she introduced the bear, not much larger than a lamb, "I bought him from a *sany*, a travelling desert smith. They capture them in the Lebanon

when cubs, and bring them into es-Sham in
small leathern bags. He is a nuisance. Art thou
not a nuisance, O Inventor of Iniquity?'' she
bent down and pulled it to its haunches. There
was a clumsy and appealing look about the
little animal that made one laugh. "He climbs
trees for oranges, so that I have disputes with
Ali Hassan, the head gardener, about him,
most grim disputes. And he has a drunkard's
passion for honey, so that we may keep no
bees. And this one," she turned to the hound,
"is named the Father of Swiftness. He was
given me by a cousin now dead, who got him
where the mountains of Crim Tartary join the
Indian lands.'' The gazelle hound was beautiful, with its lovely coat and noble face. It had
the face of a nobleman. "He is of very ancient
lineage, Sheykh O'Neill. The Tartars keep the
pedigree of these dogs, as we Arabs cherish the
pedigree of our horses.'' The bear began box-
ing clumsily at the fine hound, but the dog
moved gently aside. The girl tossed the rose
to the honey-bear. He caught it deftly in his
futile-looking paws and began eating it. She
looked for a long minute at O'Neill.

"Why do you fight, Sheykh O'Neill?" she asked.

"I do not understand you."

"Some fight for money, and some for fame, and some for a cause they know to be true. For which reason do you wage war?"

"I suppose there was nothing else for me to do. I had no other resources."

"Then you are a hired soldier." There was surprise in her voice.

O'Neill flushed. "I had never thought of it in that way before, but I am afraid you are right. I am a hired soldier."

There was a faint line between her eyebrows, a note of wonder. "And yet," she said, "I should have taken you to be of princely blood."

"Of as princely," O'Neill said proudly, "as runs in any king's veins." He looked around the garden; he looked at the dog and bear; he looked at herself shining in rich Syrian silks and gold. "I suppose it has never occurred to you that there is such a thing as being poor. It's rather a horrible thing."

"Is it?" she said. "My father's brother, Sheykh Ibrahim, renounced all his possessions to be a dervish in the College at Cairo. He owns nothing but his dervish dress. He eats nothing but black bread and water, and those, according to his vow, he must beg, and yet he has a noble, happy face. To him poverty is a blessing."

The old physician came into the garden. He saw Kothra, and noted O'Neill's flushed face and downcast head.

"Ho, thou who art witless," he told the girl, "what have you done to my ill one?" He passed his hand over O'Neill's brow. "You are no woman, sister of Ali, but a waspish boy." The girl looked as if she were going to cry.

"She said nothing to me but truths," O'Neill interrupted.

"Is mutton food for a sucking child? Or truths for a sick man?" the physician grumbled. "I never held with this mumming. Women are women and men are men, by God! Put a leopard skin on a goat, and he thinks: Ho, where is mine enemy the lion?"

O'Neill smiled, and suddenly through her tears the girl smiled too. "Consider the mule!" rambled on the hakeem.

"I am a woman," Kothra flared up; "I am a woman, friend of my father, and you yourself have said a very beautiful one."

"Ho, thou who art vain," snorted the old physician.

Their kindness to him during his convalescence was embarrassing. Kothra sent to Jerusalem for wine of Oporto, the full-blooded Portuguese wine to help him to health, and her Moorish slaves were forever doing something for him. The wine seemed such a kind thought, and he was put about to drink it in a Moslem house, but Kothra and the physician stood by him. Still out of courtesy he refused. "Wallah! he will always think I am going to poison him, this one!" Kothra said impatiently, and seizing the glass drank a mouthful. She choked and spluttered, and ran out of the garden.

"See what you have done, boy, with your obstinacy," the physician said. "You have made a Moslem woman drink wine."

"She has sinned in her creed," O'Neill said aghast.

"She has not sinned," said the old physician. "Sin is in the intention. Drink your wine, boy, and get well."

They told him news of Jerusalem, of how the Emperor Frederick was on the point of concluding a truce with the Sultans of Egypt and Syria, and how the Pope had directed that no priest in Jerusalem was to officiate at his coronation were he to come there. No loyalty was to be shown him, and all in Jerusalem had agreed to do the Pope's behest, save only the Templars, who had refused to side with either Pope or Emperor. Of de Lacy they had no news, and O'Neill could see that they despised the Irish captain. One evening, in the quiet Damascene dusk, he told Sheykh Haroun and the old physician, and Kothra, and the cousins Mohammad and Abdallah, the story of his life. They sat in a circle around the brass brazier of glowing charcoal, and shook their heads, and uttered many oaths.

"But the sheykh of Ulster," Abdallah said. "I cannot understand him. To sit quietly and pray while the son of his brother's son is being wronged. Wallah! that is not the way of the Arab."

"Old men are selfish," Sheykh Haroun nodded. "They hate to be bothered. Who knows the selfishness of old men better than I, who am both selfish and old?"

"No! No! Uncle Haroun. No! No! Father of Ali!" they all cried. "There is none greater-hearted than you."

But the old man shook his head. "Only God knoweth!" he said. "God and I." And he tapped the brazier with his sheykh's wand.

"But, Sheykh O'Neill," Mohammad leaned forward, "why do you hold and fight with the Frankish knights who dispossessed you? Cannot you see, they are your enemies, O'Neill?"

"You cannot turn against a whole race for what one family has done, Mohammad, and besides, one must have loyalties."

"Wallah! the lad is right," the old sheykh cried. "For if a man have no loyalties, what can he have but profits? And though profits can ease the road of the body for a little space, they can never ease the road of the mind. And you are right, Sheykh O'Neill, in being true to your captain, pirate though he be."

"I knew," Kothra said quietly, "that you were not a hired soldier."

"But I am a hired soldier," O'Neill laughed, "else what am I?"

"You are one who has come along a road in darkness, O'Neill, and are waiting for the light. And when the light comes, you will see your course of pilgrimage. We of the Arab," she looked into the fire, "are hoping that the light may come to you in Damascus." She paused. O'Neill said nothing.

She turned around to him, suddenly, and looked straight at him. "O'Neill, has a light come?" she asked.

Miles had a sense that the old sheykh and Mohammad and Abdallah, and the hakeem's self, were waiting intently for his answer.

"No," he said firmly, "no, sister of Ali. No light has come."

"I will not have my sick one bothered," said the physician bluffly, "by talk of This and talk of That. Ho! to thy bed, thou!" he put his arm around O'Neill's shoulders, "with thy broken bones!"

With the coming of Sheykh Ibrahim,

O'Neill got an inkling into Arab belief which astounded him. The dervish was older than his brother Haroun. He wore a close-fitting turban of green, a linen jacket and wide, pleated linen skirt. Sandals were on his brown feet. One got somehow the impression of an aged rain-washed tree. There was a feeling of kindness about him, but an aloof, impersonal kindness, like sunshine. One felt he had been long away from the world. With him were three young dervishes, who had an ascetic, fanatic look. From the disciples O'Neill learned that Sheykh Ibrahim was the *Qutb*, the most eminent saint of the time.

He went with Sheykh Haroun to the great mosque to hear the mystic speak. He had thought it impossible for any Christians to enter a Moslem place of prayer, but the Arabs had smiled. "So long as he come as a friend . . ." Haroun had replied. In the courtyard, in the moonlight which threw strange shadows, Ibrahim and his pupils were dancing. Three flutes and a small throbbing drum gave the music, and as the men span around, their white linen skirts standing out like ruffs, their balloon-like drawers wrapped around their muscular legs with the swiftness of spinning. Their hands were held on high, and on each of their faces was the print of ecstasy. The thin wail of the flutes and the disturbing throb of the drum, and the ghostly figures dancing in the moonlight while the mosque was crowded with silent figures, gave O'Neill a sense akin to fright. There was something so unearthly in it all. The sailing moon overhead was like a friendly village to him compared to the weird silence of the vast mosque. Then the flutes and the drum and the dancing ceased.

O'Neill felt the Damascenes against the wall lean forward, surge forward sitting, as a wave curls before it breaks. The *Qutb* was going to speak. He stood up in the moonlight, a tall thin brown man. Behind him were his disciples. One was a Persian, with a delicate girl's face. One was a squat Tartar, with high cheek-bones and almond eyes. One was a gigantic Saharan negro. The old man's bell-like voice went through the mosque.

"Jesus passed three men," he said slowly. "Their faces were white as snow and their bodies lean as a knife. He questioned them: 'Ho! Ye that are haggard, what hath brought you to this plight?' They spoke: 'Fear of the Flames.' Jesus said: 'You dread a thing created, and it behoves God that he should save those who fear.' Jesus passed three others. Their faces were white as the bleached bones of camels, and their flesh hung on their frames. He questioned them: 'Ho! Ye who are lean, what hath brought you to this state?' They spoke: 'Longing for Paradise.' Jesus said: 'Ye desire a thing created, and it behoves God that He should grant you what you suffer for.'

"Jesus passed three men. Their faces were like mirrors of light, their bodies were frail as blossoms. Jesus questioned them: 'Ho! Ye who are like petals in the wind, what hath brought you to this?' They spoke: 'Our love of God.' Jesus said: 'Ye are the nearest to Him, ye are the nearest to him.' "

The sheykh and three disciples turned suddenly and walked out of the mosque. Kothra's cool hand caught O'Neill's wrist.

"Ho! Father of Ali! Abdallah, Mohammad,

close about lest our guest be hurt in this crowd."

"I don't understand." O'Neill was bothered.

"You don't understand what?" the sister of Ali caught his undertone.

"He spoke of Jesus."

"Ho! then! Do the Nassara think they own Jesus, as a merchant owns his bags of corn, with now a little to be sold, a little to be given away! See there," she pointed to the wall of the mosque, and faintly gleaming in the moonlight O'Neill could discern faint Byzantine letters in gold. "When, in the decadence of Christianity, this ancient place was taken by the men of Islam, and all material created things, all statues made in the likeness of men and women broken and shattered, those letters were allowed to remain. I cannot read the Greek, but I know what they mean. They say: Thy Kingdom, O Christ, is an enduring Kingdom."

"And those were not chiselled out?"

"Why should they be?" the sister of Ali said. "Are they not true?"

IV

In the heat and sweat and grime, in the suspicion and the terror of Jerusalem, the memory of Damascus would come to him, like a
story he had heard, like a story the wandering
Arab tale-tellers spoke to their gaping audience
outside the Golden Gate, from the epic of
Queen Sharazad: some tale of a kalendar who
had wandered into an enchanted house, or of
a merchant of Bassorah, who had left his silks
and pearls and frankincense to walk in the
quiet of the town, and, opening a door ajar,
had found himself in the garden of some
king's enchanted daughter. The shallow river
that trilled over the small polished stones; the
kindly trees, with their rich varnished leaves;
the clumsy honey bear going about on its hind
legs as though it were a child learning to walk;
the mischievous lemur whistling and chattering, the great dignified Afghani hound, sitting
or standing always a picture of beauty and
strength. Sometimes the wind would blow
eastward from the Lebanon, and there would
be the little chill of distant snow in the air,

and the great hound would rise uneasily. He would be troubled by a dim memory of homeland, and O'Neill would say: "Poor old boy!" Kothra would throw him a quick look.

She loved sitting in the garden, doing her beautiful embroidery with gold thread on Damascus silk. All the work of gold on her garments was done by herself. O'Neill was amazed to know that the entire house was directed by her with one old Moorish slave as her aid. She was always an amazement. Sometimes when he came out into the garden he would find her singing, the clear shaking Arab notes having a sense of resting in the air like a shower of gold, or a lovely laburnum tree in the cool green garden. Sometimes she would stop singing, and nothing would persuade her to go on. And at other times she would begin singing in his presence, and go on with it, as though her heart and bosom were full and she must empty them. So that the wayfarers without the garden walls would stop to hear her, and gather in number, and at the end of each verse would cry: "Allah! Allah! Allah! Allah!" in enthusiasm, until at last some gust of shame would come over her, and she would run down the garden, muffling her face, laughing nervously.

"Elijah hath a chariot,"
she once sang,

"Of gold and flame.
Elisha sails a galley
Of enduring fame.
David's son, King Solomon,
Hath all magic arts.
But the little Lord Jesus
Owneth our hearts."

O'Neill looked at her keenly. She smiled and went on,

"Moses hath authority
From Sinai's rocks.
Abraham hath a myriad
Of silver flocks.
David hath all treasure,
Garnered in wars.
But the little Lord Jesus
Is crowned with stars."

"That is a Christian's song, sister of Ali," he told her. She shook her head.

"Our Lord Mohammad
Stands at God's right.
Moses, the prophet,
Shines with God's light.
Gabriel, the Angel,
Acts as God deems.
But by the green hills of Heaven
The Lord Jesus dreams.

"Captain Lord Mohammad,
Rides from world to world;
His bright sword in his right hand,
His green flag unfurled.
Bearded Admiral Noe
Sails to starry deeps.
But after long anguish,
The Lord Jesus sleeps."

"What is that song, Kothra?" he asked.

"It is a song of the Syrian women, Sheykh O'Neill, in the days when the autumn is done, and the corn garnered, and the men home from the seas, or from voyages to Egypt or the Tartar lands. The little breath of winter comes over the land, and into the heart of every one, like a gentle memory of death. The men of

Islam speak and sing more of Abraham, the
friend of God, but they love the gentle
prophet, the greatest earth can ever see. But
the Arab men speak little of what they love.
That is why they never speak of their women,
and you of the setting sun think that to them
on this account women are cattle. But women
are brave in their loves, O'Neill. They speak
out. That is a song of the Syrian women. Also
it is a charm against devils, and against serpents and wolves."

"But is that our Jesus?"

"No," she turned on him savagely. "It is
not your Jesus. Everything is not yours: the
land of the Arab, the wealth and citadels of
the Arab, and the Asa ibn-Mariam of the
Arab. It is the Jesus of all the world."

"But Jesus was murdered at Jerusalem."

"Jesus never died. A seeming of Jesus died
on the gallows. Mohammad died. Noah died.
Abraham died. Moses died. But Jesus never
died. He was born of the Spirit of God. Not
the soft breath of April was more gentle than
he. Is not God the Compassionate, the Compassionating?"

"No, Kothra. It's proven."

"Out of books. O Lord of all the worlds! Can the trick of writing with a pen make a man infallible. And listen to this, O'Neill. The real books are dead. My uncle, Sheykh Ibrahim the dervish, will prove to you that. He will prove it to you out of the books themselves. There is no book my uncle Sheykh Ibrahim has not read. He could also write great books, O'Neill. But he teaches from his mind to the other minds. And if he wrote it down, what interpretation he puts on words might not be understood by those who read, so that he first teaches his disciples. Even the wicked one, the Sheykh el-Djebal, the Old Man of the Mountains, as you call him, who is cynic in all things, gives my uncle his due of reverence."

But the faith of the chief of the dervishes was too subtle for O'Neill. Kothra led him to where the saint was sitting quietly with his three pupils. The brown-faced man looked at them with eyes that seemed fixed on the end of the world.

"O father's brother!" she said, O'Neill could see that the disciples were displeased at their intrusion, "will you tell the Nasarene knight that Jesus did not die?"

"Since he did not receive his life from the Angel of Death, how could he give it up to him?"

"But, father's brother," the sister of Ali said impatiently, "that is of all of us. Listen, what I have been saying is this: that Allah is so compassionate that he would not permit Jesus to die on the gallows tree."

"The compassion of Allah is beyond counting," the dervish said slowly. "It is reported of Abu 'l-Hasan Kurqani that one night of his praying he heard a Voice: 'Ho, Abu 'l-Hasan. Dost thou wish Me to tell the populace what I know of thee, that they may stone thee to death?' 'O Lord of all the worlds,' Abu 'l-Hasan said, 'dost Thou wish me to tell the people what I know of Thy Mercy and what I perceive of Thy Grace, that none of them may ever again bow to Thee in prayer?' The Voice answered: 'Keep thy secret, Abu 'l-Hasan, and I will keep Mine'."

"O Sheykh Ibrahim," she looked ashamed and perturbed, "will you tell our friend, and explain it to him, that his religion is wrong and ours is right?"

The Persian disciple nodded into a sort of trance like a flower nodding. What was behind the Tartar's orange mask none could say. But the giant black man from the Sahara seemed impatient. The *Qutb* picked a handful of sand from the path and let it run through his fingers.

"Faith is capable of every form," he said slowly; "it is a pasture for gazelles and a convent for Christian monks.

"And a temple for idols, and the pilgrims' Kaba, and the tables of the Torah, and the book of the Koran.

"It will follow the way of God, whichever road His camels take."

The Saharan dervish came toward Kothra and O'Neill. "You must go now," he said, and led them away. "Listen. What the chief dervish says is not for you. Simple things such as you want to know, I shall tell you. There are two things in Islam, Truth and the Law. The Truth is that God is One, and the Law is the Koran. It is written in the Koran that Asa

ibn-Mariam was from the Spirit of Allah.
Can anything of the Spirit of Allah die and
the world not founder? No! Then all is proven
to you. Children, go in peace."

She seemed hurt and disappointed as they
walked down the almond alley to the fountain where the small Chinese fish, red and
gold, swam in a basin of rose-red marble, fed
by Barada, the golden river. She looked as if
she were on the point of crying.

"Sister of Ali," O'Neill said softly to comfort her, "I like your simple faith better than
all the wisdom of your uncle, and all the
dogma of the Cairene dervish."

She turned and faced him. He could see between the muffling scarf and the close-fitting
Moslem cap, that her grey eyes were filled with
tears. "There," he put his hand into the folds
of his coat and pulled out a handkerchief of
linen, "sister of Ali, wipe your eyes. Don't be
such a child."

She dabbed at them quickly as though
ashamed of herself.

"O'Neill," she said, "if I do something for
you, will you understand that it is because you

are a friend, and you have been kind to me, and not for any other reason?"

"Of course, small hostess, I shall understand," he smiled.

"No, but you don't know what it is," she said. All the assumed mannishness, all the grave womanhood had dropped from her; and she seemed very much like a child one humours. O'Neill could now understand the vast love with which her people enveloped her. This was not the young sheykh who rode in the Arab raids or the capable mistress of slaves, but a small secret flower that had blossomed as a miracle in the Arab soil. "Please, you will not misunderstand?"

"I don't know what it is, Kothra," he said —it was the first time he had used the little name, and he had done it unwittingly, but with its slender consonants it sounded like some softly breathed bar of music. "Whatever it is, I shall not misunderstand."

"Folk who are friends are close to one another, and know one another. Where masks exist, you speak to a thing of fancy, not to a person you know. Friends must know each

other. You have told us the story of your
youth, and each day we see you. You know
my father and my uncle and my cousins, and
how I manage our house, and why I ride with
my father to round-ups of cattle and on the
battle-raids, to give him the sense that the son
he lost is riding by his saddle-flaps, the son
whom he would never replace. You know this,
O'Neill, and you know my pets to whom I
talk, the clumsy honey-bear, the Tartar hound,
and the lemur who thieves like some urchin of
the gutter."

"You have been so utterly kind, Kothra,
you have shown me everything."

"No," she said, "I have not shown you
this."

So deftly, so quickly did she do it, that he
hardly followed the gesture by which the scarf
came from about throat and chin and mouth,
and the white Arab cap came from her head.

"*A Ree an Dhone!*" he said in Irish. "O
King of the World."

He had seen something like it before, a beautiful Greek woman's head in stone, brought
to Jerusalem by a Venetian lord from Athens,

who said he could never marry after seeing
that miracle of marble. It was said that
Great Frederick had offered the noble of
Venice half Sicily for the sculpture but he
would not part with it. And now O'Neill saw
a more perfect face and head, not in marble
but in life. The gold of her eyebrows had only
given a hint of the mass of wavy, close-bound
gold that was her hair, gold so fined that it
was all but silver, that had been concealed by
the head-dress. From the border of the tied
silken shirt the neck rose in a graceful column
like music. The small chin was like ivory
turned by a craftsman's lathe, and the firm
mouth had the tint of strawberries. Above the
nose that would have baffled the fingers of
Phidias, the brave grey eyes looked at him
with a half-fear in them. He remembered
where he had seen their tint before. It was in
the deep clear waters of Galilee before the sun
came to noontime. Her brow was not less
white, not less smooth than the soft linen
which had covered it a moment before.

"Yes, that is Kothra," she said.

He turned aside, such a swift surge had

come into his heart. In all the words he knew
it was hard to choose. When he looked at her
again, the cap was over her head, the scarf
was about throat and chin and mouth.

He said, "There are things one expects from
men, from a brotherhood of arms, from affection, from folk whose selves and whose for-
bears have been reared to know that nothing
is good but honour. But I did not expect a
gesture Homer should have written from a
woman." He paused. "Sister of Ali, I don't
say much, but a part of my young days was
spoiled by a mother who was sour as spoiled
wine, and the women who love to hear of
spilled blood while they lie in their bowers dis-
gust me, and the women of the seaports with
their wet mouths . . . their mouths are the gate-
ways of hell. I am clumsy with my words. It
is as if a girl of four laid her rose-leaf fingers
on my battered hands, and I was filled with
pity that anything so innocent must go
through the desperate battle that life is. Her
fingers are not laid on your hands but are
grasping the artery of your heart. Also,
Kothra, never will I be out in the half light,

looking out for the evening star to show, but with its appearing I shall see your face. And when, in the sweat and shouting and the hacking of battle, my moment of ending will come, as I know it must, the last thing I shall see before the darkness closes is—what you have shown me." He laughed. "It's a ridiculous thing to utter, but in all the stupid clutter of words I know, I can only find: thank you."

"O'Neill," she said very softly, "I knew you would not misunderstand."

V

The one thing the cousins Mohammad and Abdallah could never explain to each other was how O'Neill had killed the Turcoman captain with his hands alone. The Tartar leader had not been a favourite with the Bani Iskander. Though he had professed Islam yet there had always been doubts as to his sincerity, and it was rumoured that he still owned queer Tibetan idols to whom he made sacrifices. He had been a winebibber. Also he was a mercenary soldier. Abdallah and Mohammad and many of the leaders had discussed his

death, and had decided that there must have
been some weakness in him to have dropped so
easily. "Is it not so, O'Neill?"

"No, Sheykh Mohammad," O'Neill said.
"It was an intended blow." And he explained
how the warlike Irish tribes, disarmed after
their defeat by the Danes, had evolved a manner of fighting as deadly as with weapons. It
was a servant's fighting, but O'Neill happened
to know it. They brought him a great Stambuly wrestler, a giant of a man, quivering
with flesh. "Can you show Abdallah how it is
done?" they asked.

They were in the garden at dusk. Kothra,
in her sheykh's clothes, sat by her father. The
chief of the dervishes with his three disciples
sat and looked on, aloof, with eyes that saw
only with the surface, their minds being on
some problem of Koranic philosophy. Abdallah and Mohammad, big muscular men,
whose only interests were flocks and horses
and fighting, looked at O'Neill. The Stambuly
wrestler stood vast and deferential in this assembly of sheykhs. He had flung off his
clothes, and stood in leathern loin-cloth, bare-

footed, with all his Turk's white bulk. Abdallah wore only his baggy Syrian drawers from waist to ankle. His brown torso was like a figure of the Greeks cast in a mould of bronze.

"Can he be thrown, O'Neill?" The Turkish professional shook his head. His battered mouth was in a shrewd grin.

"Easily," Miles said. He rose up, his left arm in its sling. "No! No!" Abdallah protested. "Just show me and I'll do it."

"It's all right, Abdallah. I sha'n't be hurt," O'Neill went forward, smiling, toward the lumbering man. The Turk seemed to squat, like a toad. He watched O'Neill out of small toad's eyes. O'Neill smiled at him. The wrestler's head drew into his shoulders, like a turtle's head retiring into his shell. O'Neill moved to the right. The wrestler moved in time with him, shuffling his feet. The man began to have a look of doubt and stupidity in his eyes. His vast arms, like men's legs, were poised. His hands hooked. O'Neill laughed.

Then, like the quick dart of a snake, O'Neill's right hand caught the wrestler's right wrist. O'Neill's right foot locked around the wrestler's right ankle. A quick tug and the naked Turk pitched forward on his face. He slid on his face on the ground like some weird, uncomely monster fish flung out of a net on to dry ground.

"Wallah!" the cousins swore in astonishment. Sheykh Haroun nodded his head vigorously. The old dervish smiled faintly around the corners of his eyes. The Persian disciple drooped more beautifully than ever. The Tartar grinned openly. Only the Saharan dervish looked severe and bored, as though these things were vulgarities hard to be borne. And then suddenly the Turk on the ground did the strangest thing. He began to cry.

"You see, O'Neill," Abdallah said, "he has never been thrown before."

"Tell him, Abdallah, it is not real wrestling. It is only a trick."

"Fo! it is nothing," the sister of Ali said contemptuously. "My uncle Ibrahim when young could make all the tables in the room swim in the air. Is it not so, Uncle Ibrahim?" she said to the dervish.

"Seeing that the lifting of the cup to the lips by the hand," the old dervish spoke, "is not the action of the hand, but the action of the brain and will, beloved, it must be true in principle that the cup can be lifted without even the hand. When I was young, I did these things to prove the principle true. But now, I have found that the brain and will are only instruments, and I have nothing to do with instruments. There is only the soul praying that is good. Oh, little Kothra, were a real saint to pray, every fish in the sea would stop swimming lest the faint beating of its fins should disturb the communion with God."

"But Uncle Ibrahim, you can calm madness, and stop the murderer's knife in mid-air."

"These things are vouchsafed me, but what Sheykh O'Neill has done is a learnt thing. It is of Archimedes, the Greek."

O'Neill and Abdallah calmed the crying athlete, Abdallah giving him presents, and Miles proceeded to teach the Arab various locks of wrist and head, and how a blow with the edge of the hand is more effective than seven blows with the clenched fist. Suddenly the big Arab threw his naked arm around O'Neill's neck.

"O beloved," he said, "will you stay with the Arab, who are your lovers and friends?"

"I can't, Abdallah."

"Listen, O'Neill, I am no merchant. I offer you nothing. Also, I tell you a secret thing. The Khorasanic barbarians under their Aga, Barbarquan, are planning to overrun Syria with fire and sword, and we need great-hearted fighting men. Stay with us, dear one, and be a chief of the Bani Iskander. Only say: there is no God but God, and the Lord Mohammad is the Sent One of God."

"I know, Abdallah," O'Neill shook his head. "If I could I would."

"Just the one short phrase, O'Neill. There is no God but God, and Mohammad is the messenger of God."

"I think I can say: there is no God but God. And as to the Lord Mohammad—" he paused.

"The Sent One of God," urged Abdallah.

"I believe him to have been a great man. I

believe that none but a great and good man
could have influenced friends, and country,
and the Eastern world as he has done. To have
stamped out idols, abolished drunkenness,
killed usury, established fellowship are the
acts of a man of God. Yes, I believe him to
have been the Messenger of God."

"Ho, Moslems in the East and Moslems in
the West," the brazen throat of Abdallah
rang in the dusk, "welcome a brother in Islam!"

"No, Abdallah!" O'Neill was firm. "I do
not accept Islam!"

"But you said," the big man looked at him
heavily, "but you said that God is One, and
you believed the Lord Mohammad to be the
Messenger of God!"

The old dervish stood up. With a motion
of his little finger he called his disciples. They
stood up like statues in their pleated skirts,
their little jackets, their tall caps of green felt.
Their bare feet seemed hardly to touch the
ground. They were like players of the Magi
in some Christian pomp of God's nativity, the
beautiful drooping Persian boy, the masked

Tartar, whose face was a mask, the giant negro. "Ho! Ye who are stupid," the chief of
the dervishes cried, "when will ye know the
simplest thing, as that believing and believing-
to-be are as strangers who pass in the dark!"
He came over and put his hands on O'Neill's
shoulders. "Hearken, thou who art young.
The Old Wandering Beggar will tell you a
secret." He kissed O'Neill on both cheeks.
"You must never forget this: God is a friend."

He turned abruptly and walked down the
garden. The disciples seemed to float after him.
Their white garments were like silver pillars
in the dusk, and then they were gone.

"I suppose they are gone to the mosque,"
O'Neill said. He wanted to say something, to
break the strange discomforting silence.

"They are gone," Kothra said, "none
knows whither. To Khorassan perhaps, or to
Persia, or westward to the Land of the
Moors."

"But they did not say good-bye."

"They never say good-bye."

"Where are their camels picketed?"

"They have no camels."

"But who will carry their food and water-skins?"

"They have no food or waterskins," Kothra answered.

"And is nobody to guide or feed them in the bleak desert lands?" O'Neill was terrified.

"But of course!" the sister of Ali answered quietly. "God will."

SEVEN

I

"IL a ja cinc ans, ou mains," Josselyn sang his interminable Romaunt of the Rose.

> "En mai estoie, ce songoie,
> El tens amoreus plain de joie
> El tens ou tote rien s'esgaie,
> Qui l'en ne voit boisson ne haie
> Qui en mai parer ne se voille
> El covrir de novele foille . . ."

"Five years have walked their destined
    way
Since in the perfumed night of May
I had this dream; in the moon of joy
Whose magic puts on beauty as decoy
For all of nature; when each shrub and
    brake
Gaily their leafy garment take. . . ."

Yes, O'Neill thought, it might have been five years and not five months ago since he had been in Damascus with them all, so high a wall had arisen between that life and this. The whole thing had even been like a vision out of Josselyn's Romaunt. October was here now, and there was an end, thank God, to the heavy flies and foul stinks of the bazaars. The blue Moabite mountains seemed each day a little more like the mountains south of Dublin. . . . Jerusalem was quiet, with the deadly quietness of a man about to kill. The Arabs visiting the mosque of Omar, guaranteed in their pilgrimage by the Emperor, were finding it safer to wear shirts of chain armour, so free was the Temple with its daggers. The Temple was winning against the Sultan of Aleppo, and there was a rumour that the Old Man of the Mountain had been assassinated, and that the successor to him, the new Old Man, was not averse from making a secret treaty with the Grand Master. O'Neill smelt war. Only for the iron hand of the Emperor there would be war now. Ah, well, O'Neill wished it would come!

He was walking quietly behind a detachment of English troops, who were being taken out for some scouting practice in the highlands

around Jerusalem, when he noticed a young
Arab with his retinue reining into the wall,
some young sheykh making his pilgrimage to
the Noble Dwelling. The bowmen tramped
stolidly by, O'Neill following them, when the
Arab called to him with studied insolence.

"Ho! What-Is-Thy-Name! Cannot you
stand still when an Arab gentleman goes by?"

O'Neill's face froze in anger at the insult.
His teeth bared threateningly. He swung back
his long kurbash. It hissed through the air on
the back stroke with the hiss of a snake.

"O beater of women!" The Arab sheykh
dropped the scarf from about his face, and
O'Neill saw the sister of Ali smiling at him.

"Good God!" O'Neill said dumbfound-
edly. And then quickly: "Cover your face,
Kothra, in this town."

"Are you glad to see me?" she asked.

He came across and patted her mare on the
neck. "How glad I can't tell you."

"Here are some folk you know," she
turned to the followers, who were smiling and
touching their foreheads to him. "And some
you don't, but who, for all that, are your

friends." He went amongst them, touching palms.

"Have you come to see the Noble Dwelling, Kothra?"

"To see that, and to see you, O'Neill, our friend. Is all well with you?"

"All is well with me. And with you?"

"All is well with me, and with the Bani Iskander. And I have messages for you, O'Neill, and presents."

"I'll give a few orders to my lieutenant," he said, looking after the bowmen, "and then I will be at your service, Kothra, and be your guide to the Noble Dwelling." As he went after the troop he motioned to the big Moor behind her. "Listen, Yussuf es-Senussi, it is not meet for the sister of Ali to show her face in this town. She must not be strong-headed. Do you understand me?"

The Moor nodded.

"Yes, sheykh, I understand."

II

He worried, now they were together, about her being in Jerusalem. Though Emperor Fred-

erick had promised all Moslem folk access to the
Mosque of Omar, yet it was not an invitation
to be taken very seriously, for Frederick was
far away, and in El-Aqsa, the Templars'
church, in the grounds of the Noble Dwelling,
there were swords and knives always with
eager mouths for Moslem blood. It was so
easily explained that the visiting Saracen had
uttered filthiness about the Cross of Christ,
and that the assailant was being disciplined by
the Order. Also, O'Neill felt, what influence
he had was only with the English troops in
El-Kuds, the Holy, and how long that would
last he did not know. Only the day before
yesterday Sir Otho had asked to see him, and
when O'Neill had walked into the hall of the
old Saracen house, into the pillared room with
the floor strewn with herbs, he found the
Cornish knight was not alone. Trelawney was
sitting before a bottle of rhenish wine, but
the figure with him in the monk's robe and
cowl was sipping water. O'Neill noticed the
beautiful frail hand around the thin Venetian
glass. Trelawney seemed ill at ease.

"My lord," the Cornish knight said, "this

is Sir Miles O'Neill. Miles, the Grand Master
wishes to put some questions to you."

"Sir!" Miles bowed.

The hooded figure threw the cowl back
from his head, and Miles saw in front of him
the face and eyes of the man whom the Saracens hated as they hated Satan who was
stoned; the man whom both Pope and Emperor feared. He had an old frail face and soft
beautiful white hair, and the pinched nose
and mouth of the ascetic. The tonsure on his
head was like polished ivory. He seemed like
an old saint until you saw his eyes. His eyes
were terrible. They were grey and seemed to
have no pupil. It was as though you lifted
your sight in reverence to see the soul in the
Grand Master's eyes, and all you beheld were
ovals of grey stone. It was as if the eyes of a
statue had been put in the face of a man.
When he began to speak his voice had the
little tinkle of a silver bell.

"Sir Miles, you must not think that because I have not seen you before you are unknown to me. I have heard much of the fights
at Bethlehem and Rouge Garde, and your po-

licing of the Sepulchre has been temperate and wise."

His voice was like a little melody, and had Miles only heard his voice, and seen his beautiful silver head, he would have thought it impossible that when this man spoke of the Impenitent Thief, he spoke of the Lord Jesus; that he was the most evil scholar of his day, knowing and practising black Cabbalistic rites; that it was his word that had assassinated the envoys of the Old Man of the Mountain on Saint Crispin's day, when they were returning after making peace with Richard Lionheart—they had come in friendship with their presents of crystal elephants and giraffes fashioned in crystal, and packets of ambergris, and games of chess, and with the blunt straightforwardness that Saladin loved, the Lionheart had received them, and promised friendship with their Lord. But on their way homeward, from the depths of his Order, the Grand Master had struck. All this O'Neill would have disbelieved, hearing his voice. But all this he could not but believe now, seeing those dreadful eyes.

"You have been a prisoner in Damascus, Sir Miles?" the Grand Master asked.

"I have."

"And you doubtless know the city?"

"Very well, sir!"

"Now here we have luck," the Grand Master sipped his water, "for this Irish knight will tell us all we wish to know."

"My Lord," Miles said slowly, "I know of only one way of putting it, my blunt way. I shall tell you nothing."

"Now why should this be?" The voice of the Grand Master changed from the tinkle of the little bell to the purr of a cat. "Do you not, then, believe in the holy mission of Christ?"

"I do," Miles answered. "My Lord, do you?"

"Miles! Miles!" Trelawney pleaded. "My Lord, he is only a hot-headed Irish boy. He means no harm. I know them."

"There is something here not overt," the Grand Master seemed not to have heard Miles' reply. "Why won't you tell us?" he asked.

"I was treated as a guest by the Saracen, and

released from bondage out of their mercy. What sort of cur should I be to tell the secrets, if I knew any, of a generous foe?"

"Indeed! Sir Otho, cannot you do something to convince your lieutenant of the necessity of this information?"

"There are high policies, Miles," the Cornishman began, "of our Lord the King—"

"I know nothing of high policies," O'Neill was very cold. "But I think our Lord the King can forward those without a knight of his losing his honour. By God!" he swore hotly, "what shameful thing do you wish me to do? Sir Otho, I turn over the command to Josselyn. I had thought I would receive better at English hands."

The Cornishman flushed purple and stood up.

"You are too fast, boy. I had not known your ransom was unpaid. Grand Master," he turned to the ghostlike figure in the white robe, "my lieutenant is right. What he has learned under the circumstances it would be improper for him to say."

The Templar drew his cowl over his head. Now there was nothing to be seen of his face but his thin nose, his thin mouth, and his granite eyes. There was an air of finality about the gesture that was terrifying. Anything human about him was now gone. He was now the hooded Master of the Temple.

"Sir Miles is right," he said. His voice was cold as a cold freezing wind. "And yet Sir Miles advises himself ill."

"Sir, do you threaten me?" Miles looked at the prelate's eyes. There was a faint smile in them. Nothing could be more quiet than the Grand Master's face. But Miles looking down saw a terrifying thing. The beautiful ivory hands of the Grand Master were writhing as in torment. The ten fingers searched about like tentacles of a devil fish. They threshed like a nest of young serpents. One could almost imagine them hissing like venomous serpents.

"Yes," the Grand Master said quietly. "I threaten. Who will protect you?"

The Cornish knight rose in his chair, sat down; reached for his bottle and glass; drank a mouthful; spluttered; kept quiet. The Grand Master looked at O'Neill with his dreadful quiet smile in his stone eyes.

"Will not this protect me, Grand Master?"

O'Neill touched with his finger-tips the Cross on his shoulder.

"I have seen so many who wore it," the prelate answered cynically, "gentlemen and rogues, fools and wise men, harlot-owners and saints. They are dead by swords in battle, or from daggers by stealth, from hunger and pestilence. I may shock you, but I have yet to see the Heavens opening and the Son of Man descending to protect his own."

"My only satisfaction, sir, is that I go to a Gentleman with my honour clean." He watched the curling fingers twisting with murder. The Templar caught his glance, and muffled his hands in his wide monk's sleeves.

"But it bores me," the Grand Master said shortly, "to talk to a dead man."

"Miles! Miles!" Trelawney pleaded. O'Neill raised his sword hand to his chin, and turning, walked out of the hall. Like some dreadful cowled ghost the Templar remained in his memory, but more terrible still was the memory of the shamed, perspiring face of the Cornish commander.

EIGHT

I

THERE was always about her, wherever she went, faint perfume, a perfume of very cold water and little mountain flowers. When she walked by his side through the heavy *sooqs* of Jerusalem in whose crevices there still lurked the heat and stench of the summer that was dying, O'Neill felt a memory of the springtime that had been a dream, a springtime one feared would never come again. Fitter than the rimes of the Romaunt of the Rose Josselyn was ever singing seemed each gesture, each step. All in Jerusalem of the English knights and archers knew her to be a sheykh of the tribe that had captured O'Neill in battle, and tended him through sickness, and set him magnanimously free, and that he should show her what kindness was in his power they found only fitting. That she was a woman none knew, except

perhaps Josselyn, who concealed, O'Neill was
beginning to discover, beneath his casual manner and speech, a sound, wise head. Sir Otho
Trelawney asked the young sheykh to meat
with him, and Kothra accepted in her sweet
dignity. O'Neill was afraid that at table the
burly Cornishman would allow himself some
masculine jests that might offend her, but soon
the worried man rose, excusing himself, and
leaving her to O'Neill and Josselyn. Trelawney's manner to O'Neill was one of pleading
apology. He could not resent the words of the
Grand Master to his lieutenant, seeing how the
great secret designs he had in mind must dove-
tail with Temple ambitions. And he felt he
had left his deputy without protection.
O'Neill had told him: "I wish you wouldn't
worry, sir!" But he worried all the more.
Thinking to compliment O'Neill's guest, he
gave her a beautiful Italian sword, which she
accepted with grave courtesy. The following
morning the Cornish knight received two
great emeralds from the Caucasus for his lady,
and a beautiful Nejd mare for himself. The
Cornishman walked in to where Kothra and

O'Neill and Josselyn were sitting. He had the emeralds in his hands.

"But I can't accept all this, young sir."

"My father, Sheykh Haroun, and myself, and my cousins Abdallah and Mohammad have sent them to you for this reason," Kothra explained. "When Sheykh O'Neill was with us, we became fond of him, and we heard later that he arrived in Jerusalem penniless and worn—you will forgive me, dear O'Neill. And you took our friend in, sir, when he was in need. We are all friends, Arab and Christian, even though we battle. And that can be in a courteous sheykhly wise. Though O'Neill would not be of us, and hurried from our gardens and little rivers of Damascus to Jerusalem, yet we of Damascus and the desert esteem him much. And we wish to be friends with those who befriend him."

The Cornishman turned white and looked at the ground. Suddenly he rushed out of the room.

"But what have I done, O'Neill?" she asked in terror. "What have I said? Have I made some dreadful blunder? O dear God!" she all but cried. "I have insulted him in some way, and he will think the Arab are churls. O'Neill, my heart is sore."

"No! No!" Miles comforted her. "Listen, Kothra. It is the English way. He is so overcome that he cannot find words. That is all. He is very moved. That is all."

"Is that what it is, O'Neill? I am glad. He must love you so."

II

He told her, "Kothra, I am going to be a nuisance to you, but when you make the *Ziyárah*, your pilgrimage to the Rock, I am afraid I shall have to be with you."

"You are no nuisance, O'Neill, and it will have a sweetness to be near a friend while praying." That was all she said. He was glad she asked no questions. He was no good at lying, and to admit that in spite of the Emperor's edict, no Arab sheykh's life was safe, would have been dreadfully hard. He walked by her side, two Welsh kerns following them, as she put her right foot delicately into the

Noble Dwelling, murmuring the Moslem ritual: "O Lord, pardon my sins, and open to me the doors of Thy mercy!" They passed the lowering Templar sentinels at the door of the Mosque of Omar, and entered the building lovely with scrolled gold and African tiles. In the shaded Cubbet the Eternal Rock slumbered, like the grey shoulders of some sleeping giant—the Rock which was the threshing floor of Ornan the Jebusite and which to all Muslim is one of the Rocks of Paradise, and the centre of the world. On it on the Day of Resurrection the Angel Israfil will stand to blow the last trumpet, and beneath it is the source of every drop of sweet water that flows on the face of the earth.

"O God," Kothra prayed the prayer called Solomon's, "pardon the sinners who come here and relieve the injured."

She bent reverently at the "Footstep of the Prophet," where Mohammad mounted the beast Boraq, ascending into Heaven on the night of the miraj. She prayed at Bab el Jannah, where Elias prayed, and which is reputed to be the covering of Solomon's tomb. And in the cavern beneath the Rock she bowed reverently to the mark of Gabriel's fingers on the stone, and inclined to the great iron bar which is the sword of Ali ibn Abi Talib, the Lion of God. She left the great Mosque and saw the beautiful Dome of the Chain, standing by the greater Dome like a filly at foot. She came to the little Dome of the Ascent, and the beautiful pulpit of lacelike marble called the Prophet's Standpoint. With quiet reverential steps she visited the *Suq el Ma'rifah,* the market of Knowledge, near where David prayed. She saw the 'Mand 'Eisa, or Jesus' Cradle, and near the "Women's Mosque" she saw the Bir el Waraqah, or Well of the Leaf. And she was shown the column where Es Sirat, the bridge that joins heaven and hell, will start on the Day of Judgment. She looked eastward to where Dajjal, who is Antichrist, will appear and be stopped and baffled in his march on Jerusalem. And leaving the Noble Dwelling, she blessed the Lord Mohammad and murmured the customary prayer: "O Lord, pardon my sins, and open to me the doors of Thy grace." And then, star-eyed and jasminfaced, she looked up at O'Neill, and said: "Thank you, O'Neill!"

He shook his head. "Thank you, Kothra," he told her. And she laid her hand on his arm.

She had various visits to make to Arab families in the neighbourhood, and O'Neill's mind was wandering as he went down to Saint Sepulchre to go the rounds. He was to see her home, or rather to her cousins' at Bethlehem that evening, and it seemed strange to him to be going to the castle he had once helped to empty and hold. Only for that dreadful affair of de Lacy's he would never have known her. . . .

At David's gate, when the sun had fallen, he met her with the great Moorish eunuch. The hunters' moon was just heaving up through the East. He passed her through the sentries, giving the countersign of the day. When they were out she turned to the Moor and said they were galloping ahead. But the Moor shook his head.

"The lady is under my guard from her father," he said firmly.

"But Yussuf, we all know Sheykh O'Neill."

"O sister of Ali," the Moor spoke out in the blunt old servants' way, "it is not right for a Moslem lady to ride with a Christian knight."

"Look, Yussuf." She took her long jewelled dagger from her belt and handed it to O'Neill. "Now I am defenceless." She laid her hand on O'Neill's riding coat. "Look, Yussuf!" She turned to O'Neill. *"Dakheelak!"* she pleaded. "I come under your roof." She turned to Yussuf triumphantly. "Now, O father of fearfulness!" she said triumphantly. And the Moor could only laugh his chuckling negro laugh, shaking his head, and slapping his jelly-like thighs as they rode away from him.

They rode quietly down the moonlit night. Afar off the nomad shepherds' dogs made their loud barking, and the tinkle of camel bells from the paddocks set up a sound like crickets. They said nothing one to the other. They shared with each other the soft night of great moon and roaming hares. Halfway toward Bethlehem they came on an encampment of

Provençal men-at-arms, probably a pilgrim
guard from Aix. They were lying around a
fire of olive-wood, while a ragged troubadour
was declaiming to them.

"Gentleman, burgher and tramp," he was
half singing, half-speaking,

> "March bare to the Holy War,
>   Led from camp to desolate camp
>   By Gautier Sans Avoir.
>   Clear in my inner sight
>   I see the arrow drawn,
>   Against the giant Turkish knight
>   By Godfrey de Bouillon."

The trouvere was a tall bony man with his
heels showing bare in the firelight through his
knitted hose above his Provençal pointed
boots. His sword's edge peeped through the
ragged sheath, and the plume in his hat was
broken. He had a nose like a ploughshare, and
his left eye was half closed, and had a scar over
it, probably from the blow of a tankard in a
pothouse.

"What is he? What is he saying, O'Neill?"
Kothra asked.

"He is a tinker poet, as we call them in Ireland, sister of Ali, and he is making a tavern poem about the first Crusaders, about King de Bouillon and Walter the Penniless. Come along."

"No! No!" Kothra insisted. The poet strutted before the soldiery, with his left hand on his sword. His good eye challenged the assembly.

"Not I to chronicle,"

he announced in mock humility,

"In limping prosish phrase
Those deeds, a spectacle
Of valour for all days.
But who shall write in gold,
For our children's children to pore
These battles, now that old
Blind Homer is no more!"

He stood as if stricken at the decline of letters, while his eye and a half glittered with the quick, actor's glitter of the Southern Frenchman. The bravos and ha-has of the guard were as meat and wine to him.

"O'Neill," Kothra said suddenly, "look at his poor stockings and his wretched hat.

O'Neill, how terrible!" She rode forward into the light of the fire, and put her hand in her waistband. *"Ya shâ'ir!"* "O poet!" she called. O'Neill saw the twinkle of gold pieces to the ground. The trouvere seemed to suck them up with a quick swoop. His gesture was the adept rapid gesture of a pickpocket. O'Neill rode into the firelight beside Kothra. The men-at-arms looked at him and murmured his name, standing up in respect. The travelling rimer's ear was cocked like a hawk's eye.

"Sit down, men! Sit down!" O'Neill told them quietly. He came close to Kothra, ready to take her away. He could already see visions of her adding the poet to the gazelle hound and lemur and honey-bear in the garden and he was quite certain the poet would not be good for the animals. The poet drew a deep breath:

"We have not forgotten yet
That Western chivalry,
Tancred and Plantagenet!
No, nor the newer men,
Who crossed the untamed snarling sea,
To battle the Saracen.
That shining angelic band

Who hedge God's grave with steel.
Rouge Garde and the savage stand
Of the younger Miles O'Neill—"

The soldiers jumped to their feet shouting.
Their hurras roused the dogs of the country-
side. They stamped their feet, and whipped
out their weapons and shook them in the air.

"For God's sake, Kothra, come on."

She had taken all the money from her
waistband and flung it to the troubadour,
and was tugging at her wrist. O'Neill caught
her mare by the snaffle. He called to it by
name: "*Ya Umm es-saghyr,* O mother of the
little one, trot!" But Kothra had thrown the
poet her bracelet of ivory and fine gold, with
little elephants scrolled on it in gold. "O silly
one," he told her, when they were on the road
again.

"But he is a *shā'ir,* O'Neill, one that feeleth,
and he had your name in his song. O O'Neill,
do you not know that this is what the Arabs
cherish, to have the poets sing their names in
songs?"

"But, Kothra, he never heard my name
until to-night, when the soldiers mentioned

it. That nose of his smelt bakshish as a hound's nose smells the fox."

"O no! O'Neill! How can you say that? Everybody knows your name. It is the business of poets to know names, yours and Tancred's and de Bouillon's."

"But, small Kothra, when the Father of the Nose took to poetry the world lost an eminent barber."

"You mustn't say that, O'Neill. You must not say anything against poetry. It is an art very difficult. And he was a good poet," she insisted stubbornly. "He knew all the great names: yours, Cœur de Lion's, every one's."

NINE

"O, how dreadful is this place!" The voice of the Templar celebrant rang through El-Aqsa. "Truly this is none other but the House of God, and gate of Heaven!"

"Alleluia!"

"I saw the Holy City, New Jerusalem, coming down from God out of Heaven, prepared as a bride for her husband." The priest read from his missal. The voices of the choir crashed into the ritual.

"How dreadful is this place! This is none other than the House of God, and the gate of Heaven. Surely the Lord is in this place and I knew it not."

"Alleluia."

"And when Jacob was now awakened, as one out of a deep sleep, he said:

"Surely the Lord is in this place, and I knew it not."

"Alleluia!"

"Surely the Lord is in this place, and I knew it not."

"Alleluia!"

The clear voices of young boys took up the hymn, *Urbs beata Hierusalem.* Their voices were high and eager. They beat against the roof of El-Aqsa like the wings of birds.

"Holiness becometh thine house, O Lord!" said the priest at the altar.

"For ever and ever," answered the acolytes.

"Mine house, saith the Lord," rang one voice from the choir.

"Shall be called the house of prayer," the singing boys trilled.

"And Jacob rose early," chanted the priests, "and set up a stone for a pillar: and he poured oil thereon, and vowed a vow unto the Lord: Surely this place is holy, and I knew it not."

"Alleluia."

By the altar of El-Aqsa, a little aside, on a manner of throne, the Grand Master sat. His eyes were closed, so that one could only see the unearthly beauty of his face. Around him and beneath him sat the priests of the order of the Temple, aloof grim men, their eyes on their

books, with the proper of the season, marked
in quaint script and musical notation. The
Celebrant at the altar was a young monk, who
wore over his white Templar's habit a great
cope of gold. Kneeling on the steps in their
white surplices and black soutanes were the
small altar boys. They had olive faces, and the
high cheeping voices of sparrows. They were
like small sparrows in a great net. The priests
were burly fighting men, with the exception of
the Grand Master, with his old poet's face—
when the eyes were closed. Behind the congregation in the church the choir sang their plain
chant, concealed by a great grille of ironwork.

"The foundations of this Temple hath God
in His wisdom firmly grounded, wherein the
Angels extol the Lord of Heaven: though
tempests rage, they can never prevail against
it, seeing it was founded upon a rock," went
the antiphon.

"Alleluia!"

Here and there, in knots, in straggling par-
ties, the congregation knelt or lounged against
the vast pillars of the former Mosque. Pilgrims, their thick outland costume strange in

contrast to the soft raiment of the native; beggars, their foul sores dimmed in the shadow of the huge church; a visiting German princess with her train of heavy-headed, heavy-bellied officials; a Venetian statesman, his face pitted with treachery, attended by three boys, who seemed more like women than lads, a knot of free-lance soldiery, awed in the church of the great fighting order; hawkers of religious objects, their eyes seeking customers to assail at the finish of the service. And here and there a quiet, a too quiet, figure in native abbas and turban, with his hands up his sleeves, and his head bowed in devotion, but his wicked keen eyes swirling from right to left, from left to right.

The bell on the altar tinkled, and all knelt. They were now approaching the secret part of the mass. O'Neill pulled at Kothra's sleeve, and brought her to her knees. Josselyn closed up to her far side.

"O Adonay," went the Templar ritual—the voice of the officiant rose and fell in supplication, "and leader of the house of Israel, who appearedst in the Bush to Moses in a flame of fire, and gavest him the law in Sinai: Come and deliver us with an outstretched arm.

"O Root of Jesse, which standest for an ensign of the people, at whom kings shall shut their mouths, to whom the Gentiles shall seek: Come and deliver us and tarry not.

"O Key of David, and Sceptre of the House of Israel, that openest and no man shutteth, and shuttest and no man openeth: Come and bring the prisoner out of the prison house, and him that sitteth in darkness and the shadow of death.

"O Dayspring, Brightness of Light everlasting, and Sun of Righteousness: Come and enlighten him that sitteth in darkness and the shadow of death.

"O King of the Nations, and their Desire; the Corner Stone who makest both one: Come and save mankind, whom thou formedst out of clay."

And now the bell gave another warning and all was silent. Through all the vast church was a sort of death. O'Neill had a chill in his heart. They might be calling on God, or they might be calling on One Other. They might be

celebrating Christ's arising out of death, or
they might be celebrating the death itself. He
felt Kothra clasp his forearm in fear. He looked
around at her and smiled in reassurement. Out
of his eye's edge he noticed Josselyn, watchful
as a hound.

All through the service he had been bitterly
reproaching himself for allowing Kothra to
come, but she had so pleaded to see a Christian
service that he could find no reason for refusal.
He could not explain to her that he dreaded
the Temple as much as he dreaded Hell. Indeed Hell he did not dread at all, but the cold
grim quality, the almost diabolism of the order,
gave his utter healthiness a sense of repul-
sion. And she had said: "O'Neill, you have
come into our great Mosque at Damascus, el
Jami' el Amawi, and you have been with me
to the Dome of the Rock, and may I not come
with you to your place? You know, O'Neill,
how we of Syria love Mary's son, and it will
be another bond of friendship between us; between you, O'Neill, and the Bani Iskander,
Alexander's children, who love you. Please,
O'Neill."

He wanted her to come to Saint Sepulchre, where she could see the strange Copts with their golden clappers and golden bells, and the tonsured friars, and the Greeks with their black hats and copes of wrought silver and gold. There, in spite of occasional crudities, it was a refreshing, sane ceremony. They wept over Christ's death, and they were overjoyed at the Resurrection, and their hymns were gentle hymns, like *Jesu, Auctor Clementiae,* Jesus, of mercy Source alone: or *Martyr Dei, qui unicum,* Martyr of God, the Only Son; or *Lustra sex qui jam peracta,* Thirty years among us dwelling; not the mystic ritual of the Templars, with their *Angulare fundamentum,* or Cornerstone hymn. But she would have none of it. "But I do not want to go to a Sepulchre of One who never died. Cannot you see, O'Neill?"

"But the only other place is the Temple, the ancient Jami' el-Aqsa. You don't want to go there, Kothra."

"Yes, I want to go to the Temple, O'Neill."

He was frankly afraid to take her there, for

though he knew Sir Otho was working hard to gloss over his disagreement with the Grand Master of the Templars, yet he felt that whatever Sir Otho did, his life would never again be safe in Jerusalem. Beneath his short maroon woollen coat, with the Crusader symbol over his heart, he wore now a finely knit coat of Damascene mail.

He was placing a small Irish knife under his armpit, in addition to the heavy curved blade concealed under his coat, when Josselyn knocked at his door and strolled in. The Kentish boy watched him closely.

"Pleasant sort of dress for Sunday," he murmured.

"I'm going to the Temple of the Lord," O'Neill grinned.

But Josselyn didn't smile at all. He picked up a small steel mirror and looked at himself in it. "Do you think it wise?" he asked O'Neill.

"I don't," O'Neill answered.

"I think I'll come along," Josselyn said quietly.

"I think you won't," O'Neill was firm.

"This little row of mine is none of your business. You keep out."

"Are you taking our young Arab friend with you?"

"Yes," O'Neill nodded. "She—he wants to see it, or else I shouldn't go."

"Then I'll come along," Josselyn said.

"You won't," O'Neill told him firmly. "Good God! Do you think I can't take care of myself and my guest?"

"Then I'll follow you." Josselyn was stubborn. "Miles, don't be silly. I'll be there, anyhow. You may as well let me come with you."

"All right," O'Neill said diffidently. But he was relieved to know that Josselyn was on Kothra's left-hand side. The marigold-haired man of Kent was like a Viking of old time. The terrific bodily strength of him and sound heart and mind were a bulwark. . . .

"*Ite, missa est.*" The officiant had finished his secret prayer. "Go! It has been sent."

The preacher of the day, a huge black-jowled knight, in white cassock strode on to the altar. He knelt clumsily and kissed the Grand Master's hand. He turned from the

Grand Master, and knelt at the altar an instant, as if praying. He rose and strode to the pulpit. He hitched at the cord of his habit, as though it were a sword-belt. With every step he came down firmly on his heels, with his soldier's step. He had an iron mouth, and black iron eyes. He sprang up the pulpit steps, and leaned on the pulpit rail, as if reviewing men-at-arms. When he spoke he spoke as if issuing words of command.

"Zachariah," he snapped out, "the first chapter, verses eight to ten:

"I saw by night, and beheld a man riding upon a red horse, and he stood among the myrtle trees that were in the bottom, and behind him were there red horses, speckled and white."

Josselyn leaned over Kothra's shoulder and touched O'Neill. "Look out!" his eyes sent a warning. Miles glanced around. He could see nothing. The nearest person to him was a lay Templar brother, with meek downcast face, and iron-grey beard, his hands in his sleeves. The brother was paying no attention to anything but the preacher's sermon.

"Then said I, O my lord, what are these? And the angel that talked with me said unto me, I will shew thee what these be." There was a dreadful sneer in the preacher's tones.

"And the man that stood among the myrtle trees answered and said, These are they whom the Lord hath sent to walk to and fro through the earth."

So quickly did it happen that O'Neill could hardly follow it all. Josselyn said: "Miles!" sharply. O'Neill turned in time to see the lay brother fling himself forward, knife in hand. O'Neill knew the knife was not for him, but for the sister of Ali, and stepping behind her received the blow on his shoulder blade. The blow was the savage blow of a little hammer, and there was a sting like the sting of a wasp. There was a tinkle of broken glass as the blade shivered on the links of steel. The hilt dropped on the marble tiles.

"Ye will read further in the vision of the son of Berechiah, the son of Iddo the prophet: Thus saith the Lord of Hosts: I am jealous for Jerusalem and for Zion with a great jealousy."

Josselyn had the lay brother by the throat. O'Neill could hear the man's short breath coming through his nose. There was a heavy crunch as the Kentish man smashed the monk's head against a pillar. O'Neill took Kothra by the sleeve.

"Come," he told her.

She looked at him in amazement. So quietly, so quickly had all occurred that she had seen and heard nothing.

"But O'Neill—"

"I said: Come. Follow Josselyn." He was brusque.

He slipped the small Irish knife in his hand, and pushed her before him. They passed the huddled figure beside the column. They picked their steps quietly along the wall through seated and standing worshippers, and walked out through the sentried portals. They walked quietly through the Noble Dwelling, until they came to the Dome of the Rock. They strolled along the marble platform, and through the massive gates into the street. There came a burst of singing from the Church El-Aqsa.

"They adorned the face of the temple with golden coronals: and dedicated the altar unto the Lord."

"Alleluia!"

"But they haven't finished," the sister of Ali turned to O'Neill, "and I wanted to see it all, O'Neill. O'Neill, it is such bad manners to leave a mosque abruptly."

O'Neill laughed. He laughed quietly for minutes, a laugh that was not humour but relief. Josselyn cursed heartily in English. His face was red and furious. He looked back at the Temple with cold fury in his eyes. Kothra looked at them aghast, as if both had suddenly gone mad.

"O O'Neill," she said suddenly, and her white face became whiter, and her eyes full of fear, "there is a great cut in your coat. And there is a great coin of blood on your shoulder. And you are wearing mail, O'Neill. O what does it mean? I am afraid. I am so afraid."

TEN

I

HE could not but laugh at himself with surprise, and perhaps with a little bitterness, that, prepared by temperament and calling for anything of death, where now a problem of life faced him he was helpless. He had been brought up to a certain way; sent on a certain mission. Down the marked roadway of his years he had gone unthinking, but now he must, as it were, cross country to no settled point, and he did not know what to do.

One thing was certain. He could no longer stay in Jerusalem, nor in the Holy Land, nor in any place where the Temple stretched its dark shadow. He was utterly a dead man, in so far as the Templars were concerned. Ireland he could not go back to. There was nothing in Leinster for him, and the small fighting in the Ulster hills would be ridiculous to him now he had been a captain in the East. Nor might

Blind Hugh have him. A certain dark and
passionate Irishness sprang up in him to see
himself so lone and deserted now. He thought
bitterly: why should such a great organization as the Templar order attack a poor captain of foot soldiers, one utterly unimportant?
But, he figured shrewdly: alive you are unimportant, O'Neill, but dead you are of great
value. Then it will be remembered that you
were the inner guard of Saint Sepulchre, and a
grand-nephew of the King of Ulster. But he
was against the Temple, the Order will hint,
and now, they would quote, "I shall behold
man no more: with the inhabitants of the
world. Mine age is departed and removed from
me as a shepherd's tent." At first he had said:
"Let them kill me, by God!" and now he said:
"I'm damned if they shall."

Although he knew Sir Otho could do nothing, that in protecting him the Cornish knight
would be risking his mission, he could not for-
bear from hurting him. When he turned over
his command, he would accept nothing from
the Duke's envoy but his exact pay. The burly
man's face was white and shamed.

"Miles," Trelawney said, "I am, in England, close to our Lord the King, and I have in mind the writing of a letter—"

"Dear sir," O'Neill said silkily, "if one so close to His Majesty cannot protect his lieutenant what can the King's Majesty do? Also, Sir Otho, my small military gifts from now on will be directed against your lord the King." He did not mean that. But he felt an Irish turbulence boil through the gloss of chivalry.

"Miles, I am dreadfully sorry!" The Cornishman's shame was pitiable. But the Irishman was hard and cold.

"I should damned well think you would be."

Josselyn had been the unwilling witness of the interview. He had turned his back and was examining a little Syrian chaplet of amber, as though he had never seen anything like it before. Only when the Cornish knight left did he turn around.

"Miles, you know," he said embarrassedly, "the old man can't do anything. And he's broken under it."

"I know," O'Neill said, "and I can't keep my anger down. It's my black Irish heart, Josselyn. My head tells me all this. But I turn bitter within, and the tongue strikes. I can't help it. It really hurts me more than it does him."

"Damn all politics, old captain," Josselyn said. "Now to get you out. What about to-night?"

"No, I won't leave Jerusalem until I've seen the party from Damascus clear on their way home."

"Miles, you're mad. You're alone here, except for me. And they've got all the Mohammedan world to protect them. And every minute counts."

"They'll go in two days. I won't go until they're gone."

"You're mad. You're utterly mad. But you're right." Josselyn grinned.

II

O'Neill had told the sister of Ali a cock-and-bull story of a monk whom he had ejected from the Sepulchre for quarrelling with the Greeks, and who had sworn to kill him, as an explanation for the attack in the Temple. And had later in the day told her, to quiet her fears for him, that the man had been locked up as a madman. Miles knew why she had been attacked. The Templars wanted him to feel that his protection was of no value, and to hurt him before they killed him. Very probably, too, they knew, as they seemed to know everything, that this was no young Arab sheykh, but a girl. God! he swore, why had she come to El-Kuds, the Holy? If she weren't in the neighbourhood, he would have been well on his way to Cyprus by now, looking up his old chief, de Lacy. And yet, even at the risk of his life he was glad to have seen her again. It was a memory to keep for the black days coming, and he knew there would be black days. And now she was in danger, too, through him. He sought out the black swordsman, Yussuf, and told him the truth of the attack in the Temple: that it was made on Kothra, not on him. The negro's face was like black stone. When he said he was lucky enough to catch the blow on his shoulder the African fanatic seized his hand and kissed it. And again the face became like black stone.

"So don't let her out of your sight, Yussuf, and for God's sake, get her back to Es-Sham at once."

"She shall never leave my sight by day, Sheykh O'Neill," Yussuf es-Senussi answered, "and at night this old dog shall watch outside her door."

"Remember, soon to Damascus!"

It came to him now with a shock that he was intensely fond of this country he was leaving. Never again to see the sweet proportions of the Noble Dwelling; and the little hills that are about Jerusalem, with their small wild flowers; the absurd gait of camels; the silver olive trees and their presses for oil; the blue hills of Moab, behind which one felt the vast wilderness of Sinai; Galilee of the sunshine and the great roach; whose eastern bank was so good for hunting bear, leopard, hyena, and an occasional lion; the vast starry skies of Asia, whose great stars were like little lamps in a shrine; the surf breaking at Jaffa; the cotton fields beyond the town; the orchards heavy with apricots! Though he fought in Hungary or High Germany or

Spain, yet it would be only straightforward
hacking, and the life would be only existence.
There would be no subtlety to it. The men
who wrote from right to left in beautiful
curves and minute exact points, and had a
vast courtesy—he would miss them. Asia
Minor had taken the place of Ireland in his
heart, and now he was a second exile. The
Arab story-tellers were like the Irish ones, the
Arab dogs were like the coursing hounds of
Ireland, and life, except for passionate gusts
of religion and war, as in Ireland, flowed by
softly and gently, as in Ireland too. Even the
names of places had a significance like the Irish
place names. Some of them the Tewkesbury
friar who was learned in Hebrew had translated for him, and they were each like little
poems: Carmel, the Field of Fruit; Bethlehem,
the House of Bread; Bethacherem and Beth-
phage, the House of Vineyards, and the House
of Figs, and Beth-haggan, the House of Gardens; Engannim, the Garden of Springs;
Nahal-eshcol, the Valley of Grapes. Since he
had put Ireland away, Asia had flowered in
his heart.

However, there was too much to do to leave time for repining. Once on the deck of some Greek merchant's boat, going to Cyprus for wine, he could think all he liked of his second lost country. But the job in hand was to get aboard, alive. While he was making his plans, Josselyn dropped in on him.

"I thought I might as well tell you," the Kentish boy smiled, "that a courier of the old man's has just left for England. He is to make arrangements for horses at each stage to be ready on the King of England's business, and for a sloop to be waiting at Jaffa."

"No, Josselyn," O'Neill said, "I won't accept it from the old man."

"It's not from the old man."

"Well, I can't afford it."

"You can damned well afford to let your old comrades help you. No, it isn't I alone. It's a half dozen of us. We're not going to go around to see you butchered in Jerusalem. Now, listen, you're to go around as if nothing had happened. When you see the Damascus party off across the Jordan ford, I shall escort

them with the Welsh archers. When we get
back, you slip out that night. You sit down
and ride, O'Neill. There's no need to tell you
how fast you've got to ride."

O'Neill laughed uncomfortably. "I don't
know what to say. I'm ashamed of how I feel.
I didn't think, outside yourself, Josselyn, I
had a friend in the world."

"You've got hundreds here, so don't be a
fool. Now, please do something for me.
Young Hugh à William wants to go with
you as squire. He's a good lad. His people are
decent Welsh folk, and he'd get his knight-
hood in a few years. You'll like him, O'Neill."

"But I'm the poorest of poor knights, Josselyn. And God knows where I'm going. I'm
sorry, but I can't take him."

"You've got to. He's gone with the King's
Messenger and is waiting for you at Jaffa at
the English Hospice. Remember, go around as
if nothing had happened. But wear your chain
shirt, and if you've got—any of the Damascus
visitors with you, keep out of a crowd. For
God's sake, keep out of crowds."

III

She came with the giant African attendant to pay some of her last visits, and O'Neill met her at David's Gate. The Arab grooms held the horses while they dismounted, and they listened awhile to a story-teller who was relating the epic of Taj al-Mulúk and the Princess Dunyá: "Now when Taj al-Mulúk looked about him at the caravan, he saw a handsome youth in neat attire and of shapely make, with flower-like forehead and moon-like face, save that his beauty was wasted and yellow lines had overspread his cheeks by reason of parting from her he loved, and great was his groaning and moaning, and the tears streamed from his eyelids, and he repeated several couplets of the poem called 'Longsome is Absence,' and when he had ended them, he fell down in a fainting fit, and coming to himself he recited the poem: 'Beware her Glance,' and he sobbed a loud sob and swooned away. . . ."

She looked at O'Neill with a puzzled humourous glance. "Is there love like that among the Nasarenes, O'Neill?"

"No, only among the Arab, sister of Ali."

"Now, God confound you, O'Neill!" she turned on him furiously. "Do you know so little of the Arab as that? Do you think the Companions of the Prophet loved that way? Or Saladin? Or Nureddin? Or Abd el Malik, the Lion? Or Haroun er-Rasheed, the Upright? Or Abu Tor, the Father of the Bull? Do you think that I should give myself to one melting like a rotten apricot? Ah, but you laugh, O'Neill. You do not mean this thing. But you must not make me angry. Anger is unbecoming in a sheykh, and these are my last two days in this place. To-day and tomorrow."

"Then you leave for Damascus?"

"We leave Jerusalem for Damascus."

He was about to say "Thank God!" but she was watching him closely, and he uttered some banality of how he should miss her. They walked around the walls, looking toward the little hills of the Moabite country,

past the great stone houses where once Moslem
princes had lived. Only an occasional shambling beggar passed them, or a woman bearing
on her head a jar of water from a well. Behind them the vast African trod, with his
strange un-African tread, on the balls of his
feet, agile as a leopard, light as a cat.

"When are you coming to Damascus to see
us, O'Neill?"

"Soon," he said. "Very soon." He was surprised he could lie so well, seeing how heavy
his heart was that he would never see the
marble city, with its fountains and gardens,
any more. Never again see the balls of gold in
the glossy orange trees, or the almond trees
breaking into a foam of beauty.

"You must come soon, O'Neill. For the
Bani Iskander hunger to see their friend. Even
the slaves of the house ask for you. And my
father says: 'If Ali had lived, I should have
liked the Sheykh O'Neill to be his friend.'
When he mentions Ali, O'Neill, his heart is
bare. So that you see how he loves you. Also
this, Mohammad and Abdallah, who know

the wastes of the desert better than any other chiefs, say that the Khorezmians are massing in the north to come down on Syria and Palestine. They are like the infinite locusts, thick as rain—yellow as locusts. And under their leader El-Wahsh, the Beast, they have sworn to leave no Mussulman or Christian alive, and to raze Es-Sham, the Beautiful, to the ground. Myself, I do not believe this thing. For has not Damascus seen the beginning of time, and will it not see time's end? But the people of the country are afraid of El-Wahsh. Listen, O'Neill, I will tell you a secret terrible thing. The King of the Assassins, the Sheykh el-Djebal, sent two of his best *fedawi,* or 'devoted ones', to kill El-Wahsh. But the Beast discovered them, and lopped their hands and feet off, and chained them by the neck to the pegs of his tent as dogs, and when he tired of that, he sent them to the kennels among the nomad hounds, so that not even the smallest bone of them remains. So Abdallah and Mohammad say: If you wish to see Damascus, come soon. To myself this is an incredible thing. But come soon, O'Neill. Listen, O'Neill, we will make an appointment now."

"I can't make an appointment now, Kothra, but listen, I will write."

"I wonder why you are lying to me," she said calmly. "I have been taught a lie is a shameful stratagem. I do not think you want to come to Damascus to see us any more. And I think, too, you are unhappy I have come to El-Kuds." She faced him calmly. "There is a lot in this I do not like, and I do not understand, O'Neill."

"I do not swear, I just tell you, sister of Ali, that your coming to this bloody place has made me happy." He searched under his coat for a small parcel he had brought. "Now we are quarrelling, and it is not like the old days when we quarrelled. For then we were not friends, and it did not matter. But now we are friends, and it does. By God! Kothra, I will not be unfriends with you."

"Will you go aside, Yussuf," she asked the negro guard, "and let the sheykh explain?" But the African shook his head.

"No!"

"Do you think then the sheykh will offer me insult?" She whipped with her voice.

"No."

"Are you afraid that this poor beggar," she pointed to a shambling figure who was following them on the off chance of a coin, "will hurt me?"

"Perhaps."

"Now God protect you, Yussuf," she said with dreadful coldness, "but you will answer to me for this impertinence."

"I will answer to you for anything, sister of Ali, in Damascus."

O'Neill was undoing the parcel the Metropolitan of the Abyssinians had sent him as a present on his turning over command of Saint Sepulchre to Josselyn. He took out a scarf of green silk, so delicate that it could be rolled in two hands, and yet so big it would make a shawl for a woman. On it some Abyssinian craftswoman had wrought in red African gold a procession of the animals going into Noah's great ship. There was the great crocodile with the yawning mouth, and the clumsy rhinoceros, and the tiger, and the ele-

phant, and deer with huge horns, and the tall
giraffe, and huge baboons. And Noah's vessel
had vast lateen sails, and Noah's sons stood on
the deck of the boat, while the admiral's self
peeped from a hatchway. Afar off the waters
were rising in billows of red gold. A childish
and very beautiful thing. The little princess
who had wrought it was dead two centuries
ago, the prelate had said, and yet one could
imagine the deft brown fingers, her curious
child's mind, could almost hear her sweet, low
laughter.

"That is for me?" Kothra asked.

"Yes, that is for you."

She took it and looked at it with eyes mir-
roring a deep wonder. "How lovely!" she
cried, and held it to her bosom. "I have been
angry and abominable while you were there
with such a sweet gift," she said in swift distress. "How can you ever like me again,
O'Neill?"

"It won't be very hard," O'Neill laughed.

She slipped the scarf from her chin and
mouth, and held it over her arm while she
wound the quaint Abyssinian shawl in its
place under her head-dress. "Here, O thou!"

she called to the shambling beggar. He sidled craftily up. "For thy harem, O Father of Misfortune," and she tossed him the scarf she had been wearing.

"By God, no!" O'Neill stepped forward and took it from him and was feeling in his pocket for a coin. Yussuf took one step forward, and his great carved knife, keen as a razor, heavy as an axe, was at the beggar's throat.

"Yussuf, you are of a surety mad," the sister of Ali called to him. "O, the poor beggar man!"

"Be quiet, Kothra," O'Neill said simply. He recognized in the man's poise the tensed body ready to rush and strike. "I think I'll have a look at this one," he murmured. "Yussuf, if he moves, cut his throat."

The man didn't move, but his eyes threatened. They were dreadful as the eyes of snakes. O'Neill yanked the turban from his head, and grinned as he saw the tonsure beneath. "If I stripped you, I'd find the Templar girdle beneath your rags, wouldn't I, brother?"

The Templar would not answer. He only glared at O'Neill with his baleful eyes. Yussuf looked meaningly over the battlements.

"Shall I?" he asked, "and throw him over. Your lordship can take the young sheykh down the street."

"It isn't worth it," O'Neill decided. "His two companions are probably waiting in another place. Go, brother. Try something a little less obvious the next time."

"There walks," O'Neill watched the man go down the street, head high and step firm, "there walks what was once a gentleman."

Kothra laid her hand on his shoulder and felt the chain armour beneath his tunic.

"I don't understand," she said. "I know you don't want me to understand, either, or you would tell me, O'Neill. O but, dear God! I wish Abdallah and Mohammad were here."

"You are all right in Bethlehem, Kothra. Nobody will do you hurt there. And you have Yussuf with you. You need no more protection!"

"I! Do you think I care! Do you think I am afraid? I am afraid for you, O'Neill. If only my two cousins were here."

"If the sister of Ali will remember," Yussuf's mouth spread into a wide grin, "the first raid on Bethlehem, and the death of the Tartar captain at Rouge Garde. Also this," he said sternly, "God abhors daggers in the dark."

"The Compassionate, the Compassionating, Blessed be He!" She touched her forehead with her fingers. "Still, I wish Abdallah and Mohammad were here."

"As to me, Kothra," O'Neill smiled, "I wear a coat of mail. I am armed like a Venetian bravo." He twirled his commander's whistle on its silver chain. "And there are five hundred Welsh and Cornish men in the Holy City."

"I know, but if Abdallah and Mohammad—"

IV

He had been all morning and now for some hours of the afternoon, paying small visits to friends, and settling up debts he owed, and was coming out of the Saddlers' Alley, half ashamed, half bothered. He had been invited to spend the night at Bethlehem by the Baron

whom he had helped to dispossess for a short
time, and the strangeness of the situation
embarrassed him. That night he would sleep
there, and in the morning Josselyn would pick
up himself and the Damascus party and they
would all ride to the Jericho ford. He had not
seen the Lord of Bethlehem since the day de
Lacy and he had tramped into his castle, and
though he knew no reference would be made
to that occasion, and that he would be wel-
comed as the friend of the Bani Iskander, yet
it was a dreadful situation. It had taken all
Kothra's persuasion to make him come.

"All that is over," she had said. "It is that
way with the Arab. They understand. One
acts under compulsion, seeing Destiny is what
it is. And it was good for the Lord of Bethlehem. He'll take more care of his castle now."

"I can't go, Kothra."

"But if you don't come, O'Neill, he will
think you are revengeful; that you are medi-
tating a further *ghrazzu* on his place, and for
that reason you will not eat his bread and salt.
O'Neill, you are not thinking of another raid
on my cousin's house?"

"Dear God! No!" O'Neill said indignantly.

"Then you must come."

"All right. I'll come."

"I'm glad. My father will like that."

"I'll ride over after your evening prayer."

"That is an arranged thing, O'Neill."

He thought, now that the afternoon was halfway past, he would go to his and Josselyn's lodgings and get two or three hours' sleep. There would be little sleep at Bethlehem, with their Arab love of staying up half the night, while Greek dancers and musicians entertained the parting guests. And after the ride toward Jordan in the morning and back before nightfall, by night again he would be galloping on his way to the coast. It would be hard work, this running away, harder than fighting. He turned to pass Saint Sepulchre on his way to the Damascus gate.

"Don't walk so fast, O'Neill. I can't catch you up."

He turned around quickly and saw her. She was walking along after him, in man's riding dress. She had vast baggy breeches, and small red shoes, and from underneath the tassels of

her head-dress her eyes looked at him with a
faint mockery. Her waist-band was of twisted
green silk, and she wore a short Syrian jacket
of green and gold.

"Where's Yussuf?" he asked.

"I escaped Yussuf," she smiled, and tapped
her breeches with her riding switch. She was
very much the young gallant of Damascus.
Her dress of a young Arab blood, and her
little swagger were strange in the precincts of
the surly Sepulchre.

"I slipped down when all the house was
drowsing after noon meal, and saddled the
grey *Sabiqah*, 'that outrunneth.' And Yussuf
did not see me at all."

"But why, Kothra, why did you come?"

"For this, O'Neill. I thought you might be
uneasy, coming by yourself to my cousin's
house. And if I led you there, you would be
more happy. Also," she said, "I was glad to
get rid of Yussuf. He follows me like a fa-
miliar spirit. He is mad on this: That Jerusalem is a dangerous place. Also, O'Neill, I
wished to have news of you, that you were
alive and unharmed."

"Come." O'Neill was brusque. "I'll get my horse and we'll ride to Bethlehem at once. Where did you leave the *Sabiqah?*"

"At David's Gate with the Arab lad. But O'Neill, must we rush away? It is the last time we—I shall be in El-Kuds, oh, for so long! And if we just go down the booths, surely none will bother us there."

"Listen, Kothra. I shall be happy when we are on the high road, riding together, seeing the sun go down."

They walked along the quiet streets, loud only with doves. Near Caiaphas' House a detachment of Italian pilgrims, with a guard of three lean swordsmen, were visiting the *Via Dolorosa*, the Painful Road to Calvary. An Arab beggar, with the huge swathed legs of leprosy, hobbled swiftly after them on T-shaped sticks.

"It will be like the night we rode to Bethlehem, under the full moon, and we met the broken poet. O'Neill, he was a very good poet, for all that you say," she added maliciously.

"*Irham ya Rabb! khalqak, alltheena anta khalaqta!*" the beggar was howling. "Have mercy, O Lord God, upon Thy creature which Thou createdst." The pilgrims looked up in mild surprise. The Milanese swordsmen seemed bored. *"Irham el-masakîn, wa el-juaanîn, wa el-iryanîn! Irham ya Allah!"* "Have mercy on the poor, the hungry, the naked! Have mercy, O God!"

She turned quickly round at the cry of distress, and faced the leper. Her fingers went into her waistband where she kept her gold coins. "Come hither, O Father of Afflictions," she called. A head-dress of sackcloth covered the man's possibly dreadful face. He hobbled nearer.

Then the beggar did a dreadful thing.

The crutches dropped from his hands. He stood up, a whole man. His hands shot out and caught the top of the sister of Ali's silken shirt. There was the whine of torn silk. He ripped it open to the waistband. She looked at him with eyes that had gone mad with shock and anger. Quietly, with lean white hands, he lifted the sackcloth head-dress from his face. His head was tonsured. His face was lean and clean.

"Come down and sit in the dust, O virgin daughter of Babylon, sit on the ground, there is no throne," he sneered. "Thy nakedness shall be uncovered, yea, thy shame shall be seen!" He turned to the pilgrims. "Here is a soldier of the Cross whose darling is a woman of the Arab." He turned to the three Milanese swordsmen. "It is in Amos: all sinners of my people shall die by the sword."

The swordsmen shuffled, hesitated. Quietly, with a dreadful anger in her eyes, Kothra was covering her bared bosom.

"I am Brother Renier de Sergines," the monk said quietly, "of the Order of the Templars."

The swordsmen half unsheathed their weapons. A terrible cold trembling came over O'Neill. He caught the monk by the shoulder and pushed him against a door. With dreadful deliberation he drew a long poniard from his belt.

"I will give you another little text, Brother Renier de Sergines, of the Order of Templars," he looked smilingly at the monk. "Hell from beneath is moved for thee to meet thee at thy coming." And he nailed the man by the throat to the wood of the door.

He stepped back and looked at the swordsmen. "And now, men, when you are ready." And he drew out his long weapon.

They looked at the dead monk, sprawled against the door, his head hideously sideways, his arms flopped like the arms of a scarecrow, and their faces became yellow, and they turned away. O'Neill slipped his tunic off and threw it around Kothra. He stood for a minute with drawn sword and shining coat of mail.

"Come," he told the girl.

"Do you think we can get to Bethlehem?" she asked. "I am not afraid. I am only asking."

"Not yet," he told her, as he led her down the bye-street. "We will get to the convent of the Abyssinians. They are friends of mine, the men of Prester John. We will take refuge there."

V

He often thought, on the nightmare ride toward Chateau Neuf, of the unquestioning hospitality of the Abyssinians. When they arrived at the convent the Greek service in the Sepulchre was beginning, so that the big square was empty. The sound of the priests' chanting filled the close. He rapped at the door with the hilt of his sword, and the porter opened his eyes wide at the sight of the young Syrian sheykh, and the former captain of the Sepulchre with mail coat and bared sword.

"I wish to see His Beatitude," O'Neill explained, "and at once." When the old shaven-headed prelate came with his young secretary, O'Neill felt a sense of shame. They were all so frail, these priests of Abyssinia, and he was so strong, and Kothra was of one of the greatest of the Saracen tribes, and yet it was to the shadowy black man they had to appeal for protection.

But the old prelate never wavered. "You are our friend and under our roof, and being under our roof are under the roof of Prester John," he said quietly. "We are but poor simple monks," he said, "but what we have is yours." Only when he mentioned the tearing of Kothra's blouse did the old abbot and the young secretary look at each other with dismay, and O'Neill remembered that since the

Abyssinians had once come to Jerusalem no woman had ever entered their holy house.

"God, sir!" he said. "I never thought—"

"You thought only that the Abyssinians were your friends, and that was beautiful and true. And that women have never entered our house," he smiled at Kothra, "is only old monks' crankiness. The Way came to us through the Holy Philip, who baptised the chief eunuch of Queen Candace. Also, it will not harm us to have a daughter in our house.

"Our little daughter will rest now," he said, and ringing his stringed Egyptian bell, he sent her off with an old priest. He took O'Neill's hand. "I am sending secretly for your English friend," he told O'Neill.

"For Josselyn."

"For Sir Josselyn."

The abbot took his other hand.

"He whom you have sent there is before the Judgment Seat of God," the old man said quietly. "Come into the convent chapel, my son, and kneeling silently, give evidence, and your old friend will go with you. Come. . . ."

When he returned, Josselyn was there. Kothra was present too. The priests had given her an amice of green and gold, which she wore instead of her torn blouse. She handed O'Neill back his coat. "Thank you, O'Neill," she said quietly.

"Well, Josselyn," O'Neill said. "I seem to have done it."

"Yes," the Kentish man smiled grimly, "you've done it. But he wanted it. He got it. The thing now is to get you two out."

"If we can get to Yussuf and my friends," Kothra said. But Josselyn flushed crimson. Kothra looked at him steadily.

"If you knew, Sir Josselyn, how weary I am of secrecy and lies. I can see something has happened to Yussuf. Is he in prison or dead?"

"Dead."

"Yussuf would prefer that. And Ferdous, and Mahanna ibn Mahjil, and Akhu et-Thi'b, the Wolf's Brother?"

"Dead," Josselyn told her. "Yussuf was looking for something in the Noble dwelling and came in armed and the sentries killed him, and the others rode into a band of Hungarian archers, who took them for marauders."

She looked at Josselyn steadily.

"There can nothing happen but by the permission of Allah!" she said proudly. "But Yussuf taught me horsemanship, and Ferdous and the Wolf's Brother, they will be missed in the jerids, the javelin plays, of Damascus, and Mahanna married my foster-sister but six weeks ago, and she is with child. Nevertheless, nothing occurs but by the ordinance of God."

She stood up proudly, but in an instant she was in tears, and the old prelate had her in his arms, sobbing against his shoulder. The abbot motioned O'Neill and Josselyn to leave them. The men walked on tiptoe out of the room. . . .

They left the Abyssinian convent at nightfall, dressed in the robes Josselyn had brought, of a Templar knight and his page. They galloped up to the Damascus gate.

"Open!" O'Neill roared.

"Who calls?" The officer of the watch appeared, a little shabby and tired.

O'Neill tapped the big red cross on his mantle.

"This calls. On the Service of the Order."

"If your lordship will but give the counter-sign."

" 'Thou art beauteous and comely, O daughter of Jerusalem,' " O'Neill whispered the secret special text, " 'and terrible as an army in array for battle.' "

"Open the gates, there," the officer commanded. "Good hunting, my lords!" O'Neill felt a shiver go through him. If the guards knew it was the hunted, and not the hunters who were passing!

They dropped their hands on their horses' necks and giving them their heads, raced for Mohammarie. The moon was rising, and the road seemed good. O'Neill wondered how Josselyn was getting on. Two hours before, dressed in O'Neill's clothes and with a Welsh kern in the robes of a young Arab sheykh, the Kentish knight had started for the Jordan ford, sure he would draw the pursuit after him. How far had they been allowed past Bethlehem? O'Neill judged that the Templar pursuit would not close in on them until after midnight. When it did, Josselyn would disclose himself as in the service of the Duke of Cornwall, on an errand to Jericho. If all went well, the Templars at Jerusalem would not know of his escape until early morning, nine or ten o'clock.

They galloped through Mohammarie in the full moon, the village dogs barking and racing at their heels. Halfway toward Bethel, they were to meet a Syrian merchant of Beyrout who was on his way to Nablus. His tent was to be pitched by the highroad, and he was to have a second disguise ready. O'Neill's eyes had opened in wonder when Josselyn had told him that Sir Otho was placing the Duke of Cornwall's organization at his command. He had only known the military end of it. He had no idea of the network of intrigue that spread over Lesser Asia, woven beside the quiet lily-bordered Thames.

He glanced at Kothra sitting quietly in her saddle. He admired the easy seat and unstirring hands. Oh, she could ride, the sister of Ali! He wondered when she would tire.

"If you are wondering when I will tire, O'Neill," she answered his unspoken question, "don't think of it. I shall not tire before you. Not that I am as strong, but that I am bred to the saddle." She was silent. "Why are we being hunted from El-Kuds?"

"Because you are thought to be a Saracen spy, and I am apostate to El Islam," he said bitterly.

"I am not a spy," she uttered proudly. "Who says that is a fool! And you have not accepted Islam. You are only *'ala sabîl Allah'*, on the way of faith in God."

"I don't care what way I'm on, as long as we're on the way out of this accursed land." He looked around nervously. If Josselyn were right, the tent should be here. His horse pricked up his ears.

"Camels," said Kothra quietly, and broke her mount to a canter.

They found the tent pitched under a small cedar with picketed camels and sleeping servants. They swung out of the saddles, and led the smoking horses forward. A frail Syrian man came out of the tent attended by an Arab servant with a blazing cresset. O'Neill felt uncomfortable. This seemed too Arab for Josselyn's purpose. His hand went toward his sword.

"*Salâmu aleykum!*" the Syrian touched his forehead.

"*Wa aleyk es Salâm!*" Kothra answered. "And with thee be peace!"

"Have you lost your way?" the Syrian merchant asked. "Can I help?"

"I am looking for a merchant of Beyrout," O'Neill said, "to whom I want to say something and give something."

"I am a merchant of Beyrout," the Syrian answered, "dealing in silks and goldsmith's work, and amber and ambergris, and blood dromedaries. Perhaps it is I whom you seek. What is the word?"

"The word is 'Richard'."

"And the sign?"

"This." And O'Neill handed him a sprig of broom. The Syrian merchant bowed and pointed to the tent. "If the daughter of *Iskander Thu el-Qarneyn,* of Alexander the Great, will change in the house of hair." Kothra looked at O'Neill.

"Go ahead," he told her. "It's all right." She followed the Arab servant in.

"You are now an Arabian physician of

Damascus," the Syrian told O'Neill, "coming from the Hijaz with his apprentice, where you have been treating the ameers of the tribes for diseases of the eye. Your safe conduct is here signed by the Earl of Jaffa, requesting courtesy from the Seigneur of Sidon, and the Prince of Galilee. Your route is through Nablus, Samaria, Belvoir and Chateau Neuf. Your dress is ready when your companion is. Two racing dromedaries are prepared for you."

"Do you think we can make it safely?"

"It is in the hands of God," the Syrian merchant fingered his amber rosary. He had a tanned Arab face, and his hands were red with henna.

"Curse you!" O'Neill said in English. "I don't trust a damned one of you." But the Syrian was fingering his chaplet, counting the ninety-nine names of God. Kothra came out once more in Arab dress, but with none of the gold ornaments of princely houses. Also now her eyebrows were black. O'Neill went in and found Arab clothes with a black surcoat such as physicians wear. When he had dressed, he

found Kothra mounted on a racing dromedary. Another was kneeling for him.

"Poor O'Neill," she said, as she saw him
cross his knees on the thelul's pad, and take
the single cord.

"You forget," O'Neill laughed, "that I
rode these things for six months once when
de Lacy lost our horses at dicing."

The Syrian merchant received their thanks
with vast dignity, fingering his amber rosary
with his henna tinted hands. "Good-bye," he
said quietly in English, "and good luck to
both of you!" His quiet laugh answered
O'Neill's, "I'm damned!"

They stopped at Nablus, and slept a little
at Samaria, using the Arab guest houses, and
great dignity. *"La 'allak tayib."* "I hope thou
art well?" *"Asâk tayib!"* "And please God
thou art well?" Their Arabian courtesy was
overpowering. *"Allah yirda 'aleykum."* "And
the Lord be well pleased with you!" At Samaria a courier dashed through the streets with
a foundering horse, and halfway toward Belvoir a patrol led by a Templar stopped them,
but the passport of the Earl of Jaffa and their

quiet courtesy got them through. Leaving Belvoir at night, something hissed, and Kothra said: "Look out, O'Neill, there is somewhere a serpent." But O'Neill saw the arrow halfway in an acacia tree and noted the movement in the bushes on the right. "Ride on," he told her. Through the night he heard the movement of trackers watching them on the hills and his heart sank. The sister of Ali heard them, too. But O'Neill explained it was poor lepers among the rocks. At dawn they came to Lake Tiberias, and heard the cool grey water lapping in the reeds. A few fisher-boats were out, ghosting along under the little breeze of dawn.

"I'm sorry, O'Neill," Kothra turned and looked at him. She seemed utterly worn out. There were lines of fatigue on her face.

"For what?" he asked.

"For that," she said, and pointed back.

And on the hills coming down toward them, the sun shone on white habits with red crosses on them. The sun glinted on armour. And there was the baying of leashed dogs. . . .

ELEVEN

𝕿HE morning was so gold and green, gold of sun and green of hill. The lake was gold and green. And a mile off were the fisher-boats with their brown slanted sails. The white road skirted the lake, and before them lay ruined Tiberias. The path down the hill wound like a snake, and although the riders were so near that one could hear the dogs, yet it would take them a good half hour to reach where the ripple of the lake broke on the innumerable pebbles of Galilee. Kothra brought the dromedary to his knees and slid off. O'Neill caught his saddle by the pommel and swung down.

"You see, there is no escape that way," Kothra said.

"You are right." What chance the dromedaries would have against the horses in a race was negligible, and besides, now, the country

"If you could only swim that far," O'Neill said.

"But of course, I can swim that far," she said scornfully. "I can swim the lake. We have a summer bathing place in the pashalik of Edrei. But I cannot swim the mile in clothes."

"Then off with them, for God's sake! And save yourself."

"And leave my *rafîq*, my companion. Arabs are not like that, O'Neill."

"Then we shall go together."

She coloured crimson. "I am sorry, O'Neill. My heart is broken for it. But I cannot. You see: if you were Moslem and we were to be married, as I think we would if you were, then I would do it. But because I love you, I cannot uncover myself." Suddenly she began to cry. "If you had only said the *Fatha* in Damascus."

He was watching the riders. Another turn of the road, and they would be on the level stretch and come pounding along.

"I will say the *Fatha* now," he told her.

She came up and took his sleeve.

"I am sorry for crying, and see, I am crying

no more. If you were to do that to save my life, or to marry me, I would know it later, and my heart and honour and life would be ended. Why would you say it, O'Neill?"

"I would not say it to save your life, not to have you. I say it because I accept Resignation, and I believe that in saying it I am not untrue to the Great Dervish who walked on this inland sea."

"No, you are not unfaithful to the Walker on the Lake," she looked into his eyes. "Now turn your face to the Holy Cities, and say it. And don't follow me too closely, dear one, and wait until they have thrown me a cloak from the boats."

The riders had stopped for an instant as in consultation at the beginning of the stretch. He could see the red crosses on the knights' shields, and the mastiffs pulling at the dog-boys' chains.

"*Al hamdu lillahi, Rabb el-'alamîn,* unto God be all Glory, the Lord of all worlds," he called, "the God of the Heart of Mercy, Sovereign of the Day of Doom." He heard a splash as of a seal off a rock. "We adore thee: we cry for help to Thee. Lead us in the straight path; the path of those unto whom Thou hast been gracious, with whom Thou art not wroth, and which be not gone astray."

The riders suddenly came racing forward. Quietly and without haste he began taking off his physician's robes until he stood naked and free under the golden Asian sun. He moved toward the water and stepped in. An hundred yards in front he could see the beloved head bobbing like a cork, see a white arm flick in and out of the water in a curiously childlike gesture. He took off in a long powerful drive. When he came up and shook his dripping head he heard the thunder of hoofs on the road, and an arrow plunked into the water beside him like a shallow stone flung from a sling. He dived, and swam under water until out of range, and came up laughing. Nearer came the fisher-boats, and turning over to look back he saw the chase checked by the water, and dogs standing and barking furiously, stupidly.

"Unto God be all Glory," his heart sang. He turned and swam onward. *"Rabb el-'ala-mîn*, the Lord of all the worlds."

THE END

OF

CRUSADE

St. Luke Evangelist's Day,
1927